Mike Almara

DIAGNOSE SEELENKREBS
Das Überleben des Robert Winterkorn

Biografischer Roman

*Gewidmet
Jesus von Nazareth,
Manfred, Werner und Gertraut Matern,
Hans Endres
sowie
stellvertretend für alle Mitmenschen,
die die Qualen des »Seelenkrebses«
nicht mehr ertragen konnten,
die uns vorangegangen sind
und nun mehr wissen, als die Klügsten unter uns:
Eugenia »Jenny« Hana*

1. Auflage: Dezember 2015

Bibliografische Information der Deutschen Nationalbibliothek:
Die Deutsche Nationalbibliothek verzeichnet diese Publikation in der Deutschen Nationalbibliografie; detaillierte bibliografische Daten sind im Internet über http://dnb.dnb.de abrufbar.

© 2015 Mike Almara

Umschlagfoto der Maske: Mike Almara

»Ein Indianer befindet sich auf dem Kriegspfad. Er hat seine Kriegsbemalung aufgelegt, doch er weiß nicht, welchen Weg er einschlagen soll. Sein Name ist »Roter Blitz« und es begleiten ihn der stumme Tod und Angst. In der Dunkelheit verirrt er sich. Durch seine Angst entlädt sich blitzartig seine Energie, die wie Starkstrom durch einen Blitzableiter entladen wird. Da liegt er nun, zerstört und ohne Energie, am Boden und hofft, dass er durch seine grelle Kriegsbemalung auf sich aufmerksam machen und von seinem Stamm Hilfe bekommen wird.«

Robert Winterkorn nach Fertigung der Maske im Rahmen einer Therapie

Herstellung und Verlag:
BoD – Books on Demand, Norderstedt

ISBN: 978-3-739-213828

Inhaltsverzeichnis

Prolog..7
Der Blitz aus heiterem Himmel..............................11
Abgestempelt..21
Liquor bringt Klarheit..31
Psycho und Therapie..59
Weg zu Jesus mit der großen Liebe........................75
Der Palladium-Professor.....................................85
Zahnlos verloren...95
Elektrok(r)ampf...121
Zwischen innerer Heilung und Befreiungsdienst......147
Kampf mit Pfunden und Befunden........................161
Vor Gott verheiratet...179
Jesus heilt, wenn er will...................................193
Mobil mit Einschränkung...................................213
Die Hoffnung stirbt zuletzt................................237
Am Ende ein neuer Anfang.................................247
Zurück im Reich der Weißkittelträger...................253
Abschiede..269
Zwanzig Jahre Seelenkrebs................................287
Epilog...293
Wissenschaftlicher Anhang................................297

Prolog

Die Geschichte entsteht wie ein Tagebuch aus der Erinnerung. Ich schreibe sie mit meinem alten Schulfreund Roger, denn ich alleine hätte nicht mehr die Kraft dafür.

In meiner - vielmehr unserer - Geschichte heiße ich Robert Winterkorn. Ich bin Langzeitüberlebender einer sehr schweren Erkrankung. Manchmal sehe ich mich als Baum. Wenn ich mich so sehe, dann kann ich mich noch genau daran erinnern, wie ich mich gefühlt habe, als ich klein war. Ich war ein winziges Pflänzchen. Als ich eingepflanzt wurde, musste man mich mit Stäben stützen, damit ich nicht umfalle und gerade wachse. Mit den Jahren wurde ich immer größer. In meiner Vision bin ich mittlerweile schon über hundert Jahre alt. Die Menschen nennen mich eine Eiche. Ich habe unzählige Frühjahre, Sommer, Herbste und Winter erlebt. Es ist immer wieder schön, wenn meine Äste im Frühling Knospen bekommen, wenn sie im Sommer in voller Blüte stehen und die Vögel ihre Nester darin bauen. Im Herbst haben meine Blätter schöne Farben und fallen langsam ab. Es schmerzt etwas, wenn ich sie zu Boden schweben sehe und Abschied von ihnen nehmen muss. Im Winter trage ich ein dürres Kleid. Meine Äste werden dann vom Schnee bedeckt und von seiner schweren Last zu Boden gedrückt.

Mein Stamm ist ziemlich dick. Viele Liebespaare haben ein Herz und ihre Initialen in meine feste Rinde eingeritzt. Auch sonst habe ich schon viele schöne Dinge erlebt. Ich stehe hier so ziemlich alleine, weit weg von den anderen Bäumen, die auf der großen Wiese weit verstreut stehen. Man hat sogar eine Bank an meinen Stamm gestellt, damit sich die Wanderer auf ihren langen Wegen in meinem kühlen Schatten etwas ausruhen können und in diesem kühlen Schatten etwas Erfrischung und Erholung für ihren weiteren Wanderweg finden.

Doch heute sehe ich, der Baum, plötzlich diese unbekannten Tiere aus Eisen in meine Nähe kommen. Einige meiner Freunde haben sie schon umgehauen und ich habe Angst, dass sie mich auch umlegen. Diese »Eisentiere« bauen eine Straße, direkt ein paar Meter von mir entfernt. Seit diese Straße fertig geworden ist, fahren unzählige Autos an mir vorbei. Sie stoßen ihren Dreck in den Himmel und gegen mich. Es ist Abend geworden und es regnet sehr stark. Da kommt dieses Auto mit den drei jungen Leuten. Sie knallen mit ihrem Wagen voll in mich hinein.

Ein Teil meiner Rinde ist jetzt kaputt. Aber was ist das schon, gegen die drei jungen Menschenleben. Ich kann doch nicht ausweichen. Ich sehe sie nur auf mich zukommen und in mich hinein knallen. Ich werde durch den Aufprall regelrecht durchgeschüttelt, aber meine starken Wurzeln halten mich fest. Es tut mir sehr, sehr leid, aber ich kann einfach nichts machen! Kann mich keinen Millimeter bewegen, um auf die Seite zu gehen, auszuweichen, um das Leben dieser drei jungen Menschen zu retten. Ich bin sehr traurig. Ich bin ein Mörder und wünsche mir, dass jetzt diese unbekannten Stahltiere der Menschen kommen, um mich umzulegen.

So fühle ich mich, wenn ich mich als Baum fühle, wenn ich das Leben wieder nicht aushalte. Doch was ist die Alternative, wenn man das Leben nicht mehr aushält? Ich bin ein Mensch und ich will überleben. Viele boten mir schon Lösungen an, doch ich habe noch nicht die geeigneten Probleme dazu gefunden.

Robert im 47. Lebensjahr

Tag 7306
Das Ende ist immer auch der Anfang.

»Sie müssen wissen: mir ist grad eingefallen, dass sich der Freitag, an dem alles begann, heute das zwanzigste Mal jährt. Das ist doch ein seltsamer Zufall, nicht wahr, Herr Elia?« Robert dreht seinen Kopf dem Anästhesisten zu, der sich gerade anschickt, ihn vor dem Eingriff in das Land der Träume zu schicken.

»*In der Tat, wenn das mal kein gutes Omen ist. In sechs Wochen haben wir schon wieder Ostern. Die Zeit vergeht.*«

»*Ja und spätestens sechs Wochen nach der OP, sagten Sie, kann man sehen, ob das Ganze Erfolg hatte, nicht wahr? Das wird wie eine Auferstehung sein. Ich bete jeden Tag dafür, dass alles gut klappt mit dem Eingriff.*«

Der Chirurg beugt sich über Robert, zieht das grüne OP-Tuch zurecht, streicht über die grünen Schnittmarkierungen am Hals und beruhigt ihn.

»*Wird schon schiefgehen!*«

Der Blitz aus heiterem Himmel

Tag 1

Ein Freitag, wie jeder andere der Freitage vorher. So scheint es für Robert Winterkorn, jedenfalls bis zu seinem Feierabend. Freuen auf das Wochenende. Robert hat wieder 11 Stunden anstrengende Büroarbeit beim Ministerium hinter sich, da er derzeit bereits um 6.00 Uhr freiwillig den Dienst antritt. Krankheitsvertretung in der Beschwerdestelle und aufreibende Auseinandersetzungen mit den Kollegen, wieder mal. Bald ist er zehn Jahre dabei. Mit 17 hat er seine Beamtenlaufbahn im mittleren nichttechnischen Verwaltungsdienst - wie es in der trockenen Amtssprache heißt - begonnen.

Die fünf Treppenstufen zum Hochparterre nimmt der hagere Freizeitsportler mit zwei Schritten. Es ist bereits 18.00 Uhr, als er den Schlüssel in das Türschloss des Genossenschaftshauses in Augsburg-Oberhausen steckt und sein 35-qm-Single-Appartement betritt. Robert streicht sich durch das dichte schwarze Haar und schaltet das Fernsehgerät an. Während der Nachrichtensprecher von der »Organisation Wiedergeburt« der Russlanddeutschen berichtet, die eine Wiederherstellung der autonomen Wolgarepublik verlangt, zieht er sich um. Beim Hochziehen der Jogginghose stolpert er, kann sich aber noch am Wohnzimmertisch abfangen.

Nachdem er mit der Fernbedienung die Lautstärke des Fernsehers erhöht hat, schaltet er das Licht in der Küche an und öffnet den Kühlschrank. Der Tagesschausprecher fährt fort: »Das Bundesverfassungsgericht in Karlsruhe erklärt das in Deutschland geltende Namensrecht, nach dem die Frau bei der Heirat den Nachnamen des Mannes annehmen muss, wenn sich beide nicht auf einen Namen einigen, für verfassungswidrig.«

Auf dem Tisch liegt der umgefallene Bilderrahmen mit dem Foto seiner Freundin Angela, die seit zweieinhalb Jahren die kleine Einzimmerwohnung mit ihm teilt, was natürlich immer wieder zu Spannungen führt. Robert richtet das Bild wieder auf und betrachtet es sinnierend.

»Ich werde auf jeden Fall meinen Namen behalten, sollte ich dich denn wirklich einmal heiraten, irgendwann! Ach, wo du nur wieder bleibst, müsstest eigentlich schon seit einer halben Stunde da sein. So was von unzuverlässig, diese Frau! Egal, dann mache ich mir eben alleine mein Abendbrot. Hab schon einen Mordshunger!«

Während der Sprecher verkündet, dass der am 12. September letzten Jahres von der DDR und der Bundesrepublik Deutschland sowie Frankreich, Großbritannien, der Sowjetunion und den USA abgeschlossene Zwei-plus-Vier-Vertrag heute in Kraft trete und damit der Weg zur Wiedervereinigung Deutschlands endlich frei sei, achtet Robert eine Tomate und bestreicht zwei Scheiben Vollkornbrot mit Streichkäse. Mit dem Teller und einer Flasche Cola setzt er sich auf das Sofa und isst. In den Nachrichten wird ein Foto des ehemaligen Staatschefs der DDR eingeblendet.

Der Fernsehsprecher kommentiert: »Erich Honecker wird aus dem sowjetischen Militärhospital Beelitz nach Moskau gebracht, um seine Verhaftung zu verhindern. Ihm wird vorgeworfen, an der Errichtung und am Ausbau der innerdeutschen Grenze beteiligt und für die Tötung von Menschen an der innerdeutschen Grenze verantwortlich zu sein.«

Robert wird wütend. »Recht so, dieses Arschloch! Mein Chef ist genauso ein Typ. Könnte auch bei der Stasi gewesen sein!« Robert legt sich nach der Mahlzeit und einem kräftigen Schluck Cola auf das Sofa. Er schließt die Augen und döst vor sich hin. Seit Wochen ist er ziemlich müde und abgeschlagen, sieht Doppelbilder und hat auch immer wieder Durchfall. Die ständigen persönlichen Angriffe der Kollegen in seiner Arbeitsgruppe schlagen ihm auf die Verdauung.

»Vielleicht doch wieder so 'ne blöde Grippe ...«, murmelt er, bevor er einnickt. Kurz darauf wird er von der Türglocke aus dem Halbschlaf gerissen. Er schaut auf seine silberne Armbanduhr, einem Geschenk seiner Eltern zu seinem letzten Geburtstag.

»Schon zehn vor Sieben, hat sie wieder ihren Schlüssel nicht dabei!«, seufzt er gähnend, macht die Tür auf und legt sich wieder hin. Angela kommt herein, schließt die Tür und schüttelt einige Schneeflocken aus ihren langen schwarzen Haaren.

»Hallo Schatz! Ein richtiges Aprilwetter ist das heut wieder, erst Sonne, dann Schnee. Hab dich wohl geweckt?«

»Nein .., ja .., ist schon ok. Wollte ja Herzblatt anschauen.« Robert gähnt.

»Ich hab ganz schön Hunger, seit Mittag nichts gegessen. Hast du schon was gegessen?« Angela geht in die Küche.

»Ja, es ist noch Thunfisch da und Tomaten!« Robert gähnt fortwährend und zappt dabei mit der Fernbedienung durch das Programm. Angela stürzt die Dose Thunfisch auf ihren Teller, legt die Tomate dazu, gießt sich eine Apfelschorle in ein Weißbierglas und setzt sich in den Sessel.

»Ich hab heut einen Termin beim Architekten ausgemacht für Freitag nächste Woche, wegen dem Speicherausbau bei Mama und Papa!«, sagt sie kauend. »Meine Eltern haben mir die Zehntausend schon zugesichert, dann brauchen wir nur noch dreißigtausend Mark aufzunehmen. Lass uns morgen früh gleich nach Herrgottsruh fahren, um die Zimmer unserer Wohnung auszumessen.«

»Wieso pressiert es dir denn so, wir werden noch früh genug nach Niederbayern ziehen. Ich muss das mit der Versetzung doch erst noch mit meinem Dienstherrn abklären und außerdem fahre ich morgen nirgendwo hin, sondern ruhe mich aus.« Angela fixiert Robert über 10 Sekunden lang und presst die Lippen aufeinander.

»Okay, dann nimmst du halt am nächsten Freitag frei und wir fahren gleich in der Früh los, damit wir möglichst viel erledigen können. Wenn meine Eltern schon mal so großzügig sind, müssen wir das doch auch nützen, gell?«

»Ausnützen, wolltest du wohl sagen?«

Angela zuckt mit den Schultern und schaut auf die Wanduhr.

»Oh, es ist schon nach Sieben, ich muss Mama noch anrufen.« Während Robert das Sweatshirt auszieht, da er zu schwitzen beginnt, greift Angela zum Telefon und wählt. Gleich darauf geht sie in die Küche und spricht mit ihrer Mutter. Robert kauert sich auf dem Sofa zusammen und zapt weiter durch das Programm. Nach zehn Minuten bilden sich auf seiner Stirn Schweißperlen und rinnen über das bleiche Gesicht. Er versucht aufzustehen, schafft es aber nicht. Plötzlich verdreht er die Augen, greift sich ans Herz und stöhnt.

»Mir ist auf einmal so schwindlig!« Wortfetzen aus dem Fernsehprogramm mischen sich mit den entsetzten Schreien Angelas, die ihn heftig rüttelt.

»Was ist mit dir, Robert? Was hast du plötzlich?«

»Ich weiß nicht, was los ist ..., das hatte ich noch nie ... der Kreislauf ... Schmerzen ... wird schon wieder gehen ... Meine Devise ist, was mich nicht tötet, macht mich nur härter!«, murmelt Robert matt.

»Nichts da, ich ruf gleich den Arzt. Mit dem Herz ist nicht zu spaßen!« Angela wählt die Nummer des ärztlichen Notdienstes. Robert klagt nun über Herzrasen, zunehmende Schmerzen, erst in der Brust dann im rechten Arm und schließlich überall. Während beide ungeduldig auf den Arzt warten, verschlimmern sich die Beschwerden, es kommen Krämpfe in der Brust hinzu und der Puls rast.

Es ist bereits 22.10 Uhr und Angela ist gerade im Begriff, den Notarzt der Feuerwehr zu rufen, als endlich die diensthabende Medizinerin des ärztlichen Notdienstes eintrifft. Die korpulente Frau entschuldigt sich schwer schnaufend damit, dass sie die Hausnummer nicht gleich gefunden habe und die Beleuchtung an den Hausschildern unzureichend sei. Sie macht ein EKG, um die Herzfunktion zu kontrollieren. Robert starrt auf das Gerät. Dann legt sie die Armmanschette des Blutdruckmessgeräts an und pumpt sie auf. Robert beobachtet ängstlich das Geschehen. Schweiß steht ihm auf der Stirn. Die Augenlider flackern nervös. Plötzlich bäumt er sich kurz auf und verkrampft, während die Luft langsam wieder aus der Manschette entweicht.

»Das Trousseau-Zeichen«, murmelt die nun ebenfalls stark transpirierende Ärztin und schaut sich das EKG an, bis sie mit triumphierendem Blick geradezu aufjuchzt. »Und eine QT-Verlängerung, da haben wir's ja. Bingo! Jetzt noch den Chvostek-Test.« Robert schaut Angela fragend an. Die schüttelt nur den Kopf und beobachtet das seltsame Verhalten der Medizinerin kritisch. Die Ärztin tätschelt Robert nun die Wangen, bis seine Lippen zu zittern beginnen.

Angela schreit sie entgeistert an: »Was machen Sie da mit ihm, sehen Sie nicht, dass er Schmerzen hat, geben Sie ihm nicht eine Spritze? Ist es ein Infarkt? Sagen Sie doch was!«

»Ein Herzinfarkt? Ach woher, machen Sie sich keine Sorgen, ich gebe Ihrem Mann eine Kalziumspritze, dann geht es ihm gleich wieder besser. Hat er das öfters? Nein? Dann sollten Sie regelmäßig Ihren Kalziumspiegel und Ihre Schilddrüsenwerte kontrollieren lassen, Herr Winterkorn. Denn Sie hatten gerade einen tetanischen Anfall aufgrund eines ausgewachsenen Hypoparathyreoidismus.«

»Hypo ..., was?«, keucht Robert.

»Hypoparathyreoidismus ... sorry, Kalziummangel. Eine Schilddrüsen-OP hatten Sie aber noch nicht, oder?«

»Nein, es ist noch alles drin bei mir. Was bedeutet das jetzt? Kann ich morgen wieder arbeiten? Geht das wieder weg?«

»Ja klar, kommt bei ihnen sicher vom Stress und Sie sollten sich mal gründlich durchchecken lassen. Haben Sie denn manchmal auch Angstgefühle?«

»Angst? Na ja .., Höhenangst halt ... Wieso?«, antwortet Robert, während die Ärztin das Kalzium aus der Spritze langsam in seine Vene drückt. Kurz darauf zieht sie die Spritze aus dem Arm.

»Ha, das war's!«, lacht sie kurz und trocken auf, klappt ihre Tasche zu und überreicht Angela die privatärztliche Quittung für ihren Einsatz.

»Gute Besserung und auf ... Nichtwiedersehen«, ruft sie noch, und ist auch schon zur Tür hinaus.

»Bitte die Rechnung innerhalb der nächsten 14 Tage begleichen«, hallt es noch aus dem Flur.

Der Freitag geht zu Ende. Er hat begonnen wie kein Freitag, ja kein Tag, mehr beginnen soll.

Tag 2

Robert wacht um 5.30 Uhr nach einer unruhigen Nacht mit maximal zwei Stunden Schlaf auf.

»Die Krämpfe!«, flüstert er.

»Ja, die Krämpfe sind tatsächlich weg nach der Spritze. Wie ist es mit den Augen?« Robert knipst die Nachttischlampe an und schaut auf die Uhr.

»Ich erkenne deutlich die Ziffern!«, sagt er sich laut vor. Eigentlich müsste er nun beruhigt sein. Nur das Kalzium, eine Spritze, und alle Symptome verschwinden. Doch ist es wirklich so einfach? Robert versucht aufzustehen, doch er schafft es kaum.

»Verdammt, was ist das nur? Ich fühle mich so schwach, wie nach einem Boxkampf oder einem Marathonlauf!«, ruft er verzweifelt und legt sich wieder auf das Bett. Angela wacht auf und schaut Robert verschlafen an.

»Was ist los? Wie geht es dir?« Robert beginnt unvermittelt an zu weinen.

»Ich weiß nicht, was mit mir los ist. Ich kann nicht aufstehen, in meinem Kopf summt es wie in einer Hochspannungsleitung und es knackt immer so komisch. Ich hab Angst, hörst du, unbeschreibliche Angst und ich spüre eine undefinierbare Qual in mir. Diese Ärztin ..! Wer weiß, was die mir gespritzt hat!«

»Ruh´ dich das Wochenende über richtig aus. Wenn es am Montag nicht besser ist, gehst du zu Doc Verdi und lässt dich für die Woche krankschreiben. Wenn es was Ernstes wäre, hätte dich doch die Ärztin in die Klinik eingewiesen.«

»Ich kann mich doch nicht krankschreiben lassen, wer macht dann meine Arbeit?«

Angela versucht ihren Freund zu beruhigen, doch es gelingt ihr nicht. Seine Glieder seien so schwer wie schmiedeeiserne Ketten, beklagt er sich. Er habe sie nicht mehr unter Kontrolle. Er könne nur mühsam von seinem Stuhl aufstehen. Wenn er aufstehe, schleiche er so langsam dahin, dass selbst eine Schnecke ihn überholen könne. Er habe so wenig Kraft, dass er nicht mal das kleine Glas Wasser vom Tisch nehmen könne.

Tag 4

»Was führt Sie zu mir, Herr Winterkorn?«, beginnt Roberts Hausarzt, Dr. Egmond Verdi, seine Untersuchung.

»Hat Sie etwa auch die Grippe erwischt?« Der grauhaarige Mediziner löst den Schal, den er um den Hals gewickelt hat und schnäuzt sich umständlich die rot angeschwollene Nase.

»Nein, Herr Doktor, schlimmer! Erst dachte ich an einen Infekt, dann war es so was wie ein Herzinfarkt. Plötzlich am Freitagabend, wie aus heiterem Himmel. Ich dachte, ich muss sterben.«

»Immer langsam, Herr Winterkorn, so schnell stirbt man nicht!«

»Ich möchte nicht jammern, aber so was hab ich noch nie erlebt, solche Krämpfe, Angst, Herzrasen, Schmerzen, alles zusammen. Die Notärztin hat aber gemeint, es sei nur ein Kalziummangel und kein Infarkt.«

»So so, ein Kalziummangel ... Nun, das kann durchaus solche ... Symptome verursachen. Ist auch gar nicht auf die leichte Schulter zu nehmen. Ich werde Ihnen erstmal ein paar Röhrchen Blut abzapfen lassen, dann sehen wir weiter. Die Schilddrüsenwerte machen wir auch gleich mit. Warten Sie draußen auf meine Assistentin und lassen Sie sich sich anschließend gleich einen Termin für morgen Nachmittag geben. Ich schreib sie erstmal bis nächsten Montag krank. Gute ... Ha ... Haaa ... Hatschiii ... Besserung!«

»Danke, gleichfalls!«

Doc Verdi schnäuzt sich lautstark und reicht Robert die Krankschreibung. Nach der Blutentnahme sieht Robert die Sprechstundenhilfe völlig ermattet an.

»Bitte rufen Sie mir ein Taxi, ich bin nicht in der Lage, alleine zum Bus zu laufen. Jede Bewegung strengt mich an, ich fühle mich wie ferngesteuert, als ob ich überhaupt nicht in meinem Körper wäre. Es ist ... einfach grausam!« Robert sinkt ächzend auf der Couch des Wartezimmers in sich zusammen. Vom bald darauf eintreffenden Taxifahrer lässt er sich hinausführen, nach Augsburg-Oberhausen fahren und direkt vor der Haustür absetzen. Er gibt ihm noch drei Mark Trinkgeld und legt sich, kaum in seinem Appartement angekommen, gleich ins Bett. Er findet keinen Schlaf, da ihn die Angstzustände zittern lassen.

Tag 8
Robert liegt seit Stunden wach im Bett. Um 9.15 Uhr läutet es an der Tür.

Der Postbote meldet von der Haustüre aus: »Einschreiben für Herrn Winterkorn.« Angela öffnet.

»Schatz, du musst selber kommen, unterschreiben, es ist ein Einschreiben für dich, steh bitte auf!«

»Komme gleich, eine Sekunde.« Mühsam rappelt sich Robert hoch, streift sich seine alte löchrige Jogginghose über und schlurft wie ein alter Mann schwer atmend zur Tür. Er quittiert den Empfang des Schreibens, setzt sich auf den Küchenstuhl und reißt mit einem Finger mühsam das Kuvert auf.

Nachdem er den Inhalt des Schreibens kurz überflogen hat, hält er es Angela vor die Nase.

»Du kannst mir gratulieren, Schatz, ich hab nicht nur Geburtstag heut, sondern bin ab jetzt auch Lebenszeitbeamter. Hier ist meine Urkunde!«

»Na, dann kann dir ja jetzt nichts mehr ›passieren‹. Gratuliere, Schatz!«

Angela gibt Robert einen Kuss und schaut ihn strahlend an. »Hab ´ übrigens noch was für dich, das kannst du gleich ausprobieren, dann wirst du sicher bald wieder fit.«

Robert schaut sie müde an und antwortet gequält: »Hoffentlich keine Skier, die kriege ich schon von meinen Eltern. Wir müssen auch noch unser geplantes Skifahren am Wochenende absagen, fällt mir grad ein, Schatz, das schaffe ich beim besten Willen nicht.« Angela greift nach dem Schlüssel am Sideboard.

»Nix Skifahren, ich hab das heute morgen schon storniert. Mit deinen Drogen, die dir der Doc verschrieben hat, dürftest du eh nicht auf die Piste, in dem Zustand, nee, keine Chance. Hab was viel Besseres. Bin kurz im Keller ...« Schon schlägt die Tür zu und Robert schiebt seine Ernennungsurkunde in die unterste Schublade. Kurz darauf schließt Angela die Haustür auf und stellt ein neues neongelbes Mountainbike in das kleine Appartement. Robert schaut desinteressiert auf das Rad.

»Schön!«
Angela drückt die Tür ins Schloss.

»Schön? Das ist alles? Freust du dich denn gar nicht? Das ist das neueste Modell mit 21-Gang-Shimano-Schaltung.«

»Und, was soll ich jetzt in meinem Zustand damit anfangen?«, fragt Robert gequält.

»Na ja, wir wollten doch, wenn du wieder gesund bist, zusammen Touren machen bei meinen Eltern in Herrgottsruh, oder nicht? Probier es halt gleich mal aus, wenn es nicht passen sollte, kann ich es diese Woche noch umtauschen.« Robert steht wortlos auf, zieht seine Winterstiefel an, streift sich den Daunenparka über und packt das Rad. Er schleift es mit Getöse die Treppe hinunter und fährt damit einige Male durch die vom Tauwetter aufgeweichte und matschige Parkanlage vor dem Haus, bis das Rad, seine Stiefel, die Hose und der Parka hinten völlig verschlammt sind. Schwer atmend und schweißnass schleift er das Bike zurück in seine Wohnung, schmeißt es auf den Boden, wirft seine Kleidung darüber, legt sich ins Bett, zieht die Decke hoch bis zur Nase und schließt die Augen. Angela starrt ihn wortlos an, zündet sich eine Zigarette an und öffnet das Küchenfenster. Die Regentropfen sammeln sich im Vorhof auf dem Asphalt zu kleinen Bächen, bis sie sich im Gulli verlieren. Sie beobachtet die Szene gedankenverloren und bläst den Rauch gegen die Scheibe.

»Happy Birthday, Robert!«, flüstert sie frustriert.

Tag 9
Robert sitzt den ganzen Vormittag apathisch vor dem Fernsehgerät und starrt auf die Mattscheibe. Plötzlich schlägt der Arm aus, dann das Bein und es zuckt am ganzen Körper. Er leidet an unkontrollierbaren Muskelbewegungen, die laut Auskunft seines Hausarztes auf das probeweise verabreichte Medikament zurückzuführen seien, das er nun absetzen soll. Nachmittags schleppt sich Robert wieder völlig erschöpft zu Doc Verdi in die Sprechstunde.

»Ich wusste gar nicht, wie viele Muskeln ich besitze und wo diese sich befinden. Ich fühle mich in meinem Körper total gefangen und ausgeliefert. Diese verdammte haushohe Angst lässt mich nicht mehr schlafen. Bitte verschreiben Sie mir etwas dagegen, sonst dreh ich noch völlig durch!« Der Arzt zückt seinen Rezeptblock.

»Gut, ich verschreibe Ihnen nun diese fünf Präparate. Bitte seien Sie vorsichtig bei der Einnahme und richten Sie sich genau an meine Dosierungsvorgabe.«

»Klar Doc, ich halte mich doch immer penibel an Ihre Vorgaben. Bis zum nächsten Mal dann.« Das Taxi wartet bereits vor der Praxis.

Tag 11
Robert sitzt mit Angela im Garten der Genossenschaftsanlage und starrt das vor ihm stehende Glas mit Apfelschorle an. Die Frühjahrssonne hat den Matsch rasch getrocknet. Robert beklagt sich, dass ihm die 23 Grad in der Sonne bereits zu viel seien. Er setzt sich in den Schatten und nuschelt etwas Unverständliches. Angela beugt sich über ihn.

»Ich kann dich kaum verstehen, Schatz! Kannst du etwas deutlicher sprechen?« Robert bemüht sich sichtlich, deutlicher zu artikulieren. Es ist ihm kaum möglich, in seinem Zustand, der nicht nur wegen der Medikamente dem eines Drogensüchtigen ähnelt.

»Ich fühle mich wie total bekifft, Manno!«, murmelt er leise.

»Was? Gift?«, fragt Angela.

»Nein bekifft!«

»Versifft?«

»Nein, bekifft, B E K I F F T, oh Mann!« Die Skurrilität der Situation lässt Robert verzweifelt auflachen.

»Ich kann nich deutlicher sprechen, Schatz. Mein Hirn will trinken, aber mein Körper braucht zehn Minuten, bis er sich aufrappelt und es endlich schafft, das Glas zu greifen.« Angela nickt und gibt damit zumindest vor, ihn verstanden zu haben. Es ist erst 15.00 Uhr und Robert kann sich vor lauter Müdigkeit fast nicht mehr auf dem Stuhl halten. Die Augenlider versagen ihren Dienst und fallen immer wieder zu.

Abgestempelt

Tag 43

Nachdem ihn Doc Verdi in das Krankenhaus eingewiesen hat, liegt Robert nun in einem Zweibettzimmer der internistischen Klinik Dr. Maier in München. Angela hat ihn dort hingefahren und übernimmt die Aufnahmeformalitäten, da Robert dazu nicht mehr in der Lage ist. Sie verabschieden sich und Angela wünscht ihm gute Besserung. Am ersten Tag passiert außer dem üblichen Blutdruckmessen und der Blutsenkung gar nichts.

Am Abend schaut er die TV-Sendung »Verstehen Sie Spaß«. Dagmar Berghoff lockt brave Handwerker in die Spaßfalle. Sein Bettnachbar amüsiert sich lautstark. Robert kann nicht lachen. Er gibt ihm zu verstehen, dass er beunruhigt sei, weil er in der folgenden Woche gründlich untersucht werden solle und nicht wisse, was alles auf ihn zukomme.

Tag 44

Kurz nach Mitternacht drückt Robert in Panik auf den roten Alarmknopf. Eine vermeintliche Herzattacke beschäftigt die Stationsärzte. Angesichts des anscheinend lebensbedrohenden Zustands ihres neuen Patienten schreiben die diensthabenden Ärzte ein EKG und messen den Blutdruck. Sie können nichts Auffälliges finden. Robert sagt ihnen schließlich, es tue ihm leid, aber er gebe sich mit ihrer Auskunft zufrieden, dass offenbar keine Lebensgefahr bestehe. Er hat wieder einmal eine schlaflose Nacht hinter sich und schaut auf die Uhr. Es ist 5.10 Uhr. Von der Straßenlampe fällt diffuses Licht in das Zimmer. Robert starrt auf die weiß getünchte Decke. Eine kleine Spinne beginnt gerade, sich von der Stuckdecke abzuseilen. Seit drei Tagen liegt er schon hier und es ist noch nichts passiert. Die Angstzustände lassen ihn nicht schlafen. Bei der Morgenvisite schüttet er dem Chefarzt sein Herz aus.

»Sie müssen endlich was finden, Sie müssen einfach, Doktor! Warum untersuchen Sie mich nicht endlich gründlicher? EKG ohne Befund, das war doch wohl ein Scherz, ich habe weiterhin das Gefühl, einen Herzinfarkt zu haben! Die Angst, mein Gott, diese Angst! Sie ist letzte Nacht wieder hoch gestiegen von den Zehenspitzen über den Magen bis in die Haarspitzen! Sie kam aus den Knochen gekrochen. Sie können sich das einfach nicht vorstellen! Nur wer einmal wirklich solche grausamen Angstzustände hatte, der weiß ein Stück weit, wie die Hölle sein muss! Ich fühle mich wie in das Bett gepresst. Die Schweißperlen stehen auf meiner Stirn, bis sie sich in einer Sturzflut über mein Gesicht ergießen! Es ist keine bestimmte Angst, es ist eine diffuse Angst, denn vor wem oder vor was sollte ich Angst haben?«

»Ich habe eine gute Nachricht und eine schlechte. Welche wollen Sie zuerst hören?«, unterbricht der Arzt Roberts Redeschwall.

»Ja? Wie? Ich weiß nicht .., das ist mir eigentlich egal!«

»Gut, dann erst mal die gute Nachricht! Wir haben Ihren Stoffwechsel untersucht und in der Endokrinologie - also der Abteilung, die Hormone analysiert - hat man gefunden, was Ihre Angstzustände auslöst! Sie schütten Unmengen von Adrenalin aus! Jeder kennt das ja, wenn Adrenalin im Körper ausgestoßen wird! Da läuft alles auf Hochtouren.«

»Aha, das klingt plausibel. Und was ist nun die schlechte Nachricht?«

»Man kann beim derzeitigen Stand der medizinischen Forschung leider noch nichts dagegen tun.«

»Toll!«, antwortet Robert, dreht sich auf die Seite und schließt die Augen.

Kurz darauf fängt er an zu zittern und ruft nach der Schwester. Er bekommt eine Infusion mit einem Schlafmittel und schläft endlich ein.

»Hallo Robert, aufwachen. Es ist schon nach 16 Uhr! Wir wollten doch heut' in den Tierpark spazieren gehen. Musst dich schon ein bisschen bewegen, sonst macht der Kreislauf ganz schlapp. Komm schon, die Sonne scheint so schön.« Robert schlägt die Augen auf und schaut auf Angela, die gerade zwei Flaschen Traubensaft auf seinen weißen Rolltisch stellt.

»Guten Morgen, Schatz!«, begrüßt er seine Freundin gähnend, setzt sich langsam auf und drückt ihr eine Kuss auf die Wange.

»Ich hab keinen Bock aufzustehen, bin so wahnsinnig kaputt. Geschlafen hab' ich die Nacht, mit vielen Unterbrechungen, höchstens zwei Stunden. Wenn überhaupt. Aber vielleicht hast du ja recht, hier starre ich auch nur die Wände an.« Wie in Zeitlupe zieht sich Robert die Infusionskanüle aus dem Arm, was eigentlich Aufgabe der Schwester wäre, doch das scheint ihm egal zu sein. Das Blut rinnt langsam aus der Einstichstelle. Robert ist etwas benommen und schaut wie hypnotisiert auf das Blut, das auf dem Boden eine kleine Lache bildet.

Der Schrei von Angela: »Robert, was machst du da?«, reißt ihn aus der Starre. Er nimmt sich einen der Tupfer vom Nachtisch, den die Schwester liegen ließ, und drückt ihn auf die Wunde, um die Blutung zu stillen. Angela klebt ihm noch ein Pflaster darauf. Müde schaut er sie an. Er greift nach der Hose, die ihm seine Freundin hinhält und schlüpft schnaufend hinein.

»Mir geht es so Scheiße, ich kann´s dir gar nicht sagen. Letzte Nacht hatte ich wieder so eine Herzattacke, dass ich gemeint hab, es ist aus mit mir. Ich hab dann den roten Knopf gedrückt, da sind sie gleich angerannt gekommen, die Nachtschwester mit dem diensthabenden Stationsarzt und ihrem Rollwagen, wo das EKG drauf steht. Die haben mich dann gleich angedockt. Mir ging es so hundeelend, aber es war alles normal, kannst du dir das vorstellen? Das EKG war im Großen und Ganzen unauffällig! Ich spinne doch nicht! Was soll ich denn machen? Ich muss mich jedesmal mühsam vom zweiten Stock in den Garten schleppen, um Eine zu rauchen und mich dann ebenso mühsam wieder auf mein Zimmer quälen. Du weißt doch noch, wie wir letztes Jahr mit den alten Bikes die Bergtour gemacht haben und sechzig Kilometer am Stück gefahren sind, da war ich doch noch topfit. Und heute? Ich fühle mich wie ein Achtzigjähriger!«, schluchzt er. »Ich werd noch ersticken in diesem Käfig der ganzen Symptome.«

Angela legt tröstend den Arm um Robert.

»Jetzt kommt der Frühling, Schatz, schau die Sonne scheint, da wird es dir bald besser gehen. Und sicher wirken die Tabletten auch bald. Das dauert eben seine Zeit. Lass uns gehen, ja?«

Robert geht schlurfend zur Tür und schleppt sich dann mit seiner Freundin teilnahmslos durch den Tierpark. Seine Apathie zeigt Angela, dass er weder die Geräusche der frühlingserwachten Tierwelt noch die Blicke der Tierparkbesucher wahrnimmt. Die mustern ihn teils aus besorgter Neugier und teils mit offensichtlicher Geringschätzung, da er wie ein Betrunkener torkelt, sich den Kopf hält, stöhnt und immer wieder in sich zusammensackt. Er scheint froh, als es nach eineinhalb Stunden wieder zurück geht auf seine Station.

»Es ist ein ewiger Kampf, Angela, und ich weiß nicht, ob ich diesen Kampf gewinnen kann. Ich habe niemals vorher so etwas erlebt und ich wünsche das meinem ärgsten Feind nicht. Mein Wille sitzt in einem Käfig, der so fest verschlossen ist, so fest verschlossen! Ich versinke in der kleinen großen Welt meiner Symptome.« Robert ballt seine Hände zu Fäusten.

»Und die Wände, ja, die sind so dick und dicht und kommen immer näher auf mich zu, so dass nur noch die nötigste Luft bleibt zum Atmen, zum Überleben. Aber für mehr reicht es einfach nicht. Es reicht nicht, dann die grenzenlose Panik, wenn man keinen Fluchtweg mehr hat. Ich weiß nicht, wie das noch weitergehen soll, wenn die nichts finden. Ich würde alles dafür geben, hörst du, alles!« Robert zieht sich wieder aus und legt sich auf das Bett.

»Ich weiß, ich weiß. Aber du musst einfach noch Geduld haben. Die werden hier sicher was finden. Dein Doc Verdi hat uns die Klinik doch empfohlen.«

»Ja, ich bete dafür, inständig, jeden Tag, jede Stunde, jede Minute. Ich komme mir vor, wie ein Verrückter, weil ich schon bete, dass sie was bei mir finden. Verstehst du, wie hoch mein Leidensdruck ist?«

»Ja, klar! Bis morgen, Schatz, ich ruf dich nach der Arbeit an, ja?« Angela gibt Robert einen Abschiedskuss und geht hinaus. Er ist allein und starrt wieder die Decke an.

Tag 46
Robert keucht und schnauft. Der Schweiß rinnt ihm die Stirn hinab und tropft stetig auf die Lenkerstange des Ergometers.

»Kommen Sie, Herr Winterkorn, noch drei Minuten. Sie haben erst zwei Minuten geschafft. Ein junger Mann, wie Sie ..! Sie machen doch Sport, haben Sie gesagt?« Die Assistenzärztin bindet sich die langen blonden Haare zu einem Zopf zusammen. Dabei lugt eine schwarze Lederkorsage unter ihrem weißen Arztkittel hervor.

»Zur Domina fehlt nur noch die Peitsche«, murmelt Robert fast unhörbar vor sich hin, bevor seine Arme weich werden.

»Wie bitte? Haben Sie etwas gesagt, Herr Winterkorn?«
Robert schnauft. Er kann den Oberkörper kaum mehr halten und fällt beinahe mit dem Kopf auf die Lenkerstange. Mit letzter Kraft fängt er sich mit den Unterarmen auf und rutscht mit dem gesamten Oberkörper auf die Stange, hyperventilierend. Sein Kopf hat die Farbe einer reifen Tomate. Die »Domina«-Ärztin ruft einen Assistenten und gemeinsam stützen sie den völlig Erschöpften.

»185 Umdrehungen nicht erreicht!«, ruft sie ihrer Kollegin zu, die den Wert des Belastungs-EKGs notiert.

»Hat die Schwalbe gemacht nach zwei Minuten. 280 zu 110, keine Extrasystolen, alles im grünen Bereich.« Die Ärztin hilft Robert mit starker Hand vom Ergometer.

»So, junger Mann, dann trocknen Sie sich erstmal ab und ziehen sich wieder an. Mit Triathlon kriegen Sie Ihr Trainingsdefizit in drei Monaten weg, mach´ ich seit Jahren.« Die Assistenzärztin krempelt den Ärmel ihres Kittels auf der rechten Seite hoch, so dass ihr mit einem Totenkopf tätowierter Oberarm frei gelegt wird, spannt diesen an und zeigt Robert stolz ihren ausgebildeten Trizeps.

»Schau´n Sie doch bei Gelegenheit mal vorbei in dem Studio von meinem Mann. Fitnessstudio Tom & Ina, gleich hier um die Ecke. Sport ist die beste Medizin. Sie werden schon sehen! Auf Wiederschaun!«‍ Immer noch heftig schnaufend und gegen den zunehmenden Schwindel ankämpfend, trocknet sich Robert mit dem T-Shirt den Schweiß ab und zieht seinen Trainingsanzug an. Die Ärzte unterhalten sich lachend im Nebenraum.

Beim Hinausgehen stöhnt er: »Jetzt wirst du auch noch verspottet! Dabei war ich Sportler früher und topfit.«

Tag 47
»Dreh-, Schwank- oder Liftschwindel?« Robert sitzt in seinem Bett der Morgenvisite gegenüber und schaut erst die Oberärztin, dann die Assistenzärztin, den Assistenzarzt und schließlich die Krankenschwester verständnislos an.

Die Oberärztin wiederholt ihre Frage: »Haben Sie nun Dreh-, Schwank- oder Liftschwindel? Dreht es Sie, schwanken Sie oder fahren Sie immer auf und ab, rauf und runter, wenn es Ihnen schwindlig ist?«

»Jaaa .., ich weiß auch nicht, mir ist halt schwindlig, einfach schwindlig und dann der Kopfdruck ständig auf den Schläfen!«, antwortet Robert.

»Notieren Sie bei Mertens, Schläfendruck persistierend, Schwindel indifferent, Dosiserhöhung auf 200 mg Vertigoheel und 100 mg Novaminsulfon!«, diktiert die Oberärztin dem Assistenzarzt, gibt Robert die Hand und wendet sich seinem Zimmergenossen zu, einem Weinhändler mit Verdacht auf Herzinfarkt, der gerade mit einem der neuen Mobiltelefone hantiert, das annähernd die Größe einer Reiseschreibmaschine aufweist.

»Was tun Sie da?«, fährt die Oberärztin den Patienten an.

»Sie wissen doch, dass das Telefonieren mit Funktelefonen in meiner Klinik verboten ist. Haben Sie mein Informationsblatt nicht gelesen? Schalten Sie das Ding bitte sofort aus. Wenn Sie telefonieren wollen, beantragen Sie ein Zimmertelefon oder gehen Sie raus, Herr Winterkorn.«

»Mertens heiß´ ich, Mertens! Das ist Herr Winterkorn.« Mertens zeigt auf seinen Zimmernachbarn. Daraufhin fährt die Oberärztin die Krankenschwester an.

»Was ist Ihnen denn da wieder unterlaufen? Sie können doch nicht einfach die Namen ... Wissen Sie nicht, was das für Folgen haben kann?« Die Krankenschwester senkt den Blick und errötet. Die Oberärztin wendet sich wieder ihrem unbeeindruckt weiter telefonierenden Patienten zu und schwenkt ihre Patientenmappe.

»Tut mir leid, Herr Mertens, ich habe noch das Ergebnis der CT hier, wegen Ihrer Anisokorie. Es ist alles in Ordnung, kein Befund.«

»Anni ... Sockorie«?, fragt Mertens verwirrt.

»Ja, Ihre geweitete Pupille rechts .., das heißt ... Lassen Sie mich nochmal schauen ...« Die Oberärztin blickt in ihre Befunde.

»Ach nein, Quatsch, die Pupille waren ja Sie, Herr Winterkorn.« Sie wendet sich wieder Robert zu, der immer noch sehr ratlos schaut.

»Sind Sie eigentlich auf den Kopf gefallen ... äh, ich meine, hatten Sie mal einen Sturz, Gehirnerschütterung, Schädel-Hirn-Trauma, Herr Winterkorn?«

»Nein, nicht dass ich ... das heißt ... ja doch, ich hatte mal einen Sturz auf den Hinterkopf. Wann war das nochmal ... Ja, vor vier Jahren glaub ich. Aber da hatte ich nur ein paar Tage Kopfschmerzen, das war alles.«

»Sehen Sie, völlig harmlos. Das hätten wir auch gesehen beim CT, wenn da was wäre, und ein Tumor ist völlig auszuschließen. Also nur eine harmlose parasympathische Innervation des Nervus oculomotoricus ... Schreiben Sie eigentlich mit, Schwester Anette? Also alles harmlos, wie gesagt. Auch keine syphilitische Gehirnparalyse oder ähnlich Unangenehmes, ha ha, ha! Wird schon wieder, Herr Mert.., äh Winterkorn. Gute Besserung!« Der Visitetross verlässt nacheinander das Zimmer und Robert blickt noch ratloser als zuvor.

»Bin ich hier eigentlich in einer TV-Serie, oder wirklich in einer Klinik?«, fragt Robert seinen Zimmerkollegen.

»Ja, da kann man nur froh sein, dass das nicht die Chirurgische ist. Sonst würden die noch das falsche Bein abnehmen oder so. Ist alles schon passiert!« Robert dreht sich auf die Seite und zieht die Bettdecke über den Kopf. »Vorsichtshalber sollte man das gesunde Bein vorher beschriften mit: ›Nicht das, ihr Idioten!‹!«, murmelt Robert unter der Bettdecke.

Tag 48
Robert wacht auf. Die Ziffern seiner Armbanduhr zeigen auf 9.30 Uhr. Er muss sich erst orientieren und schließt die Augen wieder.

»Wo bin ich?«, murmelt er. »Ach ja richtig, die Maier-Klinik.« Robert gähnt. Sein Zimmernachbar schnarcht laut und Robert schlägt wieder die Augen auf. Da erkennt er seine Freundin, die ihn aus dem Halbdunkel ansieht und nun auf seinen Koffer in der Ecke zeigt.

»Guten Morgen, Schatz, ich hab deine Sachen schon gepackt, zieh dich an, gleich kommt die Ärztin mit den Entlassungspapieren, dann fahren wir heim.« Angela sitzt vor dem Bett und gibt Robert einen Kuss. Robert reibt sich die Augen.

»Heimfahren? Die müssen mit mir doch erst noch weitere Untersuchungen machen, ich hab doch noch gar keinen Befund!«

»Doch, Schatz! Ich hab gestern mit der Oberärztin telefoniert. Sie hat gesagt, dass sie dich heute entlassen. Organisch sei alles in Ordnung und den Befund kriegt Doc Verdi zugeschickt, hat sie mir gesagt.«

»Aber es geht mir noch nicht besser, ich hab Schmerzen, mein Kopf explodiert fast, das Kribbeln im ganzen Körper, so dass ich glaube, Millionen Ameisen laufen auf mir herum! Ich leide immer noch an Sehstörungen, sehe verschwommen und manchmal doppelt! Dann die Mattigkeit und extreme Antriebslosigkeit, so dass ich mich oft keinen Zentimeter bewegen kann! Die Taubheitsgefühle und Lähmungserscheinungen am ganzen Körper! Mir fallen immer wieder Dinge aus den Händen! Nicht zu vergessen, der ständig hohe Puls, der ja offenbar vom Adrenalin kommt, was sie ja mittlerweile zumindest gecheckt haben. Die müssen doch was finden! Die haben mich doch noch gar nicht richtig untersucht!«

»Aber Schatz, du warst über eine Woche hier und die haben alles gründlich gecheckt.« Angela liest aus den Laufzetteln vor, die Robert penibel nach Datum und Uhrzeit sortiert auf dem Beistelltisch abgelegt hat.

»Neurologisch, Labor, röntgen des Thorax, EKG, EEG, Fahrradergometrie im Sitzen, 24-Stunden-EKG, 2D-Echokardiographie, abdomineller Ultraschall und ein ärztliches Konsil mit dem HNO-Arzt. Mehr können die hier doch auch nicht tun.«

»Ich erinnere mich gar nicht an all das, was du sagst. Ich weiß nur, dass die mich im Rollstuhl durch die Gänge gefahren haben und ich immer ewig warten musste, bis sie mich wieder aufs Zimmer schoben.« Robert blickt resigniert auf die Spinne, die sich nach der letzten Putzaktion in die Zimmerecke verkrochen hat und nun wieder Morgenluft wittert. Die Oberärztin kommt herein und reicht Robert einen Umschlag.

»Hier sind Ihre Entlassungspapiere, Herr Mer.., ähm ... Herr Winterkorn. Gute Besserung.« Die Ärztin macht auf dem Absatz kehrt. Robert ruft ihr hinterher.

»Was kann man denn jetzt noch machen, Sie müssen doch noch was finden, Frau Doktor!?« Die Ärztin dreht sich um und antwortet schnippisch:

»Sollen wir Sie etwa noch in Scheibchen schneiden? Sie gehören nicht in eine internistische Klinik, sondern in die Neurologie, ich denke eher noch in die Psychiatrie. Ich muss jetzt zu meinen Patienten. Auf Wiedersehen und gute Besserung!« Mit energischem Niederdrücken der Klinke schließt sie lautstark die Tür hinter sich.

Tag 53
Robert sitzt wieder seinem Hausarzt, Doc Verdi, gegenüber. Der öffnet ein großes Kuvert und liest seinem Patienten den Befund der Maier-Klinik vor.
»Diagnose: Verdacht auf somatisierte psychische Störung mit vegetativer - also unbewusst gesteuerter - Symptomatik; Grenzwerthypertonie in Ruhe; Belastungshypertonie - also hoher Blutdruck bei Belastung-; Hypercholesterinämie mit erhöhtem LDL- und erniedrigten HDL-Anteil; Nikotinabusus – äh Missbrauch -, genau.« Doc Verdi steckt den Befund zu der Karteikarte.
»Das war Alles?« fragt Robert. Der Arzt schaut Robert über den Rand seiner Lesebrille prüfend an.
»Ja nun, Herr ... Winterkorn, das reicht ja auch schon für ein ganzes Leben, nicht wahr? Die Medikamente, die ich Ihnen bislang verschrieben habe, schlagen gar nicht an, was? Hmm, ich könnte Ihnen da allenfalls noch Benzodiazepine verschreiben. Allerdings ..., wissen Sie, Herr Winterkorn, irgendwann kommen wir dann zu Mitteln, die dem Betäubungsmittelgesetz unterliegen. Das ist so eine Sache. Nicht, dass ich sie Ihnen nicht verschreiben würde, aber ein Neurologe hat da einfach mehr Möglichkeiten, verstehen Sie? Am besten gehen Sie doch mal zu Doktor Nusser, das ist ein hervorragender Neurologe, gleich am Viktualienmarkt in München. Ich schreib Ihnen die Adresse auf. Robert nickt, nimmt den Zettel mit der Adresse des Neurologen und verabschiedet sich.
»Vielen Dank Doc, Sie haben mir schon viel geholfen. Auch wenn es die Tabletten nicht tun, ich gebe noch nicht auf.« Als Robert mit dem Taxi nach Hause kommt, ist Angela schon da und begrüßt ihn mit einem Kuss.
»Hallo Schatz, was hat der Doc gesagt? Wie schaut es aus?«
»Wie es ausschaut? Jetzt bin ich abgestempelt. Ein Psycho! Ist ja klar. Und Nikotinmissbrauch, so ein Blödsinn.« Robert zündet sich eine Zigarette an.
»Die wissen gar nichts diese ›Experten‹ in der Maier-Klinik! Die Woche hat nichts gebracht, überhaupt nichts, Null!« Angela schaut Robert betroffen an.
»Aber Robert, so kannst du das auch nicht sagen, die haben sich doch sehr bemüht da drin und jetzt weißt du doch immerhin, dass organisch nichts fehlt. Deine Dings .., äh Störung, kriegen wir schon wieder weg! Das ist nur ein Burnout bei dir von dem Stress, dem Ärger mit den blöden Kollegen und dem ganzen Mist, alles psychisch.

Du wirst sehen, wenn du ein paar Wochen absolute Ruhe hast, in Niederbayern bei meinen Eltern, dann geht es dir bald besser.« Robert lacht bitter.

»Da kann ich mich ja gleich begraben lassen. Nein, du bitte lass mich jetzt allein, ich kann grad nicht mehr.« Angela zuckt mit den Schultern und greift nach dem Fahrradschlüssel.

»Ok, wenn du meinst, ich bike jetzt 'ne Stunde. Essen ist im Kühlschrank, Ciao.« Robert sucht in seiner Schreibtischschublade die Adresse von dem Second-Hand-Plattenladen seines Schulfreundes Tim, den dieser gerade aufgemacht hat. Danach ruft er seinen Bruder an.

»Du, ich möchte meine 300 LPs verkaufen. Ich kann sie eh nicht mitnehmen, wenn es vorbei ist mit mir. Willst du sie haben? Sonst soll sie die Angela dem Tim verkaufen.«

Robert schleppt sich langsam auf die Küchenbank und starrt eine geschlagene halbe Stunde auf den Küchentisch. Dutzende von Präparaten stehen dort aufgereiht. Der halbe Tisch ist vollgestellt. Angela kommt schon zurück von ihrer Tour. Nachdem sie die Schuhe ausgezogen hat, klingelt es an der Haustür. Sie öffnet und begrüßt Roberts Vater.

»Hallo Wolfgang, schön dass du vorbeischaust.‹

»Ja, Angela, grüß dich. Ich muss doch mal nach meinem Sohn schauen.« Roberts Vater geht schon auf die 70 zu. Er ist von kleiner gedrungener Gestalt und noch recht rüstig. Nachdem er seinen Sohn begrüßt, schaut er erstaunt auf den Tisch, auf dem die Tabletten liegen.

»Sag´ mal Robert, wie viel von diesen Tabletten musst du denn nehmen? Das kann doch nicht angehen, Junge!« Robert hebt den Kopf und lacht gequält.

»Ja, da brauch ich nichts anderes mehr zum Essen, jeden Tag hundert von den Tabletten, bis sie mir oben wieder raus kommen!« Wolfgang Winterkorn holt seinen alten Fotoapparat aus der Jackentasche und fotografiert die Medizinarmada.

»Da kannst du ja bald eine Apotheke aufmachen, sag mal. Was kostet denn das Zeug so?«

»Diesen Monat hab ich schon fast 2000 Mark ausgegeben. Die rollen mir in der Fugger-Apotheke schon den roten Teppich aus, wenn ich vorbeikomme.« Vater Winterkorn schnauft.

»Ja, das ist ja der Wahnsinn! Sei nur froh, dass du privat versichert bist.«

»Ja klar! Aber halt nur zur Hälfte. Die andere Hälfte zahlt bei mir als Beamter meine Beihilfestelle, aber das auch nicht immer. Erstmal muss ich das Geld ja immer vorstrecken. Doch das ist alles in Ordnung so. Ich halte diese Qualen nicht mehr aus, Vater! Ich kann nicht mehr! Mein Arzt weiß auch nicht mehr weiter, ich muss wohl doch in die Klinik gehen.« Robert bekommt einen Weinkrampf und sein Vater legt tröstend seinen Arm um ihn.

»Ich weiß nicht, wie ich dir helfen kann, mein Junge.«

»Ich wünschte, ich könnte dir diesen Zustand verständlich machen. Du weißt doch, wie sehr ich die Musik immer geliebt habe und nun kann ich sie nicht mal mehr hören, da ich nichts dabei empfinde. Ich bin nicht verrückt, aber es ist zum Verrückt werden für mich. Es ist was Körperliches mit mir und nicht nur etwas Psychisches, davon bin ich überzeugt. Wenn ich den Zustand noch länger ertragen muss, wird mein Psyche ganz den Bach runtergehen!«

»Dabei bis du noch so jung! Sag´ mal, wie geht es denn eigentlich der Angela? Hält eure Beziehung diese Belastung aus? Das ist doch sicher nicht einfach für sie, oder?«

»Die Angela würde alles für mich tun. Ich weiß nicht, was ich ohne sie machen würde. Ansonsten vertraue ich dem Doc Verdi blind.«

»Es war doch ganz gut, dass du gleich nach der Schule die Ausbildung zum Beamten gemacht hast. Du wirst sehen, dass wird sich für dich noch auszahlen.«

Liquor bringt Klarheit

Tag 123

Robert und Angela stehen vor der neurologischen Klinik in Dettenheim im tiefsten Wald, dem Krankenhaus des Bezirks, gelegen im Südosten der Republik. Nachdem Angela ständig darauf gedrängt hat, hat Robert beschlossen, sich dort heute selbst einzuweisen. Es ist ein herrlicher Sommertag, die Vögel zwitschern und der Hirschberg – der mit seinen 384 Metern eigentlich den Namen Berg nicht verdient hat – zeichnet sich vor dem Horizont ab, als markanter Wegweiser. Angela begleitet Robert zur Aufnahme. Robert lässt die übliche Prozedur über sich ergehen. Schnell kommt die Frage nach Privat oder Kasse, dessen Beantwortung oftmals über das Entgegenkommen bei den weiteren Formalitäten entscheidet. Er bekommt ein schönes sonniges Zweibettzimmer. Der Klinikleiter, Professor Doktor Berkel, begrüßt den Neuankömmling herzlich. Robert reicht ihm die Hand.

»Grüß Gott, Herr Professor, Sie wissen ja, warum ich hier bin, ja? Ich leide seit Monaten an Beschwerden, die ich kaum beschreiben kann. Es ist so quälend und zerfressend, wie ein Krebs der Seele.«

»Seelenkrebs! Das ist eine sehr gute Beschreibung, Herr Winterkorn, wirklich sehr treffend! Wir haben natürlich eine andere Bezeichnung für Ihre Erkrankung, das wissen Sie ja. Sie ist eigentlich aus dem Französischen entlehnt und bedeutet wörtlich übersetzt lediglich »Niederdrückung«. Damit ist jedoch ursprünglich nur ein Zustand psychischer Störung beschrieben und nicht neuropsychiatrische Auswirkungen der Störungen eines Hirnstoffwechsels. Insofern gefällt mir der Begriff, den Sie verwenden. Schön, dass Sie den Weg zu uns gefunden haben, Herr Winterkorn. Herzlich willkommen in der Bayernwaldklinik! Ich bin zuversichtlich, dass wir Ihnen hier helfen können.« Er fährt fort mit der Vorstellung seiner Arbeit und der Erfolge der Klinik. Robert bemüht sich dem Professor geistig zu folgen, aber sein Zustand macht es ihm fast unmöglich, Interesse zu zeigen. Nachdem der Professor gegangen ist, begleitet er Angela noch zur Pforte:

»Du, ich finde den Professor auf Anhieb sehr sympathisch. Ich glaube, ich beginne gerade wieder etwas Hoffnung zu schöpfen.«

»Das freut mich, Schatz! Ich hoffe inständig, dass man dir hier endlich helfen kann! Mach´s gut!« Robert verabschiedet sich.

Tag 125

Der Morgen beginnt mit warmen Sonnenstrahlen, die durch das offene Fenster in den Raum fallen, Roberts Bettdecke hinauf wandern bis zum Kopf und ihn schließlich wecken. Seit Wochen hat er erstmals wieder mehr als zwei Stunden am Stück geschlafen. Kurz nach dem Frühstück kommt der Professor mit seinem Weißkittelgefolge von sechs Ärzten und Krankenschwestern in Roberts Zimmer.

»Guten Morgen, Herr Winterkorn! Hatten Sie eine angenehme Nacht?«

»Guten Morgen, Herr Professor! Danke, ich habe nach dem ganzen Zeug, das ich gestern Abend bekommen habe, endlich mal wieder fast durchgeschlafen.«

»Prima! Sind Sie bereit für die besprochene Lumbalpunktion?«

»Sie wollen also mein Hirnwasser abzapfen? Hab´ mich schon kundig gemacht. Na gut, nur zu, ich hab´ eh gerade nichts Besseres zu tun. Unangenehme Dinge des Lebens, soll man schnell hinter sich bringen, sagt meine Mutter immer.« Robert mimt einen gut aufgelegten Patienten, obwohl es ihm eigentlich zum Heulen zumute ist. Professor Berkel nickt und gibt einer der Krankenschwestern das Desinfektionsspray in die Hand. Dann wendet er sich wieder seinem Patienten zu.

»Das ist schön. Solche Patienten wünscht man sich. Setzen Sie sich einfach auf den Bettrand und lassen Sie die Beine herunterbaumeln, ja? Genau, sehr schön. Jetzt beugen Sie den Oberkörper mal nach vorne und machen einen Katzenbuckel. Und Sie, Schwester Daniela, desinfizieren bitte die Einstichstelle.« Robert krümmt sich, wie ihm geheißen wurde, und zuckt nur unmerklich zusammen, als das kühle Spray seinen Rücken benetzt. Die junge Blondine sprüht eine volle Ladung über den gesamten Rücken, tupft die herunterlaufende Flüssigkeit hektisch ab, tritt zur Seite und schaut den Professor fragend an.

»Ist es ok so?« Robert lächelt und zwinkert ihr aus den Augenwinkeln heraus zu.

»Da es an diesem Morgen bereits 28 Grad warm ist, nehme ich es als willkommene Erfrischung, danke!« Der Professor kommentiert nun die Untersuchung für seine Gefolgsleute.

»Die Lumbalpunktion ist die häufigste Form der Liquorentnahme. Der Einstichort liegt im Duralsack zwischen den Dornfortsätzen des zweiten bis fünften Lendenwirbels, also deutlich tiefer als das untere Ende des Rückenmarkes.« Der Arzt sticht unvermittelt und ohne Betäubung die Nadel in den unteren Teil des Rückens. Schweißtropfen lösen sich daraufhin in steter Folge von Roberts Stirn und benetzen den Linoleumboden. Robert fixiert mit starrem Blick konzentriert die entstehende Lache.

»Spüren Sie das, Herr Winterkorn, tut das weh?«

»Es geht. Ich bin froh, dass es nicht besonders schmerzt. Es beginnt nur ein bisschen zu brennen.«

»O´zapft is!« Der Professor lacht kurz auf und hält gleich darauf inne.

»Oh, oh! Das müssen wir leider noch mal machen.« Er präsentiert das gefüllte Röhrchen theatralisch seiner Gefolgschaft wie der Bischof von Neapel das Blut des heiligen San Gennaro und doziert weiter.

»Wie Sie sehen, ist etwas Blut in die Probe gekommen und das kann man leider nicht mehr gebrauchen.« Schon setzt er wieder an und zieht Robert nochmals etwas von der kostbaren Flüssigkeit aus dem Duralsack. Nach einer Weile ist die Spritze gefüllt. Professor Berkel hält sie gegen das Sonnenlicht und scheint diesmal hocherfreut.

»Das ist klar! Klar, wie ein in den Bergen entsprungenes Quellwasser. Ein gutes Zeichen, meine Damen und Herren! Wir können somit schon mal ausschließen, dass es sich um eine Gehirnhautentzündung handelt, denn dann wäre der Liquor stark getrübt.«

»Der Liquor ist klar, nichts ist klar! Mist, dass sich wieder nichts Greifbares ergeben hat, dann hätte ich endlich richtig behandelt werden können!«, stöhnt Robert leise und richtet sich langsam wieder auf.

»Das hab ich schon verstanden, was Sie gerade gesagt haben, Herr Winterkorn!«, tadelt der Professor mit einem leichten Schmunzeln.

»Aber wir sind ja auch erst am Anfang unserer Untersuchungen. Kopf hoch! Auf Wiedersehen und gute Besserung!« Mit seinem Gefolge im Schlepptau marschiert der großgewachsene Mediziner aus dem Zimmer. Nur Schwester Daniela bleibt und richtet das Bett, was Robert aufgrund ihrer attraktiven Erscheinung mit gefälligen Blicken begleitet. Bevor sie geht, weist sie ihren Patienten in die Verhaltensregeln nach der Punktion ein.

»Herr Winterkorn, Sie müssen sich die nächsten acht Stunden hinlegen, den Kopf völlig flach lagern und mindestens zwei Liter Flüssigkeit in Form von Tee oder Wasser zu sich nehmen, um das Risiko eines sogenannten Postpunktionssyndroms mit eintretenden Kopfschmerzen, eventuell sogar Übelkeit und Erbrechen, möglichst zu minimieren!« Das erweist sich jedoch als nicht so einfach für Robert, zumal Professor Berkel ihm ja durch seinen Fehlversuch die doppelte Menge an Gehirnwasser entnommen hat. Er trinkt so lange, bis er auf etwa einen Liter kommt. Am Vormittag kann er es nicht mehr aushalten und klingelt nach Schwester Daniela. Er muss den Druck auf seiner Blase loswerden. Er soll ja noch sechs Stunden liegen und darf nicht auf die Toilette, hat man ihm gesagt. Doch die Blondine erscheint nicht. Stattdessen kommt nach fünf Minuten endlich ein Pfleger.

»Bitte bringen Sie mir möglichst schnell eine Ente, da ich sonst ins Bett machen werde und dann würde ich Sie wohl dafür erwürgen!«, presst Robert angespannt zwischen den Lippen hervor. »Rein theoretisch kann ich ja einen Knoten in mein Ding machen, aber wahrscheinlich würde ich durch den entstehenden Druck explodieren.« Der Schweiß steht ihm bereits auf der Stirn. Endlich, nach weiteren drei qualvollen Minuten, bringt der Pfleger den Plastikbehälter, der die Bezeichnung eines Geflügels trägt. Sofort setzt Robert das Prachtstück unter der Bettdecke an und lässt seinem Bedürfnis freien Lauf. Eine Stunde später, nachdem er die insgesamt verordneten zwei Liter Flüssigkeit zu sich genommen hat, erscheint der Pfleger wieder.

»Herr Winterkorn, Sie sollen jetzt zum EKG und EEG gehen!«

»Ich liege aber erst zwei Stunden flach und mir wurde gesagt, dass ich mindestens acht Stunden liegen bleiben soll!«

»Das macht überhaupt nichts, Sie können ruhig gehen. Außerdem ist in drei Stunden noch ein EEG fällig, das muss ja auch gehen!«, meint der Pfleger ungerührt.

Vier Stunden später sitzt Robert mit hochrotem Kopf vor dem EEG, mit dem Schwester Elke seine Gehirnströme messen soll. Er muss hecheln und hyperventilieren, damit der Sauerstoffgehalt im Blut steigt. Das fällt ihm immer schwerer, so dass er es jedesmal maximal ein paar Sekunden aushält, bevor er pausieren muss.

»Schwester Elke, ich komme mir vor wie ein Hund. Mir ist so schwindlig und schwarz vor den Augen! Wie lange dauert denn das noch?«

»Gleich haben Sie es geschafft, Herr Winterkorn, nur noch zwei Minuten!«

Nachdem er die Untersuchung hinter sich hat, richtet der Pfleger für Robert einen Stuhl auf der Terrasse in der Sonne her und meint: »Bei diesem schönen Wetter muss man doch auf der Terrasse sitzen und die Sonne genießen, nicht wahr, Herr Winterkorn?«

»Gern, wenn Sie mir Gesellschaft leisten. Nicht, dass ich hier vom Stuhl kippe mit meinem Schwindel!«

»Ich habe zu tun! In einer Stunde hole ich Sie wieder ab.« Robert döst in der prallen Sonne vor sich hin und schleppt sich schließlich zwei Stunden später wieder auf sein Zimmer, da ihn der Pfleger offensichtlich vergessen hat. Sein Bettnachbar schaut gerade Nachrichten im TV. Es geht um Doping von Schwimmern der ehemaligen DDR. Funktionäre hatten Informationen über Doping unterdrückt. Wegen Strafvereitlung sollen sie jetzt vor Gericht. »Die ehemalige Nationalschwimmerin der DDR, Renate Bauer, bricht ihr Schweigen!«, ist vom Kommentator zu vernehmen. Den fünf Mitgliedern der »ad-hoc-Kommission« des Deutschen Sportbundes, berichtete Frau Bauer detailliert über die alltägliche Pillenmast im ostdeutschen Sport. »Es wurde viel mit uns experimentiert«, sagt die 36jährige den DSB-Vertretern; manchmal sei sie sich wie ein Versuchskaninchen vorgekommen.

»Kann ich total verstehen, bin auch Versuchskaninchen und vollgedopt!«, ruft Robert seinem etwas schwerhörigen Bettnachbarn zu. Anschließend nannte die Olympia-Zweite von 1972 die verantwortlichen Ärzte und Betreuer. Der Heidelberger Rechtsanwalt Michael Lehner, habe in der vergangenen Woche drei Mitglieder der Kommission wegen des Verdachts der Strafvereitlung, Begünstigung und unterlassenen Hilfeleistung angezeigt - an der Spitze Manfred von Richthofen, den Präsidenten des DSB. Der Dopingausschuss hätte erkennen müssen, so argumentiert Lehner, dass die Hormon-Experimente den Tatbestand der Körperverletzung erfüllten. Bis heute wurde kein mit Hormonen vollgepumpter Sportler medizinisch beraten oder gar entschädigt.

»Wer weiß, was die mir noch alles reinpumpen. Ich brauch auch einen Dopingausschuss!« Robert fallen die Augen zu und er nimmt den Kommentar seines Bettnachbarn nicht mehr wahr.

Tag 126
Robert erwacht nach unruhigem Schlaf. Während Schwester Daniela das Tablett mit dem Frühstück in das Zimmer schiebt, berichtet er ihr von seinen nächtlichen Erlebnissen und dass er stark Kopfschmerzen habe.

»Ich habe mehrmals in der Nacht eine Frau im Nebenzimmer schreien gehört.« Die Schwester lacht kurz auf.

»Ja, das ist die Frau Luginger, die hat vor vierzehn Tagen auch eine Lumbalpunktion genossen und leidet seitdem unter extremsten Kopfschmerzen, sobald sie den Kopf nur ein bisschen bewegt. Nachtschwester Adelheid hat ihr unwissenderweise zwei Morphiumpflaster draufgepappt, damit sie Ruhe hat. Jetzt schläft sie wie eine Tote und ich hab den Ärger mit dem Aufwecken.« Als das Frühstück serviert wird, setzt sich Robert in seinem Bett auf und fällt mit schmerzverzerrtem Gesicht wieder zurück.

»Mist, mein Kopf!« Sofort ruft er wieder nach seiner Lieblingsschwester und klagt ihr sein Problem.

»Wenn ich liegen bleibe, wird der Schmerz ja schon langsam erträglicher. Aber jedesmal, wenn ich mich wieder aufsetze, entwickeln sich die Schmerzen zur vollen Pracht. Jetzt weiß ich jedenfalls, dass ich voraussichtlich die nächsten Tage im Bett verbringen werde und der gestrige Nachmittag in der Sonne wohl ein fataler Fehler war. Da kann man wohl nichts machen, oder?«

»Nein, da kann man nichts machen, das vergeht von selbst wieder in spätestens zehn Tagen, Herr Winterkorn!« Schwester Daniela bringt Robert ein Glas Wasser mit zwei Tabletten und stellt sich direkt neben sein Bett, so dass er von seiner Perspektive aus einen guten Blick auf ihre vom zu knappen Schwesternkittel nur unzureichend verdeckten weiblichen Attribute erheischen kann. Langsam greift Robert nach dem Glas und den Tabletten, ohne den Blick vom prallen Ausschnitt abwenden zu können.

»Sie warten jetzt, bis ich das geschluckt habe, nicht wahr?«

»Nein, ich warte nicht! Ich habe schließlich noch andere Patienten. Bis später, Herr Winterkorn! Gute Besserung!« Schwester Daniela macht auf ihren - für eine Krankenschwester doch sehr deplatziert wirkenden - High-Heels kehrt und Robert schaut ihr verträumt hinterher. Er schluckt die Tabletten und trinkt das Glas in einem Zug leer.

Tag 130
Der Professor kommt zur Visite und fragt: »Wie geht es Ihnen heute?«

»Nicht gut! Die Kopfschmerzen von der Punktion sind immer noch nicht weg.«

»Ja, das kann durchaus noch eine Woche dauern. Gut Ding will Weile haben. Dann bis morgen.« Die Visite ist heute schnell beendet. Trotz der Schmerzen beginnt Robert, wie jeden Tag, wieder eisern und mit letzter Kraft seine zwanzig Bahnen im Pool zu schwimmen, absolviert anschließend die Wassergymnastikstunde, dessen einziger Teilnehmer er ist, und tritt verbissen seine fünf bis zehn Kilometer auf dem Ergometer. Anschließend berichtet er seinem Zimmernachbarn von seinem Zustand.

»Die Schmerzen beim Sport sind fast unerträglich. Ich habe das Gefühl, mein Gehirn stößt im Schädel überall an. Bisher habe ich immer wieder versucht, den Ärzten zu erklären, wie es mir geht. Aber da sie das offenbar nicht interessiert, tue ich nun genau das, was sie mir immer gesagt haben, da dies ja angeblich meinen Zustand bessern sollte. Doch bis jetzt ist genau das Gegenteil der Fall. Wenn ich nicht dem Berkel so sehr vertrauen würde ... Der behandelt mich wie einen Sohn. Er hat mir versprochen, dass er mich wieder gesund bekommt!«

Als er am Abend erschöpft im Bett liegt und Schwester Daniela ihn wieder etwas ungehalten anspricht, weil er nicht zum Abendessen aufsteht, schiebt Robert wortlos die Schublade des Nachtkastens auf und holt einen Zettel heraus. Es ist das Attest eines Psychiaters. Er reicht ihn der Schwester.

Die liest vor: »Nicht aus schlechtem Willen, sondern aus Krankheitsgründen ist Herr Winterkorn nicht in der Lage und hat auch nicht die Initiative, selbst die einfacheren Dinge des alltäglichen Lebens selber zu erledigen.«

Sie reicht den Zettel zurück und murmelt resigniert: »Tut mir leid, ich lasse Sie dann halt wieder allein.«

»Mir tut es leid, ich wollte Sie nicht persönlich angreifen. Wissen Sie, Schwester, die Ärzte verstehen mich offensichtlich nicht richtig. Mein Hausarzt, Doc Verdi, ist einer der wenigen, die meinen Kampf erkannt haben und mich nicht mit blöden Sprüchen behandeln. Diese Sprüche von meiner Freundin Angela und ihrer buckligen Verwandtschaft, wie ›Reiß dich doch zusammen!‹, ich kann sie nicht mehr hören. Sie sind pures Gift für mich! Ich reiße mich ja zusammen und möchte Dinge machen, wie zum Beispiel spazieren gehen, Kino, lesen, meinen Hobbys nachgehen, ja mehr als alles andere wieder alles machen können. Leider fehlt mir die Kraft dazu und das macht mich zusätzlich noch fertiger. Ich will so gerne und kann nicht mehr. Manche Betroffene finden gerade noch die Kraft, ihrem Leben - ja ihrem Dahinvegetieren - ein Ende zu setzen, weil sie sich ihrer Umwelt und ihren Mitmenschen nicht mehr gewachsen fühlen. Doch ich will überleben, Schwester. Noch gibt es Hoffnung. Bald komme ich hier raus.«

Auf seine Eltern und Geschwister kann sich Robert verlassen. Obwohl er versucht, alles selber zu machen, gibt es jedoch manchmal Verrichtungen, bei denen er Hilfe braucht und dann kann er sich an sie wenden. Von ihnen kommen niemals blöde Sprüche oder gute Ratschläge. Sie sind einfach für ihn da und nehmen ihn so wie er ist, auch wenn er durch seine schwere Krankheit öfters ungeduldig klagend und selbstbezogen erscheint.

Tag 133
Gegen seine enormen Schlafstörungen bekommt Robert seit zwei Tagen am Abend zwei starke Schlaftabletten. Eine der Tabletten ist eigentlich keine Schlaftablette. Es ist eine orange Filmtablette, ein Neu-

roleptikum, das man wegen seiner müde machenden Nebenwirkung als Schlaftablette einsetzt. Seit Beginn seiner Erkrankung, an diesem unsäglichen Freitag vor fünf Monaten, schläft er nur wenige Stunden und auch diese nur mit Unterbrechungen. Oft schreit er sofort nach dem Aufwachen. Er könne diesen Zustand nicht mehr über so lange Zeit ertragen, sagt er zu seinem Zimmerkollegen vor der Morgenvisite.

Professor Berkel nimmt sich heute bei der Visite mehr Zeit für seinen Patienten als sonst.

»Wie geht es uns denn heute, Herr Winterkorn?«

»Ich weiß nicht, wie es Ihnen geht, mir geht es immer gleich, immer gleich schlecht. Aber ich bin froh, dass Sie mir jetzt diese Schlaftabletten gegeben haben. Ich hatte sie ja erst abgelehnt.«

»Ja, diese Medikamente sind ein Segen, wenn man sie wirklich braucht, jedoch nicht, wenn man dadurch nur seinen eigenen Schlaf quasi regulieren will. Leider machen das viele Menschen so. Das ist dann Schlaftablettenmissbrauch, aber nicht, wenn man, wie Sie, starke Ein- und Durchschlafschwierigkeiten hat und man diese Medikamente von einem Arzt verschrieben bekommt. Dieser Schlaf hat allerdings nicht den Erholungswert eines natürlichen Schlafs, das muss man wissen.«

»Genau, er macht ganz einfach bewusstlos und dann kommt leider ein neuer Tag in dem gleichen Zustand. Dieser Zustand ist fast nicht auszuhalten. Das mit der Bewusstlosigkeit ist mir aber ziemlich egal, Hauptsache ich kann schlafen. Die Medikamente lösen bei mir jedenfalls lebhafte Träume aus.«

»Ich hoffe, es sind keine Albträume?«

»Nein, nur gute Träume. Die erste Nacht war ich ein bekannter Fußballspieler und spielte in der deutschen Nationalmannschaft. Und letzte Nacht war ich Kapitän Kirk auf dem Raumschiff Enterprise. Nur das mit dem Wegbeamen hat leider nicht geklappt!«

»Toll, dass Sie ihren Humor nicht verloren haben. Sie sind auf einem guten Weg!«

Tag 137
An diesem Abend legt sich Robert schon etwas früher ins Klinikbett. Er ist sehr müde und schläft ausnahmsweise mal ohne Tabletten ein.

»Hallo, Herr Winterkorn, hallo Herr Winterkooorrrrn ..!« Robert murmelt etwas, das möglicherweise zu dem Traum gehört, den er offenbar gerade hat. Plötzlich reißt er die Augen auf und da steht sie direkt vor seinem Gesicht, die Nachtschwester Adelheid.

»Herr Winterkorn, Sie müssen noch ihre Medikamente einnehmen!« Robert fährt hoch, wie von einer Tarantel gestochen.
»Die Schlaftabletten, genau! Die habe ich total vergessen. Das ist doch einmal eine pflichtbewusste Krankenschwester! Danke, vielmals!« Robert schluckt die Tabletten und schließt die Augen wieder. Es dauert drei Stunden, bis der Schlaf wieder einsetzt.

Tag 138
Professor Berkel ist heute besonders gut gelaunt. Bei der Morgenvisite geht er zielstrebig auf Robert zu. Aus der rechten Tasche seines strahlend weißen Arztkittels zieht er ein kleines braunes Behältnis mit Schraubverschluss und einer rosa Aufschrift, die Robert auf die Entfernung nicht entziffern kann. Triumphierend schüttelt er die Box, so dass die sich darin befindlichen Tabletten mit einem rasselnden Geräusch melden. Der Professor fährt mit dem Schütteln fort, in einem Takt, der offensichtlich dem der gerade aus dem Radio ertönenden Popmusik folgen soll. Robert verzieht schmerzhaft sein Gesicht. Professor Berkel stoppt seine Aktion sofort und sein Lachen verwandelt sich in einen besorgten Gesichtsausdruck.
»Haben Sie wieder Kopfschmerzen, Herr Winterkorn?«
»Nein .., ja schon, aber nicht die Punktionsschmerzen, sondern ein Klingeln in den Ohren und dieses Rasseln, das dröhnt so in meinem Kopf.«
»Oh, tut mir leid, ich wollte Ihnen nur eine hoffnungsvolle Botschaft bringen. Die Amerikaner haben letztes Jahr ein neues Medikament entwickelt, genau für Ihre Symptomatik, und das hat eingeschlagen, wie eine Bombe. Wirksamer, als alles Bisherige. Ich habe es mir schicken lassen, es ist eigentlich bei uns noch nicht zugelassen, aber im Rahmen einer Studie ...«
»Wie heißt das Wunderzeugs?«, unterbricht Robert den Professor.
»Der Name ist Prozac. Fluoxetin heißt der Wirkstoff. Eine bahnbrechende Entwicklung der Forschung für Ihre Symptome!« Er reicht Robert die Box mit den Tabletten und eine Mappe mit Unterlagen.
»Lesen Sie sich diese Studien aus den USA mal in Ruhe durch und geben Sie mir Bescheid, ob ich Sie in unsere Studie aufnehmen darf. Ich bin so überzeugt von den Ergebnissen der Kollegen, dass ich mir eine wesentliche Besserung ihres Zustands innerhalb der nächsten fünf Wochen verspreche und sicherlich sind Sie dann in einem halben Jahr diesen verdammten Seelenkrebs endlich los!«
»Das wäre ja zu schön, um wahr zu sein. Ok, wenn Sie das sagen, versuche ich es. Wieder ein Strohhalm mehr. Die Unterlagen

können Sie wieder mitnehmen. Lesen strengt mich zu sehr an. Ich mache das auch so, Hauptsache es hilft. Ich vertraue Ihnen.«

»Soll ich Ihnen noch Kopfschmerztabletten bringen lassen?«

»Nein, danke, die helfen ja bei mir nicht, das ist es ja. Es sind schon extrem starke Kopfschmerzen, aber es gibt ja so viele Arten von Kopfschmerzen. Bei mir sind es mehr so dumpfe und stechende Schmerzen und die dumpfen Schmerzen sind immer da! Manchmal ist es wieder so, als würde mir einer mehrmals ein Messer in den Kopf stechen und dann noch umrühren! Gerade dies passiert besonders oft im rechten Auge.«

»Ja, da haben Sie ja auch diese Pupillenvergrößerung, nicht wahr?«

»Genau! Manchmal erscheint mir der Druck so stark, als könne mein Schädel mit einem gewaltigen Knall explodieren! Oft knackt es auch in meinem Kopf, ohne dass ich ihn bewege. Aber eines der schlimmsten Symptome ist das ständige quälende Summen und Brummen im Schädel, das in den ganzen Monaten nicht e i n m a l weg war! Mit Tinnitus ist das gar nicht zu vergleichen!«

»Ja, das berichten mir Patienten immer wieder. Aber das wird schon wieder werden, Herr Winterkorn. Das kriegen wir schon noch in den Griff!«

Tag 140
Robert sitzt nach dem Frühstück mit einer verhärmten Frau, die das vierzigste Lebensjahr noch nicht überschritten hat, im Raucherraum.

Robert drückt die dritte Zigarette dieses Morgens in den Ascher und sagt zu der Leidensgenossin: »Ich bin total genervt! Jetzt bin ich schon über zwei Wochen hier und es tut sich einfach nichts! Medikamente, Therapien ... nichts, aber auch nichts bringt eine Änderung zum Positiven. Ich will jetzt in eine andere Klinik, die vielleicht andere Therapien macht, auf die der Seelenkrebs anspringt.«

Käthe, die früh gealterte Tochter des großen Verlegers Otto Solms, wirft ein: »Hast du schon mal von der Klinik Dr. Verigo am Tegernsee gehört? Dort gibt es sowohl eine internistische als auch eine psychosomatische Abteilung. Ich war schon einmal dort und es hat mir geholfen. Außerdem war ich mit einem der Oberärzte der internistischen Abteilung befreundet.«

»Ok, und wie komme ich dort hin?«

»Na ja, es ist nicht so einfach in diese Klinik zu kommen, die haben dort ziemlich lange Wartezeiten, fast ein Jahr mittlerweile.«

»Ein Jahr! Da kann man ja gestorben sein!« Käthe nickt.

»Der einfachste Weg ist es, wenn du dich über die internistische

Abteilung quasi einschleusen lässt. Dann kommst du später leichter in die psychosomatische.«

»Und wie soll das gehen? Ich bin doch körperlich angeblich gesund.«

»Ach, was mit dem Magen hat doch jeder mal, das dürfte nicht so schwer sein. Dir fällt da sicher was ein. Verigo ist die beste Privatklinik in Bayern. Da gehen die ganzen Promis hin mit ihrem Seelenkrebs. Liegt auch sehr schön am Tegernsee. Eine alte Villa mit Neubau.«

»Ok, dann werd ich da mal hingehen. Ich werd hier morgen gleich auschecken, das bringt hier ja alles sowieso nichts mehr.«

Tag 143
Der Klinikaufenthalt in der idyllisch gelegenen Bayernwaldklinik in Dettenheim ist beendet. Robert erzählt niemandem von seinen Plänen mit der Klinik am Tegernsee. Er ist seit einer Woche immerhin die quälenden Punktionskopfschmerzen los, aber an seinem Zustand hat sich ansonsten nichts geändert. Tränenreich verabschiedet er sich von Professor Berkel, der zu einer Art Ersatzvater für ihn geworden ist.

»Sie wissen, Herr Professor, ich hab wirklich alles getan, was Sie mir gesagt haben. Es hat wieder nichts gebracht und alle Hoffnung war wieder mal umsonst. Ich bin schon enttäuscht, ganz ehrlich!«

»Ja, Herr Winterkorn, ich weiß, Sie waren einer meiner Musterpatienten und ich habe mir sehr gewünscht, dass wir Ihnen hätten helfen können. Aber manche Patienten müssen eben viel Geduld haben. Doch ich bin immer noch zuversichtlich, dass das neue Medikament bei Ihnen anschlägt. Sie können jederzeit zu mir kommen, ich werde immer für Sie da sein. Alles Gute, Herr Winterkorn!«

»Vielen Dank, Herr Professor, ich melde mich dann in vier Wochen wieder bei Ihnen und berichte Ihnen, ob das Mittel doch anschlägt.«

Bevor Robert nach Herrgottsruh fährt, ruft er seine Mutter an und berichtet ihr von seiner Entlassung. Er sagt ihr, dass die Ärzte ihm einen Tapetenwechsel empfohlen hätten. Daher habe er mit Angela ausgemacht, dass er ein paar Wochen bei ihren Eltern verbringe und sie dann die Wochenenden und die Zeit während Angelas Urlaub dort gemeinsam verbringen. Herrgottsruh liegt ungefähr einen Kilometer entfernt von der Hauptstraße, die von Dettenheim nach Fichtreich führt. Es ist ein kleiner verschlafener Ort, der für Robert gefühlte zehn Einwohner zählt. Natürlich sind es in Wirklichkeit einige mehr, aber Robert schildert seiner Mutter während des Anrufs diesen Eindruck, der ihn immer beschleicht, wenn er in das überaus friedliche

Nest kommt. Manchmal habe er auch den Eindruck, er müsse besonders leise sein, da er den Ort sonst aufwecken würde. Seine Mutter fragt ihn, ob er denn dort leben möchte. Er antwortet, dass die Gegend, umgeben von Hügeln und Wäldern, sicherlich schön sei, aber nicht so schön, dass er dort leben wolle. Er brauche die Großstadt, ohne die er sich nicht wohl fühle. Wenn er sich vorstelle, mit seinem Seelenkrebs in diesem Ort zu leben und dann auch noch in Fichtreich zu arbeiten, schüttle es ihn. Ihn würden ja jetzt schon ständig die oft schiefen und geringschätzigen Blicke der Dorfbewohner nerven, meint er. Angelas Eltern haben sich schon vor vielen Jahren ein schönes Haus gebaut, in dem auch noch die Oma im ersten Stock wohne. Sie wolle mit ihm den Speicher für sich ausbauen. Roberts Mutter meint daraufhin, das Landleben sei ja überhaupt nichts für ihn. Robert beendet das Gespräch, da er nun das Taxi rufen muss. Das Taxi ist schon kurz darauf da und fährt ihn durch den strömenden Regen des heftigen Sommergewitters dreißig Kilometer durch die dichtbewaldete Landschaft zu Angelas Eltern in Herrgottsruh. Gedankenverloren zahlt er die Rechnung und geht durch die Hofeinfahrt der Eltern seiner Freundin.

Tag 144
Robert geht bereits am ersten Tag nach der Entlassung unrasiert und unter Schmerzen in aller Frühe alleine zum Einkaufen. Er war schon immer Frühaufsteher und will dies trotz seiner Krankheit beibehalten. Angela schläft noch. Er muss sich trotz seiner Krankheit beschäftigen, so lange es noch irgendwie geht. Als er unrasiert und fern der Heimat mit schweren Schritten den Dorfladen betritt, steht er drei Kundinnen und der Ladeninhaberin gegenüber, die ihn sofort anstarren. Eisige Kälte schlägt ihm aus den versteinerten Gesichtern der Frauen entgegen, die offensichtlich genau wissen, dass er aus der Klinik in Dettenheim entlassen wurde und ihn deswegen beargwöhnen. Als »Deppenheimer« bezeichnen einige Herrgottsruher die Insassen des Bezirkskrankenhauses spöttisch, ja bisweilen sogar verächtlich. Robert hat gleich nach der gestrigen Ankunft jedem Bekannten, dem er im Dorf begegnet ist, erzählt, dass er auf der neurologischen Station und nicht in der Psychiatrie war. Aber das interessiert hier Keinen, zumal die meisten den Unterschied sowieso nicht kennen. Robert greift sich eine Packung Zigaretten aus dem Regal und beobachtet aus den Augenwinkeln heraus die Blicke der Kundinnen, die sich nun abwenden, ihre Köpfe zusammenstecken und tuscheln. Robert nickt ihnen demonstrativ aber freundlich zu.

»Grüß Gott!« Da sein freundlicher Gruß nicht erwidert wird, fügt er lakonisch hinzu: »Oder auch nicht!« Robert zieht fünf Schokoriegel aus dem Regal. Seitlich schiebt er sich auf dem Weg zur Kasse an einer dicken Frau vorbei, die dabei ihre Tüte Erdnussflips fallen lässt und sich gleich darauf verstohlen zum Ausgang schleicht. Die Ladeninhaberin schließt geräuschvoll die Registrierkasse und starrt Robert wie einen Außerirdischen an. Der lässt sich jedoch nicht beirren und geht direkt auf die Frau zu. Dabei vernimmt er ein heiseres Flüstern hinter dem Regal.

»Das ist doch einer von diesen Irren aus Deppenheim. Wie der schon aussieht. Was macht der bei uns?«

»Keine Angst, es ist nicht ansteckend!«, ruft Robert mit schrägem Lächeln und aufgesetzt irrem Blick. Er legt seine Einkäufe leicht zitternd auf den Tresen. Die zwei Frauen verschwinden nun ebenfalls rasch aus dem Laden. Schweißperlen bilden sich auf der bleichen Stirn und rinnen über das Doppelkinn im aufgeschwemmten Gesicht der etwa 50jährigen Verkäuferin. Sie ist nun mit Robert alleine. Er greift in seine Tasche und zieht langsam seine Geldbörse heraus, der er einen 500-Mark-Schein entnimmt.

»Können Sie rausgeben?«

»So wos hab i no niat gseng!«

»Was meinen Sie, den Schein oder einen aus ... Deppenheim?«

»I kann ... kann leider niat ... niat raus, rausgeben«, stammelt die Verkäuferin sichtlich überfordert. Robert dreht sich um und geht zur Tür.

»Ok, dann einen schönen Tag noch!«, ruft ihr Robert über die Schulter zu und verlässt ohne seine Einkäufe den Dorfladen.

Tag 145
Wie jeden Tag, steht Robert auch heute zur selben Zeit, um 06.30 Uhr, auf. Immer wieder erklärt er Unkundigen, wie viel leichter es für ihn wäre, einfach liegen zu bleiben, doch er zwingt sich dazu, jeden Tag aufzustehen. Gerti, Angelas Mutter, arbeitet während des Vormittags in einer Computerfirma und ihr Mann, Hans, ist wie immer irgendwo unterwegs. Er arbeitet eigentlich als Arbeiter für die Gemeinde, ist aber schon seit vielen Monaten krankgeschrieben. Angelas Oma wartet jeden Morgen mit dem Frühstück auf Robert. Sie leidet schon viele Jahre lang an seelischer Verstimmung und nimmt seit einiger Zeit Aponal, einen gängigen Stimmungsaufheller. Damit kommt sie ganz gut zurecht. Sie hat meistens ein »Morgentief«, das sich aber nach der Einnahme ihrer Medikamente schnell wieder legt. Bei Robert ist es ganz egal, welche Tageszeit es ist. Ob morgens, mittags oder abends, sein Tief ist immer gleich tief, oft sogar noch tiefer

als tief. Seine Verzweiflung und seine unbeschreibliche Qual im Gehirn, in der Seele und in seinem Bewusstsein ist so groß, dass er jeden Tag weinen muss. Das Weinen bricht aus ihm heraus, bringt ihm aber keine Erleichterung.

So sitzt Robert am Frühstückstisch, wie immer erschöpft in seiner Kaffeetasse rührend, als Angelas Oma mit völlig zerzausten Haaren verschlafen in die Stube schlurft.

»Guten Morgen, Robert!«, murmelt sie, als sie ihren Kaffeepott aus dem Hängeschrank holt.

»Was soll an diesem Morgen schon gut sein?«, erwidert Robert müde und bricht unvermittelt in Tränen aus. Die Oma setzt sich zu ihm und beginnt ebenfalls zu weinen.

»Seit dreißig Jahren hab' ich schon diesen ... wie sagst du immer? Seelenkrebs? Aber du bist do no so jung, Bua, du kannst do niat scho so krank sei. Was hat a denn g'sagt, da Brotfresser? Ja na, der Professor Berkel, woascht scho, da war ich ja auch scho, seinen Vater kenn' ich scho. Aber du wirst scho seh'n Bua, wenn ihr dann den Speicher oben aus'baut habt's und du aa hier lebst, dann wird's dir scho wieder besser geh'n, gell Bua!«

Robert erwidert mit brüchiger Stimme: »Na Oma, dann kann ich genau so gut sagen, geh doch du nach Augsburg, dann geht es dir auch besser und dann ...« Der Rest erstickt in einem Meer von Tränen. Er wendet sich ab, schluchzt hilflos und wischt sich die Tränen aus dem Gesicht, doch die laufen weiter.

»Ja, dann leg i mi halt wieder in mei Bett, die Gerti kommt eh glei und kocht uns was Guat's!«, spricht die alte Frau und schlurft ächzend die knarzende Holztreppe rauf.

Tag 146
Müde schleppt sich Robert mit Gertis Mann, Hans, seinem potenziellen Schwiegervater, durch die Wälder.

»Hans, geh nicht so schnell, bitte, du weißt doch, dass ich nicht so schnell laufen kann.« Robert ringt um Atem und keucht.

»Warum sind nur alle der Meinung, das Marschieren würde mir gut tun? Ich weiß selbst, was mir gut tut!« Hans hält inne und grunzt unverständlich. Er spricht nie viel und wenn, versteht Robert ihn kaum.

Plötzlich ergießt sich Hans in einem Schwall von Urlauten: »Ho ... Hoascht an Toni gseng in da Fruah mit da neian Sast Roosn mahn? Der is so deppat, dea dad aa am Heibon boussn. Hoascht mi?«

Robert antwortet einfach intuitiv mit einem »Ja«. Das passt fast immer. Nach zwei Stunden kommen sie wieder am Haus an, wo sie von Angelas Mutter kulinarisch verwöhnt werden. Gerti ist eine sehr gute Köchin.

Tag 149
Angela kommt von der Arbeit in Augsburg zu ihren Eltern nach Hause und beide verbringen den Samstag wieder in Dettenheim beim Einkaufen, was für Robert eine riesengroße Kraftanstrengung bedeutet. Er schlurft Angela durch die Geschäfte hinterher. Das übrige Wochenende verbringt seine Freundin entweder im Garten oder auf der Terrasse in der Sonne. Dabei schaut sie fern und redet mit ihrer Mutter über den neuesten Dorfklatsch. »Schmatzen« nennt sie das. Robert wirft sie genervte Blicke zu. Offensichtlich hat sie Probleme, sich in seine Situation hineinzuversetzen und fühlt sich von seiner Art brüskiert.

Der Nachbar, den Robert vorher nie bewusst wahrgenommen hatte, ist gerade beim Rasenmähen. Robert schaut ihm dabei zu und als ihn der Nachbar entdeckt und anschaut, stellt er den Rasenmäher ab, geht auf ihn zu und begrüßt Robert freundlich. Robert stutzt erst, da er aufgrund seiner Krankheit nicht mehr richtig sehen kann und daher auch Bekannte nicht mehr gleich erkennt. Als er vor ihm steht, erkennt er ihn plötzlich. Der Nachbar war vor einigen Jahren sein unmittelbarer Vorgesetzter im Ministerium. Er grüßt zurück und fügt hinzu, wie klein doch die Welt sei.

Das Verhältnis von Angelas Eltern ist nicht gerade das Beste, aber wie schlimm es wirklich ist, bekommt Robert erst heute beim Zusammensitzen in der Küche so richtig mit. Die zwei führen einen kleinen Rosenkrieg gegeneinander. Die Blicke, die sie sich ständig zuwerfen, sprechen Bände von Resignation bis hin zur Verachtung.

»Hans, wo is mei Fliegenklatsch'n?«, schreit Gerti aus der Küche.

»Wo'st des hing'legt hoascht, halt!«

»Ja jetzt hilf mir doch beim Suchen. Hoascht an Kuchen scho b 'stellt für morgen?« Morgen wollen die beiden ihre Silberne Hochzeit feiern und sie streiten sich schon seit in der Früh um Kleinigkeiten. Eigentlich haben sie sich schon alles gesagt in 25 Jahren Ehe.

»Na, hob ich niat und de Feier, de kannst da hinten nei schieb'n. Des is a Feier von aner Ehe, aber des is koane Ehe mit dir, des is die Strafe Gottes.«

»Du warst der Erste und ich habe mich für dich aufgespart. 25 Jahre und das ist der Dank, das hab ich jetzt davon!« Gerti schluchzt und trocknet sich mit einem Taschentuch die Tränen.

»Du warst die Erste für mi aa und die Allerletzte! Ich hab genug von den Weibern. Ich hoffe nur, dass die Geli und der Robert es mal besser machen.« Da läutet die Türklingel. Gerti öffnet, während sie ihren Gatten mit Vorwürfen überschüttet. Ein Bote des Blumenversands überreicht ihr einen großen Rosenstrauß mit einer Karte von Roberts Eltern zur Silbernen Hochzeit der vermeintlichen Schwiegereltern in spe.

»Wie peinlich ist das denn?! Das passt ja richtig zum Rosenkrieg!«, ruft Robert unvermittelt und ungeachtet der Gefahr, dass das streitende Paar ihn hören könnte.

Tag 153
Robert und seine Freundin fahren nach Dettenheim zum Einkaufen. Angela fährt, da er nicht mehr dazu in der Lage ist. Nachdem sie in die Autobahnauffahrt eingebogen ist, hält sie ihm einen Vortrag.

»Du könntest ruhig etwas dankbarer sein, für das, was meine Eltern alles für dich getan haben, damit du endlich zur Ruhe kommst. Aber du bist ja so stur! Langsam glaub´ ich schon, dass da was dran ist, wenn die Ärzte schon sagen, es fehlt dir am Willen, überhaupt gesund zu werden. Man kann sich Vieles einbilden, aber irgendwann muss der Körper und der Geist doch zur Ruhe kommen und der Zustand sich zumindest bessern. Meine Oma kommt doch auch ganz gut zurecht. Da kannst du dir mal ein Beispiel nehmen, an der alten Frau!« Robert sagt keinen Ton. Der Tachometer zeigt 120 an. Unvermittelt öffnet er die Beifahrertüre und reißt sich von seiner Qual getrieben, sein T-Shirt in Fetzen vom Leib.

Er schreit: »Da siehst du meine Schmerzen und mein Leid. Ich kämpfe andauernd gegen diesen Zustand und bin völlig am Ende, das macht mich total fertig! Ich will nichts mehr, als endlich gesund zu werden!« Geschockt hält Angela auf dem Standstreifen. Robert schlägt die Tür wieder zu und sackt zitternd in sich zusammen.

Mit bebender Stimme sagt er: »Ich bleibe in Augsburg, hörst du! Das mit dem Speicherausbau in dem Kaff kannst du vergessen!«

Tag 155
Roberts Verhältnis zu seiner Freundin ist seit dem Vorfall auf der Autobahn sehr angespannt. Sie holt die Post aus dem Briefkasten und legt ihm wortlos ein dickes gepolstertes Kuvert auf den Küchentisch. Er öffnet das Kuvert, entnimmt ihm eine Packung mit rosa Tabletten sowie ein Schreiben der Neurologischen Klinik, das er gleich liest. Als er kurz aufschaut, bemerkt er Angelas fragenden Blick.

»Professor Berkel hat mir bei meiner Entlassung dieses neue Mittel verordnet. Das wurde ja als ›Prozac‹ überall gefeiert, als

Durchbruch bei Symptomen, wie ich sie auch habe. Neulich stand das auch in der ›Rentner-Bravo‹ erinnerst du dich?«

»Ja, du meinst die Apotheken-Umschau, oder?«

»Genau! Gibt es offiziell bei uns noch nicht, darum schickt er mir das. Hat mich in seine Studie aufgenommen. In drei bis fünf Wochen soll es garantiert wirken, hat mir der Prof gesagt. Und in spätestens einem halben Jahr soll ich damit wieder ganz gesund sein, das hat er mir versprochen. Zum 70. Geburtstag von meinem Vater will ich, dass es mir endlich wieder besser geht. Das sind ab jetzt drei Wochen. Ich setze ab heute meine ganze Hoffnung da rein. Wenn das auch nichts bringt, nehme ich gar nichts mehr!« Angela schüttelt den Kopf, steckt sich eine Zigarette an und schaut Robert ratlos an.

Tag 177
Roberts Vater feiert heute seinen 70. Zu solchen Anlässen kommt immer die ganze Familie zusammen, etwa 20 bis 25 Personen. Robert sagt zu Angela, er wünschte sich so sehr, ihm als Geburtstagsgeschenk die frohe Botschaft überreichen zu können, dass es ihm nun endlich besser ginge. Doch sein Zustand ist unverändert und so muss er noch bei seinen Schwiegereltern in spe bleiben. Auch das neue angebliche Wundermittel hat bei ihm wieder mal überhaupt keine Besserung gebracht. Bevor sich die Familie nachmittags trifft, ruft er seinen Vater an. Mehr als weinen kann er fast nicht. Unter Tränen sagt Robert den Besuch beim Geburtstag ab. Auch sein Vater weint. Erschöpft fällt Robert in sein Bett, kann aber wieder einmal nicht einschlafen.

Tag 202
Robert ist wieder zuhause in Augsburg und hat seinen alten Freund Roger zum Frühstück eingeladen. Er betont ihm gegenüber, wie dankbar er dafür sei, dass ihm trotz der isolierenden Erkrankung noch einige Freunde geblieben seien und einer davon sei er. Sie kennen sich noch aus der Schulzeit, wo sie zwei Jahre in einer Klasse waren. Erst nach der Schulzeit hat sich der Kontakt intensiviert. Sie sitzen am Frühstückstisch und Roger beklagt sich über das schlechte Arbeitsklima in seiner Firma.

Darauf meint Robert: »In der heutigen Zeit gehört Schikane leider zum Alltag, wie das tägliche Brot. Schikaniert wurde schon immer, nur hat es in letzter Zeit überhand genommen. Leider ist die Folge von Schikane oft Selbstmord. Als ich mein Berufspraktikum beim Landeskriminalamt hatte, erschoss sich mal eine junge Kollegin mit ihrer Dienstwaffe, weil sie den sexuellen Belästigungen und der Schikane ihrer Kollegen nicht mehr gewachsen war. Leider hat es solch einen Fall auch in meinem direkten Kollegenkreis gegeben. Fritz kam eines Tages am Morgen in mein Büro und erzählte mir, dass Eugen sich erschossen hat. Man fand ihn in seiner Wohnung, nachdem er nicht zum Dienst erschienen war. Er hatte sich mitten ins Herz geschossen. Ich fiel aus allen Wolken damals. Fritz und Eugen waren einmal mehrere Jahre zusammen ein Team beim Kriminaldauerdienst gewesen. Eugen war ein sehr sympathischer Mensch und ich habe nur Gutes über ihn gehört. Wie es zu seinem Selbstmord kam, sollte ich jedoch noch genau erfahren. Jeder wusste, das er die Scheidung von seiner Frau nie wirklich richtig überwunden hatte, auch wenn dies schon einige Jahre her war und möglicherweise mit ein Grund für seinen Selbstmord gewesen ist. Aber ob er sich nach all den Jahren zu diesem Schritt entschlossen hätte, wenn nicht noch diese extreme berufliche Schikane den Auslöser gegeben hätte, bezweifle ich. Folgendes war passiert: Eugen, Fritz und ich waren die engsten Mitarbeiter des Direktionsbüros vom Chef des LKAs. Der war schon etwas älter und eigentlich immer sehr nett. Am Morgen und auch bei Dienstende begrüßte er jeden von uns mit Handschlag. Eugen arbeitete für ihn auch als Fahrer. So war es an einem schönen Sommertag, als Eugen den Herrn Direktor zu einem Außentermin fuhr. Nach diesem Termin gingen die Beiden etwas essen. Eugen trank ein Weißbier und sein Chef sagte nichts dazu. Er ließ sich wieder ins Amt fahren, so als wäre nichts gewesen. Und jetzt kam das Unbegreifliche: Er schwärzte Eugen wegen des Weißbieres bei der Disziplinarabteilung der Personalstelle an, wodurch der Eugen natürlich ein ausgewachsenes Disziplinarverfahren an den Hals bekam, wegen Alkohol im Dienst. Er hätte Eugen ja darauf hinweisen können, dass er noch fahren muss und Alkohol im Dienst sowieso verboten ist, kannst du dir das vorstellen, Roger?«

»Ja, als Fahrer musste er es zwar wissen, aber der Chef hätte es ihm wohl untersagen müssen, wenn er schon dabei sitzt ...«.

»Das wäre doch wohl das Normalste gewesen, mit ihm zu reden, aber nein, da findet man keine Worte mehr! Eugen, der ein sehr beliebter und gewissenhafter Kollege war, konnte das vermutlich nicht überwinden, da er sich in seinen gut zwanzig Jahren Dienstzeit nichts zu Schulden hat kommen lassen. Das war Schikane vom eigenen Chef!«

»Wegen einer einmaligen Verfehlung gleich ein Diszi, das ist schon krass. Da hätte er im Rahmen seiner Fürsorgepflicht schon vorher was sagen müssen, da gebe ich dir vollkommen recht. Wenn sich so einer dann auch noch umbringt, dann müsste sich dieser Vorgesetzte auch zu verantworten haben. Aber ich wette, dem ist gar nichts passiert.«

»Genau, der ist heut' noch in seinem Amt. Sechs Jahre später im Ministerium musste ich selbst Schikane am eigenen Leib erfahren. Aus räumlichen Gründen war ich bei einer anderen Arbeitsgruppe einquartiert. Das wäre ja nicht schlimm gewesen, aber in dieser Arbeitsgruppe herrschte akuter Arbeitsmangel. Über einen solchen konnte ich allerdings nicht klagen, da ich meine Arbeit ja mitgenommen hatte und während mein Schreibtisch sich bog und durchzubrechen drohte, herrschte bei den anderen gähnende Leere. Der Kollege, mit dem ich das Büro teilte, war anfangs noch ganz in Ordnung, zeigte jedoch später sein wahres Gesicht. Von unserem Büro gab es einen Durchgang zum nächsten Zimmer und diese Türe stand meistens offen. Dort saßen zwei junge Sachbearbeiterinnen der anderen Arbeitsgruppe. Sie waren eingebildet, unkollegial und ersetzten mit ihrem ständigen Klatsch jede Tageszeitung. Sie lasen Zeitung, telefonierten privat, lästerten über Jedermann und machten ständig ausgiebig Brotzeit. Das machte der Kollege in meinem Büro zwar genauso, aber er hatte nicht diese grenzenlose Arroganz der beiden ›Damen‹. Oftmals saß ich schon um 05.30 Uhr oder um 06.00 Uhr an meinem Schreibtisch oder an der Schreibmaschine. Offizieller Dienstbeginn war um 06.30 Uhr und ich verließ mein Büro erst wieder um 17.00 Uhr oder 18.00 Uhr. Dabei hatte ich manchmal keine oder maximal fünf Minuten Pause. Meine Überstunden wurden jedoch nicht angerechnet. Irgendwann wollte ich einmal sogar Arbeit mit nach Hause nehmen, Terminsachen, die übers Wochenende erledigt werden mussten, da sie am Montag nicht mehr zu schaffen waren. Ich entschied mich dann doch dagegen, da ich nun wirklich langsam an meinem Verstand zweifelte. Es waren Kassenanordnungen, die ich einfach blind, also ohne Überprüfung der Daten, unterschrieben habe. Da sich die Schreibkräfte im Dauerruhezustand befanden und meine Gruppe unter der vielen Arbeit zusammenbrach, hatte ich angeregt, dass die Schreibkräfte unsere Briefe schreiben. Aber da das Schreibbüro zu der anderen Arbeitsgruppe gehörte, erstellte ich selbst sogar noch einen ganzen Katalog mit Musterbriefen, die meiner Arbeitsgruppe die Arbeit etwas erleichtern sollte.«

»Das hast du dir alles gefallen lassen? Ich hätte da schon mal auf den Tisch gehaut.«

»Ja, du redest dich da leicht, ich war ja noch in der Probezeit, ein sogenannter ›Beamter auf Probe‹. Bevor du nicht auf Lebenszeit ernannt wirst, bist du dort der letzte Dreck und die können mit dir machen, was sie wollen.«

»Na ja, also das glaub ich jetzt auch nicht grad, da gibt es ja auch noch einen Betriebsrat, sicher.«

»Ja, den Personalrat hast du vergessen können, der war nur der Stiefellecker vom Direktor, damals war das noch richtig despotisch und hierarchisch. Ob es heute noch so ist, weiß ich nicht. Ich hab ja trotzdem immer gern gearbeitet und war nie faul. Einmal sprachen mich zwei Kollegen an, ob ich ihnen nicht etwas zur Brotzeit mitbringen könne. Ich sagte ›ja‹, und fuhr von der Dienststelle zu einem Metzger. Mein Chef war nirgendwo aufzufinden und so fuhr ich – zugegebenermaßen - ohne seine Erlaubnis. Da mein Chef aber bisher noch nie etwas gesagt hatte und meiner damaligen Meinung nach auch bestimmt nichts dagegen gehabt hätte, sah ich darin kein Hindernis. Nachdem ich zwei Kollegen ihre Brotzeit gebracht hatte, aß ich auch schnell, neben der Arbeit, meine zwei Leberkässemmeln. Plötzlich kam mein Chef in mein Büro und wollte mich sprechen. Er sagte mir, dass die zwei Kollegen, für die ich die Brotzeit gebracht hatte, mich hinter meinem Rücken angeschwärzt hatten, da ich ohne Erlaubnis einkaufen gefahren sei. Das war ja wohl das Höchste! Erst schicken sie mich Brotzeit holen und dann verpetzen sie mich wie kleine Kindergartenkinder! Soviel Frechheit ist mir selten begegnet. Mein Chef sagte mir, dass ich nichts zu befürchten hätte. Die Angelegenheit sei für ihn erledigt.«

»Da hat er sich ja diesmal loyal verhalten, oder?«

»Wenn er nicht auf mich angewiesen gewesen wäre, hätte er mich genauso zur Sau gemacht, das kannst du mir glauben. Er hat mich gebraucht und ausgenutzt, aber ich war halt damals jung und naiv. Einer der Kollegen war ein besonders unangenehmer Mensch. Jedesmal, wenn wir zusammen unterwegs waren, etwas einkaufen, legte er seinen Dienstausweis vor, weil er der Meinung war, überall Prozente zu bekommen. Das war mir immer total peinlich. Er war etwa sechzig Jahre alt und brachte bei der Arbeit nicht mehr viel zustande. Und so einer war mit einer staatlichen Gewalt ausgerüstet, die bei einem Sechsjährigen besser aufgehoben wäre. Er war auch nicht der Einzige. Da einer der Kollegen, die mich wegen der Sache wegen der Brotzeit verpfiffen hatten, in der Registratur saß und somit auch die eingehenden Fälle registrierte und verteilte, bot sich ihm dort eine weitere optimale Angriffsfläche in Sachen Schikane. Die Vorgänge wurden so von ihm verteilt, dass ich immer die Schwierigsten bekam, diejenigen, bei denen mehr Arbeit erforderlich war. Wenn ich in Urlaub ging, musste ich damit rechnen, dass mein Schreibtisch zum Bersten voll war, wenn ich wieder zurück kam.«

»Hattest du keine Urlaubsvertretung?«

»Urlaubsvertretung? Ach woher! Keiner meiner Kollegen war so kollegial, dass er wenigstens ein paar meiner Vorgänge in meiner Abwesenheit mit bearbeitet hätte. In meinem Urlaub flog ich meistens auf irgendeine griechische Insel. Wenn ich dort am Strand lag oder abends im Bett, kamen mir immer wieder die Bilder meines vollen Schreibtisches vor Augen und ich überlegte, wie ich bestimmte Vorgänge zu bearbeiten hatte, ja träumte sogar davon. Ich bekam gedanklich fast keine Ruhe im Urlaub und wollte am liebsten schon zu Hause sein, um weiter arbeiten zu können.«

»Da muss man ja ein Burnout kriegen, das hält man auf Dauer doch nicht aus!«

»Ja, ich war der letzte Depp in dieser Abteilung, musste jeden Einzelnen meiner Kollegen vertreten, wenn einer von ihnen im Urlaub oder krank war. Ein Vorgang, der normalerweise einige Stationen von Sachbearbeitern durchlief, wurde nun von mir durch alle Stationen bearbeitet. Es hätte nur noch gefehlt, dass ich der Verursacher eines Vorgangs gewesen wäre. Das hieß, ich machte die Arbeit eines ganzen Sachgebietes. Man sollte sich nicht in allen Gebieten einarbeiten lassen, denn wer alles kann, muss damit rechnen, dass er auch überall eingesetzt wird.«

»Ja, da hast du recht, wer zu viel kann und sich überall auskennt, ist immer der Dumme, wenn es um die Arbeit geht.«

»Einmal machte ich die Türe meines Büros auf, nahm meinen überbeladenen Aktenwagen, auf dem die Vorgänge hingen, und gab ihm einen heftigen Tritt mit dem Fuß, so dass er gut zwanzig Meter weit durch den Gang bis zum Ende rollte. Dabei gab ich, um meinem Unmut noch etwas mehr Ausdruck zu verleihen, noch einen kleinen aber durchaus vernehmbaren Fluch von mir. Dies hatte mein Chef mit Sicherheit gehört, da sein Büro gleich direkt gegenüber meinem lag.«

»Und, was hat dein Chef gesagt?«

»Nichts! Ich ging in unseren dienststelleneigenen Garten, nahm mir ein Weißbier und legte die Füße auf den Tisch. Mein Chef sah mich durch das Fenster seines Büros und sagte gar nichts, auch hinterher nicht. Irgendwann hatte ich mich wieder beruhigt und ging meiner Arbeit wieder nach. Heute sehe ich die Dinge ganz anders und würde auch anders reagieren, aber ich war halt noch jung und dumm.«

»Nun, du hast wenigstens nicht alles in dich reingefressen und dir auch mal Luft verschafft.«

»Ja, das hab ich und darum nerven mich auch diese dummen psychologischen Kommentare so tierisch, wie ›Dein Seelenkrebs kommt ja nur von den aufgestauten Aggressionen, die sich gegen

dich selber richten‹. Ich kann das nicht mehr hören. Meine Aggressionen hab ich schon immer rausgelassen.« Robert zitiert fast sarkastisch ein paar der gängigen Psychiatriesprüche:
»›Zu Risiko und Nebenwirkungen erschlagen Sie ihren Arzt oder Apotheker.‹
›Ich habe keine Chance, aber die nutze ich.‹
›So lange Sie leben, besteht Hoffnung!‹
›Es sagt der Patient zum Arzt: ›Wie geht es mir heute?‹‹
›Nur Geduld, alles braucht seine Zeit! Wird schon wieder werden!‹
›Gestern stand ich noch an einem Abgrund, heute bin ich einen Schritt weiter!‹
›Sie müssen schon mitarbeiten und gesund werden wollen!‹«

Tag 258
Roger ist wieder zu Besuch. Robert erzählt, was ihm die letzten Wochen widerfahren ist.
»Während meiner jetzt schon achtmonatigen ›Karriere‹ als Seelenkrebskranker habe ich natürlich nach jedem Strohhalm gegriffen, den ich nur greifen konnte.
Doch leider ist so mancher Strohhalm wieder ziemlich schnell geknickt. Ich hab alles mitgenommen, was ging. Da ist es natürlich klar, dass man irgendwann auch auf Wunderheiler und andere Kuriositäten trifft. Meine Mutter schwor immer auf einen Wunderheiler an der Ostsee. Sie hatte schon lange mit Arthrose in den Knien zu kämpfen und bekam regelmäßig Spritzen, die aber auch nicht wirklich so richtig halfen. Irgendwie hörte sie im Urlaub im letzten Jahr von diesem Wunderheiler und ließ sich von ihm behandeln.
Vor zwei Monaten meinte sie: ›Robert lass uns doch an die Ostsee fahren, du weißt doch, ich bin dort letztes Jahr hingefahren, wegen meiner Schmerzen in den Knien. Ich ging damals kurz entschlossen hin und merkte nach der Behandlung, dass meine Schmerzen in den Knien fast weg waren. Das hält immer noch an, seit letztem Jahr.‹
So kam es, dass ich vor zwei Wochen mit meinen Eltern voller Erwartung auf die Insel Fehmarn fuhr und diesen ominösen Wunderheiler aufsuchte. Obwohl ich einen Termin bei ihm hatte und extra wegen ihm nach Fehmarn gefahren war, hat er mich zunächst immer wieder vertröstet. Da war ich schon sehr wütend und wollte wieder heimfahren! Doch am dritten Tag klappte es endlich. Meiner Mutter zuliebe hatte ich ausgeharrt. Nun stand ich ihm also gegenüber, dem Wunderheiler Janosch Dziembulski. Irgendwie hatte ich ihn mir nach

den begeisterten Berichten meiner Mutter etwas anders vorgestellt. Sein rechtes Augenlid hing traurig runter, wie bei Karl Dall. Mit dem linken Auge musterte er mich von Kopf bis Fuß. Seine gedrungene Gestalt erinnerte fast an Quasimodo. Doch was wie ein Buckel wirkte, war seine unnatürlich vorgeschobene rechte Schulter. Ich erinnerte mich an die Erzählung meiner Mutter. Früher sei er mal Krabbenfischer gewesen. Irgendwann habe er entdeckt, dass ihm sein Vater die Gabe des Wunderheilens vererbt hatte. Seitdem sei er als Wunderheiler Janosch von Fehmarn bekannt. Er wohnte in einem kleinen gemütlichen Haus, das von außen etwas an das Hexenhäuschen aus dem Märchen erinnerte. An den Wänden seines Behandlungszimmers hingen zahlreiche Zeitungsausschnitte. Auf diesen Zeitungsausschnitten wurde über seine Erfolge berichtet. Wart' mal, ich such' kurz einen Ausschnitt raus ... Hier hab ich ihn. Ich lese mal vor: ›Ärzte geben todkranken Patienten auf, Wunderheiler heilt ihn. Herbert Bolte (53) aus Plön wurde vergangene Woche mit einer akuten Blutvergiftung in das Krankenhaus in Fehmarn eingeliefert. Die Sepsis schritt bald darauf so weit fort, dass ihn die Ärzte beinahe aufgaben. Da erinnerte sich die Krankenschwester Sabrina K. an den Wunderheiler von Fehmarn und holte ihn mit Zustimmung der Ärzte an das Krankenbett. Herr Dziembulski verabreichte dem Todkranken eine Spezialbehandlung und bereits am nächsten Tag war der Patient wieder ansprechbar. Die Ärzte hielten dies für eine kurzfristige Verbesserung. Doch die anschließenden Untersuchungen ergaben, dass der Patient vollkommen genesen war.‹ Ja, das konnte keiner glauben. Seitdem wird der Wunderheiler von den Ärzten bei aussichtslosen Fällen herbeigezogen. Hier sind noch sehr viele Zeitungsartikel mit solchen Schlagzeilen.« Roger nickt anerkennend.

»Ich denke, das hilft nur, wenn man dran glaubt. Ist doch dieser Placido-Effekt, hab ich mal gehört.«

»Placebo, nicht Placido! Weißt du, ich habe gar nichts geglaubt, wollte aber auch nichts unversucht lassen. Aber ich wollte ja noch erzählen, was dann passierte. Du glaubst es nicht! Ich stellte mich also vor und wollte dem Wunderheiler die Hand geben, die er aber nicht nahm. Stattdessen grunzte er etwas, dass sich anhörte, wie ›Jim Beam Ski‹. Ich konnte sein Alter schlecht schätzen, aber er muss schon irgendwo zwischen 80 und 100 Jahre alt sein. Keiner, mit dem ich auf Fehmarn gesprochen hatte, wusste es. Er war ziemlich wortkarg und sprach nur die nötigsten Worte mit mir. Ich wollte ihm kurz von meinem Seelenkrebs und den daraus resultierenden körperlichen Symptomen erzählen, aber er meinte nur etwas barsch: ›Das muss ich gar nicht wissen, junger Mann. Jetzt leg' dich mal auf das Sofa und zieh' dich bis auf die Unterhose aus!‹ Ich sollte mich also mit nacktem Rücken auf seine alte speckige Couch legen, die bereits die Spuren von Generationen von Patienten trug. Seine Behandlungsliege schien älter zu sein als der Böhmerwald. Hier hatte er also so viele Menschen angeblich geheilt, vom Schnupfen bis zum Krebs. Ich überwand trotzdem meinen Ekel und legte mich hin. Nun sollte ich die Augen schließen, was ich auch tat, aber ein Auge hielt ich einen Spalt offen. Ich schielte auf den alten Mann und wartete gespannt, was er mit mir machen würde. Er fuhr mit seiner Hand meinen ganzen Körper entlang, ohne mich dabei zu berühren, und murmelte etwas vor sich hin. An bestimmten Stellen schien er ein kleines Kreuzzeichen zu machen, schnippte mit den Fingern, und blies auf diese Stellen. Dasselbe machte er auch meinen Rücken entlang. Die ganze Prozedur dauerte etwa zehn Minuten. Ich muss ihn irgendwie etwas komisch angeschaut haben, nachdem ich die Augen öffnete, denn er hielt plötzlich mitten in der Bewegung inne und sagte, dass er nun fertig sei. Ich konnte es nicht glauben. Kein Blitz und Donner fuhr vom Himmel, das Haus wackelte nicht und ich hatte nicht das Geringste gespürt, keine spontane Heilung, nichts. Aber vielleicht würde es ja irgendwie doch noch besser werden, später. Es wurde nicht besser. Ich brachte dem Wunderheiler leider keine Schlagzeilen ein. Meine Mutter hatte ihm eine Schachtel guter Zigarren mitgebracht, da er diese sehr gerne rauchte, und ihm Geld in seine Kasse gesteckt, die aus einer alten Zigarrenschachtel bestand. Wie viel, habe ich nicht gesehen. Er verlangte auch nichts, man gab ihm lediglich eine ›Spende‹.

Wir machten noch zwei Wochen Urlaub und hatten eine kleine Ferienwohnung gemietet. Jeden Morgen, Mittag und Abend saß ich mit meinen Eltern am Tisch und heulte wie ein Schlosshund. Ich konnte nichts dagegen machen, meine innere Qual war einfach zu groß. Meine Eltern waren relativ hilflos, versuchten mir aber den Urlaub so schön wie möglich zu machen. Kindheitserinnerungen wurden in mir geweckt. Wir sind die rund 1000 Kilometer von Augsburg bis Fehmarn immer mit dem Auto gefahren. Manchmal gab es kleine Pannen, aber die waren schnell behoben. Wir Kinder ließen keine Langeweile aufkommen. Manchmal schliefen wir ein, spielten ein Spiel oder winkten den anderen Leuten in ihren Autos zu. Ein beliebtes Spiel war es, die Kennzeichen der Autos richtig nach ihrer Stadt zu benennen.

Dass wir die Sommerferien an der Ostsee verbringen konnten, verdankten wir auch meiner Mutter. Um unsere Urlaubskasse zu füllen, putzte sie bei zwei Bankfilialen, verkaufte dann Schuhe in einem Laden und hatte noch andere Jobs. Die ersten Jahre verbrachten wir immer bei der Cousine meiner Mutter. Sie wohnte in einer Baracke, aber das störte uns nicht.

Einmal stellten wir auf der Wiese vor dem Haus ein Familienzelt auf. Dort wohnten wir dann. Zwei meiner drei Brüder übernachteten in einem umgebauten Hühnerstall. Trotz der Idylle hatte der Ort für uns Kinder einen nicht ganz unerheblichen Haken. Für die etwa zwanzig bis dreißig Leute, die damals dort wohnten, gab es nur ein Plumpsklo. Das war wirklich ein Ort des Schreckens für uns Kinder. Dort war alles voller Spinnweben, es stank und war ziemlich dunkel. Die Scheiße schwamm wortwörtlich auf dem Eimer und man musste sich erstens die Nase zuhalten und zweitens aufpassen, dass man nicht in die Exkremente rutschte, da das Loch doch ziemlich groß war. Wir versuchten also so lange wie möglich nicht auf dieses Klo zu gehen, machten eine Wette daraus, wer es am längsten aushielt. Aber irgendwann hielten wir es einfach nicht mehr aus, wir mussten dieses schreckliche Örtchen aufsuchen. Wenn wir unterwegs waren und mal in einer Gaststätte aßen, nutzten wir natürlich die Toilette dort. Da wir jedoch meistens nur am Sonntag zum Essen gingen, funktionierte dieser Plan auch nicht immer. Aber es waren doch immer schöne Ferien. Es gab aber viele Dinge, die das Plumpsklo wieder aufwogen. Später machten wir dann auf der Insel ›Ferien auf dem Bauernhof‹. Dort gab es Schweine und eine Landwirtschaft, der Bauernhof wurde ›Landgasthof‹ genannt. Einmal waren wir etwa 15 Leute aus der Familie, die dort Urlaub machten. Eltern, Geschwister, Tanten, Onkels, Cousinen, Cousins und Freunde. Es war ein sehr schöner Urlaub.«

»Du warst oft an der Ostsee, nicht wahr?«

»Ja, ziemlich. In meiner Bundeswehrzeit wurden einmal Freiwillige für das Fliegerabwehrschießen an der Ostsee in Puttlos gesucht. Ich hatte schon von einigen Kameraden gehört, dass diese Übung der reinste Urlaub sein sollte. Deshalb meldete ich mich sofort freiwillig und ein zweiter Kamerad aus meiner Kompanie wurde zusätzlich bestimmt. Die Fahrt war etwas stressig. Wir brauchten fast 18 Stunden bis zu unserem Ziel, da wir noch andere Soldaten aus verschiedenen Kasernen abholten. Außerdem kamen wir in ein schweres Unwetter. Die Fahrt war wirklich kein Luxus. Der Komfort unseres Busses war mit dem eines einfachen Linienbusses zu vergleichen. Aber wir machten es uns so gemütlich, wie es nur möglich war. Als wir in der Kaserne in Puttlos ankamen, bezogen wir unsere, für eine Übung ungewöhnlich schöne, Stuben und fielen erst mal ins Bett. Am nächsten Morgen wurden wir überraschenderweise sehr unsanft durch eine Trillerpfeife geweckt, so dass wir gleich senkrecht im Bett standen.

Dann erst kam ein seltsamer Befehl: ›Fertig machen zum Wachwerden!‹ und zehn Minuten später ›Kompanie aufstehen!‹. Es war 07.00 Uhr, also eine sehr humane Zeit für das Wecken bei der Bundeswehr. Wir bekamen richtiges Geschirr zu den Mahlzeiten und aßen auf unseren Stuben. Das Essen war auf der Übung viel besser, als in der Heimatkaserne. Ein sehr netter Major begrüßte uns. Nun kamen wir zum eigentlichen Grund dieser Übung. Wir mussten mit einem auflafetierten Maschinengewehr auf einen magnetischen Sack schießen, der entweder von einem normalen Flugzeug - auch Bronko genannt - oder von einem Strahlenflugzeug gezogen wurde. Der Sack als Ziel sollte ein feindliches Flugzeug simulieren. Die eindringenden Geschosse wurden durch das Magnetfeld automatisch registriert und per Funk an die Bodentruppe übermittelt. Wir standen genau auf einer Grünfläche am Rande des Meeres. Das Flugzeug flog über das Meer hinaus, zog eine Schleife, und bewegte sich auf uns zu. Angeblich hatten wir das schlechteste Ergebnis erzielt, welches je vorgekommen war. Später stellte sich jedoch heraus, dass das Magnetfeld in dem Sack verrückt gespielt hatte. Eine erneute Überprüfung ergab, dass wir sogar das beste Ergebnis erzielt hatten. Die sieben Tage Übung waren wirklich ein Klacks. Wir schossen etwa vier bis fünf Stunden und hatten dann Dienstschluss. Der einzige Nachteil war, dass einem die rechte Schulter etwas weh tat, weil man ziemlich schnell und ziemlich oft an das MG zum Schießen kam. Dann hatten wir noch zwei Tage wirklich echten Urlaub. Wir fuhren mit dem Bus nach Laboe, wo ein U-Boot zur Besichtigung an Land aufgestellt, und ein ziemlich hohes Denkmal zu erklimmen war. Aber das Beste war die Besichtigung der Gorch Fock, die gerade in Kiel vor Anker lag. Als normal Sterblicher hatte man kaum eine Chance in diesen Genuss zu kommen. Es war schon ein Schauspiel für die Touristen, als wir bayerischen Pioniere vor der Gorch Fock antraten. Wir gingen einzeln auf den kleinen Steg, der an Bord führte. Wir mussten Front zur Flagge nehmen und diese grüßen. Anschließend mussten wir den Kapitän formell bitten, an Bord kommen zu dürfen. Wir wurden von den Offiziersanwärtern und den Offizieren durch das Schiff geführt. Ich muss sagen, das war schon beeindruckend, dieses riesige Segelschulschiff anzusehen.

Eine andere Begebenheit war allerdings nicht so schön. Einige Kameraden waren bei einer ›Miss-Wahl‹ am Timmendorfer Strand mit einigen Zivilisten aneinander geraten. Drei Soldaten zeigten danach die typischen Merkmale einer wüsten Schlägerei, wie blau unterlaufene Augen und Schürfwunden. Diesmal war der Major gar nicht so freundlich. Er berichtete seiner Truppe von der Schlägerei und forderte die beteiligten Soldaten auf, sich zu melden. Es würde sicher zu einer Strafe kommen. Obwohl die Schuldigen die Merkmale in ihren Gesichtern trugen, wollte der Major erreichen, dass sie sich freiwillig melden. Er setzte also auf die Bestrafung der ganzen Kompanie, um den Druck auf die Täter zu verschärfen. Der Major sagte, dass er uns so lange um die Kaserne hetzen würde, bis die Schuldigen ermittelt seien. Gesagt, getan. Wir legten also im Laufschritt los. Nach nur einem Kilometer Lauf meldeten sich die Kameraden und der Zweck der Übung war erfüllt. Einige mussten sich übergeben, da sie durch den übermäßigen Genuss von Alkohol am letzten Abend noch unter einem Kater litten.

Da ich mich durch meine Ferienaufenthalte in dem nur fünf Kilometer entfernten Heiligenhafen sehr gut auskannte, nahm ich ein paar Kameraden mit und führte sie direkt zu den Bars und Diskotheken der Stadt. Das war natürlich ein großer Vorteil, weil man nicht so lange suchen musste, um etwas Passendes zu finden. Unterm Strich war diese Fliegerabwehrübung wirklich fast wie ein Urlaub. Damals dachte ich nicht mal im Traum daran, dass ich einmal quasi ums Eck zu einem Wunderheiler gehen würde. Auch dass ich in meiner Verzweiflung sogar einmal zu einem Gynäkologen gehen würde, hätte ich nie gedacht.«

»Du warst wirklich bei einem Gynäkologen?«

»Ja, das war ich. Natürlich behandelte mich der Frauenarzt nicht als Arzt, sondern ebenfalls als Heiler. Nach seinen Sprechstunden als Frauenarzt empfing er sehr kranke Menschen, die ihn eben als Wunderheiler aufsuchten. Ich musste mich wieder mal bis auf die Unterhose ausziehen und ... nein, nicht auf den bekannten Stuhl, sondern auf eine – in dem Fall saubere - Liege legen, die durch einen Vorhang von dem Rest der Praxis abgetrennt wurde. Nun setzte mir der Arzt – Vöring hieß er, glaub ich - so kleine Pyramiden auf verschiedene Stellen meines Körpers. Diese hatten etwas unterschiedliche Größen und mussten einige Zeit dort liegen bleiben, bis er sie wieder weg nahm. Er sagte, dass er sehr hohe Energien bei mir gespürt und gesehen habe. Aber das war auch schon wieder alles. Dann setzte er mir etwa 50 bis 100 lange Akupunkturnadeln, wobei er die meisten auf meinem Kopf verteilte. Diese sollte ich nicht entfernen, da sie von alleine abfallen mussten. Als sie jedoch am Abend immer noch nicht abgefallen waren, und ich ins Bett gehen wollte, entfernte ich sie. Außer, dass ich mir auf der Straße ziemlich blöd mit den Dingern vorkam - ich sah nämlich aus wie ein Igel -, half mir diese Behandlung nicht einen Millimeter weiter. Es gibt auf diesem Gebiet unzählige Wunderheiler, die einem das Blaue vom Himmel versprechen. Ich habe da leider schon einige negative Erfahrungen gemacht.«

»Wenn ich solche frustrierenden Erfahrungen machen müsste, wie du andauernd, ich wüsste nicht, wie ich dass alles überstehen könnte.«

»Glaub mir, Roger, jeder, dem es so ergeht wie mir, würde einen Arm oder ein Bein dafür opfern, wenn dadurch die Qualen vorbei wären. Ich weiß, dass sich das niemand vorstellen kann, der das noch nicht durchgemacht hat, aber das ist nicht meine Schuld! Für andere mag das vielleicht arrogant und egozentrisch wirken, wenn ich versuche meinen Zustand zu schildern und immer wieder betone, dass man sich darin leider nie hineinversetzen können wird, als Nichtbetroffener. Aber ich bin nicht egozentrisch und dauernd am Klagen, das war ich nie. Oder hast du einen anderen Eindruck? Sag mir die Wahrheit, Roger!«

»Nein Robert, arrogant sind die anderen, die dir dein Leid absprechen wollen, weil sie es nicht mal verstehen wollen. Die meisten handeln aus Unkenntnis, aber viele wollen sich eben damit gar nicht auseinandersetzen und haben ihre festgefahrene Meinung im Kopf. Gerade die würden deinen Zustand wohl keinen Tag aushalten können. Du klagst nicht zuviel, es ist einfach respektlos, wenn dir das jemand vorwirft und dir dabei gar nicht zuhört. Das ist so ähnlich, wie beim Thema Tod. Jeder weiß, dass er sterben muss, aber keiner will wahr haben, dass er auch eines Tages betroffen ist. Sicher ist es nicht leicht für Angehörige, Partner und Freunde. Aber das liegt an der Krankheit und nicht an dir. Apropos: Wie läuft es denn mit Angela, alles noch im grünen Bereich?«

»Ja, es läuft trotz allem gut, aber geheiratet wird erst später.«

»Das freut mich. Und mit deinen Eltern ist alles ok? Wie geht es ihnen denn nun mit deiner Krankheit? Kommen sie damit zurecht? Sie sind ja auch schon etwas betagt.«

»Ja, es ist schon nicht leicht für sie. Wer sieht sein Kind schon gern leiden?«

»Deine Geschwister kümmern sich doch auch noch um dich, oder?«

»Nun ja, klar, aber sie haben halt auch ihr eigenes Leben. Ich will auch niemand zur Last, fallen, weißt du.«

»Du hattest doch noch so viele Pläne …«

»Gesunde haben viele Pläne, Kranke nur noch den Einen!«

Psycho und Therapie

Tag 260

»Eigentlich wollte ich ja nie mehr in eine Klinik gehen!«, sagt Robert zu seinem Vater, der ihm die Reisetasche trägt. Beide stehen im starken Schneetreiben vor der Klinik für Psychosomatische Medizin und Psychotherapie Verigo am Tegernsee. Nur vier Monate nach den unangenehmen Erfahrungen in Niederbayern lässt sich Robert mit vorgegebenen starken Magenbeschwerden – wie von der Verlegerstochter Käthe Solms empfohlen - in die internistische Abteilung der Privatklinik einweisen.

»Allein zu Hause drehe ich durch und euch will ich auch nicht länger zur Last fallen.«

»Das tust du nicht, mein Sohn, das tust du nicht. Ich wünsche dir von Herzen, dass man dir hier helfen kann.« Robert verabschiedet sich und betritt die Klinik.

»Das ist mein letzter Versuch und ich verlasse dieses Haus erst, wenn ich wieder gesund bin oder ansonsten eben auf einer Bahre mit den Füßen voraus!«, sagt er leise. Im Foyer dreht er sich noch einmal um und winkt seinem Vater zum Abschied zu.

»Mach´s gut!« Die Einweisung, mit der von seinem Hausarzt bestätigten Diagnose »Verdacht auf Magengeschwür«, führt gleich zur Behandlung in der internistischen Abteilung. Robert muss zunächst eine Magenspiegelung über sich ergehen lassen, aber das mache ihm nichts aus, sagt er zu der Krankenschwester. Er wisse ja, dass dort alles in Ordnung sei. So erkundigt er sich sofort im Anschluss an die Spiegelung, ab wann er damit rechnen könne, einen Platz in der psychosomatischen Abteilung zu bekommen.

Tag 266

Zu seinem Erstaunen kann Robert bereits nach sechs Tagen in der Abteilung für Psychosomatik einchecken. Er hat Glück, dass gerade drei Patienten entlassen werden. Bei ihnen habe man Drogen im Urin gefunden und die seien in der Psychotherapie strengstens verboten, erfährt er von der Stationsschwester. Bereits heute hat man Robert zu seiner Verwunderung zu verschiedensten Psycho-Therapien angemeldet. Ob diese sinnvoll sind oder nicht, möchte er zunächst dahingestellt sein lassen. Ein adrett in Weiß gekleideter Mann mit Hakennase und etwas strähnig-fettigen Haaren begrüßt Robert.

»Ich grüße Sie! Ich darf mich vorstellen, mein Name ist Dr. Langer. Ich bin der Oberarzt dieser Abteilung.« Robert weht eine leichte

Alkoholfahne entgegen, was ihn veranlasst, seine Nase leicht zu rümpfen und sich knapp mit »Winterkorn, angenehm« vorzustellen, ohne dem Arzt die Hand zu reichen.

Dr. Langer bemerkt seine Reaktion und sagt beinahe entschuldigend: »Wir haben gerade eine kleine Geburtstagsfeier und ich muss kurz die Jubilarin verabschieden, aber ich bin gleich bei Ihnen.«

»Tun Sie sich keinen Zwang an, ich laufe nicht davon.« Zehn Minuten später kommt Dr. Langer zurück.

»So, nun habe ich Zeit für Sie, Herr .., wie war doch nochmal der Name? Korn ..?

»Winterkorn, Robert Winterkorn heiße ich.«

»Genau! Herr Winterkorn, erzählen Sie mir doch mal, warum Sie hier sind.«

»Seelenkrebs!«

»Wie bitte?«

»Seelenkrebs, Krebs meiner Seele, seit März ununterbrochen und ich weiß nicht mehr ein noch aus. Darum bin ich hier.«

»Wunderbar, bei uns liegen Sie da geld .., äh goldrichtig. Dank unserer, auf dem neuesten Stand der Wissenschaft beruhenden, Psychotherapie und unserem modern eingerichteten Kompetenzzentrum werden wir Ihnen sicher helfen können. Sie müssen wissen, wir .., also Verigo, sind Europas führende psychosomatische Einrichtung. Zu uns kommen viele Prominente, wie Sie sicher schon gehört haben. Politiker, Filmstars, Topmanager. Darum müssen wir Sie um strengste Verschwiegenheit bitten. Es darf natürlich aus diesem Gelände nichts an die Öffentlichkeit dringen, Sie verstehen. Unser Slogan ist: ›Kommen Sie zu Verigo und Sie werden wieder froh!‹ Hier haben Sie schon mal unseren Hausprospekt und die Speisekarte. Wir haben ein ausgezeichnetes Essen, zubereitet von unserem Sternekoch. Weil, Sie wissen ja: Essen und Trinken hält ›Leid‹ und Seele zusammen. Haha, nicht wahr, Herr Wimmerkorn?« Robert beobachtet erstaunt, wie der Arzt seine mit roten Äderchen durchzogene Nase abpudert.

»Wie lange meinen Sie denn Herr Doktor, dass es dauern wird, bis ich wieder gesund werde .., also ein brauchbares Mitglied unserer ...«

»Gesellschaft? Da machen Sie sich mal überhaupt keine Sorgen, Herr Wimmerkorn, in spätestens einem Jahr sind Sie wieder ganz der Alte.«

»Was, ein Jahr? Das halte ich nicht aus!«, ruft Robert niedergeschlagen.

»Ja, etwas Geduld müssen Sie schon haben! Ich lese Ihnen kurz einen Ausschnitt aus unserer Karte vor! Als da wären: Einzelgespräche zweimal in der Woche, dann Gruppentherapie, jeden Tag - außer freitags - Gestaltungstherapie, Kunsttherapie, Musizieren, Massage, Bädertherapie in unserem hauseigenen geheizten Pool, Spazieren in unserem schönen Park und am See. Ich und natürlich auch mein Kollege, Professor von Gudden, stehen jederzeit zu Ihrer Verfügung, wenn Sie eine Frage haben.«

»Ich möchte erstmal auf mein Zimmer, fühle mich ganz erschlagen.«

»Alles klar! Schwester Eusebia wird Sie gleich auf Ihr Zimmer in unserer psychosomatischen Abteilung bringen. Ach ja, noch eines: Wir unterscheiden uns von den psychiatrischen Einrichtungen - wovon Sie einige ja schon kennen - dadurch, dass es bei uns für Abhängige jeglicher Drogen, sprich Barbiturate und Psychopharmaka, bis zur Entwöhnung keine medikamentöse Unterstützung gibt.«

»Und meine Tabletten, die ich jeden Tag nehmen muss?«

»Geben Sie gleich bei mir ab. Ab heute gibt es nichts mehr. Ich wünsche Ihnen eine angenehmen Aufenthalt und lassen Sie den Kopf nicht hängen. Wir kriegen Sie schon wieder in den Griff, ich meine Ihre Erkrankung. Bis dann!«

Schwester Eusebia, eine ältere, leicht gebrechlich wirkende, Dame, die im totalen Kontrast zu dem ansonsten sehr juvenilen Personal steht, holt Robert ab und führt ihn auf sein Zimmer. Das Therapieprogramm beginnt mit Gesprächen in Einzelsitzungen und Gruppensitzungen. Robert ruft seine Freundin an, die gerade bei ihren Eltern zu Besuch ist.

»Hallo Schatz, ich bin nun nach der Untersuchung auf der Internistischen gleich auf der Psychosomatischen aufgenommen worden.«

»Hallo Robert, was hat die Untersuchung denn ergeben?«

»Körperlich ist nach wie vor keine Ursache feststellbar, also versucht man es nun nur noch auf der Psychoschiene.«

»Psychoschiene? Du meinst Psychotherapie?«

»Ja klar, das ist das Menü auf der Karte. Ansonsten haben die nichts anzubieten in diesem Lokal. Ich weiß auch noch nicht, wie ich das alles ohne meine Tabletten durchhalten soll.«

Am Abend tauscht er sich ausgiebig mit seinem Zimmerkollegen Tom aus, der seine skeptischen Ansichten von der Psychotherapie teilt. Nachdem sich Tom hingelegt hat, geht Robert noch für eine halbe Stunde in den Fernsehraum. Im TV läuft »Die Fledermaus«. Johannes Heesters wird heute 88 Jahre alt. Robert schaltet um. Er sieht eine Live-Übertragung des Requiems von Mozart aus dem Wiener Stephansdom zu dessen 200. Todestag. Durch die Musikberieselung nickt Robert ein. Nach zehn Minuten erwacht er und schlurft in sein

Zimmer zurück.

Tag 278
Robert sitzt mit drei Mitpatienten am Rauchertisch. Er hat zwar gerade Kunsttherapie, nimmt sich aber trotzdem seine eigenen Rauchpausen. Heute ist wieder ein Mitpatient zurück in die freie Gesellschaft geschickt worden. Dafür kommt gleich wieder ein neuer Patient, wie Robert von seinem Platz gegenüber der Aufnahme beobachten kann.

»Hallo Schwester Eusebia!«, begrüßt Robert die kurz vor der Rente stehende Krankenschwester. Sie kommt leicht hinkend auf ihn zu und hat den Neuzugang im Schlepptau.

»Was macht denn ihre Hüfte, Schwester? Wollen wir zusammen die Hüften schwingen?«

»Hallo Herr Winterkorn, danke der Nachfrage, aber ein künstliches Gelenk ist halt nicht das Gleiche, wie das Original. Wird schon werden.« Die Schwester fängt demonstrativ an zu husten und wedelt die Rauschschwaden der drei Zigarettenraucher weg.

»Ich darf Ihnen den Herrn Schlichting vorstellen. Herr Schlichting, das ist Herr Winterkorn. Herr Winterkorn ist seit zwei Wochen bei uns.«

»Willkommen im Hotel zur lockeren Schraube, ich bin der Robert!«, ruft Robert dem Neuen entgegen und reicht ihm die Hand.

Die Schwester meint gespielt entrüstet: »Herr Winterkorn ist immer zu einem Scherz aufgelegt!«

»Ja, nur so kann man es hier ertragen.« Der neue Patient macht erst Anstalten, Roberts dargebotene Hand zu greifen, zieht dann aber unvermittelt seine Hand zurück und steckt sie in die Hosentasche. Er ist sichtlich nervös und wirkt etwas eingeschüchtert.

»Herr Winterkorn kann Ihnen ja schon mal das Wichtigste erklären, bis Ihr Zimmer bezugsfertig ist. Würden Sie das machen, Herr Winterkorn? Sie wissen ja, dass jeder neue Patient einen Paten bekommt.«

»Aber klar, ich mach schon mal die Voruntersuchung.« Der Neue setzt sich an den Tisch und Robert bietet ihm eine Zigarette an. Schlichting winkt ab.

»Nein danke! Ich rauche nicht mehr. Wegen was sind Sie hier, wenn ich fragen darf?«

»Hier wird nicht gesiezt, ich bin der Robert, wie gesagt, und wie heißt du?«

»Sebastian. Sebastian Schlichting.«

»Ok, Sebastian. Wir sind ja etwa gleich alt. Also ich hab Seelenkrebs, um es auf einen Nenner zu bringen.«

»Seelenkrebs?«

»Ja, ich nenne das so. Es ist für mich die stimmigste Bezeichnung des Zustands, in dem ich mich befinde.«

»Ach ja, wirklich?« Schlichting holt ein Päckchen feuchte Tücher aus seiner Umhängetasche und wischt sich damit sorgfältig die Hände ab. Robert beobachtet es interessiert.

»Ok, sag nichts, ich weiß schon, Waschzwang, nicht wahr?«

»Ja stimmt, aber wenn es nur das wäre. Putzzwang, Schlafstörungen und Konzentrationsstörungen ... Ihre Quersumme ist Eins.«

»Was? Wie? Welche Quersumme?« Robert schaut irritiert.

»Der Nachname Winterkorn, das sind 10 Buchstaben, die Quersumme davon ist eins.«

»Ok, ich bin die Nummer eins, ich hab es immer schon gewusst.« Robert lacht laut auf.

»Wird schon wieder werden, das mit dem Zwang. Alles braucht seine Zeit. Nur Geduld. Das sagen einem zumindest die Ärzte hier tagein, tagaus.«

»Ja wenn Sie .., wenn du meinst!«

»Also erstmal kriegst du Morgengymnastik, Gestaltungs- und Beschäftigungstherapie, dann jeden Tag ein Einzelgespräch, dann sehen wir weiter.«

»Ok, danke, Herr ›Doktor‹! Ich werd jetzt erst mal mein Zimmer beziehen. Bis später!«

Tag 280
Heute begegnet Robert einer Patientin mit einer bipolaren Störung, bei der Betroffene zwischen himmelhoch jauchzend und zu Tode betrübt schwanken. Es ist eine etwa 50 Jahre alte Frau. Sie erzählt ihm die wildesten Sachen über ihren Mann. Sie wolle nichts mehr von ihm wissen und spricht davon, ihren goldenen Ehering und die Uhr wegzuwerfen. Als sie den Aufenthaltsraum wieder verlassen hat, sieht er nur, dass sie auf die Toilette seines Zimmers geht. Die Toiletten sind so gebaut, dass man auch vom Flur aus hineingehen kann, ohne das Zimmer zu betreten. Nachdem sie die Toilette verlassen hat, geht er hinterher und findet tatsächlich den Ehering und die goldene Uhr in der Toilette. Er setzt seinen Therapeuten, der auch sie behandelt, davon in Kenntnis. Der Therapeut fischt den Schmuck total angewidert aus der Toilettenschüssel, da Robert ihm klar macht, dass das nicht seine Aufgabe sei. Anschließend gibt der Therapeut seiner Patientin den Schmuck wieder zurück, nicht ohne zu bemerken, dass sie dies das nächste Mal schon selber zu erledigen habe.

Tag 281
Robert trifft Sebastian auf dem Gang. Der junge Mann rennt gerade zur Toilette und Robert folgt ihm. Während er sich hektisch die Hände wäscht, gibt Robert seinem biologischen Bedürfnis freien Lauf und führt das Latrinengespräch.
»Und was hat der Doc gesagt?«
»Du hattest vollkommen recht, es steht alles auf dem Stundenplan, was du gesagt hast. Gruppentherapie ist jeden Tag drauf. Ich kann mir nicht vorstellen, dass mir das was hilft.«
»Ich kann da nichts dazu sagen, da es sonst wieder heißt, ich hätte dich beeinflusst. Jeder muss seine eigenen Erfahrungen machen. Dem einen bringt es was, dem anderen nicht.«
»Und bei dir? Hat es dir was gebracht?« Robert schüttelt den Kopf und wäscht sich seufzend die Hände.

Tag 302
Robert hat aufgrund seiner täglichen Qualen wenig Kraft und Energie. Trotzdem versucht er die geringen Ressourcen jeden Tag aufs Neue zu mobilisieren, um ein möglichst selbstbestimmtes Leben führen zu können und sich nicht aufzugeben. Insbesondere setzt er alles daran, sich nicht unterkriegen zu lassen und seinen Therapeuten zu beweisen, dass er einen starken unbeugsamen Charakter besitzt. Aus seiner kritischen und oft ironisch geäußerten Distanz zu manchen Therapieformen zieht er auch ein Stück weit Kraft zum Überleben. Zu seinem Zimmergenossen Tom sagt Robert heute beim Frühstück, dass die Gruppentherapie ihn völlig anöde. Er sehe keinen Sinn in der verordneten Psychotherapie und so beschließe er sich bei der anschließenden Gruppentherapie mal richtig boshaft zu präsentieren, um die Oberflächlichkeit der Sitzungen zu konterkarieren. Er betrachte die neue Therapeutin mit ihrem naiven Enthusiasmus als ideales Opfer für ein kleines psychosomatisches Beutespiel. Heute sind mehrere Patienten abwesend, und so werden einige aus den täglichen Gruppen zu einer Therapiestunde neu zusammengewürfelt. Robert landet mit fünf Frauen, die er schon kennt, und einer jungen Frischlings-Therapeutin in der wöchentlichen Therapiegruppe. Er mustert seine »Korbhennen«. Die 24jährige vollbusige Lisa mit ihren schlecht sitzenden Silikonimplantaten ist wie immer völlig aufgelöst und hält ihre obligatorische, farblich zur Bluse passende, Box mit den Kleenextüchern schon auf dem Schoss parat. Gleich wird es wieder losgehen, mit dem sich abwechselnden Schwall von Ergüssen an Sprachfetzen und Tränen, murmelt Robert in seinen Bart. Die Frührentnerin Petra zuckt unbewusst mit den Mundwinkeln und schaut die

Therapeutin furchtergeben an, wie das Kaninchen, das auf die Schlange starrt. Anneliese hat ihr übliches Pokerface aufgesetzt, das selten hinter der überdimensionierten getönten Brille zu zerbröckeln droht, zumindest nicht in der Therapiestunde. Rita mit dem Puppengesicht reibt sich verlegen die Nase. Wenn sie spricht, hält sie immer die Hand vor dem Mund. So sieht man ihre Zahnspange nicht. Lea, die 27jährige BWL-Studentin, die sich trotz ihres immer noch vorhandenen Babyspecks in ein kurzes Leopardenkleidchen gezwängt hat, ist Kettenraucherin. Ihre Sucht nach Nikotin versucht sie mit Nägelkauen zu kompensieren. Die Finger hat sie alle schon durch. Seit neuestem trägt sie fliederfarbene Handschuhe. Trotz ihrer Pölsterchen scheint sie ungemein gelenkig zu sein. Damit keiner ihre mittlerweile ebenso abgebissenen Zehennägel sieht, versteckt sie sie in pinken Wollsöckchen, die das I-Tüpfelchen zu dem schrillen Outfit abgeben. Am Anfang müssen sich die Patienten immer ein Thema aussuchen, wenn keines automatisch zustande kommt.

Robert dreht sich zu der noch unerfahrenen Therapeutin und antwortet auf ihre Frage, was er denn als heutiges Thema vorschlagen würde, mit aufgesetzt irrem Lächeln: »Wie wäre es mit dem Liebesleben der Pflastersteine?«

Anneliese meint ungerührt, dass er doch mal seine Wut richtig raus lassen solle, da sie irgendwelche versteckten Aggressionen an ihm spüre. Das finden die anderen Therapiemitglieder auch, sie nicken zustimmend.

Die Therapeutin schnappt wie ein Terrier nach dieser zugeworfenen Wurst und ruft enthusiastisch: »Danke, danke, das ist sehr gut, ausgezeichnet. Ich freue mich, in einer so aktiven Gruppe gelandet zu sein. Also Herr Winterkorn, nun legen Sie mal los.«

»Was soll das jetzt? Ich spüre keine Aggressionen in mir, was soll dieser Mist? Habt ihr denn keine eigenen Probleme?«, entgegnet Robert unwirsch. Die Therapeutin schaut sich in der Runde um.

»Ja, Herr Winterkorn, Sie sehen schon, Ihre Bedenken finden in unserer Gruppe heute keine Zustimmung. Machen Sie doch mal! Nur raus damit!«

»Ok, gut«, flüstert er, »wenn ihr wollt, dann spiele ich euer Spielchen eben mit, aber zieht euch warm an.«

»Was haben Sie gesagt, Herr Winterkorn?« Robert antwortet nicht sondern lässt seinen Aggressionen - wie ihm vermeintlich geheißen - nun freien Lauf, legt los und spricht als erstes Lisa an.

»Was mit dir los ist, liebe Lisa, hab ich schon lange durchschaut. Du hältst dich schon wieder an deiner Kleenexbox fest und gleich wirst du deine Nase reinstecken und deinen ganzen Psychorotz absondern. Statt dass du dich endlich endgültig von deinem Macho-Freund trennst. Dein Leben ist doch nur eine Farce, meine Liebe!« Die Wirkung seiner Worte lässt nicht lange auf sich warten. Nachdem er mit Lisa solcherart »abgerechnet« hat, presst diese sich die Hand vor den Mund, lässt die Kleenexbox fallen und rennt zur Tür hinaus. Nachdem sie die Tür hinter sich zugeschlagen hat, wird die Schockstarre der Gruppe beendet vom Geräusch des würgenden Übergebens ihres Mageninhalts auf den Flur. Robert zuckt mit den Schultern und wendet sich nun scheinbar ungerührt Lea zu, die dabei zusammenzuckt und sich heftig aus ihrem Schockzustand schüttelt.

»Ja liebe Lea, kein Schwanz ist so hart wie das Leben. Wenn du schon meinst, deine hübschen Nägel abfressen zu müssen, dann steh wenigstens dazu und versteck sie nicht, das weiß doch eh jeder. Und hör bitte endlich auf, mich ständig und bei jeder Gelegenheit anzumachen. Nichts gegen dich, aber ich steh halt leider nicht auf klammernde Presswürste in Leopardenfummeln. Sorry, aber das musste jetzt endlich mal krass deutlich gemacht werden, weil du es sonst offenbar gar nicht kapierst, Mädel! Ich will nicht, dass du dich dauernd an mich dran hängst, klar?« Lea reißt erschrocken von dieser Bloßstellung die Augen auf und verlässt, von Weinkrämpfen geschüttelt, strumpfsockend den Raum. Einem spitzen Schrei folgt unmittelbar ein dumpfer Knall. In den entsetzten Gesichtern der Gruppenteilnehmerinnen spiegelt sich die Vorstellung wider, dass Lea offensichtlich gerade auf dem Mageninhalt ihrer Busenfreundin ausgeglitten ist. Die Therapeutin schüttelt unentwegt den Kopf und macht sich Notizen. Mitten in das betretene Schweigen mischt sich ein heftiges Nach-Luft-Ringen und die Übriggebliebenen wenden ihre Blicke Rita zu, die nun ihre Augen verdreht und bleich in sich zusammensinkt, wobei sie sogar die schützende Hand von ihrem Mund wegnimmt. Robert ist gerade im Begriff, sie sich als Nächstes vorzunehmen.

Gerade, als er mit den Worten ansetzt: »Nun zu dir, liebe Rita«, fällt sie vornüber, ihm genau vor die Füße.

»Aber Rita, du musst mir ja nicht gleich zu Füßen liegen!«, ruft er nun doch sichtlich erschrocken. Nun greift die Therapeutin ein.

»Herr Winterkorn, also das hätte ich jetzt nicht .., das hätte nun wirklich nicht sein müssen.« Hilflos schaut sie zwischen der immer noch am Boden liegenden Rita und Robert hin und her. Statt Anstalten zu machen, der Ohnmächtigen aufzuhelfen, fährt sie mit ihren Notizen fort und murmelt: »Das muss ich heut Abend gleich in der Supervision ansprechen, meiner Balintgruppe. Also so was hab ich ja in meiner ganzen Laufbahn noch nicht ...«

»Ja was denn nun, es war doch Ihre Idee, oder etwa nicht?«, unterbricht sie Robert. Er beobachtet, wie Anneliese sich bückt, um der nun wieder zu sich kommenden Rita aufzuhelfen. Robert gibt sich etwas betroffen.

»Okay, ich bin vielleicht etwas zu weit gegangen, aber Sie wollten doch Aggressionen sehen, oder nicht?« Die Therapeutin sagt nichts mehr. Eine Stunde später erzählt er Anneliese von den Einzelgestaltungstherapien. In einer der Sitzungen habe ihm die Therapeutin neulich die freie Wahl gelassen, was er in dieser Stunde machen will.

»Stell dir vor, Anneliese, in einer der Zimmerecken waren auf dem Boden einige Kissen aufgebaut. Ich hab mir eine kuschelige Ecke eingerichtet und gefragt, ob ich noch eine Decke haben kann. Die Therapeutin gab mir eine Decke aus dem Schrank. Ich hab mich bedankt, die Decke genommen, mich in das kuschelige Eck gelegt und bis über den Kopf zugedeckt. So verbrachte ich diese Stunde, bis sie vorbei war. Die hat mich auch seitdem nie wieder angesprochen.«

»Find ich cool! Mach ich auch das nächste Mal!«, stimmt ihm Anneliese zu. »Und das eben fand ich auch super cool. Endlich werden diese Kröten mal aufgerüttelt. Wenn du hier Arzt wärst, wären all diese Zicken nach drei Tagen austherapiert.« Robert nickt zustimmend.

»Weißt du, eigentlich bin ich ja nicht so, aber ich verliere meine Identität in dieser Eintönigkeit und die Zeit vergeht, ohne dass sich an meinem Zustand etwas ändert. Etwas muss sich doch tun!«

Robert telefoniert am Abend mit seinem Vater, der gerade die Tageszeitung liest und Robert aus einem Artikel zitiert, dass Erzbischof Degenhardt in Paderborn dem katholischen Theologen Eugen Drewermann gerade die Predigterlaubnis entzogen habe. Robert meint dazu, Drewermann sei ja nicht schlecht, vor allem was seine Kritik an der katholischen Kirche angehe, aber seine vehemente Ablehnung der Jungfrauengeburt gehe ihm doch etwas zu weit.

»Was gibt es Neues, Robert?«

»Ach weißt du, ich werde immer frustrierter und zermürbter von der Arroganz der Therapeuten. Die verstecken sich viel zu oft hinter der Maske des verständnisvollen Psychogurus, aber in Wirklichkeit wissen sie meist gar nichts.«

Tag 308

In der Therapiestunde soll Robert heute einfach seiner Fantasie freien Lauf lassen, und darf dazu alle Gegenstände in dem Raum benutzen, den er vorfindet. Er fragt, ob dies auch für den Schreibtisch gelte.

»Ja, es gilt auch für den Schreibtisch«, antwortet die Therapeutin. Er räumt ihn mit einem Wisch ab, stellt ein paar Stühle übereinander gestapelt darauf und legt ein Kissen auf den obersten Stuhl. Dann setzt er sich ganz oben hin, so dass er mit dem Kopf an der Decke anstößt. Die Therapeutin sagt nichts und macht sich Notizen. Robert harrt eine halbe Stunde aus und steigt dann von dem Podest herab. Die Therapiestunde ist beendet.

Robert äußert beim Abendessen seinem Tischnachbarn gegenüber die Angst, einmal »auszurasten« und zwangsweise in die Psychiatrie eingeliefert zu werden. Gott lasse das aber nicht zu. Robert kann bis jetzt immer selbst bestimmen, wann er kommt und wann er geht. Er ist immer auf einer offenen Abteilung und betet, nicht in die geschlossene Abteilung zu kommen, wenn es ihm wieder so schlecht geht, dass es eigentlich gar nicht mehr auszuhalten ist. Diese Angst wird heute Nachmittag noch verstärkt, weil er wegen seiner Kopfschmerzen den Umgang mit Leim in der Arbeitstherapie ablehnt. Der Arbeitstherapeut meint, er solle halt die Kopfschmerzen einfach nicht zulassen. Wenn Robert das nicht machen wolle, sei es ihm ein Leichtes, dazu beizutragen, ihn in die geschlossene Abteilung einzuweisen. Robert schreit den Therapeuten wütend an, dass er kein Recht habe, sich so etwas herauszunehmen. Er überlege sich, sich über ihn zu beschweren.

Tag 313
Die Einzelgesprächstherapiestunde ist heute wieder einmal etwas außergewöhnlich. Der Therapeut fängt nie als Erster an zu sprechen. Er wartet immer, bis der Patient etwas sagt. Robert hat heute keine Lust zu sprechen. Der Therapeut sagt kein Wort und er auch nicht. Sie sehen sich minutenlang in die Augen, ohne ein Wort zu sprechen. Die Stunde ist dadurch gefühlsmäßig länger. Aber Robert zieht sein Schweigen durch und der Therapeut ebenso. Seinem Zimmernachbarn berichtet er am Abend davon und dass ihm schon vor einem halben Jahr sein Hausarzt von einem Artikel über den ehemaligen Leiter der Forschungsstelle für Psychopathologie und Psychiatrie in München, Professor Matussek, erzählt hatte. Dieser Professor habe darin die Psychoanalyse als ideologischen Luxus bezeichnet, für den der Patient die Zeche zu zahlen habe. Der neurochemisch forschende Psychiater Walther Birkmayer aus Wien habe gar aus Erfahrung gesagt, dass es das größte Unglück für einen seelenkranken Patienten sei, einem Psychotherapeuten in die Hände zu fallen. Robert sehe dies aus seiner eigenen Erfahrung zumindest für neuropsychiatrisch Erkrankte, wie ihn, bestätigt. Aber leider müsse er diese Therapien über sich ergehen lassen, wenn er weiter hier bleiben wolle.

Tag 325
Robert lernt eine neue Mitpatientin kennen. Marion Halbritter ist um die 40 Jahre alt, verheiratet und hat zwei Söhne. Sie arbeitet zusammen mit ihrem Mann im eigenen Unternehmen und leidet schon seit Jahren an einer Form des Seelenkrebses, dessen schwere Symptome bei ihr immer mal wieder in Intervallen kommen und gehen. Sie leidet daran mal sechs Monate, dann zwei Jahre nicht, dann wieder vier Monate, dann drei Jahre nicht. So geht das seit über sechs Jahren. Ihr Mann habe seit längerem Zungenkrebs und das belaste sie zusätzlich, offenbart Marion sich Robert. In der Gegenwart von ihm fühle sie sich geborgen. Sie macht ihm quasi den Hof. Marion kommt Robert immer näher. Sie haben heute ihre wöchentliche Außenaktivität, die laut Behandlungsplan eine gruppeninterne Aktivität außerhalb der Einrichtung vorsieht. Marion versteht das mit der Aktivität etwas anders. Nach dem Spaziergang sitzen sie nebeneinander im Café. Robert spürt eine Hand auf seinem Oberschenkel. Er schaut Marion fragend an. Sie lächelt ihn an. Robert lässt sie gewähren. Ihre Hand wandert langsam zwischen seine Beine. Robert ist das unangenehm.
»Was machst du denn da?« Sie lächelt süffisant.
»Was meinst du denn was ich hier mache? Billard spielen?«
»Ach, du suchst die Kugeln, sag's doch gleich.«
Die übrigen sechs Ausflügler schauen zu den beiden rüber, weil sie bereits etwas mitbekommen. Robert wird es offensichtlich zu heiß. Er schiebt Marions Hand zurück. Marion schaut Robert pikiert an.

Tag 331
Nach einer gemeinsamen Unternehmung kommt es am Abend im Taxi zu einem Kuss zwischen Marion und Robert. Marion möchte offensichtlich mehr von Robert. Doch er weist sie zurück.
»Ich möchte es dabei belassen, bitte hab Verständnis dafür. Gute Nacht!« Er lässt Marion sozusagen im Regen stehen und geht schnellen Schrittes durch das Foyer.

Tag 332
Robert findet nach dem Frühstück einen Brief in seinem Zimmer.
Er öffnet das Kuvert und liest laut: »Hast du nur gespielt mit mir? Gruß Marion.« Beim Mittagessen sucht er das Gespräch mit ihr.
»Hallo Marion, ich habe nicht mit dir gespielt. Aber ich möchte keine Beziehung mit dir haben. Du bist verheiratet und ich lebe in einer festen Beziehung mit meiner Freundin Angela. Dein Mann hat Krebs und zudem würden deine beiden Söhne mich wohl für zu jung

halten. Ich will mich nicht auf so etwas einlassen, habe selbst genügend Probleme. Außerdem gilt für die Patienten ein striktes Verbot, während der Therapie untereinander Beziehungen einzugehen, das weißt du ja.« Marion schweigt betroffen und sieht Robert dann mit einem Blick voller unterdrückter Gefühle, einer Mischung aus Wut, Enttäuschung und Verzweiflung an.

»Bitte geh! Geh und lass mich jetzt alleine!« Robert senkt den Kopf und stellt sein Tablett zurück.

Tag 337
Robert und Marion gehen sich seit der Aussprache aus dem Weg. Auf dem Weg zur Therapiesitzung findet Robert Marion auf der Treppe zusammengekauert und schluchzend vor. Er fasst sich ein Herz, geht auf sie zu.

»Was ist los, Marion, kann ich etwas für dich tun?«
»Mein Mann ist heute verstorben.«
»Das tut mir sehr sehr leid. Kann ich dir irgendwie beistehen?«
»Danke, mein Bruder holt mich gleich ab. Geh nur, sonst kommst du zu spät.« Robert betritt leise den Gruppenraum und setzt sich auf den einzigen noch freien Stuhl. Der Assistenzarzt, Dr. Korbmacher, hält gerade einen Vortrag über seelisch-neurologische Erkrankungen. An der Krankheit, die Robert in einer äußerst ausgeprägten Form hat, sollen laut Korbmacher mittlerweile fast 15 Prozent aller Deutschen leiden. Damit stehe diese Erkrankung bereits an vierter Stelle der am häufigsten zu einem Verlust an Lebensjahren durch Behinderung oder Tod führenden psychischen Erkrankungen in der Bundesrepublik. Das Denken der Betroffenen sei stark verlangsamt, ja förmlich eingeengt. Die Konzentrations- und Aufnahmefähigkeit sei stark vermindert. Dadurch entstehe der Eindruck, dass Erinnerung und intellektuelle Fähigkeiten stark beeinträchtigt seien, was man als Pseudodemenz bezeichne. Die neurologisch manifestierte Krankheit sei gekennzeichnet durch ein Gefühl des »Nicht-traurig-sein-Könnens« bis hin zum »Gefühl der Gefühllosigkeit«.

Robert nickt zustimmend und folgt den weiteren Ausführungen, die von Folien unterstützt werden, so aufmerksam, wie es sein beschriebener Zustand zulässt. Doktor Korbmacher fährt damit fort, statistische Ergebnisse in Diagrammen zu zeigen. Die Prognose bei einer solch schweren neurologischen Erkrankung sei durch die hohe Selbsttötungsrate von über 12 Prozent sehr schwierig zu stellen. Interessant sei es, dass die Krankheit nicht nur häufig von Schmerz begleitet werde, sondern vielmehr sogar selbst einen schmerzverstärkenden Effekt habe, wobei es andererseits auch möglich erscheine, dass die psychisch-neurologische Krankheit von den physischen Schmerzen verstärkt werde. Der Arzt beendet seinen Vortrag und Robert spendet ihm begeistert Beifall.

Tag 356
Robert ist wieder in der täglichen Gruppensitzung. Heute sind nur vier Patienten anwesend, es waren auch schon mal fünf. Eine Patientin hat sich erst letzte Woche umgebracht.
»Da waren es nur noch vier!«, flüstert Robert, bevor der Therapeut zu seiner Vorstellung ansetzt.
»Guten Morgen, mein Name ist Leitner, ich komme aus Zürich und vertrete heute Dr. Langer, der erkrankt ist. Bitte geben Sie uns ein kurzes Blitzlicht, was Sie gestern getan haben, wie es Ihnen ergangen ist, welche Probleme anstehen. Möchten Sie beginnen, Herr Winterkorn?«
»Nein, ich möchte heute nichts sagen«, antwortet Robert und starrt zu Boden. Leitner ist erst etwas irritiert, setzt aber sogleich wieder seine joviale Miene auf und gibt weiter an die Sitznachbarin von Robert, eine Endvierzigerin mit verquollenem Gesicht und strähnigen, fettigen Haaren. Die Frau beklagt sich voller Selbstmitleid über ihr Schicksal.
»Jedesmal diese weinerliche Endlostirade!«, stöhnt Robert. Jeder in der Runde erzählt innerhalb der nächsten Stunde, wie es ihm geht, was er an diesem Tag oder am vergangenen Wochenende gemacht hat und welche Probleme bei ihm oder ihr aktuell anstehen. Robert hört nicht zu.
»Genau wie bei der letzten Gruppensitzung mit Dr. Langer!«, flüstert er seinem Sitznachbarn Leo zu. »Da haben sie meine Beziehung mit Angela genauer unter die Lupe genommen. Außer Müll, heißer Luft und guter Ratschläge kam nichts, aber auch gar nichts, von dem Therapeuten und seinem Hilfstherapeuten. Der Langer mit seiner nonchalanten Art, alle Probleme einfach auflösen zu wollen ... Ich solle doch eine Trennung von Angela in Betracht ziehen, hat er gemeint, der große Therapeut, bei der Gruppensitzung gestern. Alle anderen bestärken ihn natürlich und halten meine Beziehung für die Ursache aller Beschwerden. Ich kann es nicht mehr ertragen!« So platzt es aus Robert raus, aller Frust, der sich aufgestaut hatte in den letzten Wochen.
Er unterbricht Annemarie, die 50jährige Manische, die gerade wieder mal von ihren euphorischen Gefühlen berichtet, die sie in ihrer Maniephase erlebt hat, und schreit: »Ihr könnt immer nur reden, reden, reden! Dadurch geht es mir noch immer um keinen Millimeter

besser. Es läuft doch immer gleich ab, die Ursache liegt entweder in der Kindheit, in der Beziehung zu den Eltern, in der Partnerschaft oder im Beruf. Ihr Therapeuten habt mich soweit gebracht, dass ich zu meinen Eltern gesagt habe, dass sie nicht mehr meine Eltern sind! Auf euren Rat hin hatte ich probeweise versucht wieder zu arbeiten, was leider nur bei dem Versuch blieb. Mein Chef hatte mich sofort wieder nach Hause geschickt. Das Ganze gipfelte noch darin, dass ich meine Pensionsansprüche aufgeben soll, weil ich mich dann angeblich psychisch nicht mehr dem Beamtenjob verpflichtet fühlen würde. Die Wurzel des Übels bestehe angeblich darin, dass ich Beamter bin – obwohl ich mich als Musiker berufen fühle - und ich durch die Pension nicht aus diesem Teufelskreis des Beamtendaseins raus kommen würde. Eine völlig krude Logik! Bei euch Psychologen sind echt mehrere Schrauben locker! Wenn es dann immer noch nicht besser gehen würde, na dann wolle ich halt wieder nicht gesund werden, habt ihr mir gesagt! Ihr gebt m i r also die Schuld und da seid ihr Therapeuten alle gleich! Ich mag nicht mehr!«

Ohne eine Antwort Leitners abzuwarten, verlässt Robert den Gruppenraum und steckt sich vor der Tür eine Zigarette an. Er ruft seinen Vater an und berichtet ihm von dem Vorfall. Ein Stück seiner Anspannung sei nun weg, fügt er seiner Schilderung hinzu, auch wenn es vergleichsweise nur wenige Blätter des gefühlten Bücherstapels seien, der auf seinem Kopf ständig laste.

Tag 360
Robert begrüßt Angela, die ihn für ein freies Wochenende mit dem Auto vor der Klinik abholt.
»Hallo Schatz! Ich bin froh, dass ich da ein paar Tage raus bin. Was diese Leute, diese Therapeuten, für Macht über Einen haben können, ist erschreckend. Gott sei Dank habe ich rechtzeitig erkannt, was da abläuft und konnte gegensteuern. Im Bereich der Psychotherapie muss man schon sehr starke Nerven haben, sonst kann das ganz schnell im Suizid enden! Der Oberarzt ist übrigens selbst Alkoholiker und hat ein Verhältnis mit einer Patientin. Was soll man da noch erwarten?«

Angela zuckt mit den Schultern und meint: »Die werden schon wissen, was sie tun, haben das ja schließlich studiert. Hilft halt nicht bei jedem gleich.«

»Ja, ja, red du nur, du hast doch keine Ahnung, das bringt doch eh alles nichts mehr!«, schreit Robert aufgebracht.

»Du gehst doch am Montag wieder hin, oder?«, fragt Angela mit vorwurfsvollem Unterton.

»Ich weiß noch nicht, jetzt ist erstmal Wochenende.«

Tag 362
Von außen betrachtet genießt Robert am Wochenende das Essen, den Sex und das Nichtstun. Jeder »normale«, gesunde, Mensch wäre glücklich. Doch sein Zustand ist immer noch der gleiche. Keiner kann in ihn hineinschauen und sehen, wie es ihm wirklich geht. Es ist Sonntagabend und Robert packt seine Sporttasche im Flur.
»Wieder mal viel zu viel Klamotten und andere Dinge, die ich für nächste Woche in die Klinik mitnehmen muss«, sagt er zu Angela, die gerade die Sendung »Glücksrad« im Fernsehen schaut. Robert schaut auf den Bildschirm, und hat schnell die Lösung für das gesuchte Sprichwort parat:
»Sich langsam auf die Socken machen«, ruft er Angela durch die Tür zu. Robert nimmt seine Sporttasche und geht ins Wohnzimmer, wo er sich vor Angela stellt.
»Du, ich mach mich jetzt auch langsam auf die Socken! Es ist aus mit uns zwei, endgültig! Mach´s gut!« Angela starrt in den Fernseher und schweigt. Er verlässt mit schnellen Schritten die Wohnung und schaut nicht ein einziges Mal zurück. Abends telefoniert er mit seiner Mutter und tröstet sie in ihrer Bestürzung.
»Weißt du Mutter, mich überfiel halt plötzlich die Erkenntnis, dass dies die Gelegenheit wäre, sich endgültig von Angela zu trennen, eine Gelegenheit, nach der ich im Grunde seit langem schon gesucht habe. Wir haben uns halt auseinandergelebt und die Vereinnahmung durch sie und ihre bucklige Verwandtschaft mit dem Haus in Herrgottsruh, belastet mich schon seit Monaten. Es ist zuviel und ich habe einfach nicht die Kraft, es immer wieder auszudiskutieren. Du weißt ja, wie sehr ich lange und schmerzhafte Abschiedsszenen hasse. Das Kapitel Angela ist nun jedenfalls für mich erledigt und abgeschlossen. Vielleicht geht es mir ja jetzt doch langsam besser nach der Trennung. Die Therapeuten wollten es ja so! Nun sind sie hoffentlich zufrieden!«

Tag 363
Der Montag beginnt wieder mit der gewohnten Gruppensitzung. Als der Therapeut Platz nimmt, legt Robert einen Artikel im Sportteil der Tageszeitung zur Seite, der davon berichtet, dass sich der FC Bayern München von seinem Trainer Sören Lerby trennt. Im Blitzlicht erzählen alle, was sie am Wochenende gemacht haben. Nun ist Robert an der Reihe. Er erzählt, dass er sich von Angela getrennt hat. Plötzlich fallen alle wie aus den Wolken und fangen an durcheinanderzureden.

Die Gruppe und insbesondere Leitner finden die Trennung gar nicht gut. Robert sagt zum Therapeuten, dass ihm Dr. Langer doch geraten habe, sich von Angela zu trennen.

»Ja, das ist schon richtig, aber so etwas muss gut vorbereitet werden!«, antwortet Leitner.

»Was soll ich da groß vorbereiten, Trennung ist Trennung. Außerdem soll s i e ja wohl für meinen schlechten Zustand verantwortlich sein, oder? Ich warte Tag um Tag, Woche und Woche, Monat um Monat auf eine Besserung, aber es kommt keine. Ich bin fertig!«, schreit Robert und verlässt den Therapieraum grußlos.

Weg zu Jesus mit der großen Liebe

Tag 375
Nach zwölf Tagen Therapieurlaub nimmt Robert seit heute wieder am Gruppengespräch teil. Er berichtet dem wieder genesenen Doktor Langer, dass er sich wieder etwas beruhigen konnte. Schließlich sichert er dem Therapeuten zu, wieder regelmäßig zu kommen. Er erzählt niemandem, dass er heute 28 Jahre alt geworden ist. Ihm ist nicht zum Feiern zumute.

Zu seinem Zimmergenossen Tom sagt er: »Ich denke ernsthaft darüber nach, wie ich die Osterfeiertage überstehen soll. Ich habe zwar keine konkreten Suizidgedanken, aber es geht schon ein bisschen in diese Richtung, das macht mir doch irgendwie Angst. Insbesondere macht mir Angst, mit meiner Krankheit alleine zu bleiben. Weißt du, ich hab ja zweieinhalb Jahre in einer Beziehung gelebt und wenn diese endet, geht das nicht spurlos an einem vorüber. Die Beziehung hab ich nur beendet, weil mir die Therapeuten das eingeredet haben. Das kann sich ein Gesunder nicht vorstellen, aber in dem Zustand macht man alles, was einem die Therapeuten vorschlagen und von dem man sich eine Besserung erhofft. Doch dass ich mit meiner Ex-Freundin so schroff Schluss gemacht habe, tut mir schon etwas leid. Sie ist dann auch gleich mit Sack und Pack verschwunden, hat sich nicht mehr bei mir gemeldet.«

»Hast du Doc Langer heut davon erzählt?«

»Nein, das will ich auf keinen Fall, das bleibt unter uns, ja?«

»Alles Roger, Robert, das wird schon wieder auf die Reihe kommen. Ist auch das trübsinnige Wetter gerade und natürlich die Gesamtsituation, die beschissene. Ich fahre übermorgen heim, wollte ich dir noch sagen.«

»Ja, ja, immer das Wetter! Aber danke für deine gutgemeinten Worte.«

Als Robert abends mit den anderen Patienten an dem großen Rauchertisch im Foyer nahe der Haupttreppe sitzt, fällt ihm ein »engelsgleiches Wesen« auf. Die neue Patientin schwebt förmlich mit langem weißen Nachthemd durch den Gang zur Toilette und ebenso graziös wieder zurück. Robert schaut der jungen Frau fasziniert nach.

Tag 376
Robert schaut vor dem Mittagessen im Fernsehzimmer noch etwas fern. In den Nachrichten kommt die Meldung, dass der Hamburger Senat heute eine Bundesratsinitiative zur Veränderung des Betäu-

bungsmittelgesetzes beschlossen habe, um einen Modellversuch zur staatlichen Abgabe von Heroin zu ermöglichen.

»Super, heroinspaziert, warum nicht auch Haschisch? Ist wahrscheinlich eh' besser, als die Drogen, die sie mir schon überall verabreicht haben!«, kommentiert Robert den Bericht.

Robert sieht nach dem Mittagessen aus dem Fenster seines Zimmers in den verschneiten Park der Klinik. Dort beobachtet er eine junge Frau, wie sie sich auf die Bank setzt und ein Buch aufschlägt. Es ist die gestrige Begegnung vom Gang.

»Sie hat wahrhaftig etwas Engelhaftes an sich, etwas durch und durch Vergeistigtes ...«, murmelt Robert, zieht sich seinen Parka über, steckt die gerade aufgerissene Packung Pallmall in die Tasche und geht hinunter durch das Foyer zur geöffneten Tür, die in den Park führt. Er steckt sich eine Zigarette an und bleibt im Türsturz stehen. Von hier aus hat er gute Sicht auf die Bank mit der jungen schlanken Frau, deren lange blonde Haare aus einer Strickmütze mit Norwegermuster und neckischen Bommeln über ihre beige Daunenjacke fallen.

Am Nachmittag sitzt Robert ganz alleine am Rauchertisch. Die anderen haben Therapie oder sonstige Termine. In Gedanken versunken bläst er Rauchkringel in die Luft. Da spricht ihn die junge Frau mit einem unschuldigen Lächeln an.

»Hallo, hast du Lust, mit mir spazieren zu gehen?« Robert ist erst etwas verdattert, kann aber der Einladung und dem Lächeln nicht widerstehen.

»Ja gern, ich bin übrigens der Robert.«

»Susanne!«, antwortet die Frau und reicht Robert die Hand.

»Bist du schon lange hier?«

»Ich bin schon ein paar Tage hier und ich werde so lange bleiben, bis mein Seelenkrebs wieder weg ist.«

»Seelenkrebs? Ah, ich verstehe. Das wird bestimmt wieder. Die Meisten sind ja deswegen da. Ich bin seit zwei Tagen hier und merke schon, dass mir die Ruhe gut tut nach meiner Scheidung. Das war echt eine schwere Zeit. Bist du verheiratet?« Robert schaut erstaunt, angesichts dieser direkten Frage.

»Nein, bin ich nicht.« Sein Blick fällt auf das Buch, das die junge Frau in der Hand hält.

»Oh, das ist die Bibel, das Wort Gottes«, sagt sie und zeigt ihm den aufwendig gestalteten Einband. Robert nickt leicht abwesend.

»Ich kann mit der staatlichen Institution Kirche nichts anfangen und möchte eigentlich austreten.« Kaum ist dieser Satz über seine Lippen geflossen, errötet Robert leicht. Susanne lacht kurz auf.

»Ja, das wollte ich auch schon lange. Mit der Amtskirche kann ich nichts anfangen. Aber ich bin gläubige Christin. Es gibt ja auch Freikirchen. Lass uns hier runter gehen und ein wenig am See spazieren.« Als sie am See angekommen sind, bleibt Susanne unvermittelt stehen, stellt sich vor Robert und strahlt ihn an.

»Glaubst du an Gott?« Robert sucht überrascht nach Worten. Es fällt ihm viel schwerer und dauert länger, die richtigen Worte zu finden, als vor der Krankheit.

So dauert es einen Augenblick der Verlegenheit, bis er antwortet: »Ja, freilich, ja klar glaube ich an einen Gott, das heißt, ich habe ihn gesucht und, ja ich ... ich suche ihn immer noch.«

»Das war bei mir auch so, ich habe Gott wohl in einem Bereich gesucht, in dem er für uns mit Sicherheit nicht anzutreffen ist. Weißt du Robert, vor meinem Aufenthalt hier war ich in einem Krankenhaus in Holzhausen. Ich lag dort mit einer bekehrten Christin, einer jungen Frau, in einem Zimmer. Sie erzählte mir von Gott und Jesus. Ich wollte alles wissen und durchlöcherte sie mit meinen Fragen. Sie heißt Jane und ist Baptistin. Hast du schon mal was von denen gehört, den Baptisten?«

»Nein, nicht wirklich ...«, antwortet Robert aufgeregt und zieht das Parfüm der jungen Frau, die so viel fröhlicher erscheint, als die anderen Patienten hier, mit einem langen Atemzug ein.

»Also die Jane lud mich ein, doch mal in ihre Gemeinde zu einem Gottesdienst zu kommen. Ich bin dann mitgegangen und war im wahrsten Sinne des Wortes begeistert! So etwas von Liebe von Herzlichkeit, hab ich noch nie erlebt. Das musst du unbedingt mal miterleben, Robert. Das Beten und Singen, die wunderbare Musik, da findet wirklich Heilung statt! Zu mir hat man ja hier gesagt, ich hätte eine neurotische Störung. So ein Unsinn! Ich glaube nur an Jesus Christus und der kann heilen, jeden, der an ihn glaubt. Er ist der Weg und die Wahrheit und das Leben; niemand kommt zum Vater, denn durch ihn. Johannes Kapitel 14, Vers 6.« Susanne reibt sich fröstelnd die Hände. »Doch noch etwas frisch heut´ für längere Spaziergänge. Lass uns wieder zurückgehen.«

Tag 377
Susanne und Robert gehen wieder zusammen am Tegernsee spazieren und verstehen sich immer besser. Susanne sagt ihm, dass sie einen Sohn aus ihrer Ehe habe, den vierjährigen David. Abends spielen sie mit anderen Patienten Billard.

Tag 379
Robert und Susanne sitzen bei Kerzenschein in einem kleinen Bistro

im Ort Tegernsee beim Abendessen. Sie unterhalten sich über «Gott und die Welt». Der Glaube an Jesus Christus wird ihr festes Thema. Dann kommt es an diesem Abend zum ersten Kuss. Erst viel zu spät bemerken sie, dass ein Mitpatient an der Bar sitzt und sie bestimmt gesehen hat, obwohl sie in einer nicht so gut einsehbaren Ecke sitzen. Doch jeder, der auf die Toilette muss, geht an den Beiden vorbei. Aber es sieht so aus, als würde er mit Absicht wegschauen. Nur einmal fängt sein Blick für einen Bruchteil einer Sekunde den von Robert ein und er lächelt dabei.

Tag 380
Robert telefoniert mit Tom und berichtet ihm von seinem Liebesglück, da er sich mit ihm immer gut verstanden hat. Tom wünscht ihm viel Glück, er solle aber vorsichtig sein. Eine Beziehung zwischen zwei Patienten in der Klinik sei schließlich strikt verboten und ziehe die sofortige Entlassung nach sich. Er beendet das Gespräch, da Susanne ganz aufgeregt auf Robert zukommt.
»Du Robert, ich muss dir dringend was sagen.«
»Was, bist du schwanger?«
»Lass die Scherze! Die haben grad den Ludwig und die Heidi rausgeschmissen.«
»Was? Die haben sie rausgeschmissen? Wieso das denn?«
»Ist doch klar, die haben doch was miteinander gehabt und Doc Langer hat sie erwischt inflagranti ...«
»In Fla grantig?«
»Quatsch grantig, mitten drin halt im Gruppenraum und der Doc kam grad rein, um seinen Schnaps aus dem Versteck zu holen.«
»So ein Mist, da müssen wir jetzt aufpassen, sonst können wir auch die Koffer packen.«
»Zwei Drittel hier wissen doch eh schon Bescheid über uns. Schließlich haben sie uns schon öfters Hand in Hand gesehen oder beim Knutschen.«
»Das ist mir wurscht. Sollen sie doch, die Kanaillen.«
»Ja, aber wir müssen doch nicht alles hier machen. Reicht doch am Wochenende.« Robert und Susanne verbringen trotzdem jede freie Minute des Tages miteinander am See. Sie verstecken sich oft hinter Büschen.

Tag 381
Heute ist Sonntag. Robert fährt mit in Susannes Wohnung, wo sie mehr Platz haben, als bei ihm. Er hat immer noch sein kleines Appartement. David wird von ihren Eltern versorgt, während Susanne in

der Klinik ist. So verbringt er die meiste Zeit bei Oma und Opa. Doch heute ist er zu Hause. Nach der Ankunft in ihrer Wohnung ruft Susanne nach David. Er solle sich vorstellen. Etwas schüchtern reicht der Vierjährige Robert die Hand.

»Das ist Robert. Ich hab dir doch schon von ihm erzählt.« David mustert Robert mit großen Kinderaugen.

»Hast du schon meine Playmobilburg gesehen?«

»Nein, zeig doch mal.« Robert spielt mit David und erzählt aus seiner Kindheit.

»Ich hatte nur Legosteine damals. Eigentlich hatten wir längst nicht so viel Spielsachen wie ihr heute.« Robert hat David sofort ins Herz geschlossen. Er sieht seinem Neffen Fridolin ziemlich ähnlich.

Tag 382
Am Montag müssen die frisch Verliebten wieder in der Klinik einpassieren. Sie kommen zusammen an, was natürlich von den Anderen bemerkt wird.

»Sie schauen uns an, als ob sie alles über uns wissen!«, flüstert Robert Susanne ins Ohr.

»Das ist mir egal!« Susanne geht über die große Treppe am Rauchertisch vorbei in ihr Zimmer. Roberts Zimmer ist genau auf der entgegengesetzten Seite und nur über eine kleine Holztreppe zu erreichen. Mit seinen Cowboystiefeln ist er gut zu hören, aber das scheint ihm egal zu sein. Beide benehmen sich wie verliebte Teenager. Sie haben einen geheimen Platz gefunden, der hinter einem dichten Gebüsch am See liegt. Dort sind genau zwei große Steine, auf denen sie sitzen können. Der Platz ist wie geschaffen für sie.

Tag 396
Susanne und Robert sind zum ersten Mal gemeinsam in der Gemeinde beim Gottesdienst. Dort lernen sie das Ehepaar Ewald und Ortrud kennen, das sie herzlich empfängt.

»Hallo, ich bin der Ewald und das ist meine Frau Ortrud! Ich freue mich, euch beide bei uns begrüßen zu dürfen. Darf ich euch zu Kaffee und Kuchen in unser Cafe einladen?« Es ist üblich, dass sich die Gemeindemitglieder nach dem Gottesdienst zum Ratschen im Cafe der Gemeinde treffen. Robert schüttelt den beiden die Hand. Beim Kaffeetrinken erzählt Ortrud von ihrer Leidensgeschichte, die sie mit Robert verbindet. Sie habe bereits seit zehn Jahren Seelenkrebs, der im Unterschied zu Robert zwischenzeitlich auch etwas bessere Phasen gezeigt habe. Seit langem seien sie bekehrte Christen. Beim Abendessen, das sie gemeinsam bei Ewald und Ortrud einnehmen, sprechen sie über ihren Glauben.

Ewald fragt Robert: »Bist du auch bekehrt?«

»Was heißt bekehrt?«

»Ewald meint, ob du dein Leben Jesus gegeben hast!«, wirft Susanne ein.

»Nein, das habe ich noch nicht, aber Susanne hat dies vor einigen Wochen schon getan und sie hat daraufhin sofort aufgehört zu rauchen, das fand ich stark.«

»Und willst du diesen Schritt nicht auch tun?«, meint Ewald. »Keine Sorge, wir wollen dir nichts aufdrängen, keine Waschmaschine oder Staubsauger verkaufen, hahaha. Wir wollen dich nur für das Reich Gottes gewinnen.«

»Klar, ihr seid ja auch keine Zeugen Jehovas, die einem an der Tür was aufschwatzen wollen.«

»Gott bewahre, wir sind Baptisten und wollen keinem Menschen etwas aufschwatzen.« Ortrud sieht Robert ernst an. »Nur mein starker Glaube hat mich mein Leid und meine schwere Kindheit die letzten Jahre überstehen lassen. Ohne den Glauben an Jesus hätte ich das niemals geschafft und auch niemals den Ewald kennengelernt.«

Ewald fügt hinzu: »Bevor ich mich bekehrt habe, bin ich Alkoholiker gewesen und habe meine Frau geschlagen. Ich war auch eingesperrt. Im Jugendknast wurde ich nach 14 Tagen so geläutert, dass ich gemerkt habe, dass ich auf einem gottlosen Weg war. Seitdem habe ich mir nichts mehr zuschulden kommen lassen. Jesus hat mich gerettet.« Robert zeigt sich sehr beeindruckt von den beiden.

»Wir haben wirklich in euch beiden zwei wertvolle Menschen gefunden. Ich habe mich dazu entschlossen, mich auch zu bekehren.« Ortrud applaudiert.

»Du brauchst jetzt aber nicht meinen, dass deine Probleme sich nach der Bekehrung automatisch in Luft auflösen. Manchmal kann auch das Gegenteil eintreten.«

»Ja, das weiß ich, aber ich habe mich entschieden.«

»Dann können wir gleich das Übergabegebet sprechen.« Alle beten nun gemeinsam zur Bekehrung Roberts. Anschließend steht Ortrud auf, holt eine kleine Kachel von einem Haken an der Wand und überreicht sie Robert.

»Ich möchte dir diese Kachel gerne schenken. Halte sie in Ehren zum Zeichen deiner Bekehrung.« Robert liest den Spruch vor, der auf der Kachel eingebrannt steht.

»Wer dem Herr vertraut, der wird seine Güte erfahren. Psalm 32, Vers 10.«

Es kommt kein Blitz vom Himmel und die Erde bebt nicht für Robert, zumindest nicht an diesem Tag.

Tag 397
Robert schaut Susanne nachdenklich an.

»Du Schatz, da gehen wir jetzt jeden Sonntag hin, weil ich bei der Gemeinde doch etwas anderes gespürt habe, als in der Landeskirche, wo ich ja früher hin und wieder war. Du weißt ja, meistens war es nur an Weihnachten.«

»Ja klar, lass uns immer zum Gottesdienst hingehen, ich bin auf jeden Fall total begeistert von der Gemeinde. Passieren kann dir ja nichts, Jesus wird dir die Kraft geben, weiter zu existieren.«

»Ja, in der Hölle meines Zustands beginne ich nun ein wenig neue Kraft zu schöpfen, obwohl alle Medikamente - außer den Betablockern - auf Anweisung der Ärzte abgesetzt wurden. Die Prognose der Ärzte lautet ja immer noch auf eventuelle Besserung nach etwa einem Jahr. Letzte Woche hatte ich in meiner Verzweiflung noch so einen Traum, in dem ich beschlossen habe, so lange in der Klinik zu bleiben, bis sich die Prognose erfüllt oder ich die Ärzte erwürge, stell dir vor! Was man so alles träumt ... Etwas gibt mir jedenfalls nun Kraft, durchzuhalten. Entweder ist es meine Liebe zu dir oder der Glaube oder beides.«

»Es ist Jesus, Schatz! Jesus ganz alleine.«

Tag 400
Robert gibt in der Therapiesitzung gegenüber der Gruppe sein tägliches Blitzlicht.

Zu dem Bericht seiner Sitznachbarin über ihren Selbstmordversuch vor der Einweisung in die Klinik sagt er: »Ich habe auch manchmal über Selbstmord nachgedacht, aber keine konkreten Absichten gefasst. Gott sei Dank - wem sonst? - habe ich bisher noch nicht einmal einen Versuch unternommen. Allein meinem Glaube an Jesus Christus ist das zu verdanken!« Der Therapeut nickt zustimmend.

Robert fährt fort: »Selbstmord begehen würde bedeuten, Gott das schönste Geschenk, das er Einem gegeben hat, ins Gesicht zu werfen. Manchmal sah ich mich schon am Strick von der Decke baumeln, mit einem großen Schild um den Hals auf dem steht: ›Nur Geduld, alles braucht seine Zeit, wird schon wieder werden‹. Der Therapeut schüttelt betroffen den Kopf, will offensichtlich etwas einwerfen, hört aber dann doch weiter zu.

»Sicher, Seelenkrebs bessert sich meist irgendwann, vorausgesetzt man überlebt ihn. Aber auch bei bekehrten, wiedergeborenen, Christen gibt es Selbstmorde.«

»Ja ,da stimme ich Ihnen zu, Herr Winterkorn. Ihre Stärke, mit der Erkrankung umzugehen, verdient Anerkennung!«

Tag 422
In der Kunsttherapie malt Robert einen Hügel, auf dem ein Kreuz steht und von dem Ströme aus Blut fließen. Nachdem die Therapiestunde vorbei und das Bild getrocknet ist, legt er es in seine Mappe. Es ist Freitag. Robert plant, dieses Wochenende wieder mit Susanne in ihrer Wohnung zu verbringen. Sie müssen ihre Beziehung immer noch geheim halten. Robert wird jedoch - kurz bevor er gehen will - ins Ärztezimmer der Station gerufen. Dort warten schon ein paar Therapeuten und Ärzte auf ihn. Seine Kunsttherapeutin Freifrau von Eichenberg, genannt »Eichi«, ergreift das Wort.

»Herr Winterkorn, ich komme gleich zum Punkt! Im Gremium haben wir Ihre künstlerischen Ergüsse begutachtet und sind zu dem Ergebnis gekommen, dass Sie höchstgradig suizidgefährdet sind! Gerade dieses Bild ... in seiner ... ähm Dramatik und Sehnsucht nach dem Tode, dieses grauenvolle ... ja, Blutbad, dieses schwarze Kreuz ... Also ich muss schon sagen, ich war schockiert von dem Ausmaß Ihres seelischen Leides, so etwas in der Form der künstlerischen Darstellung hätte ich, hätten wir, also das gesamte äh ... Gremium, bei Ihnen nicht in diesem Ausmaß erwartet. Ich kann es leider nicht verantworten ...«

»Was verantworten? Ich verstehe Sie nicht!« Die Therapeutin rückt ihre dicke schwarze Hornbrille zurecht und schnauft schwer aus.

»Herr Winterkorn, es tut mir leid, aber meine ... Kollegen sind auch zu der Auffassung gelangt, dass wir Sie aufgrund einer offensichtlich akuten Selbstmordgefährdung leider dieses Wochenende nicht beurlauben können!«

Robert versucht sein Werk zu erklären. Er erzählt, dass er sich zum Glauben an Jesus Christus bekannt habe. Für ihn sei der dargestellte Hügel Golgatha, die Stätte an der Gott seinen Sohn Jesus Christus am Kreuz opferte. Weiter sei das Kreuz zu sehen, von dem das Blut, dass er für unsere Vergebung der Sünden vergossen hatte, floss. Das wolle er nur zum Ausdruck bringen. Aber seine Erklärungen können die vorgeblich sakrosankten Halbgötter in Weiß nicht überzeugen. Er wird als stark selbstmordgefährdet eingestuft und muss das Wochenende in der Klinik bleiben. Robert sagt zu den Therapeuten, er wisse, dass eine weitere Diskussion nun völlig sinnlos sei. Er habe gelernt nachzugeben, auch wenn er im Recht sei, und über der ganzen Situation zu stehen. Er lächelt den »Rat der Weisen«

nur müde an.

Tag 432
Robert nimmt trotz des Vorfalls weiter an der Kunsttherapie teil. Heute sollen die Patienten gegenseitig Gipsabdrücke ihres Gesichts machen. Schnell finden sich jeweils zwei Patienten zusammen, die erst von dem Einen, dann von dem Anderen einen Abdruck machen. Bis zur nächsten Therapiestunde sollen die Masken trocknen.

Tag 436
Nun bekommen die Patienten die Aufgabe, ihre Maske so zu bemalen, wie sie wollen. Robert bemalt ein Drittel von den Augen bis zum Kinn, alles in einem knalligen Gelb. Die Nase und den Augenbereich bis zu den Schläfen malt er grau und den Rest des Kopfes schwarz. Dann malt er einen grellen roten Blitz, der ihm oben in den Kopf fährt und aus dem Kinn wieder hinaus. Auf beiden Backen malt er zwei Zickzackmuster. Die Lippen und die Augen bemalt er auch noch in diesem feurigen Rot. Jetzt sollen die Patienten stichwortartig die Maske beschreiben. Er tut dies mit den Worten: »Starkstrom, blitzartig, Angst, Hilferuf, Dunkelheit, Kampf, Energie, Blitzableiter, Kriegsbemalung, auf irgendeinem Weg, Entladung«. Zum Abschluss sollen sie nun aus diesen Stichworten eine Geschichte zu der Maske schreiben. Robert schreibt seine Geschichte und liest sie anschließend vor.

»Ein Indianer befindet sich auf dem Kriegspfad. Er hat seine Kriegsbemalung aufgelegt, doch er weiß nicht, welchen Weg er einschlagen soll. Sein Name ist ›Roter Blitz‹ und es begleiten ihn der stumme Tod und Angst. In der Dunkelheit verirrt er sich. Durch seine Angst entlädt sich blitzartig seine Energie, die wie Starkstrom durch einen Blitzableiter entladen wird. Da liegt er nun, zerstört und ohne Energie, am Boden und hofft, dass er durch seine grelle Kriegsbemalung auf sich aufmerksam machen und von seinem Stamm Hilfe bekommen wird.« Eine gewisse Angst sei bei ihm immer latent da, fügt er hinzu. Es komme auch immer wieder zu Angstphasen von mehreren Stunden, ja sogar Tagen und länger. »Eichi« macht eifrig ihre Notizen.

»Aber nicht, dass Sie mir jetzt wieder den Ausgang verweigern, weil ich angeblich selbstmordgefährdet bin, Fräulein von Eichenberg!« Die Angesprochene antwortet nicht und erklärt die heutige Sitzung für beendet.

Tag 482
Es ist Roberts letzter Tag in der Klinik. Susanne ist bereits vor drei Wochen entlassen worden. Entgegen aller Erwartungen hat sich sein Zustand insgesamt nicht verbessert, obwohl er die Liebe seines Lebens gefunden hat und damit eine Unterstützung in seinem Leid. Robert führt das förmliche Abschlussgespräch mit der Versammlung der Ärzteschaft und der Pfleger. Nachdem Robert diese Prozedur überstanden hat, begegnet er Dr. Nadeshda Muth, einer jungen und sehr attraktiven russischen Therapeutin, die erst vor zwei Monaten in der Klinik begonnen hat und in der deutschen Sprache noch etwas Ausdrucksschwierigkeiten hat.

»Ja, Herr Winterkorn, nun es ist soweit. Sie nun verlassen schönes Tegernsee und beginnen neues Leben zu Zweit in christliche Gemeinde. Über ein halbes Jahr Sie waren bei uns und haben volles Programm genossen. Ich mich für Sie freue, dass Sie gefunden haben Liebe hier bei uns. Sie wissen, dass Beziehungen eigentlich im Rahmen der Therapie sind Tabus. Aber das ist doch Wichtigstes in Leben. Darum ich habe auch nichts gesagt. Und wenn es gibt etwas, das ändert Zustand, dann auf jeden Fall Kraft der Liebe. Sie wissen, dass ich habe mich dafür eingesetzt, Aufenthalt bei uns nicht noch zu verlängern weiter. Ich nach wie vor bin der Meinung, dass Sie sind psychisch völlig gesund. Psychotherapien Sie brauchen gewiss keine mehr. Ich von Herzen wünsche, dass Stoffwechsel in Hirn sich bald wieder stabilisieren und Sie wieder führen können völlig normales Leben. Alles Gute, Herr Winterkorn.« Robert bedankt sich bei der Ärztin und verlässt die Klinik mit Susanne, die ihn abholt.

Der Palladium-Professor

Tag 484
Robert berichtet Susanne beim Mittagessen von seinem Besuch beim Münchner Neurologen und Psychiater, Dr. Nusser, zu dem ihn an diesem Morgen seine Mutter mit der Bahn begleitete. Doc Verdi hatte ihn schon lange empfohlen.
»Ich muss sagen, dass ich angenehm überrascht bin. Endlich mal einer, der nicht so siebengescheit daherquatscht mit Psychotherapie und so einen Mist. Dass er sich sogar um 6.30 Uhr, noch vor seiner Sprechstunde, Zeit für mich genommen hat, damit ich nicht im Wartezimmer warten muss, fand ich schon mal positiv!
»Klar, die Wartezeit auf einen nächsten freien Termin hätte sonst auch mehrere Wochen betragen! Und was macht er beim nächsten Mal, Schatz?«
»Er wird ein gründliches EEG machen, das Gehirn richtig untersuchen und sich nicht von den bisherigen Untersuchungsergebnissen beeinflussen lassen, hat er mir gesagt. Das ist ja auch sehr positiv!«

Tag 487
Es steht heute eine Leberpunktion in der Klinik an. Die Leberwerte waren bei der letzten Blutuntersuchung sehr schlecht. Außerdem verspricht man sich von der Untersuchung der Leber Hinweise über Roberts Krankheit. Das gehört zum allgemeinen Check-Up und bringt der Klinik zusätzliche Einnahmen. Robert äußert sich nicht begeistert darüber, dass er dafür schon wieder in ein Krankenhaus muss und sogar übernachten, da die Leber wegen der Blutungsgefahr überwacht werden muss. Am frühen Morgen muss Robert bereits zum Ultraschall. Dort werden die ersten Vorbereitungen getroffen. Im Bereich seiner Rippen zeichnet der Assistenzarzt an, wo die eigentliche Punktion stattfinden soll. Robert scherzt, es sehe wie eine kleine Zielscheibe aus. Er begibt sich auf sein Zimmer, wo der kleine Eingriff erfolgen wird. Es dauert nicht lange, bis der Arzt kommt. Er informiert ihn noch über die ganze Prozedur und Robert muss noch die Einverständniserklärung unterschreiben, dass er im Falle von Komplikationen einer sofortigen Operation zustimme. Eine Komplikation kann unter anderem eine Blutung der Leber sein, welche nur durch eine Operation gestillt werden kann. Der Arzt, Dr. Matthias Rubikon, zieht die Spritze auf und legt sein Arbeitsmaterial zurecht.
»Dann wollen wir mal, Herr Winterkorn. Sie wissen ja, die Leber wächst mit ihren Aufgaben! Jetzt wollen wir doch mal schauen, was

sie uns zu sagen hat.«

»Meinen Sie meine Leber spricht, Herr Doktor? Hoppala! Was ist denn das? Wollen Sie mich erschießen?« Robert deutet auf das Gerät, das einer Pistole sehr ähnelt, während der Arzt die Spritze im Zielgebiet des Zwerchfelles ansetzt.

»Nein, keine Angst, ich schieße Ihnen damit nur kurz durch die Rippen und hole Ihnen einen kleinen Fetzen aus Ihrer Leber, das spüren Sie gar nicht. Die Betäubungsspritze ist eigentlich schon die unangenehmste Sache dabei.« Der Arzt spritzt das Betäubungsmittel und zielt kurz darauf mit der »Pistole« auf die Leber. Wie bei einem elektrischen Klammer-Tacker schnellt ein Teil blitzschnell durch die Rippen und holt einen kleinen Fetzen Gewebe als Probe aus Roberts Leber. Es klingt auch genauso, wie das Einschießen von Klammern bei einem Tacker. Der Arzt steckt die Probe in einen kleinen Plastikbehälter und stellt ihn zur Seite. Dr. Rubikon ordnet nun ausgiebig sein Werkzeug und rückt das Mobiliar wieder zurecht. Unvermittelt schaut er sich konsterniert im Zimmer um und schiebt dann hektisch sein eben erst sortiertes Werkzeug wieder durcheinander.

»Wo ist denn jetzt bloß ihre Leber geblieben?« Dr. Rubikon schaut in sämtliche Ecken und Winkel, aber er kann die gerade entnommene Leberprobe nicht finden. Nach längerer Suche schaut er Robert mit entschuldigendem Blick an.

»Ich finde Ihre Leberprobe nicht mehr, ich glaube wir müssen leider nochmals eine Punktion machen.«

»Nein, nicht mit mir! Nicht dass mir noch eine Laus über die Leber läuft! Sie suchen jetzt gefälligst meine Leber, oder wir lassen die ganze Sache! Das ist ja unglaublich, wie meinen Sie, dass ich mich fühle, in meinem Zustand, der ja sowieso an der Grenze der Belastbarkeit ist und da wollen Sie mir ernsthaft eine zweite Biopsie vorschlagen? Das kann nicht ihr Ernst sein, Herr Doktor! Das ist ja ein Fall für die Zeitung. Ich gehe hier nicht eher raus, bis meine Leberprobe auf dem Tisch liegt!« Robert bekommt einen Schweißausbruch. Zähneknirschend kriecht der Arzt auf den Knien über den Boden und findet nach einigen Minuten tatsächlich die verschollene Probe in einem Winkel des Zimmers, unter einem Schrank, unter den sie offensichtlich bei der Aufräumaktion gerollt war. Er wünscht Robert triumphierend noch einen schönen Tag und Robert ihm erleichtert ebenfalls. Nun solle er sich ein paar Stunden auf einen Sandsack auf die rechte Seite legen, damit die Leber ruhig gestellt werde. Als er husten muss, klagt er über leichte Schmerzen auf der Seite. Dies komme hauptsächlich von der Betäubungsspritze, die er ins Zwerchfell bekam, erklärt ihm eine Pflegerin.

Im Laufe des Tages versuchen Mitpatienten, vor allem Patientinnen, die die Prozedur schon kennen, Robert vermeintlich aufzuheitern. Aber in Wirklichkeit wollen sie ihn wohl quälen. Obwohl er nicht lachen soll, da das schmerzhaft ist, versuchen sie ihn durch Witze zum Lachen zu bringen, zumal sie erkennen in welchem seelischen Zustand er sich befindet.

Dabei packen sie eine alte Kiste an Witzen mit einem langen Bart aus wie: »Kommt ein Mann zum Psychiater und sagt: ›Herr Doktor, Herr Doktor, keiner beachtet mich!‹ Darauf der Psychiater: ›Der Nächste bitte!‹« oder: »Ein Patient kommt zum Arzt und sagt: ›Herr Doktor, jedes mal, wenn ich meinem rechten Arm hoch hebe, habe ich in der Schulter Schmerzen.‹ Darauf der Arzt: ›Dann heben Sie ihren Arm halt nicht!‹ oder »Kommt ein Elternpaar wegen ihrem Sohn zum Psychiater: ›Was führt Sie zu mir? Ich sehe, Sie haben ihren Sohn mitgebracht!‹

›Ja grüß Gott Herr Doktor. Unser Sohn ist nun schon 14 Jahre alt und macht immer noch ins Bett!‹

›Tja, da schreibe ich Ihnen ein Medikament für Ihren Sohn auf! Wenn Sie ihm täglich drei Tabletten, morgens, mittags und abends geben, müssten wir das in spätestens vier bis sechs Wochen im Griff haben! Lassen Sie sich doch gleich noch von meiner Sekretärin einen Termin geben!‹

Nach etwa vier Wochen begegnen die Eltern mit ihrem Sohn dem Doktor auf der Straße. Der Doktor erkundigt sich nach dem Befinden des Sohnes und ob denn die Medikamente schon gewirkt haben. Der Vater erwidert: ›Wie man's nimmt! Er macht zwar immer noch ins Bett, aber jetzt ist er stolz darauf!‹«

Obwohl Robert die Witze schon kennt, muss er darüber so lachen, dass ihm der Bauch wehtut. Als er vom Bad in sein Zimmer kommt, befindet sich dort bereits die Rechnung für die Leberpunktion, da er morgen auscheckt. Wieder einmal ein paar hundert Mark, die er bei seiner Krankenversicherung einreichen muss.

Als die Schwester nach ihm sieht, fragt er sie mit einem Augenzwinkern: »Steht es denn wirklich so schlecht um mich, dass ich heute schon eine Rechnung bekomme?« Die Schwester schüttelt lachend den Kopf und sagt, das Ergebnis der Gewebeprobe bekomme er erst in einer Woche.

Tag 489

Robert sitzt mit Susanne bei seinem Neurologen, Dr. Nusser. Seine Freundin begleitet Robert meistens bei Arztbesuchen. Dr. Nusser eröffnet den beiden, dass er Roberts starke Schmerzen dem Fibromyalgie-Syndrom zuspreche, einer rätselhaften Entzündung der Nervenwurzeln im Bereich der Muskeln und Gelenke, die noch nicht gut erforscht sei. Zur Linderung verschreibt er ihm Lymphdrainagen und starke Schmerztabletten. Es sei für ihn unmöglich zu beurteilen, ob die ständigen Schmerzen den Seelenkrebs erst verursacht haben oder ob der Seelenkrebs das Entstehen seiner chronischer Schmerzen begünstigt habe. Schmerz und Seelenkrebs seien Eins geworden. Robert sagt, er wisse nun wenigstens mehr, sein Zustand sei aber weiterhin unverändert unerträglich. Natürlich würde er alles tun, was der Arzt ihm vorschlage.

Zurück in Augsburg liest Susanne aus der Tageszeitung vor. Das israelische Parlament habe Yitzhak Rabin von der Arbeitspartei zum Ministerpräsidenten gewählt.

»Du, Schatz das ist interessant, was hier steht. Professor aus Heidelberg macht Palladiumvergiftung für psychosomatische Erkrankungen verantwortlich. Heilung durch Zähne ziehen? Das klingt doch echt interessant, Robert. Was meinst du?«

»Du weißt doch, ich würde alles tun, was mir eine Chance verspricht. Steht da Name und Adresse dabei?«

»Nur Prof. Dr. Dr. h.c. Ulf Unterweger, Institut für Neurologie, Heidelberg. Aber das kann man ja bestimmt raus kriegen. Ich ruf gleich mal die Auskunft an.« Susanne bekommt die Telefonnummer des Professors und macht mit der Praxis einen Termin aus. Überschwänglich reicht sie Robert den Zettel mit dem Termin.

»Du sollst Freitag nächste Woche um 17.15 Uhr vorsprechen und eine aktuelle Panoramaaufnahme von Ober- und Unterkiefer mitbringen. Ich fange doch übermorgen als Prophylaxehelferin beim Doktor Zenzen an, da kann ich dich gleich mitnehmen für das Röntgenbild.«

»Meinetwegen, wenn es sein muss, lass ich mir auch die Zähne herausreißen. Ich leide so sehr, dass ich alles tun würde. Die ständigen Schmerzen, die Schlaflosigkeit und all das, ich halte es nicht mehr aus. Wenn es Besserung verspräche, würde ich auch nackt durch die Fußgängerzone laufen oder sogar eine Niere oder einen Finger opfern.«

Tag 498
Erschöpft von der langen Autofahrt kommen Robert und Susanne in der Praxis des Neurologieprofessors in Heidelberg an. Bei der Anmeldung gibt Robert die Panoramaaufnahme von letzter Woche ab. Die Röntgenaufnahmen seines Schädels behält er erst einmal.

Nach zweistündiger Wartezeit wird Robert von einer knarzenden Stimme aus dem Lautsprecher über der Tür zum Behandlungsraum aufgeschreckt.

»Herr Winterhorn bitte.« Susanne hilft Robert, der seit Stunden wieder unter heftigen Schwindelattacken und Migräne leidet, beim Aufstehen. Gemeinsam treten sie in das Sprechzimmer. Der Professor steht mit dem Rücken zu ihnen und ist in die Betrachtung eines Lichtkastens vertieft, auf dem ein Bild angepinnt ist, das sich bei näherer Betrachtung als ein Röntgenbild mit Zahnreihen des Ober- und Unterkiefers entpuppt. Wie ein Künstler mit Pinsel im ausgestreckten Arm steht er vor dem Lichtbild und fügt ihm mit Schwung Häkchen und Linien in roter Farbe hinzu. Der Pinsel erweist sich als großer Edding-Stift. Gefällig betrachtet der Professor sein Werk moderner Kunst durch die schwarze Hornbrille ohne von den Eintretenden Notiz zu nehmen.

»Setzen Sie sich schon mal an meinen Schreibtisch, Herr Winterhorn. Ich komme gleich zu Ihnen.«

»Winterkorn heiße ich, Robert Winterkorn.« Der Professor fährt herum, erblickt Robert, runzelt die Stirn und wendet sich dann Susanne zu.

»Und wer sind Sie?«

»Ich bin die Freundin. Landmann, heiße ich, Susanne Landmann. Ich bin nur die Begleitung, weil er in seinem Zustand nicht alleine ...« Der Professor unterbricht sie unwirsch mit einer wegwischenden Armbewegung.

»Das geht nicht, junge Frau, das geht überhaupt nicht. Bitte verlassen Sie mein Sprechzimmer und warten Sie draußen.« Susanne setzt zu einer Entgegnung an, überlegt es sich dann offensichtlich anders und verlässt das Zimmer. Der Professor reißt die kunstvoll verzierte Röntgenaufnahme schwungvoll aus dem Lichtkasten, wirft sie in einen Korb und setzt sich an den Schreibtisch. Dann wendet er sich Robert zu.

»Ich begrüße Sie, Herr ... Winterhorn. Nehmen Sie Platz. Was führt Sie zu mir?« Robert setzt gerade zu seiner Antwort an, als der Professor aufspringt und auf die Regalwand aus dunklem Eichenholz zusteuert.

»Ach ja, bevor ich es vergesse, ich hab hier mein neuestes Buch, das müssen Sie unbedingt lesen, bevor wir mit einer Behandlung überhaupt beginnen. Da steht alles Wichtige drin über Palladium-Vergiftungen durch Zahnfüllungen, ähm Inlays, Metallkeramikkronen. Deswegen sind Sie doch hier, nicht wahr?« Fahrig greift der Professor in das Regal mit etwa einhundert gleichen Büchern und zieht Eines heraus.

»Hier! Der Palladium-Tod! Kostet im Laden 34 Mark und 90

Pfennige. Bei mir kriegen Sie es für nur 30 Mark! Bitte bar zu zahlen, danke! Quittung kriegen Sie dann draußen ...« Etwas konsterniert zieht Robert drei zerknitterte Zehnmarkscheine aus seiner Hosentasche und legt sie auf den Schreibtisch. Der Professor öffnet leicht zitternd die Schreibtischschublade und schiebt die Scheine hinein. Er blickt Robert prüfend an.

»Ich hab seit über einem Jahr schwerste und permanente psychosomatische Störungen, Migräne, Fibromyalgie ...«

»Und Palladium-Metallkeramik!«, unterbricht ihn der Professor triumphierend.

»Ja, ein paar Kronen, Inlays und Füllungen, klar, aber ist das wirklich so ...«

»Schädlich? Giftig, junger Mann, höchst giftig! Da ist Palladium drin, eines der potentesten Nervengifte überhaupt. Lesen Sie mein Buch, da steht alles drin. Hier haben Sie einen Kaugummi, den kauen Sie jetzt zwei, drei Minuten gründlich durch und spucken ihn dann hier rein.« Der Professor stellt eine Dose vor Robert auf den Schreibtisch.

»Nein danke, ich mag keinen Kaugummi.« Der Professor nimmt die Panoramaaufnahme von Roberts Gebiss, dreht Robert den Rücken zu, geht damit zur Wand und klatscht die Aufnahme so heftig auf den Lichtkasten, dass der Haltebügel mit einem lauten Rumms einrastet.

Ohne sich umzudrehen sagt er: »Junger Mann, das ist kein Zuckerl von mir, sondern ein Palladium-Zahn-Test. Entweder kauen Sie das Ding jetzt oder Sie lassen es bleiben. Dann kann ich Sie aber wohl nicht weiter behandeln.« Mit fahrigen Bewegungen malt er weiter seine Haken und Striche auf die Zahnwurzeln, bis er plötzlich stutzt und eine Lupe aus seiner Kitteltasche zieht.

»Was haben wir denn hier? Das scheint ja ... In der Tat! Wissen Sie eigentlich, dass Sie einen Tumor im Hirn haben, junger Mann?« Er dreht sich zu Robert um.

Der schluckt und stammelt erschrocken: »Einen Tumor? Nein, das kann nicht sein, ich hab doch erst ein CT machen lassen, da war gar nichts, Herr Professor. Nein, das kann nicht sein. Wo soll denn der sitzen?«

»Kommen Sie, ich zeige es Ihnen. Hier, über dem Wangenknochen, das müsste auf Ohrhöhe .., ja genau, hinter dem Ohrläppchen, vielleicht die Ohrspeicheldrüse oder so.« Robert stellt sich neben den Professor, schaut sich den weißen Fleck genauer an, tastet seine Wange und sein linkes Ohr ab und bleibt an dem Ohrstecker in seinem Ohrläppchen hängen.

»Könnte das nicht mein Ohrstecker .., ich glaub ich hatte vergessen ihn rauszunehmen!« Der Professor vergleicht die Aufnahme mit dem Ohr von Robert und murmelt ohne eine Spur von Verlegenheit: »Also gut, hier kann man das nicht eindeutig verifizieren, aber Sie haben noch ein CT machen lassen vom Schädel, das steht zumindest hier auf ihrer Karteikarte. Haben Sie das dabei?«

»Müsste ich eigentlich. Moment, ich schau mal in meiner Tasche.« Robert setzt sich wieder auf den Stuhl, kramt in seiner ledernen Umhängetasche und zieht vier Röntgenaufnahmen heraus.

»Hier sind drei Aufnahmen vom Schädel, wenige Wochen alt. Ich muss die allerdings wieder zurückbringen ins Klinikum, haben die mir gesagt.«

»Papperlapapp!«, antwortet der Professor und geht zurück zum Schreibtisch, »Behalten Sie die Aufnahmen lieber. Ich weiß schon, die haben das Recht darauf, aber was in den Archiven dort alles verschlampt wird, geht auf keine Kuhhaut. Ich spreche aus Erfahrung. Schlamperei, Neid, Missgunst und Intrigen. Ob in Heidelberg, Berlin oder München, alles ein Sumpf, sage ich Ihnen. Erst vor drei Monaten hat jemand die Festplatte mit dem Manuskript von meinem aktuellen Buch zerstört. Alles war weg, sag´ ich Ihnen! Zum Glück hatte meine Sekretärin drei Wochen vorher noch eine Kopie auf Diskette, wie sagt man ... gesichert .., so dass ich nur zehn Seiten neu schreiben musste. Man muss einfach immer aufpassen!«

Der Professor dreht sich zu Robert um, beugt sich über den Schreibtisch und flüstert: »Die Palladium-Zahnärzte-Mafia, verstehen Sie, die steckt da dahinter. Ein einziger Sumpf. Die verteidigen ihr Giftmischerhandwerk bis aufs Blut. Im wahrsten Sinne des Wortes. Haben Sie schon mal ein Gehirn gesehen, von einem dieser armen Schweine, den Opfern dieser Zahnärzte? Jeder Arzt weiß, wie giftig das ist oder müsste es jedenfalls wissen, wenn er in einer meiner Neurologievorlesungen war oder zumindest meine Bücher gelesen hat. Eine Schande für den ganzen Berufsstand!«

Er lehnt sich in seinen riesigen schwarzen Chefsessel zurück und fährt fort: »Aber lassen Sie uns wieder zurück kommen zu Ihnen, draußen warten noch eine Menge Patienten. Schauen wir uns Ihr Hirn mal genau an.« Der Professor zieht das Panoramabild der Zähne aus dem Lichtkasten und steckt die CTs von Roberts Gehirn rein. Nach einiger Zeit schüttelt er den Kopf und zieht wieder seine Lupe aus der Tasche, mit der er die Aufnahmen im Detail studiert. Schließlich pfeift er durch die Zähne, drückt auf den Knopf seiner Gegensprechanlage und ruft seine Sprechstundenhilfen herein.

»Frau Dobeleit, Frau Wiese, kommen Sie doch bitte mal, ich hab´ da was, das müssen Sie sich unbedingt anschauen.« Robert beginnt unruhig auf seinem Stuhl hin- und herzurutschen, während die Sprechstundenhilfen herein kommen und neben dem Professor stehend die Bilder betrachten. Der Professor doziert.

»Sehen Sie hier den Frontallappen und den Neocortex. Hier den Hypothalamus und die Amygdala. Da ist die Alma Mater. Fällt Ihnen was auf?« Frau Dobeleit schüttelt den Kopf, während ihre Kollegin Robert mitleidvoll ansieht. Der Professor schmiert wieder mit seinem roten Filzstift in den Aufnahmen herum, was Robert mit Entsetzen beobachtet.

»Na hier, der Abstand zur Schädeldecke, die Proportionen. Ich schätze so zwanzig bis fünfundzwanzig Prozent Regression in diesem Bereich. Eine wirklich eklatante toxische Schädigung. So etwas sieht man selten.« Die Assistentinnen schauen beeindruckt.

Robert hält es nicht mehr aus und fragt ängstlich: »Was meinen Sie mit toxischer Schädigung? Und was heißt Regression? Im Klinikum hat man mir gesagt, es sei alles in Ordnung!«

»Ha!« lacht der Professor trocken auf. »Alles in Ordnung! Das kann nur ein Neurologe sein, der nie in meiner Vorlesung war. Wenn es überhaupt ein Neurologe war, aber lassen wir das ... Gut, dass Sie zu mir gekommen sind, junger Mann, wenn es nicht schon zu spät ist. Der Gehirnschwund ist bereits stark fortgeschritten. Haben sie den Kaugummi schon hier rein? Ja? Gut! Das dient nur zur Verifizierung, aber ich bin mir bereits ziemlich sicher. Die Diagnose steht fest! Sie leiden unter einer akuten schweren Palladiumvergiftung induziert durch ihre 7, 8, 9, ... 10 Füllungen, Kronen und Inlays. Daher die Störungen, Schmerzen und so weiter ... Das wundert mich alles gar nicht.« Robert ist mittlerweile käseweiß geworden und droht vom Stuhl zu kippen.

»Und was kann man da machen, Herr Professor?«

»Zähne ziehen! Sofort! Alle! Alles raus! Gnadenlos! Lieber heut' als morgen, natürlich nur von einem versierten und auf Palladium-Vergiftungen spezialisierten Kieferchirurgen. Begleitend dazu eine Ausleitungstherapie mit hochkonzentriertem DPMA. In acht bis zehn Monaten ist das Gift draußen und Ihre Beschwerden sind weg.«

»Das wäre ja zu schön, um wahr zu sein. Aber muss man denn wirklich alle Zähne ziehen? Genügt es nicht, die Füllungen, Kronen und Inlays zu entfernen?« Der Professor packt die Panoramaaufnahme und hält sie Robert vor das Gesicht.

»Herr Winterhorn, schauen Sie mal her. Hier sind Ihre Zähne und hier sind die Wurzeln. Fällt Ihnen da etwas auf? Nein? Nun, hier sind überall weiße Flecken. Wissen Sie was das ist? Nein? Ich sage es Ihnen. Das sind die Giftherde. Alles voller Giftherde. Ihr Körper wehrt sich gegen das Gift. Noch tut er das, aber nicht mehr lange, dann hat das Gift ihr Gehirn komplett zerstört. Und wissen Sie, was dann ist? Dann sind Sie Geschichte und können sich in die riesige Reihe der Palladium-Opfer einreihen, die auf unseren Friedhöfen auch noch die Erde und das Grundwasser kontaminieren mit dem verfluchten Palladium.« Der Professor redet sich so in Rage, dass sich um seine Mundwinkel ein feiner weißer Schaum bildet.

»Ich kämpfe nun schon seit über zehn Jahren. Und ich werde den Kampf gewinnen, glauben Sie mir! Die neuesten Forschungsergebnisse geben mir recht und in spätestens zwei, drei Jahren wird kein Zahnarzt in Deutschland mehr Palladium verarbeiten dürfen, sondern nur noch Kunststoffe und Keramik. Wo wohnen Sie? Ach ja, in Augsburg. Steht ja auf Ihrer Karte ... Ich schreib Ihnen eine Überweisung zu meinem Studienfreund, dem Kieferchirurgen Prof. Dr. Lochner in München-Schwabing, der ist spezialisiert auf solche Behandlungen. Der zieht Ihnen die Giftzähne und dann können Sie ..., ja wenn alles verheilt ist natürlich, Implantate oder eben ein Gebiss machen lassen, wenn Sie wollen. Zusätzlich nehmen Sie jeden Tag zwanzig Gramm DPMA. Das bekommen sie von dieser Firma hier.« Der Professor legt Robert einen Prospekt der Firma Novasupport hin und schreibt ihm die Adresse seines Studienfreunds auf.

»Und was ist, wenn ich das nicht mache?«

»Dann, lieber Herr Winterhorn, sind Sie in sechs bis sieben Monaten mindestens Schwerstpflegefall, aber wahrscheinlich schon tot. Lassen Sie sich von Frau Dobeleit einen Termin in zwei Wochen geben. Sie bekommen dann noch die Rechnung mit. Sie können entweder gleich in bar oder mit Karte zahlen. Gute Besserung und auf Wiedersehen!« Robert zahlt 425 Mark für den Behandlungstermin und verlässt niedergeschlagen die Praxis. Da ruft ihm der Professor noch über den Flur hinterher:

»Ich hab noch vergessen, Ihnen zu sagen, dass Sie zu meinem Kollegen, Prof. Dr. Seckelzieher zum Allergietest müssen, bevor Sie das nächste Mal kommen und dann bringen Sie gleich noch eine Urinprobe mit, ja? Die Praxis ist gleich nebenan, ich melde Sie schon mal an.« Robert geht mit Susanne zum Auto.

»Was war jetzt, Robert, was hat er gesagt?« Robert lässt sich erschöpft auf den Sitz fallen.

»Die Zähne müssen raus und so ein Pulver soll ich nehmen, dann ginge es mir in etwa neun Monaten wieder besser, hat er gemeint. Hier ist der Prospekt.« Robert steigt in das Auto und stellt den Sitz in Liegeposition.

»Lass uns schnell heimfahren, Schatz, ich bin am Ende.«

Susanne liest aus dem Prospekt vor: »DPMA Pulver 500 g nur noch bis 30. September 349 Mark statt 399. Das ist ja Wucher! Und das Zeug soll wirklich helfen? Also ich weiß nicht ...«

Robert antwortet nach einem Gähnen: »Schatz, Professor Unterweger ist d e r bekannteste Neurologe, die Nummer eins in Deutschland. Eine Korinthe!« Robert lächelt gequält über den Gag, den er sich gerade abgerungen hat.

»Konifere!«, unterbricht ihn Susanne.« Er schaut Susanne überrascht an.

»Genau! Der hat schon zig Bücher geschrieben. Er wird schon wissen, von was er redet. Lass uns daheim gleich einen Termin mit dem Kieferchirurgen in München ausmachen, ja?« Robert schließt die Augen und öffnet sie erst wieder bei der Ankunft in Augsburg.

Zahnlos verloren

Tag 512

Robert weist sich wieder einmal selbst in eine Klinik ein, die ihm dieses Mal von Doc Nusser vermittelt wurde. Es ist das Institut für Psychiatrie in Ulm. Mittlerweile ist es schon sein vierter Klinikaufenthalt und er setzt immer noch große Hoffnung darauf, dass ihm dort endlich geholfen wird, auch wenn er dort wieder mehrere Monate verbringen müsse, wie er heute beim gemeinsamen Frühstück Susanne gegenüber wieder betont.

Susanne begleitet Robert am frühen Nachmittag in das Institut und stützt ihn, während er an das Gespräch von heute morgen anknüpft.

»Schatz, ich will nicht aufgeben, du kennst mich ja. Ich zieh das jetzt durch!«

»Du schaffst das, du weißt ja, dass die Gemeinde für dich betet.«

»Jetzt ist das schon der vierte Klinikaufenthalt! Ich bewege mich ständig am Rande des Wahnsinns und bete jeden Tag, dass es endlich vorbeigeht.«

Robert fährt mit Susanne im Fahrstuhl zu der aufnehmenden Station. Er hält sich links und rechts an den Haltestangen fest. Als der Aufzug im Zwischengeschoss anhält und eine junge Frau einsteigt, schnaubt er aus Panik wie ein wilder Stier. Die Frau schaut ihn sehr ängstlich an und drängt sich hinter Susanne in eine Ecke des Fahrstuhls.

Als sie endlich auf der Station ankommen, kommt ihnen eine Krankenschwester mit großer schwarzer Hornbrille und altmodischer Hochsteckfrisur entgegen. Sie begrüßt die Ankömmlinge mit strengem Blick.

»Ich bin Schwester Walburga! Grüß Gott, Herr Winterkorn! Ich werde Sie nun mit den Örtlichkeiten und unseren Regeln vertraut machen! Bitte folgen Sie mir!«

»Schwester Walburga, ha, Hausdrachen wäre eine passendere Bezeichnung für sie«, flüstert Robert seiner Freundin zu, während beide der Schwester hinterhertraben. Susanne legt den Finger auf den Mund und wendet sich der Schwester zu.

»Schwester, meinem Freund geht es sehr schlecht, können Sie ihm nicht gleich irgend etwas zur Beruhigung geben?«

Schwester Walburga schaut Robert kühl an und antwortet schnippisch: »Hier geht es allen schlecht, Sie sind nicht der Einzige, junger Mann!« Robert bekommt nach einer zermürbenden Wartezeit von zwei Stunden endlich Gehör vom Stationsarzt. Er schildert seine momentanen Empfindungen.

»Herr Doktor, ich spüre ein brutales Gefühl von Schwäche und gleichzeitiger starker Unruhe. Das ist so, als würde man beim Auto gleichzeitig auf das Gas und das Bremspedal treten. Das macht jeden Motor kaputt! Ein unbeschreiblicher Zustand von absoluter Müdigkeit und absolutem Getrieben-sein. Diese Unruhe lässt mich immer hin und herlaufen, sogar beim Sitzen bewege ich meistens meine Beine und die Füße. Mit den Armen oder auch mit den Händen mache ich ständig eine Bewegung, die wie Händewaschen aussieht! Es ist grauenvoll! Bin ich an einem Ort, will ich zu einem anderen. Bin ich dann dort, will ich auch bloß wieder von hier weg! Es gibt einfach keinen Platz zum Ausruhen für mich! Kennen Sie die Bibel? Dort wird dieser Zustand gut beschrieben, mit dem Satz: ›Am Tag werden sie froh sein, wenn es Nacht ist und in der Nacht werden sie froh sein, wenn es Tag ist!‹ Gleichzeitig fühle ich mich auch extrem schwach und kann mich manchmal nicht mehr richtig auf den Beinen halten. Die kleinste Kleinigkeit, wie die Körperpflege, ragt vor mir auf, wie ein hoher Berg, den es jeden Tag immer wieder zu erklimmen gilt! So ist mir oft schon das einfache Existieren zu viel! Bitte geben Sie mir etwas, sonst drehe ich durch!« Eine halbe Stunde später bringt ihm Schwester Walburga zweieinhalb Milligramm Tavor. Sie bleibt vor Robert stehen, bis er die Tabletten geschluckt hat, nimmt wortlos das Glas und verschwindet wieder. Susanne schaut später auf die Uhr.

»Eine halbe Stunde ist nun vergangen, spürst du schon was?«

»Nein, ich merke keine Wirkung bis jetzt, gar nichts.« Sie setzen sich auf den Flur, um auf einen Arzt zu warten, der die Aufnahme auf die Station endlich abschließen soll. Ein Mitpatient in einem abgewetzten schwarzen Anzug, der am Nebentisch sitzt, bemerkt offenbar Roberts starke Unruhe. Er setzt sich zu den beiden und reicht Robert seine Hand.

»Darf ich mich kurz vorstellen? Prof. Dr. Dr. Richard Breitner, hier ist meine Karte.« Nachdem Robert die Karte in die Hand genommen hat, wendet er sich Susanne zu.

»Hat Ihr Mann schon etwas bekommen, etwas zur Beruhigung, meine ich?«

»Zweieinhalb Milligramm Tavor, Herr Doktor.«

»Dann wird er bestimmt gleich ruhiger werden! Tavor ist das beste Beruhigungsmittel, kriegt fast jeder hier!«, konstatiert der etwa Fünfzigjährige mit süffisantem Grinsen.

»Sind Sie Arzt hier auf dieser Station?«, fragt Susanne.

»Arzt? Junge Frau, seh' ich so aus? Nein, dieses Fach hab ich nie studiert, obwohl es damals ja noch keinen numerus clausus ... Nein, hat mich nie wirklich interessiert die Halbgötterei in Weiß. Die Juristerei ist mein Metier, sie verstehen?«

»Das ist auf jeden Fall ein Beruf mit Zukunft, bei den vielen Klagen heutzutage. Ich muss wieder gehen, Sie verstehen? Auf Wiedersehen! War nett, Sie kennengelernt zu haben.« Susanne wendet sich wieder ihrem Freund zu.

»Mach's gut, Robert, ich komme morgen Nachmittag und bring dir noch die Wäsche.« Nachdem Susanne gegangen ist, kommt Robert mit Richard, dem »Professor-Patienten« ins Gespräch. Sie duzen sich gleich, weil es in der Psychiatrie so üblich ist. Hier zählen keine Titel und es gibt auch keinerlei Hierarchie. Alle sind hier auf dem gleichen Level. Richard erzählt Robert, dass er mehrfach geschieden sei und keine Kinder habe. Er sei Rechtsanwalt und auf dem Gebiet des Scheidungsrechts sei er an der Spitze der Scheidungsjuristen in Deutschland gewesen. Er habe eine große Kanzlei in Nürnberg gehabt und darin hätten einst fünf weitere Anwälte für ihn gearbeitet. Seit längerer Zeit sei er jedoch manisch bipolar und das habe seinen Beruf und seine Ehen zerstört. Robert und Richard verstehen sich auf Anhieb sehr gut und sie versuchen das Beste aus dem Aufenthalt zu machen.

Er sei hier, weil er einen Selbstmordversuch hinter sich habe, erzählt Richard Robert später beim Abendessen. Er sei Mitglied der Gloria-Burschenschaft und habe sich im Keller deren Villa in Nürnberg erhängen wollen. Er habe sich einen Balken ausgesucht, dann habe er einen Haken hineingeschlagen, das Seil daran befestigt und sei auf einen Stuhl gestiegen, der auf dem Tisch stand, von welchem er sich habe hinunter stoßen wollen. Er habe seinen Kopf durch die Schlinge gezogen und den Stuhl von sich gestoßen. Es habe fürchterlich gekracht und er, Richard, sei bewusstlos, aber unverletzt auf dem Boden gelandet. Der Balken, den er sich als Fahrkarte ins Jenseits ausgesucht hatte, sei so morsch gewesen, dass er sein Gewicht nicht habe halten können. Als man ihn kurze Zeit danach dort aufgefunden habe, sei er in die Psychiatrie eingewiesen worden. Robert sagt, er sei von der Geschichte beeindruckt und dass dies ein Beweis sei, dass Gott ihn nicht fallen lassen würde.

Nachdem Robert nun endgültig auf der Station aufgenommen wurde, bringt ihn die Schwester zu seinem Doppelzimmer. Sie öffnet die Türe und zeigt auf den Patienten, der gerade aus dem Bett steigt.

»Das ist Herr Zwertat ...«

»schinski!« ergänzt Robert erfreut. »Gerd Zwertatschinski! Mensch, das gibt's doch nicht! Zwertschki, das ist ja eine Überraschung!« Die Schwester schaut etwas verdutzt.

»Herr Zwertatschinski, genau. Offenbar kennen Sie sich ja bereits.«

»Ja klar, das ist eine alte Sandkastenfreundschaft!«, erwidert Robert. Die Schwester geht kopfschüttelnd aus dem Zimmer. Robert stürmt auf seinen alten Freund zu und umarmt ihn.

»Mensch Zwertschki, was machst du denn hier?«

»Ich habe das Tourette-Syndrom, so ständige Zuckungen und dann schreie ich immer unkontrolliert Flüche und Schimpfwörter.« Wie zur Bestätigung schreit er los.

»Arschloch, Ficken, Arschloch ... sorry, aber ...«

»Ja, ich erinnere mich, dass du schon als Kind starke Lidzuckungen hattest und gestottert hast du, weil dich deine Mutter immer so angeschrien hat. Du durftest nie so richtig mit uns spielen.« Zwertschki zuckt am ganzen Körper, zieht an seinem T-Shirt.

»Und warum bist du hier? Ficken, Ficken, Arschloch ... loch ...«

»Wegen Seelenkrebs!«

»Was? Wie? Seelenkrebs?«

»Genau, schwerste neuropsychiatrische Störung mit Schmerzzuständen ohne Ende.«

»Wirklich? Ficken, Fick ... A ... A ... loch ... loch«, ruft Zwertschki ungläubig.

»Ja, schon seit über anderthalb Jahren.«

Tag 513
Am frühen Morgen geht Robert in die Küche, um einen Kaffee zu trinken. Er schaut irritiert. An dem Tisch sitzt eine Patientin und plaudert mit der bekannten Schlagersängerin und Produzentin Hanne Haller. Er meint zur Schwester, dass er schon denke, jetzt total durchgedreht zu sein. Die Schwester klärt ihn auf, dass diese Patientin früher mit Frau Haller in einer Wohngemeinschaft gelebt habe. Außerdem habe sie ein Management und eine Konzertagentur. Robert hilft kurz darauf dem Promi und seiner Mitpatientin eine Couch aus deren Geschäftsräumen zu transportieren. Zum Dank erhält er einen Gutschein für zwei Konzertkarten.

Tag 515
»Hat das Tavor bei Ihnen gewirkt?«, befragt der Stationsarzt Robert bei der Visite.

»Ich denke, dass damit nur die Spitze des Eisberges meines unerträglichen Dauerzustands für kurze Zeit gekappt wurde. Etwa zehn Prozent der Unruhe und des ›Getriebenseins‹ haben sich kurzzeitig etwas gebessert. An meinem Gesamtzustand gemessen, scheint es mir halt so, als würde man ein Liter Wasser in ein wirklich großes Lagerfeuer gießen. Es gibt dabei nur ein kurzes ›Zischen‹ und das Lagerfeuer brennt unbeeindruckt weiter.« Der Arzt macht sich Notizen.

»Nehmen Sie das Medikament ruhig erstmal weiter. Zusätzlich gebe ich Ihnen ab morgen Lithium.« Robert sagt, er meine sich daran erinnern zu können, dass er dieses Mittel schon mal zu Beginn seines Seelenkrebses von seinem Hausarzt bekommen und daraufhin an heftigsten Muskelzuckungen gelitten habe. Der Arzt antwortet, das könne er sich nicht vorstellen, da man Lithium nicht gleich zu Beginn einer solchen Erkrankung verabreichen würde.

Beim Abendessen erzählt Richard, dass er in seiner letzten manischen Phase mit 50.000 DM im Bordell »Drehorgel« gewesen und nun leider knapp bei Kasse sei. Er zeigt Robert seine Münzsammlung. Aus Mitleid kauft Robert ihm ein paar Goldmünzen über dem Wert ab.

Tag 517
Heute muss sich Robert seiner dritten Lumbalpunktion unterziehen. Der Professor erklärt ihm, dass hier nur Nadeln verwendet würden, die das Gewebe lediglich verdrängen und nicht, wie bei der dicken Hohlnadel, ein Loch machen, das erst wieder zusammenwachsen müsse. Die extremen Kopfschmerzen, die er nach der ersten Gehirnwasseruntersuchung erlitten habe, seien daher nicht mehr zu befürchten. Robert scheint beruhigt und antwortet dem Arzt auf die Frage, ob er etwas dagegen habe, wenn eine junge Ärztin im Praktikum bei ihm ihre erste Punktion machen würde, dass ihm das nichts ausmache, denn schließlich müsse diese ja irgendwann anfangen zu üben. Die Punktion steht nun unmittelbar bevor. Die angehende Ärztin stellt sich mit dem Namen van Burg vor. Robert zittert am ganzen Körper wie Espenlaub.

»Das ist nicht etwa, weil ich Angst hätte, vor Ihnen oder der Punktion, Frau Doktor. Das kommt von dem Lithium, das ich seit einigen Tagen hoch dosiert nehme!« Robert begibt sich zitternd in die altbekannte »Katzenbuckelstellung«. Die angehende Ärztin nimmt die Spritze in die Hand und lächelt Robert an.

»Kein Problem! Ich sehe, Sie wissen schon, wie es geht. Dann versuche ich mal mein Glück.« Fünfmal versucht sie nun vergeblich, mit der Nadel die richtige Stelle zu treffen, bis ihr Robert stillschweigend konstatieren muss, dass sie offenbar heute kein Glück hat. Sein Rücken ist nun bereits durchlöchert wie eine alte Dartscheibe, doch beim sechsten Anlauf hat die angehende Ärztin doch noch Glück und kommt endlich zu ihrem ersehnten Liquor, der erneut völlig klar ist. Robert fällt ermattet und immer noch zitternd zurück ins Bett. Zwei Stunden später erkundigt sich Frau van Burg nach seinem Befinden.

»Meine rechte Körperhälfte ist von den Fehlversuchen zwar fast komplett gelähmt, aber das stellt für mich momentan nur eine Abwechslung meines unerträglichen Dauerzustands dar!«, antwortet Robert lakonisch.

Tag 525
Robert wird in ein anderes Zimmer verlegt und verliert seinen Sandkastenfreund Zwertschki als Zimmergenossen. Doch beide sollen noch einige Zeit zusammen in der Psychiatrie verbringen. Trotz der Krankheit treiben sie heute wieder mal ihre Späße mit Schwestern, Ärzten und Mitpatienten, da es sich manchmal in der Psychiatrie nur dadurch etwas leichter aushalten lässt. Dann schwelgen sie wieder in alten Kindheitserinnerungen.

Tag 530
Robert sitzt wieder mit drei Mitpatienten im Raucherzimmer seiner Station und schaut durch den graublauen Zigarettenrauch aus dem Fenster in die Schneelandschaft.
Plötzlich beenden laute Stimmen von unten die Rauchschwadenagonie und jemand kommt polternd die alte Treppe herauf. Es ist eine Frau von etwa 50 Jahren, die man durchaus als korpulent bezeichnen kann. Ihr folgt ein schwer schnaufender Mann, der ihr Gepäck und ihre Koffer trägt. Die Frau geht hustend zum Fenster, öffnet es und fällt erschöpft in einen Stuhl.

»Hallo zusammen. Ich bin die Hertha und mit wem hab ich das Vergnügen? Vergnügen, hahaha, das ist gut, mein Gott, was tue ich hier eigentlich?« Nachdem sich alle vorgestellt haben, fragt Robert die neue Patientin nach dem Grund ihrer Einweisung.

»Ja, Jungs, ich wurde direkt vom Flughafen hierher gebracht, an den Anus der Welt sozusagen. Pech gehabt, kann man da nur sagen. Aber jetzt muss ich erstmal schauen, was die mir hier für ein Zimmer gegeben haben in diesem Etablissement. Sonst werd ich mich gleich beim Hoteldirektor beschweren. Tschüss die Herren!«

Tag 534
Roberts neue Mitpatientin hat sich mittlerweile mit der Situation etwas anfreunden können und er findet sie durchaus sympathisch. Nachdem er sie näher kennengelernt hat, diagnostiziert er auch gleich treffend ihren Zustand als ausgewachsene Psychose.

Nach dem Mittagessen kommt Hertha aufgekratzt auf Robert zu und ruft: »Hallo Robbie, Darling! Die haben mir ja heut ein Zeugs gegeben, sag ich dir! Koks ist ein Dreck dagegen. Bin in meinen Gedanken noch ganz auf dem Kreuzfahrtschiff. Nie wieder Afrika, sag ich dir. Hawaii, Barbados, auch Bali, jederzeit, aber nie wieder Afrika! Du kannst dir das nicht vorstellen. Ich musste mich ja impfen lassen gegen die ganzen Fieber, die man dort kriegen kann, auf den Landausflügen mit den Eingeborenen. Waren ja nicht nur auf dem Schiff, mein Gott! Und dann die Malariatabletten, das ist das Allerschlimmste. Wegen dem Zeugs bin ich hier, nur deswegen!«

»Wieso, hattest du eine Allergie?«

»Allergie? Ach woher, wenn es nur das wäre. Eins zu einer Million ist die Chance, dass man so eine Nebenwirkung kriegt. Das sagt jedenfalls Doktor Windstrom. Ich bin eine von einer Million, kannst du dir das vorstellen, Robbie? Beim Lottospielen bräucht' ich so ein Glück. Da hab ich ja mal mitten ins Schwarze getroffen. Aber, was ich erlebt hab´, ist wirklich passiert, das musst du mir glauben.«

»Da ging es dir ja ganz schön schlecht auf dem Schiff, was?«

»Schlecht? Das ist gar kein Ausdruck. Du kannst dir nicht vorstellen, was ich dort erlebt hab´, was ich mitmachen musste, mit meinen einundfünfzig Jahren. Dass mir so was passieren muss.« Hertha kramt ein Taschentuch aus ihrer großen rosa Umhängetasche und schnäuzt sich, bevor sie damit die Tränen aus den Augen wischt.

»Du machst dir keine Vorstellung, was die mir angetan haben, diese Barbaren. Wir waren grad im Golf von Aden unterwegs, das Wetter traumhaft, das Meer total ruhig. Plötzlich, die Sonne ist grad´ untergegangen, höre ich Schreie und gleich darauf Schüsse aus Maschinengewehren. Die haben drei Leute einfach erschossen, diese Bastarde! Du machst Dir keine Vorstellung.«

»Wer hat wen erschossen?«

»Na diese Piraten, die Neger! Die haben auf alles geschossen, was sich bewegt hat, dann haben sie uns alles abgenommen, Schmuck, Geld und Wertsachen, und mich haben sie dann in ihr Boot gestoßen. Die haben mich gekidnappt, hörst Du?«

»Das ist ja Wahnsinn, die haben dich wirklich mitgenommen?«

»Ja, wenn ich es dir sage! Wahrscheinlich wäre es besser gewesen, die hätten mich auch gleich erschossen.« Hertha schnäuzt sich lautstark.

»Ja, und was ist dann passiert?«

»Ich bin mehrere Tage und Nächte durchs Meer geschwommen.«

»Du bist geschwommen?«

»Ja, ich hab mir gedacht, lieber tot, als in der Hand dieser Verbrecher. Wer weiß, was die mit dir vorhaben, hab ich mir gedacht und dann bin ich in das tiefschwarze Meer gesprungen, gleich untergetaucht und nur noch weg vom Boot. Die haben geschossen, wie die Irren, sag ich dir. Ein Wunder, dass die mich nicht getroffen haben.«

»Das ist ja unglaublich, dass du das überlebt hast.«

»Ja, das kannst du mir ruhig glauben und das ist bei Weitem noch nicht alles. Ich war schon am Ende meiner Kräfte, als ich halb bewusstlos auf dieser Insel strandete. Tagelang bin ich umhergeirrt, bis ich auf ein paar Eingeborene gestoßen bin. Was war ich froh, zuerst. Doch das waren auch Piraten, stell Dir vor! Die haben mich eingesperrt und vergewaltigt, erst einer nach dem anderen, dann alle zusammen. So was Furchtbares kannst du dir nicht vorstellen! Was ich da durchleiden musste!«

Robert legt den Arm um Hertha und versucht sie zu trösten: »Das ist ja echt grausam, was du alles durchgemacht hast. Wie ist es dir denn gelungen, da wieder rauszukommen?«

»Rauszukommen? Das weiß ich nicht mehr! Blackout, alles weg. Erinnere mich erst wieder an den Abflug in Dschibuti.« Hertha rückt an Robert heran und schnuppert an seinem Hals.

»Welch betörender Duft, Robbie! Was ist das?«

»True Religion.« Hertha schließt verzückt die Augen, öffnet den Mund und beißt Robert leicht in den Hals. Robert zuckt zurück, schiebt den aufdringlichen Parfüm-Vampir weg und reibt sich kopfschüttelnd den Hals an der »Bissstelle«. Beim Abendessen fragt er seinen Tischnachbarn, was er von der wilden Story hält. Der lacht und meint, es wäre alles ihrer psychotischen Phantasie entsprungen.

Tag 536
Robert ist seit heute morgen in einer geschlossenen Arbeitstherapie. Die ganze Zeit läuft ein junger Mann durch den Gang und schreit um Hilfe, da er im Wahn ist, sonst verbrennen zu müssen. Er scheint zu glauben, dass alles um ihn herum brennt. Robert geht auf ihn zu und es gelingt ihm tatsächlich den Mann zu beruhigen. Es stellt sich heraus, dass der Mann Johannes heißt und Pastor einer evangelischen Gemeinde ist. Über das Gespräch über Gott finden sie zueinander. Robert erzählt ihm, dass er sich zu Jesus Christus bekannt hat und jeden Tag betet.

»Mir tun die Menschen leid, die nicht die Möglichkeit haben, ihre Probleme vor Gott zu bringen, oder das nicht wollen. Das Gefühl zu haben, es hört dir immer jemand zu, ist meine Rettung. Kein Mensch versteht meine Probleme wirklich, nur Gott. Ich bin jetzt nicht mehr wirklich angreifbar durch Menschen und so manche Sache. Dinge, die mich normalerweise zu einem Suizid veranlassen würden, verlieren ihre Wertigkeit. Gott ist der ›Blitzableiter« für mich geworden.«

»Ja, du hast recht, ich habe Theologie studiert, war fest in meinem Glauben, bis mir Gott alles genommen hatte, meine Frau und mein ungeborenes Kind. Alles im Feuer und ich werde auch verbrennen im Fegefeuer!«

»Johannes, du wirst nicht verbrennen! Jesus ist unser bester Freund und mit ihm kann man über alles sprechen. Er gibt uns die nötige Kraft weiterzumachen. Dein Schicksal tut mir leid. Das zu verarbeiten dauert einfach. Viele hier regen sich über Kleinigkeiten auf. Ich will mich nicht mehr über Dinge aufregen, die es gar nicht wert sind. Darum habe ich irgendwann den ›Ohr-rein-Ohr-raus-Mechanismus‹ entwickelt. Ich denke oft, dass Menschen sich Probleme machen, wo keine sind. Bei solchen Problemen sollten die Leute auf die Knie gehen und Gott dafür danken, dass das ihre einzigen Probleme sind. Solche Probleme prallen von mir regelrecht ab. Ich brauche meine Kräfte für andere Dinge. Weißt du Johannes, meine Lieblingsbibelstelle ist ausgerechnet Johannes, Kapitel 14, Vers 6. Du weißt, dort spricht Jesus: ›Ich bin der Weg und die Wahrheit und das Leben; niemand kommt zum Vater denn durch mich!‹ Ein Mensch kann noch so gut sein, Geld spenden, ja sogar jeden Sonntag in die Kirche gehen ... Wenn er nicht an Jesus glaubt, hat er das ewige Leben nicht!«

»Ich danke dir, mein Bruder! Du hast mir wieder Zuversicht gegeben. Ich werde für dich beten!«

Tag 537
Johannes fragt Robert, wie es wohl weitergehe mit seiner Behandlung, da er noch nichts von seinen Therapeuten gehört habe. Robert sei ihm als Experte empfohlen worden.
Robert gibt sein Expertenwissen zum Besten.

»Ich weiß natürlich nicht, was dir dein Arzt und Apotheker, nein dein Therapeut, empfiehlt. Ich tippe mal am dritten oder vierten Tag kriegst du 2 mg Tavor, dann siehst du das Ganze schon mal nicht mehr so eng. Am Abend dann 100 mg Aponal, dann schläfst du wie ein Baby. Dann noch ›Seroquäl‹, dann haben wir schon mal einen schönen Cocktail.«

»Danke, mein Bruder, ich werde heute Abend für dich beten.«

Tag 539
Robert trifft Johannes beim Frühstück. Johannes umarmt ihn.
»Robert, mein Bruder, du hattest völlig recht mit den Medika-

menten. Woher hast du das gewusst? Ich hab zusätzlich noch das Schlafmittel Ximovan verordnet bekommen.«

»Was? Ximovan, das hätte ich jetzt nicht gedacht!«

»Wieso, soll ich das lieber nicht nehmen?« Johannes schaut Robert zweifelnd an.

»Nein, keine Panik! Ich nehme das schon seit über einem Jahr. Hab´ eigentlich alles schon durch. Das wird schon wieder. Ich hoffe ja auch noch auf Besserung, aber zumindest bewirken die Tabletten, dass dir irgendwann alles völlig wurscht ist! Erst wollten sie mir ja nichts mehr geben, aber nach einer Woche hatte ich das volle Menü.«

Tag 540
Robert telefoniert nachmittags mit seinem Vater.

»Heute Nacht steht Wachtherapie auf meinem Therapieplan.«

»Wachtherapie, was soll das heißen?«

»Na, Schlafentzug halt, immer wach bleiben. Schlafentzüge werden schon bereits seit über dreißig Jahren in manchen Kliniken zur Behandlung von psychischen Störungen eingesetzt. Das kenne ich schon.«

»Meinst du, das hilft?«

»Ich glaube nicht. Ich hab nur an sehr wenigen Mitpatienten hier sehen können, dass diese Therapiemethode Erfolg hatte. Kein Mensch weiß eigentlich genau, warum es in manchen Fällen wirkt. Es soll irgendwie mit den Hormonen und Neurotransmittern zu tun haben, das hat mir der Therapeut heute erklärt.«

»Und wie lange geht das?«

»Der Schlafentzug wird an zwei Nächten in der Woche durchgeführt. Die Nacht ist allerdings nicht ganz schlaflos. Drei Stunden lassen sie Einen liegen. In der Nacht werden die verschiedensten Aktivitäten durchgeführt, damit man nicht so leicht einschläft und um die Langeweile zu unterdrücken. Unterhalten, Kartenspielen, Spazierengehen, Kaffee trinken, Zigaretten rauchen und vieles mehr. Der Schlafentzug wird deshalb in Gruppen durchgeführt. Man muss nach jedem Wecken mitten in der Nacht, meistens so gegen ein Uhr, sofort aufstehen und darf erst in der nächsten Nacht wieder schlafen.«

»Das klingt hart, mein Junge.«

»Ist es auch, ist es auch. Ich muss jetzt Schluss machen, weil ich gleich ins Bett muss, ist schon 21 Uhr.«

Robert geht ins Bett, kann jedoch – wie immer - nicht richtig schlafen. Um ein Uhr wird Robert von der Nachtschwester geweckt.

»Guten Morgen, Herr Winterkorn.« Robert reagiert nicht.

Die Schwester wiederholt mit lauter, fast schon schriller Stimme:

»Guten Morgen!«

Robert reibt sich das rechte Auge und grunzt: »Was heißt hier guten Morgen? Was soll an diesem Morgen schon gut sein? Außerdem ist es noch mitten in der Nacht!« Robert gähnt und blinzelt mit dem einigermaßen von den Rückständen der viel zu kurzen Nacht freigeriebenen und etwas gerötetem rechten Auge in das gelbe Licht der Deckenlampe, bevor er mühsam das andere öffnet.

»Raus aus den Federn, marsch, marsch!« Die Schwester kehrt wieder mal die Domina raus.

Robert sieht sie aus halb geöffneten Augen scharf an und sagt: »Ist es schon wieder soweit?«

»Ja, Herr Winterkorn, wenn Sie daheim sind, können Sie wieder genügend schlafen. Raus, bevor der diensthabende Arzt kommt, sonst kriegen wir beide einen auf den Deckel. Das wollen Sie doch nicht, oder?« Robert quält sich langsam aus dem Bett, zieht sich mühevoll an und setzt sich verschlafen an den Rauchertisch. Die Horde der Schlaflosen, bestehend aus Chris, Karin, Uli und Werner schlurft wie die Zombies in dem Video ›Thriller‹ von Michael Jackson zum Tisch und jeder nimmt seinen Stammplatz ein. Karin kommt mit zwei Kannen Kaffee und stellt sie auf den Tisch.

»Möchtest du gleich einen, Robert?«

»Ok, Karin, schenk mir bitte ein Haferl ein.« Mit zitternder Hand kommt sie Roberts Bitte nach.

»Wenigstens ist der Kaffee stark genug, es aus der Kanne zu schaffen.« Langsam gesellen sich die übrigen Schlafentzügler zu Robert. Nacheinander zündet sich jeder eine Zigarette an. Schlurfend kommt die 88jährige Oma Marga dazu und hustet.

»Muss das denn sein, mitten in der Nacht?«, beschwert sie sich.

»Was ist los, liebes Omachen?«, fragt Robert und schüttelt sein Einwegfeuerzeug, um die restlichen Gasreserven zu aktivieren.

»Der ganze Rauch, das kann ich nicht mehr ab. Das geht nicht.«

»Chris greift zur Kaffeekanne und grunzt die alte Frau verschlafen von der Seite an: »Ach lass uns doch das Vergnügen. Mehr haben wir doch nicht mehr im Leben. Komm, setz dich zu uns.«

»Willst auch ´nen Kaffee?«

»Das was hier so gebraut wird, ist doch kein Kaffee. Früher, als ich die Bohnen noch in meiner Mühle gemahlen hatte, da hat der Kaffee noch geschmeckt.« Die alte Frau holt umständlich ihr Strickzeug aus ihrem löchrigen rosa Beutel. Werner kommt nun auch angeschlurft. Er gießt sich einen Pott Kaffee ein, verschüttet dabei zitternd einen Teil.

»Seht ihr, ich trinke nicht mehr soviel, weil, die Hälfte verschütte ich.« Trotz der unglücklichen Gesamtsituation lachen alle laut auf. Werner, der Alkie, ist immer für einen Scherz gut.

»Wollen wir Karten spielen?«, fragt Uli, während sie ihre halb gerauchte Zigarette aus Rücksicht auf Oma Marga im Ascher ausdrückt. Karin inhaliert einen tiefen Zug aus der Filterlosen und starrt ein Loch in die weiße Resopaltischplatte.

»Ich will gar nichts momentan. Wenn doch schon Abends wäre. Mich kotzt dieser Schlafentzug dermaßen an.«

»Mich auch«, sagt Robert, »aber ich kotze zurück.«

»Ich kotze mit«, fügt Chris hinzu und beugt sich über den Tisch, als ob sie sich gleich übergeben würde.

Oma Marga wirft ihr Strickzeug völlig entgeistert auf den Tisch.

»Aber bitte! Drückt euch doch nicht so ordinär aus.«

»Du hast recht«, sagt Werner und tätschelt beschwichtigend Margas Arm, »aber das ist halt hier eine Ausnahmesituation.«

»Schließlich haben wir ja hier alle einen an der Klatsche«, wirft Uli ein.

»Ja, das ist wohl war.« Robert sieht demonstrativ auf die Wanduhr.

»Wisst ihr, dass jetzt gerade erstmal zehn Minuten vorbei sind?« Werner dreht sich wütend zu Robert um.

»Halt die Klappe, erinnere uns bitte nicht jede Minute daran, wie viel Zeit erst vergangen ist.

»Lass sie uns totschlagen!«, ruft Uli triumphierend und wirft das Kartenspiel, das sie gerade aus ihrer Tasche gezogen hat, mit Schwung in eine Ecke des Zimmers. Entsetzt fährt Karin hoch.

»Totschlagen? Wen?«

»Die Zeit, Karin, die Zeit.«

»Ach so.« Karin sackt zurück auf ihren Stuhl und fällt wieder zurück in ihre Rohypnol-Agonie. Robert schlägt auf den Tisch.

»Ich bin doch nicht der Jack Nicholson.«

»Scheck Nickelsen?«, fragt Werner.

»Ja, der hat doch den Irren in ›Einer flog übers Kuckucksnest‹ gespielt, weißt du nicht mehr?«

»Ja, der Film war gut.«

»Medikamentenausgabe!« ruft Uli und alle lachen. Oma Marga schüttelt langsam strickend den Kopf und murmelt vor sich hin: »Diese Jugend heutzutage ...« Robert steht auf.

»Also wenn ihr nicht Karten spielen wollt, geh ich jetzt spazieren. Kommt jemand mit?«

»Ja, aber du weißt doch, dass die Schwester da immer mitgehen muss.«

»Medikamentenausgabe!«, ruft Uli erneut und lacht dabei irre.

»Ich glaube, dann stricke ich lieber«, sagt Robert seufzend und schenkt sich noch einen Kaffee ein. Er scheint nicht zu bemerken, dass die Schwester hinter ihm steht.

Sie sagt, während sie den anderen zublinzelt: »Herr Winterkorn, ich nehme Sie gern mit auf einen Spaziergang, wenn Sie wollen.«

»Nein danke«, winkt Robert ab, »ich habe schon gekotzt.«

»Aber Herr Winterkorn heut´ sind wir aber wieder charmant.«

»Wie immer Schwester, wie immer. Den Tag, an dem ich mit Ihnen spazieren gehe, werden Sie nicht erleben.« Empört dreht die Schwester ab und schlägt die Tür hinter sich zu. So vergeht auch dieser Tag des Schlafentzugs in Agonie. Ein Schlafentzug, wie jeder der schon gehabten Schlafentzüge.

Tag 547
Robert ist wieder in der Wachtherapiegruppe. Das Telefon weckt ihn diesmal um 22.30 Uhr. So hat er gerade mal eine halbe Stunde Schlaf finden können, als seine Schwester Lisa ihn wieder versehentlich aus dem Bett holt. Chris, Karin und Uli finden sich verschlafen am Tisch im Gemeinschaftsraum ein.

»Morgen!« Robert setzt sich und schenkt sich einen Kaffee ein.

»Ich hab allen Freunden und Bekannten mitgeteilt, wann ich Schlafentzug habe, um späte Anrufe zu verhindern, aber die meisten interessiert das nicht, oder sie haben es schlicht und einfach vergessen. Ich überlege mir, die Wachtherapie wieder abzubrechen. Der Schlafentzug hat bei mir eh nicht geholfen. Bei euch hilft es ja vielleicht, ihr habt ja den Seelenkrebs noch nicht so lang und so schwer, wie ich.«

»Das enttäuscht mich aber!«, meint Chris, »dass du uns jetzt allein lässt. Du hast uns immer so gut unterstützt.«

»Ich weiß, aber nun ist es soweit. Die Doktoren und Professoren sagen zwar, dass ich weiter machen soll. Vielleicht hilft es ja doch irgendwann, meinen sie. Doch die Ratlosigkeit der Ärzte ist einfach groß und sie wissen nicht mehr, was sie mit mir machen sollen, geben aber ihren Misserfolg nicht zu. Es heißt nur immer wieder gebetsmühlenartig, Tag für Tag: ›Nur Geduld, alles braucht seine Zeit, wird schon wieder werden‹. Meine Geduld ist jetzt am Ende.«

In der wachen Nacht spielt Robert mit den anderen wieder mal das Spiel der Spiele, das auf Nummer eins der Spieleliste für Psychiatrien steht. Es wird wirklich überall gespielt und heißt Rummy, ähnlich wie das Kartenspiel Rommé, nur in diesem Fall aus kleinen Holzsteinen bestehend. Mit diesen spielt man genauso wie beim

Rommé. Es gibt nur einige erweiterte Regeln. Da Robert dieses Spiel mehrmals am Tag über Wochen oder Monate spielt, ist er darin sehr gut geübt und gewinnt meistens.

»Ihr wisst schon, was morgen los ist, oder?«, sagt Robert zu den anderen.

»Wieso, was, wer?«

»Morgen kommt wieder das Duo des Grauens aus dem Urlaub zurück. Schwester Erdmute und Feldwebel Karoline, die Lästerschwestern. Da können wir uns wieder auf was gefasst machen.«

»Ja, Hilfe, das auch noch!«, ruft Uli und verdreht die Augen. »Das hat mir gerade noch gefehlt.«

»Außerdem ist noch Chefarztvisite. Der Professor Niebling!«, fährt Robert fort.

»Was? Liebling?«, fragt Oma Marga.

»Nein, Niebling, der Stolz der Kompanie.«

»Pah, Stolz der Kompanie«, ruft Inge, »habt ihr heute morgen schon Zeitung gelesen?«

»Nein, es waren keine mehr da, wir haben nur gesehen, wie sie hastig von den Schwestern eingesammelt wurden.«

»Ja, und ich weiß auch, warum sie eingesammelt wurden, ich hab nämlich noch ein Exemplar erwischt und natürlich den Artikel gelesen über unseren lieben Brotfresser.«

»Ja und? Spann uns doch nicht so auf die Folter.«

»Ich sage nur eins: Alles Palermo!«

»Was meinst du damit, red deutsch!«

»Ja die Mafia halt. Die Staatsanwaltschaft ermittelt gegen ihn wegen Korruptionsverdacht. Er hat ein Gutachten erstellt, ohne dass er den Patienten auch nur einmal gesehen hat und zwar auf Wunsch eines prominenten Modeschneiders, der an das Erbe eines Patienten rankommen wollte. Dafür hat er Hunderttausend kassiert.«

»Dieser Halsabschneider, ich hab's immer schon geahnt, die Rechnungen, die der stellt, sind auch nie astrein.«

»Alles ist Palermo!«

Tag 550

Robert ist der Patient mit dem längsten Aufenthalt in der Klinik und hat schon die meisten Schlafentzüge hinter sich. Er hat die stärkste Symptomatik von allen in der Wachtherapiegruppe. Darum setzt er die Wachtherapie auf Anraten seines Therapeuten doch noch fort. Heute geht er wegen der Schlafentzugsnacht schon um 21.00 Uhr ins Bett. Gerade, als er gegen 22.00 eingeschlafen ist, klingelt sein Telefon auf dem Nachtschrank. Es ist seine Schwester, die ihn erneut ver-

sehentlich weckt, da sie nicht daran gedacht hat, dass Robert im Schlafentzug ist. Robert entgegnet seiner Schwester, dass es ihn schon sehr wundere, dass sie dies jedesmal vergesse.
Robert findet diese Nacht keinen Schlaf mehr.

Tag 551
Am Morgen sitzen die Patienten wieder schweigsam beim Frühstück. Die gestandenen Mannsbilder weinen gemeinsam. Sie weinen wie die kleinen Kinder, weil sie die Qual des Seelenkrebses, die sie am Morgen besonders stark empfinden, nicht aushalten. Abwechselnd weinen, dann rauchen und dann Kaffee trinken. Das wiederholt sich hier ständig. Jeden Tag.

Da kommt Richard hastig in den Frühstücksraum. Robert begrüßt ihn, doch er scheint ihn gar nicht wahrzunehmen. Er sieht ziemlich fertig aus, nur mit seinem Schlafanzug bekleidet, der irgendwie an einen Sträflingsanzug erinnert, und seinem Bademantel darüber. Im rechten Mundwinkel sitzt eine brennende Zigarette, wie festgeklammert. Natürlich ist im Speiseraum das Rauchen nicht erlaubt. Er geht von Tisch zu Tisch. Plötzlich greift er mit der rechten Hand in das Müsli einer Mitpatientin und schiebt es sich in den Mund. Anschließend nimmt er noch einen Schluck Kaffee aus der Tasse eines anderen Mitpatienten und drückt seine Zigarette auf den Frühstücksteller eines dritten Mitpatienten aus. Die Schwestern stellen ihn zur Rede und belehren ihn, dass das nicht so ginge, aber das scheint Richard ziemlich egal zu sein. Er ist schon seit längerer Zeit von Tavor abhängig. Das dämpft seine Emotionen und macht ihn ruhig. Immer wenn er eine Gerichtsverhandlung gehabt habe, habe er eine von den kleinen blauen Pillen genommen, die er stets in seiner Tasche trage, erzählt er Robert. Robert hat dieses Mittel auch ein paar Wochen genommen. Doch da es trotz erhöhter Dosierung kaum eine Wirkung gezeigt hat, wirft er die Tabletten heute enttäuscht einzeln aus dem Fenster. Die orangen Schlaftabletten folgen und landen direkt vor den Füssen des kaufmännischen Leiters der Klinik. Als dieser hochschaut, schließt Robert rasch das Fenster.

Tag 554
Robert stellt fest, dass sein Urin plötzlich dunkelbraun ist und ziemlich streng riecht. Er macht die Medikamente dafür verantwortlich und erzählt es seinem Psychiater, der einen uninteressierten Eindruck macht und in Erwartung des nahenden Feierabends auf die Wanduhr schaut.

»Das kann nicht sein. Das ist bestimmt nur Ihr subjektiver Ein-

druck!«
»Subjektiver Eindruck! Wissen Sie, ich habe es satt, hier ständig auf die Psychoschiene geschoben zu werden. Hätte ich einen schweren Unfall und würde sehr stark bluten, würde ich mittlerweile sogar nach einem Psychiater rufen, der mit meinem Blut sprechen soll, damit es aufhört zu bluten!« Robert geht zum Stationszimmer und holt sich von dort einen Behälter der etwa zwei Liter fassen kann. Da er vorher sehr viel trank, kann er nun sehr viel Wasser lassen. So ist dieser Behälter relativ schnell voll. Er schnappt ihn, geht zum Büro seines behandelnden Psychiaters, klopft an, tritt ein und stellt dem verblüfften Arzt, der gerade im Begriff ist, Feierabend zu machen, den Behälter auf seinen Schreibtisch.

»Hier haben Sie mein köstliches dunkles Nass. Ist das nun nur mein subjektiver Eindruck?« Er verlässt das Büro wieder. Die Schwester hält sich die Hand vor den Mund, um nicht laut loszulachen. Der Psychiater gesteht ihr gegenüber schließlich ein, dass Robert wohl recht habe, aber ansonsten wolle er nicht mehr darüber sprechen.

Tag 560
Als die Wachtherapiegruppe die Nacht überstanden hat, ist es für die anderen Patienten an der Zeit zum Aufstehen. Danach geht alles seinen gewohnten Tagesablauf. Sie frühstücken. Frühstück machen gehört auch zu den Aufgaben des Schlafentzuges. Immer wieder rollt der Nachschub an Kaffee und Zigaretten, da es sonst sehr schwer fällt, wach zu bleiben. Untertags nehmen die Patienten an den verschiedenen Therapien teil. Doch bei fast keinem ist eine Besserung der Krankheit feststellbar. Nur Oma Marga ging es zwischendrin für ein bis zwei Tage besser. Doch nun ist wieder alles, wie es zuvor war. Robert ist froh, dass er sich mit den Mitpatienten so gut versteht. Werner und er sind mittlerweile so etwas wie Freunde geworden. Aufgekratzt läuft Werner auf Robert zu.

»Servus Robert, woher wusstest du denn letzte Woche schon, welche Medikamente ich heute bekomme?«

»Tja, meine Erfahrung als alter Psychiatrist. Ich kenn mich da halt ganz gut aus. Was es immer gibt, ist Tavor. Das ist das Manna der Psychiatrie. Und bei Alkoholikern greift man bald zu den bewährten Hausmitteln, die du grad gekriegt hast.«

»Hast du das auch schon probiert?«

»Klar! Es gibt kaum was, was ich noch nicht probiert hätte, aber bei mir schlägt da rein gar nichts an. Zuerst bekommst du 150 mg, dann 100 mehr, dann wird es abgesetzt und das nächste Medikament kommt dran. Die Menükarte der Psychopharmaka. Warte nur, bis du die ersten grünen Männchen siehst, so wie ich damals.«

»Echt? Du hast grüne Männchen gesehen?«

»Nein, nicht wirklich, aber Mainzelmännchen, die habe ich einmal gesehen! Alles Nebenwirkungen von diesem Dreck.«

»Na, du machst mir ja Mut!«

»Klar, dafür bin ich ja da. Aber mach dir nichts draus, bei den Meisten schlägt irgendwann mal was an, ich bin da leider ein absoluter Exot.« Auch bei anderen Patienten kann Robert fast exakt die weitere Behandlungsmethode und die Medikamente voraussagen. Hat er doch selber schon fast alle Arzneien durch.

Robert zeigt Werner die aktuellste Kreation Herrenparfüm aus Frankreich. Die Patienten beschenken sich öfters mit Dingen, von denen sie wissen, dass sie dem Anderen gefallen und eine kleine Freude bereiten, wie Uhren und Herrendüfte.

»Probiere mal!« Robert drückt auf den Sprühknopf des blauen Flakons in Richtung von Werners Gesicht und eine herb süßliche Wolke hüllt diesen ein.

»Wahnsinn, was ist das denn für ein geiler Duft, Robert?«

»Psychopath! Die neueste Kreation. Hab ich von der Parfümausgabe. Kannst du haben, schenk ich dir«, lacht Robert.

»Echt? Super, danke.« Robert sitzt nachmittags wieder beim Gruppengespräch. Er scherzt, dass sein Pafümgeschenk vielleicht etwas schwul rüberkommen könne.

Werner ist ein sehr angenehmer Mensch, der in seinem Aussehen und seiner Sprache stark an den Münchener Schauspieler Helmut Fischer in seiner Rolle als »Monaco Franze«, erinnert. Er ist schwerer Alkoholiker und wegen der daraus resultierenden psychosomatischen Störungen total abgestürzt. Am Nachmittag sitzt er mit Robert auf der Bank des Parks und erzählt aus seinem Leben.

»Als Chef der Großmarkthalle von Rosenheim bin ich ja ein ›gestandenes Mannsbild‹, wie die Uli aus Dingolfing immer wieder sagt. Aber da ist nicht mehr viel von übrig. Du siehst ja, wie dreckig es mir geht.«

»Ja, für mich ist es freilich nicht schön, wenn ich dich so weinen und um Hilfe betteln sehe.« Werner nickt zustimmend.

»Mein Absturz wurde dadurch ausgelöst, dass mir meine Frau, eine rassige Spanierin, eines Tages gestand, sie habe kurz vor der Hochzeit vor 25 Jahren mit meinem besten Freund geschlafen. Das hat mich total vom Sockel gehauen. Ich bin doch immer treu gewesen. Gut, ich habe manchmal mit anderen Frauen ›geschnackselt‹, aber was meine Frau da gemacht hat, geht doch gar nicht, oder?« Robert scheint sich zunehmend selbst als Therapeut zu sehen und schaut Werner nachdenklich an.

»Was meinst du, Werner, wenn ich mir einen weißen Kittel anziehe, mich unter die Ärzte bei einer Visite mische und lediglich immer wieder die Worte: ›Wird schon wieder werden, alles braucht seine Zeit, nur Geduld‹ wiederhole, würde ich hier doch sehr lange praktizieren können, ohne dass es auffällt, nicht wahr?«

»Ja, da magst du recht haben. Es ist immer die gleiche Plattitüde. Aber was will man machen. Ich brauche halt meine Drogen und was die sagen, geht da rein und da wieder raus.«

Tag 578
Richards Tavorkonsum kann schon lange nicht mehr durch die regulären ärztlichen Verschreibungen gedeckt werden. So geht er mit Robert heute in eine Apotheke. Der Apotheker ist ein alter Studienfreund von Richard. Er verkauft ihm eine kleine Dose Tavor, die er ohne Rezept erhält.

»Für dich nehmen wir auch gleich eine Dose mit, Robert.« Der Apotheker plaudert ein wenig Belangloses mit den beiden, und reicht das eigentlich rezeptpflichtige Tavor dann schnell über die Theke, als seine Kollegin gerade abgelenkt ist.

Richard erklärt dem Apotheker, dass Robert auch etwas bräuchte. Da Richard Sportflieger ist, erzählt er ihm, Robert sei ein »Flugkollege«, der Angst vor dem Fliegen habe. Der Apotheker nickt verständnisvoll. Auch Robert bekommt nun eine kleine weiße Dose. Richard bedankt sich bei dem Apotheker und sie gehen wieder in die Klinik zurück. Da es ja bei ihm ohnehin keine Wirkung zeigt, gibt Robert anschließend Richard seine Dose Tavor.

Tag 596
Robert kommt benommen zurück in sein Zimmer. Er kann nicht sprechen, da sein Mund voll mit Mull ist. Vor zwei Stunden wurden vom Kieferchirurgen, Prof. Dr. Lochner, fast die Hälfte seiner Zähne gezogen sowie Ober- und Unterkiefer freigelegt. Palladiumvergiftung durch Zahnfüllungen, Kronen und Inlays, hatte dessen Freund und Kollege, Professor Dr. Dr. Unterweger, nach dem Allergietest diagnostiziert und daher mussten die Zähne raus. Selbst zwei vollkommen intakte Brücken entfernt er gnadenlos. Aber Robert erträgt es tapfer, weil er den Ärzten und Professoren immer noch sein Vertrauen schenkt. Vielleicht habe sein Zustand ja doch etwas damit zu tun und wenn das Palladium erstmal völlig raus sei ... sagt er zu Susanne. Ein Strohhalm mehr, an den sich Robert klammert.

Er hadert mit sich: »Ich soll die Wunden täglich selber mit irgendwelchem Material, wie Mull, neu versorgen, hat der Zahnarzt gesagt. Wie soll ich das bloß machen? Doch musste man wirklich so viele Zähne ziehen? Aber nun ist es zu spät.«

Tag 599
Robert sitzt apathisch auf einem Stuhl in seinem Zimmer und starrt aus dem Fenster in die Herbstlandschaft. Er ist seit gestern allein, da sein Zimmergenosse entlassen wurde. Schließlich rafft er sich auf, ruft Susanne an und klagt ihr sein Leid.
»Ja, ich verstehe, dass du nicht kommen kannst wegen David. Es wird schon gehen. Durch die Zusatzbelastung mit den offenen und schmerzenden Kiefern fühle ich mich halt fix und fertig. Im Traum hab´ ich mich einen Rollstuhl schieben gesehen, immer weiter schieben, während meine Psyche gelähmt in diesem Rollstuhl sitzt. Ok, wir sehen uns dann morgen. Liebe dich, Ciao.« Robert legt den Hörer auf und greift zu den Schmerzmitteln. Da geht die Tür auf, ein sportlicher, solariumgebräunter Enddreißiger tritt ein und wirft gleich seine Sporttasche auf das zweite Bett. Er erblickt Robert, in der Ecke des Raumes sitzend, und stellt sich vor.
»Hallo! Dr. Regensburger, sag einfach Jürgen zu mir.«
»Robert, Robert Winterkorn.« Robert reicht Jürgen die Hand.
»Hallo Jürgen, bist du das erste Mal hier?«
»Ja, das erste Mal. Ist die beste Entzugsklinik in Bayern. Hab da ein Alkoholproblem und das muss ich rasch loswerden. Geht ja gar nicht als Notarzt!«, lacht Jürgen und sein makelloses weißes Gebiss blitzt strahlend hervor. Robert findet Jürgen gleich sympathisch und erzählt ihm von seinen akuten Zahnproblemen.
»Das schaue ich mir doch gleich mal an. Bin zwar kein Zahnarzt, aber Wunden versorgen werd´ ich ja wohl noch hinkriegen als Chirurg. Wo hab ich denn meine Taschenlampe? Ach ja, da ist sie.« Jürgen öffnet eine schwarze Schatulle und nimmt eine kleine Stableuchte heraus. Damit leuchtet er Robert in den Mund.
»Ah ja, ich seh schon. Da hat sich anscheinend etwas Eiter gebildet. Ich werd das dann gleich desinfizieren. Mullkompressen werden die hier ja wohl haben.« Robert ist aus seiner Lethargie gerissen. Er hört Jürgen interessiert zu, als er von seinem Stress als Chirurg berichtet und davon, dass seine Freundin auch hier sei, sie sich aber bei der Einweisung nicht als Paar zu erkennen gegeben hätten, da es sonst eventuell Probleme geben würde.
»Sie heißt Eva und ist Polizeireporterin in Nürnberg«, erzählt Jürgen. »Immer wenn was passiert, piepst ihr Pager und zeigt ihr, wo

es gerade gekracht hat. Na ja, ich bin froh, dass ich meinen Pager nicht dabei hab. Werd mich erstmal drei Wochen ausruhen. Gefällt es dir hier? Hab dich noch gar nicht gefragt, wegen was du hier bist. Ich quatsche mal wieder zu viel. Musst mir sagen, wenn es dich nervt, ja?«

»Nein, du nervst überhaupt nicht. Bin froh, dass wieder jemand im Zimmer ist. Ich bin wegen meinem Seelenkrebs hier, neuropsychiatrische Störungen mit schwersten vegetativen Symptomen, Schmerzzuständen ohne Remission. Geht schon seit anderthalb Jahren so, jede Minute, ständig tagein, tagaus und es tut sich nichts, überhaupt nichts. Das ist eine richtige chronische Erkrankung, nicht so etwas wie: ›Heute bin ich wieder richtig down, weil die Sonne nicht scheint‹.«

»Ja, das kenne ich. Das hatten wir im letzten Studiensemester Neurologie. Das ist eine schwere Krankheit und eben keine Befindlichkeitsstörung. Ist ja echt schlimm, da bin ich ja als Alkie noch gut dran. Hoffe, dass dir das hier was bringt. So was kann echt lange dauern, aber auch ganz plötzlich wieder verschwinden.«

»Ja, dafür bete ich jeden Tag. Ich bin in in einer baptistischen Gemeinde und habe mich vor einem halben Jahr zu Jesus Christus bekannt.«

»Ja, das finde ich gut. Der Glaube hilft sehr, das kann ich bestätigen.«

Tag 617
Die Sonne scheint in das kleine Zweibettzimmer. Jürgen nimmt seinen Tennisschläger aus dem Schrank.

»Ich geh jetzt ´ne Stunde meinen Aufschlag verbessern, kommst du mit?«

»Ja, würde ich schon gern, aber es geht einfach nicht. Bin leider nicht mehr in der Lage, Sport zu treiben. Nicht aus schlechtem Willen, sondern aus Krankheitsgründen. Im ersten Jahr meiner Krankheit habe ich noch krampfhaft versucht, Sport zu treiben. Nach einem Jahr musste ich dann dieses Ziel schweren Herzens aufgeben. Es ging einfach nicht mehr. Keiner sollte sagen, ich hätte es nicht versucht. Andere hätten vielleicht schon im ersten Monat aufgegeben. Vielleicht zeigt dies ja meinen enormen Willen Dinge zu machen, die mit dem Willen beeinflusst werden können. Aber hier geht nichts mehr zu beeinflussen. Weißt du, Jürgen, jeder, der mich etwas näher kennt, weiß, dass Sport ein sehr wichtiger Teil meines Lebens war. Er war für mich nicht wegzudenken. Schon als Kind in der Schule bekam ich regelmäßig meine Ehrenurkunden bei den jährlich stattfindenden

Bundesjugendspielen. Besonders im Laufen lag eine meiner Stärken. Ich nahm auch als Staffelläufer bei den Augsburger Jugendmeisterschaften teil. Der damalige Rektor der Schule wollte mich diesbezüglich fördern. Leider habe ich diese Chance nicht wahrgenommen, da man als Kind oder Jugendlicher andere Interessen hat, die einem wichtiger erscheinen. Nur einmal bekam ich lediglich eine Siegerurkunde, da ich bei den Prüfungen etwas kränklich war. Hätte ich einen Freischwimmer gehabt, wären mir automatisch noch soviel Punkte hinzugezählt worden, so dass ich doch noch meine Ehrenurkunde bekommen hätte. Einmal, während eines Laufes eines Hindernisparcours im Wald, kam ich an einer Bank vorbei, auf der ein älteres Ehepaar saß. Als ich auf ihrer Höhe war, hörte ich die Frau zu ihrem Mann sagen: ›Der hat aber einen schönen athletischen Körper‹. Damals hatte ich nur 72 Kilos auf den Rippen, heute schleppe ich durch die Scheiß-Tabletten über 110 durch die Gegend. Ich bin immer regelmäßig geschwommen, hatte mir mit vierzehn Jahren erst das Schwimmen selber beigebracht, dann Joggen, Hindernisparcours, Squash, Radfahren, Gewichtheben, und noch einiges mehr. So einen Parcours lief ich nicht nur einmal, nein zwei- oder sogar dreimal. Ich bekam nie genug davon.

Während meiner Bundeswehrzeit wurde natürlich Sport großgeschrieben. Ich war immer der, der seine Kameraden ansporte, über sich selber hinauszuwachsen. Bei einem Leistungsmarsch von fünfzehn Kilometern und einigen Kilos im Rucksack, landete ich auf Platz zwei des Bataillons mit einer Zeit von 166 Minuten. Ich war nicht nur marschiert, sondern gelaufen. Wenn mir heute irgendwelche Leute, die garantiert keine Ahnung von der Sache haben, sagen, ich müsse Sport machen, dann tun mir diese eher leid. Hier bin ich sehr froh um meinen Glauben an Jesus Christus, der es mir ermöglicht, diese solche unsachlichen Kommentare einfach an Gott weitergeben zu können. So habe ich in meinen Ohren ein gutes ›Durchlüftungssystem‹ entwickelt - rechts rein, links raus -! Ohne das könnte ich alles nicht zumindest etwas leichter nehmen. Mittlerweile schaffe ich es auch besser, die ständigen Geräusche in meinem Kopf etwas zu ignorieren, denn sonst wäre ich heute nicht nur seelisch krank, sondern komplett wahnsinnig. Ich liebe den Sport noch immer und es tut mir immer weh, dass ich keinen Sport mehr treiben kann ... Sorry, wollte dich jetzt nicht zutexten ... Viel Spaß beim Tennisspielen!«

»Ist schon ok, du bist Sportler und wirst es auch immer bleiben, Sportsfreund. Bis dann!«

Tag 628
Die Praxis des Kieferchirurgen, Prof. Lochner, ist immer noch voll, doch der macht keine Anstalten, sein Gespräch mit Prof. Unterweger, der bereits seit einer Stunde in seinem Sprechzimmer sitzt, zu beenden. Robert sitzt neben seiner Mutter Gertrud, die ihn hierher begleitet hat.
»Wie spät ist es, Mutter?«
»Es ist fast 16.00 Uhr! Jetzt warten wir schon seit s e c h s Stunden in dieser Praxis! Wenn du nicht gleich drankommst, gehen wir wieder. Das ist ja eine Zumutung so was!« Meist ist das Wartezimmer so überfüllt, dass fünf bis zehn Patienten stehen müssen. Das kennt Robert von seinen letzten drei Besuchen. Die meisten Patienten werden von Unterweger geschickt und bei fast allen zieht der Zahnprofessor fleißig Zähne, ob mit oder ohne Palladiumfüllungen, ganz gleich.
»So war es ja auch bei mir«, sagt Robert, »so viele Zähne gezogen, obwohl ich nur fünf Metallkeramikkronen, zwei Brücken und ein paar Inlays hatte. Die Sanierung wird sicher Tausende kosten. Wieder ein lukratives Geschäft für den Professor. Er kommt jedes Mal mit seinem Bentley aus seiner Villa in Anif am Fuschlsee vorgefahren.« Robert beklagt sich weiter bei seiner Mutter.
»Jedesmal muss ich mich einen Tag vorher in der Klinik abmelden, wegen der Behandlung. Jedesmal ein Bürokratismus hoch drei!« Neben ihm sitzt ein etwa gleichaltriger Mann, der sich durch seine Aussprache gleich als Österreicher zu erkennen gibt. Er berichtet von seinen Qualen mit den frei liegenden Zahnstümpfen über Wochen, dann seien auch ihm fast alle Zähne gezogen worden und das schon vor einem Jahr. Seine Krankheit habe sich nach der Behandlung nicht gebessert. Er leide immer noch unter schmerzhaften und qualvollen Symptomen. Die Behandlung habe ihm in diesem Jahr schon über 100.000 Mark gekostet, inklusive der Implantate, erzählt er Robert. Nun sei er insolvent und könne sich bald aufhängen. Robert spricht seine Gedanken seiner Mutter gegenüber laut aus:
»Wenn ich so nachrechne, komme ich für mich auch auf Zahnbehandlungskosten von mittlerweile über 20.000 Deutsche Mark. Als Beamter bin ja privat versichert. Das heißt, ich bin als Früh-Pensionär zu 30 Prozent bei einer privaten Krankenversicherung versichert. Die restlichen 70 werden durch die Beihilfestelle des Landesamtes für Finanzen abgesichert. Die ist im Grunde genommen nichts anderes als eine ›gesetzliche Krankenkasse‹. Durch die Streichung so mancher Leistungen, muss ich leider immer mehr aus meiner eigenen Tasche bezahlen. Da kommen einige hundert bis tausend Mark im Jahr zu-

sammen. Wenn ein Professor einen schwindelerregenden Satz verlangt, wird mir manchmal nur ein wesentlich geringerer Satz zurückerstattet. Die Differenz muss ich selbst tragen. Als Privatpatient werde ich auch in der Regel ausschließlich von den Professoren behandelt. Bei den monatelangen stationären Aufenthalten in den verschiedensten Kliniken kommt da einiges zusammen. Einmal musste ich mir sogar von meiner Beihilfestelle anhören: ›Nach dem, was der Professor hier abgerechnet hat, hätte er 24 Stunden am Tag bei Ihnen am Bett sitzen müssen.‹ Ich spürte nur einmal eine gewisse Bevorzugung, als ich im Vorzimmer meines Psychiaters stand und mir mein Arzt einige Medikamente verschrieb, die einem Kassenpatienten aus Budgetgründen nicht so ohne weiteres verschrieben werden. Als ich noch aktiver Beamter war, hatte ich mal eine Rechnung mit einem geringeren Betrag bei der Beihilfe eingereicht. Diese wurde jedoch nicht erstattet, da sie unter 100 DM lag. Berücksichtigt wurden erst Rechnungen ab 100 DM. Es dauerte über ein Jahr, bis ich eine weitere Rechnung von meinem Hausarzt erhielt, so dass der erforderliche Betrag von 100 DM überschritten wurde. Dann reichte ich die erste Rechnung wieder mit ein. Diese wurde jedoch mit dem Vermerk zurückgeschickt, sie könne nicht berücksichtigt werden, da sie älter als ein Jahr sei. Sie hätte innerhalb eines Jahres eingereicht werden müssen. Man kann nur den Kopf schütteln angesichts so einer schwachsinnigen Bürokratie. Heute muss ich jeden Monat mindestens zwei bis drei Erstattungsanträge stellen. Ein Formularkrieg in meinem Zustand!«

»Ja, Robert, ich weiß, dass das für dich sehr anstrengend ist. Die Nachbarn sagen immer zu mir, mein Sohn sei doch gut dran als Beamter.«

»Was heißt hier gut dran! Das Schicksal unterscheidet nicht zwischen Pensionären und Rentnern. Soll ich mich vielleicht auch noch dafür schämen, dass ich Beamter bin? «

Die Sprechstundenhilfe erscheint nun endlich und bittet Robert in das Behandlungszimmer zu kommen.

Tag 648
Robert steht mit Jürgen an der Eingangstüre der Klinik und beide plaudern miteinander. Da kommen Roberts Eltern. Wolfgang Winterkorn stürzt sofort auf Jürgen zu und begrüßt ihn freudig überrascht.

»Grüß Gott, Herr Doktor. Sind Sie jetzt hier an diesem Krankenhaus?« Jürgen erkennt offensichtlich Roberts Vater wieder und stammelt etwas von »Überraschung« und »was das für ein Zufall sei«. Nachdem Roberts Eltern gegangen sind, spricht er Jürgen darauf an.

»Woher kennst du meinen Vater?«
»Ja, das war erst vor ein paar Monaten, da hatte ich deinen Vater auf dem OP-Tisch. An die Patienten kann ich mich meist nicht erinnern, aber deinen Vater hab ich sofort wiedererkannt.«
»Also hast du ihn operiert?«
»Genau, die Gallensteine, oder war es die Niere?«
»Leistenbruch!«
»Ja richtig .., genau! Ich hab deinen Dad aufgeschnitten, echt krass!«
Robert ergänzt leise murmelnd: »Wohl auch unter Alkoholeinfluss! Ich werde meinem Vater wohl besser nie erzählen, dass du nicht als Arzt, sondern als Patient hier in der Klinik bist.«
In den Abendnachrichten kommt ein Bericht über eine niederländische DC 10, die beim Landeanflug auf die portugiesische Küstenstadt Faro explodiert ist. 54 Menschen finden den Tod. Robert äußert sich Jürgen gegenüber betroffen über die Bilder. Die nächste Meldung lautet, dass Amtsrichter in Frankfurt am Main erstmals ein Standesamt anweisen, homosexuelle Ehen zuzulassen. Robert schüttelt den Kopf.
»Also alles was recht ist, aber dass Schwule heiraten können, finde ich nicht richtig!«
»Warum nicht, lass sie doch, wenn es sie glücklich macht.«, antwortet sein Bettnachbar Jürgen gähnend.
»Nein, das kann ich mit meinem Glauben und dem was in der Bibel steht nicht vereinbaren, andererseits ist Gottes Gnade unendlich groß. Gute Nacht!«

Tag 651
Robert und Susanne sitzen in der Empore der Baptistengemeinde in Königsbrunn beim Weihnachtsgottesdienst. Robert hat über Weihnachten Ausgang vom Institut in Ulm bekommen. Er entdeckt in der ersten Reihe eine etwas ungepflegt wirkende hagere Gestalt, die eine Pfadfinderuniform trägt und andächtig der Predigt lauscht.
»Du, Susanne, kennst du den?«
»Ja klar, das ist der Franz, der war schon im Knast in Stadelheim. Ist schon ein paar Jahre bei uns.« Als ob Franz sie gehört hätte, schaut er hoch und nickt Susanne lächelnd zu. Nach dem Gottesdienst treffen sie sich im Gemeindecafe und kommen ins Gespräch.
»Servus Robert, ich bin der Franz, die Susanne hat mir schon viel von dir erzählt.«
»Ja? Hallo Franz, schön dich kennenzulernen. Du bist Pfadfinder?«

»Ja mein Stammesnahme ist Muli.«

»Du musst unbedingt mal zu einem Treffen vorbeikommen. Wir treffen uns hier jeden Samstag.«

»Ja das mache ich gerne. Bis bald!«

Tag 653
Ex-Knacki Franz ist Alkoholiker, eigentlich Quartalssäufer, und Robert pensionierter Beamter. Eigentlich ein ungleiches Gespann. Aber als Robert heute das erste Mal am Treffen der Pfadfinder teil nimmt, ist er gleich begeistert von der Atmosphäre. Heute ist die Gruppe der Kleinsten da, die Wölflinge. Franz begrüßt Robert sehr herzlich.

»Schön dass du gekommen bist!«

»Ja, ich hatte immer schon Interesse an den Pfadfindern und da dachte ich mir, ich schau mir das einfach mal an. Was macht ihr denn so alles?«

»Basteln zu Weihnachten, Flohmärkte und das Stammeslager der deutschen Baptisten, wo die Wölflinge, Jagdpfadfinder und Rover bei Lagerfeuer, Spielen und gemeinsamen Andachten die christliche Gemeinschaft leben und die Jugend für die Ziele der Pfadfinderschaft begeistern. Übrigens wir suchen grad einen Kassierer. Unseren haben wir gestern entlassen. Du bist doch Beamter, oder?«

»Ja, auf Lebenszeit. Aber weißt du, momentan kann ich da gar nichts planen. Doch ich schau mir das gerne mal an.«

»Ja dann komm doch einfach im Januar zum Leiterschaftstreffen der Gemeinde, da lernst du dann die Verantwortlichen kennen, die unseren Stamm unterstützen.«

»Ja klar das machen wir, ich komme auf alle Fälle, wenn es gesundheitlich geht.«

Tag 658
Da Susanne und Robert so herzlich in der Gemeinde aufgenommen wurden, werden sie gleich zu einer Gemeindefreizeit eingeladen. Ausnahmsweise hat Robert dafür erneut zwei Tage Ausgang bekommen. Franz sitzt mit Robert vor einer einsamen Berghütte, wo sie mit einigen Gemeindemitgliedern den Jahreswechsel feiern. Sie schauen in die Dämmerung hinaus. Die Sonne verschwindet gerade hinter den Wipfeln der Kiefern und beide schweigen andächtig. Sie haben sich einen guten Tropfen Rotwein gegönnt und öffnen gerade die zweite Flasche. Franz bricht das Schweigen.

»Robert, lass uns doch eine neue Pfadfinderschaft gründen, die alte ist ja den Bach runter gegangen nach den vielen Problemen mit verschiedenen Mitarbeitern. Ich hätte auch schon einen Namen: Masada!«

»Wie kommt du auf Masada?«

»Das ist eine Festung auf einem Berg in Israel. Ich war damals dort. Du weißt doch, als ich ein Jahr auf einem Pferd durch Israel geritten bin, hab ich diese Festung besucht. Die belagerte jüdische Bevölkerung hatte seinerzeit kollektiven Selbstmord begangen, um der Eroberung und Versklavung durch die römische Armee zu entgehen. Das hat mich sehr beeindruckt. Findest du den Namen ok?«

»Ja klar, das wird bei unseren Wölflingen sicher gut ankommen. Lass uns das doch gleich mit einen Schluck deines geköpften Weines begießen.«

Robert stößt mit dem Glas des frischen Rotweins an. Dabei ist er so überschwänglich, dass er etwas von dem köstlichen Tropfen über den Tisch schüttet.

»Schwamm drüber!« ruft er und Franz prostet ihm zu. Dann holt er den Selben aus der Küche und wischt damit kurz über den Tisch. Susanne kommt mit dem Sekt, da der Jahreswechsel kurz bevorsteht. Doch Robert hat bereits genug von dem Wein, den er eigentlich während der Therapie gar nicht hätte trinken dürfen. So stößt er mit den anderen um Mitternacht mit einem Glas Spezi an. Anschließend zünden sie noch ein Dutzend Raketen in die sternenklare Nacht.

Elektrok(r)ampf

Tag 668

Das neue Jahr beginnt mit neuen Versuchen im Institut für Psychiatrie in Ulm, wo Robert immer noch stationär untergebracht ist. Er hatte lediglich ein paar Unterbrechungen als »Heimschläfer«. Bisher hat keine Therapie angeschlagen. Daher wollen es die Ärzte mit einer Elektrokrampftherapie versuchen, die von Nichtmedizinern oft Elektroschock genannt wird. Vor seiner ersten EKT wird Robert über die Risiken und Nebenwirkungen aufgeklärt. Ihm wird erzählt, dass ein Patient einmal eine Reihe von 48 EKTs bekam, aber es habe sich nichts getan. Doch wie durch ein Wunder sei dessen Seelenkrebs bei der letzten EKT wie weggeblasen worden. Der Mann wisse zwar nicht mehr, wie er ins Krankenhaus gekommen sei und warum. Ihm würden einfach ein paar Wochen fehlen. Das würde aber wieder werden, haben ihm die Ärzte versichert und tatsächlich sei nach und nach seine Erinnerung wieder aufgetaucht. Bei Robert sind erstmal 12 dieser EKTs vorgesehen. Die EKT soll morgen erstmals durchgeführt werden. Deshalb ist Robert bereits einen Tag vorher bei einer Besprechung mit dem Anästhesisten. Das Wochenende verbrachte er bei seinen Eltern. Sein Vater fährt ihn am frühen Morgen in die Klinik und wartet mit ihm auf den »Zauberdoktor des künstlichen Schlafes«, wie Robert den Anästhesisten nennt. Zum verabredeten Termin erscheint dieser jedoch nicht. Eine Stunde vergeht, dann zwei Stunden und keiner kommt. Robert teilt seinem Vater mit, dass er langsam ungeduldig sei. Doch der meint, es sei besser zu warten. Nach fast acht Stunden kommt der Arzt endlich. Wäre er nicht mehr erschienen, hätte die EKT am nächsten Tag nicht beginnen können. Sie besprechen sich hinsichtlich der Narkose, der Arzt erklärt Robert alles und füllt seine Fragebögen aus.

»Herr Winterkorn, seien sie unbesorgt. Diese Kurznarkosen sind eine Abwechslung und schon eine kleine Herausforderung für einen Anästhesisten. Das haben wir nicht jeden Tag, aber es kann nichts schief gehen!«, versichert er lächelnd. Robert blickt ihn etwas zweifelnd an. Da er ein Schnarcher ist und manchmal erhebliche Atemaussetzer hat, musste er vor der ersten EKT noch im Schlaflabor untersucht und beobachtet werden. Dort wurde er von zwei Schwestern bis zur Unkenntlichkeit verkabelt. Wieder EKG, EEG und eine Menge Kabel. Er lag in einem sehr großen Behandlungsraum, in dem nur ein kleines Eck als Schlaflabor genutzt wurde. An der Decke hing eine Überwachungskamera, über die er beobachtet wurde. So lag er nun dort und bemühte sich einzuschlafen. Das war gar nicht so einfach für ihn, da ihn die Kabel nicht einschlafen ließen. Um keines der Kabel versehentlich abzureißen, war er besonders vorsichtig und bemüht, sich nicht zu drehen, so dass er nur in einen etwa drei- bis vierstündigen Dämmerschlaf verfiel. Robert ist ein »Wühler«. Normalerweise wühlt und wendet er sich durch das Bett und durch die Nacht.

Tag 669
Als Robert am Morgen aufwacht, liegt das Kissen auf dem Boden. Der behandelnde Arzt musste ungewöhnlich lange auf das Ergebnis des Schlaflabors warten, wodurch sich auch der Beginn der EKT verzögert. Aber endlich wird grünes Licht gegeben und die Stromstoßtherapie kann beginnen. Der Arzt erklärt Robert vor der ersten Behandlung nochmal das Procedere.

»Sie brauchen gar keine Angst haben, Herr Winterkorn, wir machen das schon, verlassen Sie sich auf uns. Es ist noch nie etwas passiert dabei. Sie dürfen nicht etwa denken, dass Sie da wie auf einem elektrischen Stuhl sitzen. Es ist nur ein Anstoß für das Gehirn, sich wieder sozusagen normal zu verhalten. Merken tun Sie davon überhaupt nichts, da Sie ja vorher eine Narkose bekommen. Wir haben da in vielen Fällen schon tolle Erfolge erzielt. Nicht nach dem ersten Mal zwar, aber nach 12 bis 24 Sitzungen kann das schon anschlagen. Wollen wir es also versuchen?« Robert sagt, er habe keine Angst, obwohl er offensichtlich nicht wisse, was auf ihn zukomme. Er stimmt zu, dass sein Zimmer nun in ein EKT-Behandlungszimmer umgebaut wird. Vor der EKT bekommt er eine Kurznarkose, die etwa zehn Minuten anhält, damit er die Prozedur besser aushalten kann. Sein Zimmerkollege wird vorher in ein anderes Zimmer verlegt. Er muss den vielen Maschinen weichen, die in Roberts Zimmer aufgestellt werden. Es sieht nun aus, wie auf einer Intensivstation. Geräte für EKG, EEG, Narkose, Sauerstoff, Sauerstoffsättigung, Intubation, Blutdruck und noch vieles mehr, werden hereingefahren. All diese Geräte sollen Roberts Körperfunktionen überwachen. Auch ein Notfallkoffer steht in der Ecke, der im Falle eines Falles geöffnet und benutzt werden muss. Die Medikamente sind seit Tagen vollkommen reduziert, da die meisten krampflösend wirken. Dies würde dem Sinn der EKT, dass es zu einem Krampf im Gehirn kommen soll, widersprechen. Soweit sind die Vorbereitungen nun abgeschlossen. Nun wartet Robert gespannt auf die Stunde der Wahrheit. In dieser Uniklinik ist eine EKT absolute Ausnahme. Darüber ist Robert etwas irritiert. Der Stationsarzt erklärt Robert weitere Details:

»Die EKT gehört zu einer der letzten möglichen Therapieformen gegen Seelenkrebs. Die Voraussetzungen für diese Therapie sind, dass der Patient seit mindestens einem Jahr an Seelenkrebs leiden muss, Selbstmordgedanken müssen vorhanden sein und es dürfen bisher keine Medikamente geholfen haben. Genau diese Voraussetzungen erfüllen Sie. Um das Jahr 1930 wurden erstmals EKTs am Patienten eingesetzt. Das Gehirn wird dabei bis zu fünf Sekunden lang mit Wechselstrom ›durchflutet‹. Dies führt zu epileptischen Anfällen, die von heilsamer Wirkung sein können. Durch die künstliche Erzeugung eines epileptischen Anfalls bessert sich oft die Erkrankung. Warum dies so ist, weiß man bis heute noch nicht genau. Es kann aber davon ausgegangen werden, dass der Gehirnstoffwechsel sich dadurch zum Positiven wendet. Um Knochenbrüche und andere Verletzungen zu vermeiden, aber auch, um den Patienten zu schonen, wird die Therapie mit krampflösenden Mitteln unter Narkose durchgeführt. Bei jedem Elektroschock werden einige Tausend Gehirnzellen vernichtet, wie auch bei einem Vollrausch. Das ist allerdings nicht viel, weil im Leben höchstens 10 bis 25 Prozent aller Hirnzellen wirklich benutzt werden können.« Nun ist es soweit. Robert sagt, er habe keine Angst, eher Neugierde. Er setze alles auf diese Therapie. Sein behandelnder Arzt ist in Urlaub und der Vertreter, ein junger Arzt der gerade Vater geworden ist, wird die ersten drei EKT´s durchführen, bis sein Arzt wieder aus dem Urlaub zurück ist. Nun kommen die ersten Ärzte, Anästhesisten, Schwestern und Pfleger in den Behandlungsraum. Es macht Piep ... Piep ... Piep ...

Die ersten Geräte werden eingeschaltet und nehmen brummend den Betrieb auf. Um eine spontane Blasenleerung zu vermeiden, muss Robert vorher noch auf die Toilette gehen, dann kann es los gehen. Jetzt werden noch die Metallbügel am Kopf- und Fußende des Bettes entfernt, damit der Strom nicht auf einen Arzt überspringen kann und dieser möglicherweise zu Boden geht. Bis auf die Hose ausgezogen, legt sich Robert nun auf das Bett. Es wird sehr betriebsam um ihn herum. Ein EKG, EEG, Infusionen, Sauerstoffgerät, Sauerstoffsättigungsüberwachung und Blutdruckmessgerät werden bei ihm angelegt. Jetzt kommen immer mehr Ärzte, Schwestern und Studenten in den Raum.

»Vielleicht sollte ich Eintritt verlangen!«, murmelt er. Es sind nun über zwanzig Menschen in dem nicht gerade großen Raum, um das heutige »Spektakel« mitzuerleben. Am Kopfende lässt sich ein Anästhesist nieder, der Robert ständig versichert, dass er keine Angst zu haben brauche und alles gut werden würde.

»Ich habe keine Angst!« Nachdem auch diese letzten Vorbereitungen getroffen sind, kann es jetzt wirklich losgehen. Eine Anästhesistin teilt den Anwesenden mit, dass sie nun die Narkose einleiten wird. Robert solle irgendeine Zahlenreihe rückwärts zählen. Weit kommt er nicht und er ist weg. Er wacht wenig später auch genauso schnell wieder auf. An seinem Bett sitzt eine Schwester und hält Wache. Sie müsse bei ihm sitzen, bis eine Infusion durchgelaufen und er einigermaßen wieder Okay sei, erklärt sie ihm.

»Ich spüre keine Besserung meines Zustands und da bin ich jetzt schon enttäuscht!«

»Das ist normal. Es können durchaus ein Dutzend oder mehr EKTs erforderlich sein, bis sich was tut!«, beruhigt ihn die Schwester.

»Mir tut alles weh und ich habe ziemliche Schmerzen. Meine Unterlippe ist rechts ziemlich geschwollen, das rechte Schlüsselbein, die rechten Rippen, Brustwirbel sind gestaucht und tun ziemlich weh. Mein Kehlkopf schmerzt.«

»Ja, Sie haben ein paar Hämatome und Punktblutungen. Aber die sind schnell wieder verheilt. Machen Sie sich keine Sorgen.«

»Was ist bloß geschehen? Ich sehe aus wie ein Preisboxer!«

»Damit Sie sich nicht die Zunge abbeißen können, haben Sie einen Bissschutz aus Gummi in den Mund bekommen. Dieser ist leider während der Behandlung aus Ihrem Mund gefallen und so haben Sie sich in die Unterlippe verbissen. Wir mussten die krampflösenden Mittel nachspritzen, da sich Ihr Körper ziemlich heftig hin und her geworfen hat. Daher kommen die Beschwerden am Schlüsselbein, Brustwirbel und Rippen. Ist halt bei jedem Patienten anders. Das kann man vorher nicht sagen.«

»Die Ärzte müssen mich regelrecht tief in mein Bett gedrückt haben, damit ich nicht an die Decke gehe, oder aus dem Bett falle.«

»Die Kehlkopfschmerzen kommen dadurch, dass sie Sie intubieren mussten, da Sie Hilfe beim Atmen benötigten.«

»Das ist ja nun schon gut losgegangen, ist aber sicherlich nur eine Ausnahme, oder?«

»Nein, aber jeder Fall ist wieder anders. Ist halt Strom. So etwas schauen sich die meisten Kolleginnen nach dem ersten Mal nie wieder an, das ist ziemlich grausam anzusehen. Aber mir macht das nichts aus.« Robert schaut die Krankenschwester nach ihrem ungerührten Statement geschockt an.

»Das ist ja der Hammer! Da wird mir im Nachhinein noch schlecht!« Er kann ein Würgen nur mit Mühe unterdrücken. Vom Arzt erfährt er noch, dass alle zwei bis drei Tage nun eine EKT durchgeführt werden soll, bis die zwölf vorgesehenen Sitzungen erreicht sind.

Tag 676
»Wie fühlen Sie sich, Herr Winterkorn? Was machen die Kopfschmerzen?« Die Schwester beugt sich über ihren Patienten, der gerade die Augen aufgeschlagen hat und sich orientierungslos nach der zweiten EKT im Raum umblickt.
»Meine .., meine Hose ist nass!«
»Eine Blasenentleerung während des Krampfes ist normal, da brauchen Sie sich gar nichts denken.«
»Ich war doch vorher extra noch auf Toilette. Aber klar denke ich mir nichts dabei, schließlich bin ich ja derjenige, der die Krampftherapien bekommt und habe dadurch halt blöderweise keine Kontrolle mehr über meinen Körper, das ist aber nichts gegen meine anderen Probleme. Vielleicht hängt es aber auch damit zusammen, dass ich einen neuen Rekord bezüglich des Krampfanfalls aufgestellt habe? Wie lange war ich eigentlich in Narkose?«
»Zehn Minuten. So lang wirkt das Propofol meistens.«
»Ich erinnere mich nicht an die Spritze.«
»Das ist völlig normal. Alles im grünen Bereich, Herr Winterkorn.«
»Na ja, grüner Bereich! Mein Zustand ist immer noch unverändert.«

Tag 678
Die Vorbereitungen zur dritten Behandlung werden getroffen. Alles läuft wie bei den ersten beiden EKTs. Robert wird in Narkose gelegt und an das EEG und das EKT-Gerät am Kopf angeschlossen. Robert ist sofort weg, der Stromstoß jagt wenige Minuten später in sein Gehirn und lässt seine Mimik verkrampfen, da die krampflösenden Mittel offensichtlich zu niedrig dosiert wurden. Während des Krampfanfalls passiert das, was nicht passieren darf. Niemals. Robert schlägt die Augen auf. Er ist plötzlich hellwach. Er bäumt sich auf und aus seinem verzerrten Gesicht schreit die Panik, die ihn vollständig erfasst. Die Anästhesistin merkt gleich, was los ist, sie wird hektisch und spritzt schnell das Narkosemittel in den Schlauch der Infusion nach. Robert fällt wieder in die Narkose. Die Schwester erkundigt sich eine Stunde nach dem traumatischen Ereignis nach Roberts Befinden.
»Es war das Schlimmste, was ich je erlebt habe. Es ist unbeschreiblich, was in mir abging und passierte. Es war so, als würde mein Gehirn explodieren und ein ›Tornado‹ würde in meinem Schädel toben.«

»Haben Sie Schmerzen gehabt?«

»Das kann ich nicht sagen, ich habe nichts mehr kontrollieren können und das Gefühl gehabt, meine Arme und Beine hätten sich selbständig gemacht. Es ist einfach schwer zu beschreiben, das muss man schon selbst erleben. Nichts ist nun mehr so, wie es sein sollte. Es ist mir wie eine Ewigkeit vorgekommen.«

»Aber wenigstens haben Sie diesmal mehr krampflösende Medikamente bekommen, so dass Sie nicht festgehalten oder niedergedrückt werden mussten. Dadurch haben Sie nun wenigstens keine zusätzlichen Hämatome, Stauchungen, oder sogar Brüche zu erwarten.«

»Dafür habe ich nun Probleme, mir Namen zu merken und Wortfindungsschwierigkeiten. Wie bei einem Computer, der eine Störung auf der ›Festplatte‹ Gehirn hat, aufgrund derer man auf bestimmte Daten keinen Zugriff mehr hat.«

»Ja, das ist aber normal bei der EKT. Da sterben halt immer ein paar Gehirnzellen.«

»Wenn wenigstens nur die bösen ›Seelenkrebszellen‹ sterben würden ...«

Tag 693
Begegnungen mit seinen Mitpatienten bringen Abwechslung in Roberts eintönigen Klinikalltag. Heute wird ein Italiener in das Nachbarzimmer eingewiesen, Leon Gaggio. Leon erzählt Robert gleich über sich. Er sei 53 Jahre, verwitwet und habe zwei Söhne. Seine Frau sei vor einem Jahr gestorben und er habe mit einem psychischen Zusammenbruch und schweren psychosomatischen Symptomen auf dieses Ereignis reagiert.

Am Abend beeindruckt Robert ein Fernsehbericht über russische Kosmonauten, die mit einem Rundspiegel einen Lichtstrahl der Sonne zur Erde lenken, der in Teilen Europas als kurzer Lichtblitz sichtbar ist.

»Endlich mal ein Lichtblick!«, murmelt Robert von einem Gähnen gefolgt. Die Schlaftablette wirkt.

Tag 703
Leons Söhne besuchen ihren kranken Vater. Er solle sich doch endlich zusammennehmen, fordern beide. Sie führen den Obst und Gemüseladen weiter, den Leon schon sehr lange in der Großmarkthalle hat.

Tag 711
Robert sieht im Fernsehen den Karnevalsumzug zum Rosenmontag

in Köln und unterhält sich mit einem Mitpatienten, der ihn an seinem Krankenbett besucht.

»Da sind die Narren wieder unterwegs. Und hier tragen sie weiße Kittel. Alles nur eine Frage der Perspektive.« Trotz seiner schweren Erkrankung hat er seinen Humor noch nicht verloren, er ist nur noch trockener geworden und oft schon sarkastisch. Heute ist die vierte EKT angesagt. Robert klärt seinen Mitpatienten, der sich über die Behandlung mit EKT wundert, über seine Symptome auf.

»Hoffentlich löscht der Strom nicht nur mein Gedächtnis, sondern auch endlich diese Qualen. Bald zwei Jahre reichen doch wirklich. Zwei Jahre von der Blüte meines Lebens in grauer Agonie und immer diese Schmerzen. Ich habe wirklich im ganzen Körper Schmerzen! Ob das Schmerzen im Gesicht sind, Ohrenschmerzen, Nasenschmerzen, Muskel- und Gesichtsschmerzen, Brustschmerzen, Bauchschmerzen oder ob es sonstige Schmerzen, die man so haben kann, sind. Mein ganzer Körper ist ein einziger Schmerz! Mit meiner Krankheit merkt man, wo man überall Schmerzen bekommen kann, an Stellen, an die ich eigentlich nie gedacht habe. Die einzelnen Schmerzarten zu beschreiben ist fast unmöglich und das möchte ich auch gar nicht tun! Irgendwie habe ich das Gefühl, als würde mir hier manchmal jemand mit einem Messer ins Innenohr stechen und dann darin fleißig herumrühren. Außerdem empfinde ich einen starken Druck in den Ohren, der sich einfach nicht mehr lösen will, wie es z.B. im Flugzeug, oder unter Wasser der Fall ist. Ich habe absolutes Ohrensausen.« Der Mitpatient verlässt kopfschüttelnd das Zimmer und ein Pfleger kommt herein.

»Die meisten hätten sich schon umgebracht!«, sagt Robert zu dem Pfleger, der ihn für die EKTs vorbereitet. Bisher sind bei jeder der EKTs Komplikationen aufgetreten. Doch bei der vierten Behandlung läuft bis jetzt alles wunderbar. Die Vorbereitungen sind getroffen und Robert schlummert wie ein kleines Baby in der Narkose. Der Elektroschock beginnt und der Krampfanfall verläuft zunächst gut. Doch plötzlich hört Roberts Herz auf zu schlagen. Es flattert und zuckt nur noch und befördert kein Blut mehr durch den Körper.

Der Anästhesist wird hektisch und ruft: »Herr Winterkorn, husten Sie mal.« Er weist seinen Kollegen an. »Wir müssen schauen, dass er wieder selbständig atmet, öffnen Sie den Notfallkoffer.«

»Ja, wir müssen Atropin spritzen, damit sein Herz wieder anspringt!«, pflichtet der Oberarzt bei. Kurz darauf beginnt Robert zu husten und wieder zu atmen.

»Okay, wir haben ihn wieder. Kammerflimmern immer noch vorhanden.«

Roberts Herz rast und er ringt nun nach Luft, fasst sich an die Brust, kalter Schweiß bedeckt die Stirn. Eilig wird er in seinem Bett durch die Katakomben in das angrenzende Krankenhaus auf die Intensivstation gefahren. Dort angekommen, begrüßt ihn der Stationsarzt.

»Hallo, Herr Winterkorn. Mabuse mein Name, Professor. Schön, dass Ihr Pfleger den Weg gleich gefunden hat. In den Katakomben kann man sich nämlich wirklich verlaufen. Es kursieren Gerüchte, nach denen Patienten tagelang vermisst wurden, die vom Nachbargebäude zu uns geschickt wurden. Ich habe für Sie schon unser ›Zimmer Capri‹, mit Blick auf den Sonnenuntergang über den Bergen, herrichten lassen.« Tatsächlich ist es ein Einzelzimmer der Intensivstation, mit Blick auf den Sonnenuntergang über den Bergen.

»Sie sind hier so sicher wie in Abrahams Schoß! Wir werden Sie weiter versorgen.« Robert wird untersucht und wieder an Monitore und Infusionen angeschlossen. Dann diagnostiziert Professor Mabuse eine »supraventrikuläre Tachykardie« mit Vorhofflimmern und stark beschleunigtem Puls. Robert hat meistens einen Ruhepuls von bis zu 120 Schlägen in der Minute. Je nach Angst- und Qualzustand sind es dann auch mal 140 Schläge pro Minute. Sein Motor arbeitet auf Hochtouren.

»Sollte sich Ihr Herzschlag in den nächsten acht Stunden nicht normalisieren, werden wir erneut einen Elektroschock, natürlich unter Narkose, direkt an Ihrem Herzen durchführen. Ich sehe vor meinem Feierabend noch nach Ihnen. Bis dann!« Robert wartet an dem Abend nicht nur auf den Stationsarzt der Intensivstation, sondern auch auf den Stationsarzt von der Psychiatrie, der ebenfalls nach ihm schauen wollte. Er habe auch nichts anderes von ihm erwartet, sagt er zur Schwester, die ihm Verapamil für den Herzschlag und Phenprocoumon zur Blutverdünnung verabreicht. Die Türe seines Zimmers steht offen. So hat er immer zwei Betten mit Intensiv-Patienten in seinem Blickwinkel. Der Eine rührt sich überhaupt nicht mehr und ist vor lauter Schläuchen und Geräten kaum mehr zu sehen. Der Andere ist mit den Händen am Bett fixiert und versucht sich ständig zu befreien. Er ist etwa sechzig bis siebzig Jahre alt und ruft die ganze Zeit nach seiner Mutter. In dieser Nacht schläft Robert nur unruhige zwei bis drei Stunden, da er sich wegen der Anschlüsse an EKG, Blutdruck und Sauerstoffsättigung nicht frei bewegen kann.

Tag 712
Die Ärzte beraten nach der Morgenvisite über eine Katheterablation. Ziel ist es hierbei, Gewebe, das falsche elektrische Impulse sendet, mit Strom auszuschalten oder gezielt Narben im Herzen zu verursa-

chen, die die Weiterleitung der falschen Impulse unterbrechen. Doch der Zustand des Herzens bessert sich vorher, so dass sie von dieser Behandlungsmethode wieder Abstand nehmen. Die Dosis der Betablocker wird erhöht. Deren Nebenwirkungen gehen in dem allgemein schlechten psychischen und physischen Zustand Roberts unter. Ohne seinen festen Glauben hätte er die beiden Tage niemals überstanden, gesteht er Susanne, die ihn abends besucht. Sie erzählt ihm, dass die Gemeinde regelmäßig für ihn bete.

Tag 713
Am Aschermittwochsmorgen bekommt Robert von der Schwester Wasser und Seife zum Waschen sowie eine Zahnbürste mit Zahnpasta, die in kleine Päckchen abgepackt ist. Kurz darauf teilt Professor Mabuse Robert mit, dass er sehr zufrieden mit ihm sei und er daher heute wieder zurück dürfe in die Psychiatrie.

»Die Überwachung mit den Geräten hat ergeben, dass Ihr Herz wieder in einem normalen Rhythmus schlägt. Solche Patienten wie Sie haben wir gerne, aber leider gibt es nicht genug davon, die wir innerhalb so kurzer Zeit wieder entlassen können.«

»Das meinte auch die Schwester.« Robert zeigt mit dem Daumen nach oben. »Ciao! Ich habe eine gute Verbindung nach oben!« Er zwinkert dabei der Schwester zu.

»Das glaube ich Ihnen gerne.« Während sie ihn mit dem Bett zum Aufzug schiebt, erzählt er ihr seine Erlebnisse während der missglückten EKT.

»Seltsamerweise sah ich die ganze Situation aus der Vogelperspektive, so als würde ich von der Decke des Zimmers herunter schauen. Ich sah die Ärzte den Notfallkoffer öffnen und mich auf dem Bett liegen. Ich spürte gar nichts. Ich befand mich weder in irgendeinem Tunnel, an dessen Ende Licht zu sehen war, noch lief ich über irgendeine Wiese, auf der mir irgendwelche Verstorbenen begegneten.«

»Ja, das ist gar nicht ungewöhnlich. Das bekomme ich öfters zu hören.«

Nachdem er heute von der Intensivstation in die psychiatrische Abteilung verlegt wurde, kann Robert bereits das Bett verlassen und läuft nun wie Napoleon herum, immer die rechte Hand auf seinem Herzen mit der geäußerten Erwartung, dass dieses wohl bald ganz »den Geist aufgeben« würde. Nach dem Frühstück kommt der Professor und teilt ihm mit, dass er froh sei, Robert wieder in stabilerem Zustand in der Psychiatrie begrüßen zu können.

Tag 717
Robert ist wieder zurück in seinem alten Zimmer. Der Zustand seines Herzens hat sich dem Stationsarzt zufolge zwar gebessert, doch die Ärzte wollen momentan keine weiteren EKTs durchführen. Robert sagt zur Schwester, er sei sehr enttäuscht, da er große Hoffnungen in diese Therapie gesetzt habe. Die Schwester berichtet ihm, dass die Anästhesistin versetzt worden sei. Robert beobachtet Leon, wie er die ganze Zeit nur im Flur umherstreicht, speziell vor dem Stationszimmer. Wie ein kleiner winselnder Hund steht er dort in der Nähe und wartet, ob nicht doch ein Stückchen Tavor für ihn abfällt. Er sieht seinem verzerrten Gesicht sofort an, wie sehr er leidet. Leon geht sogar vor dem Stationszimmer auf die Knie, um das Lieblingsmittel dieses Krankenhauses zu bekommen.

Leon läuft Robert ständig hinterher und fragt ihn immer wieder: »Glaubst du, dass das jemals wieder vorbeigeht?«

»Ja, bei dir und auch bei mir!«, antwortet Robert jedes Mal, obwohl er selber mit dieser Aussage Schwierigkeiten hat.

»Die ganzen Hilfspsychologen dieser Welt sollten sich einmal ansehen, wie ein gestandener, ausgewachsener Mann auf den Knien liegt und nicht weiß, was er noch machen soll, vor lauter Qual!«, sagt Robert zu Werner, dem es augenscheinlich etwas besser geht.

»Vielleicht könnte man dann den Begriff ›Seelenkrebs‹ endlich verstehen. Natürlich echter Seelenkrebs, nicht nur schlechte Stimmung und nicht nachmittags Kaffee trinken bei Tante Luise, wo alle ihre Melancholie, ihren ›Blues‹ haben, wegen dem Wetter, dem Alleinsein, den Supermarktpreisen oder dem Fernsehprogramm.«

Tag 718
Richard ruft von seinem Zimmer aus bei Robert an und teilt ihm mit, dass er heute aus der Klinik entlassen wird. Da er keinen festen Wohnsitz hat, bittet er um vorübergehende Aufnahme.

»Klar, Richard, ich habe es dir ja zugesichert, dass du bis auf Weiteres in meinem Appartement wohnen darfst. Wir fahren zusammen hin. Ich hol dich gleich ab.« Robert ruft ein Taxi und geht zum Klinikportal, wo Richard schon mit seinen drei Koffern wartet. Er hat noch eine Staffelei dabei, die nur mit großem Aufwand noch im Taxi verstaut werden kann. Der Taxifahrer flucht, da er sein Interieur in Gefahr sieht. Richard erzählt Robert von seinen Bildern, die schon auf Auktionen gelandet seien, aber leider keine hohen Erlöse erzielten. Gerade heut habe die Kunsthalle Hamburg für 3,5 Mio. Mark Caspar David Friedrichs Gemälde »Meeresufer im Mondschein« erworben. Da könne er nur von träumen als »armer Künstler«.

Tag 719
Langsam aber sicher geht es auch mit Leon etwas aufwärts. Die Medikamente zeigen ihre Wirkung. Doch jetzt hat Leon ein »Morgentief«. Ab nachmittags geht es ihm deutlich besser. Während seines »Morgentiefs« zeigt er immer noch das gleiche Verhalten wie vorher. Geht es ihm abends aber besser, will er nichts mehr davon wissen.
»Das ist doch alles gar nichts so schlimm!«, sind dann seine Worte.

Tag 720
Am Morgen steht Leon wieder vor dem Stationszimmer und bittet weinend um Tavor.
Robert sagt zu der Schwester: »Es ist mir klar, dass der Mensch vergessen kann. Aber so schnell von morgens bis abends?«
Robert fragt den Oberarzt: »Warum geben Sie mir jetzt eigentlich Tabletten gegen Psychosen, ich habe doch eine somatische, vegetative Symptomatik, denke ich?«
»Wissen Sie, Herr Winterkorn, wir wissen eigentlich trotz aller Fortschritte in der Medizin im Grunde genommen gar nichts. Die gängigen Mittel haben wir nun fast alle durch. Wir versuchen einfach alles, was wir zur Verfügung haben und was in Ihrem Fall nicht schadet. Vielleicht haben wir damit irgendwann doch Glück und irgendein Wirkstoff schlägt an.«
»Und wenn Ihre Schrotkugeln doch zusätzlichen Schaden anrichten, was dann?« Der Oberarzt zuckt mit den Schultern.
»Machen Sie sich mal keine Sorgen, wir haben das schon unter Kontrolle. Wir werden schon noch das Richtige für Sie finden.«
Am Nachmittag wird Wacki eingewiesen. Wacki ist etwa 23 Jahre alt und kommt aus Mießbrunn. Mit 16 Jahren hatte es ihn erwischt. Er erzählt Robert, dass er mit seinen Freunden in einem Wirtshaus gesessen sei, als er plötzlich die Köpfe seiner Freunde explodieren sah. Wacki weicht auf dem Flur, imaginären, nur für ihn vorhandenen, Löchern aus, um nicht hineinzufallen.

Tag 732
Robert steht in der Küche und unterhält sich mit Leon, als Wacki plötzlich anfängt hysterisch zu lachen. Robert fragt Wacki, worüber er denn lache. Wacki erklärt, er habe Robert als kleinen Zwerg neben sich stehen sehen. Wacki nimmt Leponex, ein Neuroleptikum gegen therapieresistente Psychosen. Ein Mitpatient erzählt Robert, dass es Wacki am Wochenende förmlich von den Füßen »gewuchtet« habe,

als Nebenwirkung dieses Medikamentes.

»Komisch, ich hatte schon einmal die dreifache Dosierung von dem Leponex, als Wacki, und ich habe fast nichts gespürt!«, sagt Robert.

Tag 737
Wackis Hobby ist Saxophon spielen. Heute darf er wieder auf der Station üben.

Robert applaudiert und sagt anerkennend zu Leon: »Hört sich gar nicht mal so schlecht an.« Leon nickt und schlägt den Takt mit seinen Händen auf den Tisch.

Tag 744
Robert geht mit einem Pfleger den Flur entlang. Auf einmal stutzen beide, da jemand fröhlich vor sich hinpfeift.

»Ach, das ist unser Neuzugang, die Frau Müller«, sagt der Pfleger.

»Hier pfeift sonst niemand, außer aus dem letzten Loch. Au Mann, das pfeift in meinem ganzen Kopf, ich halt das nicht aus!« Da kommt eine grauhaarige Frau um die Ecke, die sich als die Pfeiferin entpuppt. Sie stellt sich als Esther Müller vor. Esther ist zwischen 60 und 65 Jahre alt und malt Bilder. Sie erzählt Robert, dass sie seit Jahren das Schlafmittel Ximovan nehme, um ihren Schlaf selbst zu regulieren. Sie sei auf Entzug hier. Esther hat ein enormes Mitteilungsbedürfnis. Aus allem, was sie tut und sagt, spricht die Künstlerin. Das ist für viele Menschen anstrengend. Stundenlang textet sie Robert zu, mit Geschichten über ihre Kinder und ihre Krankheit, bis er ihr sagt, dass er nun doch etwas genervt sei von ihrem Mitteilungsbedürfnis.

Tag 758
Esther entwickelt sich langsam zu einer sehr angenehmen Person. Sie versteht sich mittlerweile mit Robert sehr gut. Am Vormittag verschönert sie das Speisezimmer mit Blumengestecken, schönen Servietten und anderen netten Kleinigkeiten. Robert erscheint im Speisesaal und beobachtet das Treiben von Esther interessiert.

»Schön machst du das, Esther.«

»Ja, gefällt es dir Robert? Weißt du, ich will einfach etwas Farbe reinbringen. Es ist alles so trist hier. Man möchte meinen, dass hier nur Schwermütige sind.«

»Esther!«

»Oh, tut mir leid, ich hatte ganz vergessen, wo ich bin. Man fühlt sich hier gar nicht wie in einer Psychiatrie. Ich muss ja auch bald wieder nach Malle.«

»Was machst du dort?«

»Da leben meine Kinder. Ich pendle regelmäßig zwischen Augsburg, Mallorca und Berlin hin und her.«

»Ja auf Mallorca war ich auch schon oft.«

»Ach ja? Wo denn da?«

»Fällt mir grad nicht ein, ich hab die Adresse zu Hause, aber ich geb dir meine Visitenkarte.« Robert holt eine verknickte Karte aus seinem Geldbeutel. »Ruf mich einfach am Wochenende mal an, dann kann ich dir die Adresse sagen.« Robert überreicht ihr die Karte und Esther schaut sie sich interessiert an. Oh, das sind aber schöne weißblaue Wolken da drauf, wie gemalt und dann der Spruch: ›Ich vermag alles durch den, der mich stark macht.‹ Echt stark, Mann!«

»Philipper 4, Vers 13!«, fügt Robert hinzu.

»Du bist sehr gläubig, nicht wahr?«

»Gläubig ja, aber nicht religiös!«

»Oh, den Unterschied musst du mir mal erklären. Jetzt muss ich weitermachen, weil es gleich Essen gibt.«

»Ok, bis dann.«

Tag 760

In der Psychiatrie gehört das Bettenmachen zur Therapie. Robert liefert sich dabei eine kleine Kissenschlacht mit Frank, einem neuen Pfleger. Sie verstehen sich recht gut und machen hin und wieder ihre Witze.

»Wollen wir heut′ Abend mal Billard spielen im Billardsalon?«

»Gern!«, antwortet Frank, »ich frag den Wacki, den Bernd und die Uli, ob sie Lust haben.«

»Ja, das wäre mal eine Abwechslung zu den vorgeschriebenen Außenaktivitäten in meinem Therapieplan, wie Kegeln und Museumsbesuche. Dann bis heut Abend.«

Der Pfleger und Robert spielen nach dem Abendessen ihr erstes Spiel. Sie sind doch nur zu zweit, da sich die anderen zu schwach fühlen. Robert stößt die Kugel mit dem Queue an, aber keine einzige Kugel versinkt in einem der Löcher. Nun kommt Frank dran. Er locht die erste Kugel ein. Er hat die ganzfarbigen Spielbälle, im Billard als ganze Kugeln bezeichnet, und Robert die halben. »Zack, Zack, Zack«, hat Frank alle seine Kugeln eingelocht. Robert pfeift anerkennend durch die Zähne.

»Du bist ja echt ein Profi! Hätte ich nicht gedacht. Ich war schon immer ein leidenschaftlicher Billardspieler, früher, hab aber schon seit Jahren nicht mehr gespielt. Wenn ich ein Haus, oder eine größere

Wohnung hätte und ein Zimmer übrig wäre, würde ich mit an Sicherheit grenzender Wahrscheinlichkeit ein Billardzimmer daraus machen.«

Frank grinst: »Hat mein Alter daheim, da hab ich schon als Kind gespielt.«

»Ja, kein Wunder, dann ...« Frank stößt die weiße Kugel für ein neues Spiel an. Doch diesmal ist er etwas zu unaufmerksam, so dass keine der Kugeln in ein Loch findet. Robert ist wieder im Spiel. Es gelingt ihm, sich trotz seiner Schmerzen auf den Punkt zu konzentrieren und er hat Glück. Nach wenigen Minuten hat er seine kompletten Kugeln eingelocht, so dass nur noch die schwarze Acht auf dem Billardtisch liegt. Er versucht die letzte Kugel einzulochen, was ihm aber um wenige Millimeter nicht gelingt. Frank ist dran und versiebt seine Chance um Haaresbreite. Die Position der Kugel ist jetzt so gut, dass Robert sie einfach einlochen muss. Er bewahrt seine eigentlich nicht mehr vorhandenen Nerven, visiert die Kugel an und Zack, die schwarze Acht ist versenkt und Robert hat das Spiel gewonnen.

»Meiner Meinung nach hättest eigentlich du gewinnen müssen, Frank.«

»Eigentlich schon, als amtierender Bayerischer Meister, also erzähl es bitte nicht weiter!«, sagt Frank mit einem Augenzwinkern.

»Wow, ich habe tatsächlich gerade den amtierenden Bayerischen Meister im Billard geschlagen«, ruft Robert stolz.

Tag 762
Robert ist von einer der vorgeschriebenen Außenaktivitäten auf den Weg zurück in die Klinik. Er wartet auf die Straßenbahn, als eine heftige Schmerzattacke seine rechte Gesichtshälfte befällt. Die Straßenbahn kommt, Robert steigt ein und klammert sich an der Haltestange so fest, dass an seinen Händen die Knöchel weiß zum Vorschein kommen. Er schwitzt und verzerrt das Gesicht. Die Fahrt erscheint endlos. Leute gaffen ihn an. Nach zwei Stationen kommt er an der Klinik an und geht sofort zum Stationszimmer.

»1000 Milligramm Paracetamol, Herr Doktor, bitte schnell, ich halte es nicht mehr aus.« Robert schluckt die Schmerztabletten, lässt sich auf den Stuhl vor dem Stationszimmer fallen und wartet eine halbe Stunde. Der Oberarzt setzt sich zu ihm und legt ihm die Hand auf die Schulter.

»Wir haben nochmals alle Röntgenbilder ausgewertet von Ihrem Kopf und konnten auch diesmal nichts Organisches feststellen. Solche Schmerzen, wie Sie sie beschreiben, können eigentlich nur durch den Trigeminusnerv über die Eustachische Röhre verursacht werden.«

»Und was kann man da noch machen?«

»Nun, letztlich bleibt nur die Durchtrennung des Nervs in einer Operation. Überlegen Sie sich das, Herr Winterkorn.«

Am Abend sucht Robert nochmal das Gespräch mit dem Oberarzt.

»Nun, Herr Winterkorn, wenn man solche Schmerzen und einen solchen Leidensdruck hat, lässt man das normalerweise sofort machen.«

»Sie haben sicher recht, Herr Doktor, aber eine innere Stimme sagt mir, dass ich es nicht machen lassen soll.« Kurz darauf begegnet er Esther. Sie hat den Entzug, der normalerweise vier bis sechs Wochen dauert, ohne große Entzugserscheinungen geschafft und wird heute schon aus der Klinik entlassen. Sie berichtet ihm, dass sie das Ausschleichen der Medikamente ganz den Ärzten überlassen habe, so dass sie auch nicht gewusst habe, wie die Dosierung gerade gewesen sei. Alles Kopfsache, meint sie verschmitzt.

Robert verabschiedet sich von ihr.

»Schade, ich freue mich natürlich für dich, aber alle verlassen sie mich und am Schluss bin ich der letzte Mohikaner!«

Tag 764

Die Gesichtsschmerzen werden langsam besser. Frank erkundigt sich nach Roberts Befinden.

»Weißt du, Frank, die Operation hätte bei meinem Pech wahrscheinlich nur zur Folge gehabt, dass ich bis zum Ende meiner Tage mit einer hängenden rechten Gesichtshälfte durchs Leben gelaufen wäre. Vermutlich hätte ich auch noch angefangen zu sabbern. Wenn ich aber an die Schmerzen in der Straßenbahn denke, hätte ich mir zu diesem Zeitpunkt mit Sicherheit den Nerv im ersten Moment selber durchtrennt, wenn ich ein Taschenmesser dabei gehabt hätte. Es ist schon beachtlich, wie viel Schmerzen ein Mensch aushalten kann. Aber ich bin ein gläubiger Mensch. Jesus, der Heilige Geist und Gott sind meine bedeutendsten Weggefährten. Ich habe Jesus ja als meinen persönlichen Herrn, Heiland und Erlöser angenommen. Dadurch ist mir auch eine Beziehung zum Heiligen Geist und zu Gott möglich. Eine Antwort auf die Frage ›Warum lässt Gott Leid zu?‹ gibt es für mich nicht. Ich stelle mir diese Frage gar nicht. Ich weiß nur, dass Gott keine Fehler macht, egal wie es mir geht. Würde ich Gott, den Heiligen Geist und speziell Jesus nicht spüren können, wäre das die größte Katastrophe, die ich je erleben könnte. Ohne Jesus würde ich wahnsinnig werden, und das sage ich nicht nur so, das meine ich auch so. Die meisten Menschen glauben, dass Christen schwache Menschen sind. Oh nein, ich weiß, welche Kraft ich durch meinen Glauben bekomme. Außerdem steht in der Bibel, dass Gott in den Schwachen mächtig ist!«

Tag 770
Es ist wieder einmal Schlafentzug angesagt. Robert hat aufgehört zu zählen, ist aber wahrscheinlich auf an die 100 Schlafentzüge gekommen, während seiner monatelangen Aufenthalten in den Psychiatrien. Er geht vor der Klinik spazieren, als er plötzlich zusammenbricht. In Begleitung einer Person, die für das Überwachen des Schlafentzuges eingeteilt war, schleppt er sich bis zur Stationsschwester. Der Puls rast und der Schweiß läuft ihm in kleinen Bächen von der Stirn. Auf Befragen der Schwester gibt er an, dass es ihm total schwindlig sei. Die Nachtschwester misst ihm den Puls sowie den Blutdruck und zieht die Bereitschaftsärztin hinzu. Diese stellt einen akuten Kreislaufzusammenbruch fest und untersagt ihm die weitere Teilnahme am Schlafentzug. Er möchte auch keinen weiteren mehr machen, antwortet er. Also habe diese Therapie auch mal wieder nicht geholfen, fügt er resigniert hinzu.

Tag 788
Dieser Klinikaufenthalt endet diesmal mit einer Veränderung des Zustandes, allerdings zum Schlechteren wegen der Verschlimmerung der Herzbeschwerden. Robert fährt mit Susanne in ihre Wohnung. Er hat sein eigenes Appartement gekündigt, so dass Richard bald ausziehen muss.

Tag 811
Richard zieht zu seinen Eltern, irgendwo in Deutschland. Robert kann seine Wohnung damit zeitlich gerade noch rechtzeitig freimachen für den Nachmieter. Mit Susanne hat er eine gemeinsame Wohnung im gleichen Haus in Aussicht. Er muss, seit er krankgeschrieben worden ist, heute zum dritten Mal zum Amtsarzt. Es geht um die Pensionierung. Er hat schon viele negative Erfahrungen auch aus der Dienstzeit mit Ärzten machen müssen, wie z. B. die Auseinandersetzungen mit dem berüchtigten Amtsarzt Dr. Paul Abendroth, genannt »Stasi-Paul«, da der Methoden anwendete, die an die der Stasi erinnern. Dieser unrühmliche Vertreter seiner Zunft hat grundsätzlich alle Anträge auf Pensionierung abgelehnt.

Robert ist aufgeregt und redet ständig nur noch von seinen Befürchtungen bezüglich der anstehenden Untersuchung. Es geht ihm heute noch schlechter, da er kaum die Kraft findet, morgens aufzustehen. Er wird von seinem Vater zur Praxis des vom Ministerium bestellten Arztes gefahren, verabschiedet sich und öffnet mit letzter Kraft die Haustüre des Anwesens Blumenstraße 181. Er hat Glück, dass es nicht der berüchtigte Arzt ist. Keuchend und schweißgebadet schleppt er sich in den Souterrain des Anwesens. Dort findet er das Schild des Amtsarztes. Er klingelt an der Praxis Hempfling. Der Türöffner summt in der gleichen Frequenz, wie das permanente Geräusch in Roberts Kopf. Robert ist irritiert und drückt zu spät. Er läutet erneut. Nun klappt es. Er fällt fast mit der Tür in den Flur. Erschrocken eilt ihm die Sprechstundenhilfe entgegen.

»Kann ich Ihnen helfen?«

»Nein danke, geht schon. Ich habe einen Termin um 8.00 Uhr. Winterkorn, mein Name.«

»Ach, der Herr Winterkorn. Gerade habe ich Ihre umfangreiche Akte durchgesehen. Sie Armer. Nehmen Sie im Wartezimmer Platz.«

Robert versinkt in dem gut gepolsterten Sessel förmlich. Nach einer Viertelstunde kommt der sportliche Endvierziger herein, lächelt Robert an und gibt ihm so fest die Hand, dass er leicht in die Knie geht. Er versucht den Druck zu erwidern, doch es gelingt ihm nicht. Robert hat Glück, bekommt er doch den besten Arzt, den der ärztliche Dienst besitzt. Doktor Hempfling macht einen sympathischen Eindruck auf Robert.

»Hallo Herr Winterkorn.«

»Grüß Sie, Herr Dr. Hempfling. Ich hoffe, Sie haben gute Nachrichten!«

»Kommt drauf an für wen. Für das Ministerium eher weniger, fürchte ich und für Sie ... naja letztlich wohl auch nicht wirklich ...«

»Dass heißt also, dass Sie ...«

»Ja, ich habe mich nach Aktenlage für die Befürwortung Ihrer Pensionierung ausgesprochen. Ich gebe zu, so einen Fall hatte ich noch nie in meiner Praxis. Ich wünsche Ihnen trotz Ihres Schicksals alles Gute für die Zukunft, Herr Winterkorn. Ich begleite Sie noch hinaus.« Somit beginnt ein neuer Abschnitt im Leben des Robert Winterkorn. Er ist erleichtert und die Tränen rinnen ihm über beide Wangen. Ein riesiger Stein fällt ihm nun ganz offensichtlich vom Herzen, da das Verfahren beendet ist. Aber er weint auch, da er nun als arbeitsunfähig abgestempelt ist und ein Lebensabschnitt so früh brutal beendet wurde.

Tag 823
Robert versucht heute wieder mal eine neue ambulante Therapie: Das »Genusstraining«. Diese Therapie wurde ihm von Dr. Nusser emp-

fohlen, der meinte, dass Robert dadurch seine Fähigkeit, Dinge genießen und spüren zu können, wieder trainieren könne.

Ziel des Genusstrainings sei die Steigerung der Genussfähigkeit und Wahrnehmung in allen Sinnesbereichen. Außerdem sollen spezifische Strategien für den Umgang mit potentiell angenehmen Gegebenheiten vermittelt werden. Der Arzt überreicht ihm die bei dieser Therapie geltenden sieben Genussregeln:
1. Genuss braucht Zeit
2. Genuss muss erlaubt sein
3. Genuss geht nicht nebenbei
4. Genuss ist Geschmackssache/Jedem das Seine
5. Weniger ist mehr
6. Ohne Erfahrung kein Genuss und
7. Genuss ist alltäglich.

Robert liest den Therapieplan. Die Therapie wird in acht Sitzungen unterteilt:
1. Genussregeln/Riechen,
2. Tasten,
3. Berühren,
4. Schmecken/Wahrnehmung von Konsistenzen,
5. Wahrnehmung von Konsistenzen/Geschmackszentriertes Wahrnehmen,
6. Schauen/ Wahrnehmung von Farben,
7. Schauen/ Strukturwahrnehmung/Wahrnehmen von Bewegungsabläufen,
8. Horchen: einfache Musikinstrumente.

Zu jedem Sinnesbereich (Riechen, Schmecken, Tasten, Sehen, Hören) wird eine Imaginationsübung gemacht.

»Also ich kann mir darunter noch gar nichts vorstellen. Wie soll das funktionieren?«, fragt Robert.

»Jetzt sind Sie doch nicht gleich wieder so negativ eingestellt, Herr Winterkorn. Probieren Sie es einfach mal ohne Vorbehalte aus.«

»Ok, ich werd da mal hingehen.« Der Arzt nickt anerkennend.

Tag 826
Heute ist der dritte Tag beim Genusstraining. Robert verspürt bislang nicht den Hauch einer Wirkung. Das Abtasten von Dingen findet er kindisch. Die Genusstrainerin kommt aus den Niederlanden und ihr Akzent verleiht ihrem Vortrag einen besonderen Touch, der Robert zumindest ihren Ausführungen relativ aufmerksam folgen lässt. Frau Chantal van Rijken ist gerade bei der Sitzung Nummer Vier - Schmecken und Wahrnehmen von Konsistenzen. Die Therapeutin verteilt

zehn Tafeln Schokolade an die zehn Teilnehmerinnen und Teilnehmer.

»Ich bitte Sie nun um Schließen der Augen. Nun nehmen Sie das Schokolade und führen es sanft zu den Mund. Umschließen Sie mit Lippen das Riegel und spüren mit Zunge Konsistenz von Schokolade. Saugen Sie den Aroma völlig auf mit all Ihren Sinnen. Nun Sie beißen sanft eine ... wie sagt man ... eine Riegel von Tafel ab.« Leo bekommt einen Hustenanfall und alle halten erschrocken inne. Sie beobachten, wie ihr Mitpatient den Riegel in hohem Bogen ausspuckt.

»Aber Herr Leo, Sie müssen schon Tafel auspacken vor in den Mund zu stecken.«

»Das hat mir keiner gesagt. Außerdem sind unsere Schokis in der Schweiz viel besser!«

»Ok, lassen wir das mit das Schokolade und kommen zu nächster Übung.« Robert hat genug und verlässt die Gruppe. Er berichtet seinem Arzt später, dass es sich bei dieser Therapie ohne Zweifel um eine sehr nette Therapie handle, welche jedoch für seine Art des Seelenkrebses, zumindest nach seiner persönlichen Meinung als Betroffener, nicht in Frage komme. Aber irgendeine Therapie müsse man ja machen, und wenn der Patient Semmelbrösel an die Wand nageln soll!«, rechtfertigt Robert die drei Tage. Er räumt ein, dass eine Genusstherapie, bei einem Menschen mit neurotischen Problemen, durchaus angebracht sein und Erfolg haben könne.

Tag 838
Susanne und Robert sind wieder in ihrer Gemeinde Königsbrunn beim Gottesdienst, den sie nun regelmäßig besuchen. Auch durch andere Gelegenheiten, wie dem Bibelstudium oder den Gebetstreffen, werden sie in dem kleinen Ort langsam heimisch.

Sie lernen fast jedesmal neue Menschen kennen und alle heißen sie willkommen. Es ergeben sich Gespräche und schnell ist Roberts Krankheit im Fokus. Da sie - wie immer - frühzeitig vor dem Gottesdienst bei der Gemeinde sind, ergibt sich auch heute wieder ein Gespräch mit einer Gemeindeschwester.

»Robert, wie geht es dir denn?«

»Ich möchte heut' lieber nicht darüber reden, Eva, du weißt schon.«

»Ich habe schon von deiner schweren Krankheit gehört. Ortrud geht es auch wieder schlechter. Sie ist wieder in der Psychiatrie. Ich kann damit ja leider wenig anfangen und Dir wenig helfen. Aber Jesus wird es schon richten. Gott macht keine Fehler!«

Robert ist diese Unterhaltung heute zuviel. Er ist heute nicht in der Lage dazu. Wie immer steigt er schweißgebadet zur Empore, wo er mit Susanne sitzt. Sie möchte lieber oben sitzen, weil sie sich dort freier fühlt und sich besser christlich entfalten kann, wie sie betont.

»Möchtest du nicht mal im Gemeindecafé über deine Krankheit berichten, weil viele Gemeindemitglieder wissen ja gar nichts damit anzufangen, da könntest du sie doch mal aufklären, was meinst du?«, fährt Eva fort.

»Ja, das kann ich ja mal machen, wenn ich die Kraft dazu finde.«

»Viele Geschwister haben mich auch schon darauf angesprochen, dass sie gern was von dir über deine Krankheit hören wollen.«

Robert wischt sich den Schweiß von der Stirn und verabschiedet sich mit den Worten:

»Vielleicht sehen wir uns nach dem Gottesdienst im Café. Ich brauche jetzt wirklich Ruhe.«

Tag 842
Einige Gemeindemitglieder tun sich heute wieder zusammen, beten für Robert und es kommt auch zu einem »Befreiungsdienst«. Robert sitzt mit einem Dutzend Gemeindegeschwistern im Gemeindecafe. Sie essen Kuchen und trinken Kaffee. Yvonne hat heute Teestubendienst und bringt den Kaffee. Sie schaut Robert an.

»Kuchen ist leider alle!«

»Schade, jetzt hätte ich gern noch ein zweites Stück gegessen, liebe Yvonne!«

Mit einem Augenzwinkern antwortet diese: »Für dich hab ich freilich noch ein Stück aufgehoben!«

Daraufhin zaubert sie hinter dem Tresen einen Teller mit köstlichem sahnebedecktem Apfelkuchen hervor. Robert steht auf und bedankt sich mit einer Umarmung und einem Kuss auf die Wange. Langsam und vorsichtig führt er die leicht zitternde Hand mit der Kaffeetasse zum Mund.

»Ich hab wieder mal Mühe, den Kaffee nicht zu verschütten, was in meinem Zustand ja auch kein Wunder ist. Aber ein Wunder kann ich wirklich langsam brauchen. Doch wenn hier jemand Wunder vollbringen kann, dann ist er es, unser Herr Jesus Christus.« Die übrigen Gemeindemitglieder unterhalten sich sehr besorgt über Roberts Zustand und beschließen, für seine Befreiung gemeinsam zu beten. Bruder Horst ist einer der Ältesten der Gemeinde und daher sehr bibelfest. Er braucht die Heilige Schrift nicht mehr aufzuschlagen, denn er kennt sie größtenteils auswendig. Er steht auf, geht zu Robert, legt ihm sanft seine Hand auf den Kopf und betet das Gebet für die Kranken, aus Kapitel 5 Vers 13-16, Buch Jakobus:

»Leidet jemand unter euch, der bete; ist jemand guten Mutes, der singe Psalmen. Ist jemand unter euch krank, der rufe zu sich die Ältesten der Gemeinde, dass sie über ihm beten und ihn salben mit Öl in dem Namen des Herrn. Und das Gebet des Glaubens wird dem Kranken helfen, und der Herr wird ihn aufrichten; und wenn er Sünden getan hat, so wird ihm vergeben werden. Bekennt euch also einander eure Sünden und betet füreinander, dass ihr gesund werdet. Des Gerechten Gebet vermag viel, wenn es ernstlich ist. Und nun Markus Kapitel 16, Vers 17 und 18: Die Glaubenden aber werde ich durch folgende Wunder bestätigen: In meinem Namen werden sie Dämonen austreiben und in unbekannten Sprachen reden. Gefährliche Schlangen und tödliche Gifte werden ihnen nicht schaden. Und Kranke, denen sie die Hände auflegen, werden gesund.«

Horst beendet das Gebet. Da er einer der Ältesten der Gemeinde ist, salbt er Robert mit einem Öl, das er aus einem kleinen Fläschchen aus der Jacke zieht. Somit hat er genau das getan, was in der Bibel vorgegeben wird. Auch einige andere Gemeindemitglieder schließen sich nun an und sprechen wohlgemeinte Gebete für die Gesundung Roberts. Die Gemeindemitglieder beten immer wieder für Roberts Gesundung. Dem Verständnis dieser Gemeinde nach muss dabei nicht Robert an die Heilung glauben, sondern die Ältesten müssen glauben. Andererseits gibt es auch viele Geschwister, die ihm vorwerfen, er würde zu wenig glauben und daher nicht gesund werden. Daher äußert sich Robert auch heute wieder dankbar für die Gebete.

Die Charismatische Bewegung ist der Auffassung, dass durch eigene oder fremde Schuld eine fremde Macht auf das Leben Einfluss gewinnen kann. So sehen sich einige Gemeindemitglieder eigenartigen Angriffen ausgesetzt, wenn sie dem Heiligen Geist zu folgen suchen. In Gebet und Prophetie wird dann auf Schrifttexte verwiesen, in denen vom exorzistischen Wirken Jesu die Rede ist. Oft wird schon der Lesung eines solchen Textes eine starke Wirkung zugeschrieben. Dass in manchen Fällen das Gebet »Erlöse uns von dem Bösen« eine befreiende Wirkung hat, bestärkt viele Gemeindemitglieder in ihrer Überzeugung, dass es hier um etwas anderes geht, als um die Krankheit.

Es werden Zitate aus dem Neuen Testament herangezogen, die von Dämonenaustreibungen berichten (Mt 8, 28-34 etc.; Apg 16,18). Mit Gebeten um Befreiung will man - im Unterschied zum aktiv eingreifenden Exorzismus - Gott um Erlösung von dem Bösen, den Dämonen und Geistern, bitten. Robert ist auch hiergegen resistent. Aber die Befreiungsbeter geben nicht auf. Da Susanne und Robert über eine Woche in der Gemeinde wohnen dürfen, ergibt sich noch mehr Zeit für das Gebet. Robert läuft mit seinen Qualen nicht nur buchstäblich, sondern wirklich mit dem Kopf gegen die Wand.

Tag 847
Heute werden Susanne und Robert gebeten, die Räumlichkeiten der Gemeinde an diesem Wochenende endgültig zu verlassen. Robert wurde hier leiblich und geistlich versorgt. Der wöchentliche Weg von Augsburg nach Königsbrunn war ihm zu anstrengend und so war er dankbar für die Unterkunft. Doch da sie in den Räumen gemeinsam übernachtet haben, könne dies von den Vorstandsmitgliedern der Gemeinde nicht weiter geduldet werden, so leid es ihnen auch tue. Ein paar Gemeindemitglieder haben sich bei ihnen darüber beklagt, da sie ja nicht verheiratet seien. Für Susanne und Robert bricht eine Welt zusammen. Sie treffen sich in Susannes Wohnung, sprechen über das Ganze. Robert ist über diesen Rauswurf so aufgebracht, wie noch nie vorher.

»Susanne, ich bin völlig fertig. Ich habe die Gemeinde als letzten Rettungsanker gesehen und jetzt das! Wie können die uns so etwas antun?«

»Ja, ich bin genauso fertig, das hätte ich von dem Gemeindevorstand nicht erwartet.«

»Die, die sich da wieder aufgeregt haben, du weißt schon, das waren die, die immer gesagt habe, ich würde zu wenig glauben.«

»Das ist eine Prüfung, Robert. Wir dürfen uns von unserem Glaubensweg dadurch nicht abbringen lassen, hörst du! Satan will unseren Glauben erschüttern.«

»Ja, Susanne, es tut mir leid, dass ich so geredet habe in meiner Enttäuschung. Da müssen wir jetzt zum Gemeindevorstand gehen und um Vergebung bitten.«

»Genau, Robert, das müssen wir! Ich verstehe den Gemeindevorstand letztlich doch in seiner Entscheidung, wenn wir mal objektiv sind. Er konnte wohl nicht anders entscheiden. Lass uns also trotzdem weiter in die Gemeinde nach Königsbrunn gehen.«

»Möge es so sein!«

Tag 848
Robert steht mit Susanne und David vor dem Getränkeausschank des Biergartens im Münchner Stadtpark, wohin sie heute einen Ausflug machen.

»Was willst du trinken, Schatz?«

»Lass uns doch zusammen eine Apfelschorle trinken.« Robert geht zum Schankwirt.

»Eine große Apfelschorle für uns bitte.«
»Wie groß? Eine Maß?«
»Ja genau!« Robert trägt den Maßkrug mit dem nichtalkoholischen Inhalt zum Tisch und sagt zu Susanne, er sei froh, sich endlich in den Schatten setzen zu können, da er die Sommerhitze in seinem Zustand längst nicht mehr vertrage und auch keine direkte Sonne. Aufgrund eines Medikaments bekommt er rote Flecken von der Sonne und zudem Zitteranfälle. Nach dem Genuss der Apfelschorle versucht Robert, den Maßkrug zurück zum Ausschank zu bringen. Doch er kommt nicht weit. Gerade als er an einem kleinen Teich vorbeigeht, bekommt er plötzlich einen heftigen Zitteranfall und stürzt. Er fällt nach hinten in das Wasser und hält den Maßkrug in die Höhe, damit er nicht kaputt geht, anstatt ihn loszulassen. Einige Leute grölen schadenfroh, andere schütteln den Kopf, da sie Robert offensichtlich für einen Betrunkenen halten. Keiner hilft ihm. Susanne eilt herbei und zieht ihn aus dem Teich. Robert ist schockiert über das Verhalten der Umstehenden.

»Wenn ich mit dem Gesicht nach vorne in das Wasser gefallen wäre und das Bewusstsein verloren hätte, wäre ich mit Sicherheit ertrunken. Die typisch deutsche Mentalität geht eben davon aus, dass so etwas nur einem Besoffenen passieren kann. An eine Krankheit denkt kein Mensch!«

»Ja, Schatz, du hast so recht. Herr, vergib ihnen, denn sie wissen nicht, was sie tun!«

Tag 852
Heute lässt sich Susanne taufen. Susanne zieht ihr Taufkleid an. Es ist üblich, dass die Täuflinge ein reinweißes Kleid tragen, das die Reinheit Jesu bzw. des Heiligen Geistes symbolisiert, wie es in der Bibel geschrieben steht: »Er macht unsere Sünden weiß wie Schnee.«

Robert sagt: »Ich erinnere mich an das erste Mal, als ich dich sah. Du schwebtest damals schon durch die Klinik, wie ein Engel. Heute schaust du auch wieder so engelhaft aus, mit deinem Taufkleid.«

»Oh, Robert, ich bin schon total aufgeregt. Am liebsten würde ich jetzt eine Zigarette rauchen, aber Gott sei Dank bin ich ja befreit von diesem Laster. Du schaffst es sicher auch noch!«

»Ich weiß nicht, momentan rauche ich noch recht gern.«

»Schade, dass wir uns nicht zusammen taufen lassen.«

»Ja, Schatz, aber ich will ja nicht, dass der Eindruck entsteht, wir tun es für den Anderen und nicht nur für unseren Glauben.«

»Naja, da hast du schon recht, aber schön wäre es schon gewesen.«

Tag 857
Der Ex-Knacki Franz und der Ex-Beamte Robert sind gute Freunde. Sie haben sich in vielen Gesprächen in der Gemeinde und gemeinsamen Unternehmungen richtig kennen gelernt. Heute treffen sie sich privat.
»Du Franz, ich bin froh, dass sich unsere Frauen auch ganz gut verstehen. Die Margit hat ja der Susanne neulich schon gesagt, dass du alles dafür tun würdest, damit ich wieder gesund werde.«
»Ja, Robert, das würde ich. Für dich würde ich sogar wieder in den Knast gehen, wenn es dir helfen würde, mein Bruder.«
»Vielen Dank, das rührt mich sehr. Aber das wirst du nicht, ich wünsche es dir und mir jedenfalls, dass du da nie wieder rein musst. Du bist ein wertvoller Mensch für uns und die Gemeinde.«

Tag 861
Franz ruft an.
»Du Robert, ich muss dir was erzählen. Gestern war ich doch beim Pater Bertram und der kennt sich mit Kräutern gut aus. Du kennst doch die Pflanze Ysop, oder?«
»Ja klar, die hat doch König David in einem seiner Psalmen erwähnt.«
»Genau, das steht in Psalm 51 Vers ... 7, glaub ich, die Geschichte mit der Bath Seba. ›Entsündige mich mit Ysop und ich werde rein sein; wasche mich, und ich werde weißer sein als Schnee.‹ Diese Pflanze gibt es schon ewig und der Pater meinte, du sollst es doch einmal damit probieren, da sie eine große Heilkraft besitze. Er hat mir aus seinem Klostergarten ein paar Stauden mitgegeben. Wann hast du denn Zeit?«
»Ich hab immer Zeit für dich.«
»Ok, dann komme ich gleich vorbei.«
Eine Stunde später klingelt es an der Tür. Robert öffnet und Franz steht davor, enthusiastisch mit den Sträuchern wedelnd.
»Was hast du denn für ein Kraut dabei? Ich hoffe, es ist nichts, was unter das Betäubungsmittelgesetz fällt?«, scherzt Robert.
»Nein, alles ganz harmlos, rauchen kann man das Zeugs nicht, aber wir zünden es trotzdem an.«
»Was? Anzünden?«
»Ja, der Pater war doch mal bei den Cherokee-Indianern mit seinen Klosterbrüdern. Da hat er mir auch noch ein paar Ohrenkerzen mitgegeben, die zünden wir dann auch noch an.«

»Das ist ja wie Weihnachten. Ok, lass es uns probieren, den ›Joint‹.«

Franz fragt Robert nach einem feuerfesten Gefäß. Robert bringt ihm eine Keramikschale. Franz zupft ein paar Blätter aus den getrockneten Stauden und zerreibt sie in der Schale. Dann zündet er das Ganze an und fächert Robert den Rauch zu. Robert atmet ein und fängt an zu husten.

»Das ist ja ein starkes Kraut, meine Herren!«
»Ja, wenn es zu stark ist, bist du zu schwach!«, lacht Franz.

Robert atmet weiter den Rauch ein und versucht den Hustenreiz zu unterdrücken.

»Und, spürst du etwas?«
»Nein, was soll ich denn spüren?«
»Na ja, irgendeine Wirkung halt.«
»Gut, von einmal inhalieren ... Aber du hast ja noch mehr von dem Kraut, oder?«
»Ja klar, jetzt machen wir noch die Moxibustion.«
»Was ist das denn wieder für Schweinisches?«
»Nix Schweinisches, das ist nur eine Ohrenkerze. Kommt von den Schamanen.«
Das ist ist aber nicht christlich so was?«
»Ja, ok, nicht so direkt. Aber ich habe schon sehr gute Erfahrungen damit gemacht.«
»Also gut, dann steck sie an, die Kerze.«
»Aber du musst dich hinlegen.«
»Geht klar! Aber nicht, das du jetzt dein Indianerkostüm anziehst und irgendwelche Gesänge anstimmst.« Robert lacht.
»Nein, keine Angst!«

Robert legt sich auf die Seite und Franz steckt die lange schmale Kerze in sein Ohr. Er zündet sie an und wartet bis sie abgebrannt ist. Robert schläft dabei ein.

»Es scheint zumindest zu entspannen.«, meint Franz.

Franz sucht immer weiter nach Möglichkeiten, die das Leiden von Robert heilen würden, oder zumindest lindern. Franz gehört zu den Menschen, die Robert wirklich helfen wollen und nicht nur verbale Inkontinenz vom Stapel lassen.

Zwischen innerer Heilung und Befreiungsdienst

Tag 896
Über seine Glaubensgemeinschaft kommt Robert zu der »Christlichen Fachklinik für Psychosomatik Brand« in Kronstadt im Schwarzwald. Gemeindemitglieder, die Seelenkrebs und Epilepsie auf Dämonie zurückführen und bereits um biblische Befreiung für Robert gebetet hatten, haben ihm diese Klinik empfohlen. Robert ist mit Susanne auf dem Weg nach Kronstadt. Er beginnt zu zweifeln, ob es die richtige Entscheidung war.

»Warum soll man das mit dem Befreiungsdienst nicht weiter versuchen, wenn es irgendwann mal hilft, aber ich glaube nicht, dass die in der Brand-Klinik so was machen, da würde die Krankenversicherung ja sofort protestieren!«

»Ja, Befreiungsdienste machen die in der Klinik glaub ich auch nicht. Aber du solltest das schon nochmal in der Gemeinde in Königsbrunn versuchen, wenn das hier wieder nichts bringt, weil unser Pastor Tauber hat da durch Jesus schon zwei Frauen von Schizophrenie befreit, da war ich selber dabei.«

Nach einer anstrengenden Fahrt erreichen Robert und Susanne die Anhöhe mit der Brand-Klinik. Walter Merz, der Leiter der christlich-psychologischen Einrichtung begrüßt die beiden herzlich und zeigt ihnen gleich das Zimmer und alle Einrichtungen. Robert interessiert sich nicht für die schöne Gegend. Merz merkt Robert offensichtlich an, dass er sehr aufgewühlt ist und bittet ihn zu einem Gespräch bei Kaffee und Kuchen in sein sonniges Büro.

»Lieber Robert, liebe Susanne, wollt ihr einen Kaffee? Nehmt Platz. Lasst uns uns erst einmal gemeinsam um innerliche Ruhe beten. Lasst uns die Augen schließen.«

Der Klinikleiter schließt sein Gebet ab mit den Worten: »Wir denken an Jesus Christus, stecken dabei alle unsere verletzten Gefühle sowie unsere Ängste und Sorgen zusammen in einen Sack, schnüren ihn zu und laden ihn unserem Herrn Jesus ans Kreuz, der durch seinen Tod am Kreuz und sein Blut all unsere Sünden getragen und weg gewaschen hat. Wir danken ihm, dass wir unsere Sünden nicht mehr tragen müssen und er ein liebender Gott ist und wir uns unsere Erlösung nicht durch irgendwelche Werke verdienen müssen.« Nach dem gemeinsamen Gebet fragt Merz Robert, was er denn dabei gespürt und vielleicht gesehen habe.

»Nachdem ich die Augen schloss, habe ich ein Karussell gesehen, so ein Kinderkarussell, wie es auf dem Oktoberfest steht und das hat sich ständig gedreht und gedreht.« Merz nickt bedächtig.

»Siehst du Robert, das symbolisiert deine derzeitige Verfassung. Du steckst in diesem Karussell und alles dreht sich um dich, immer nur um dich selbst. Der Heilige Geist schickt uns immer genau die richtigen Bilder. Lasst uns auf Gott hören, was er uns zu sagen hat.« Merz schließt die Augen für drei Minuten und schweigt. Dann schaut er Robert mit festem Blick an.

»Ich freue mich auf unsere gemeinsame Arbeit und heiße dich nochmals herzlich willkommen in unserer Gemeinschaft.«

Tag 899
Das »Ruhen im Geist« begegnet Robert heute in seiner Therapie. Während des Lobpreises kommt es immer wieder dazu, dass Patienten rücklinks umfallen. Robert kennt dies bereits. In Toronto ist es vor ein paar Jahren hunderten von Christen fast gleichzeitig passiert. Seitdem spricht man von der »Torontowelle«.

Robert hört dem Pastor zu: »Wahrlich, ich sage euch: Wenn ihr etwas auf der Erde binden werdet, wird es im Himmel gebunden sein, und wenn ihr etwas auf der Erde lösen werdet, wird es im Himmel gelöst sein.« Nein, er würde nicht umfallen, auf keinen Fall, murmelt Robert mehrmals. Da beobachtet er die Alexandra, wie sie wieder einmal unvermittelt umfällt, wie fast jedesmal. Doch es geht scheinbar von ihr selbst aus. Da Alexandra sehr beleibt ist, braucht es drei Mann, sie wieder aufzurichten.

Tag 900
Robert äußert Susanne gegenüber beim abendlichen Telefongespräch die hoffnungsvolle Erwartung, dass Gott direkt und unmittelbar zu dem Seelsorger spreche und ihm eine Weisung für die Seelsorge gebe. Die Seelsorger begründen dies immer wieder durch innere Bildvorstellungen. Robert berichtet, das Konzept von Merz sehe hierbei mehrere Phasen vor. Die inneren Bilder kämen in der Phase »Stille vor Gott«. Hier werde bewusst eine Zeit der Ruhe und Besinnung eingehalten, in der Seelsorger und Ratsuchende auf Gott hören und ihn um Lösungen und Antworten bitten sollen. Die Erwartung, dass Gott unmittelbar durch innere Bilder in den Seelsorgeprozess eingreift und Weisungen erteilt, hätten fast alle Patienten hier. Robert sei laut seinem Therapeuten noch nicht in der Lage, zwischen eigenen Bildern und den Bildern Gottes zu unterschieden. Er vertraue auf ihn, antwortet er. Schließlich hätten die Therapeuten einige Prüfkriterien, die er aber nicht im Einzelnen kenne. Die Umgebung der Klinik ist wunderschön und die Mitpatienten, die nicht so schlimm dran sind, wie Ro-

bert, können es auch eher genießen und unternehmen einige Ausflüge, wie nach dem schönen Freudenstadt mit dem größten bebauten Marktplatz Deutschlands. Neben der eigentlichen Therapie gibt es auch viele Stunden der Bibelarbeit.

Tag 904
Während des Gruppengesprächs beschreibt ein Mitpatient dem Seelsorger, was er gerade gesehen hat.
»Ich sah, wie mir Gott seine geöffnete Hand hingehalten hat und darauf lag eine blutige Leber. ›Was soll das bedeuten?‹, hab ich gefragt. Da hat Gott mir geantwortet: ›Lese es rückwärts!‹ Ich buchstabierte: ›R e b e l!‹. Was soll mir das sagen?«
»Ich bin sehr froh über dieses ungemein plastische Bild. Das ist ganz sicher ein Hinweis darauf, dass du gegenüber deinen Mitmenschen rebellisch bist.«
Die Anwesenden sinnieren und schweigen andächtig.

Tag 908
Merz erklärt Robert beim morgendlichen Lobpreis das nach einer charismatischen Weltanschauung ausgerichtete Konzept der Brand-Klinik.
»Wir gehen nicht von einem Leib-Seele-Modell des Menschen aus, sondern der Mensch ist Leib, Seele und Geist. Sehr viele Probleme sind im geistlichen Bereich verankert, es gibt eine unverarbeitete Schuld oder auch ein ›Nicht-Vergeben-Können‹ Anderen gegenüber. Unsere vollmächtigen Seelsorger wurden von Gott zu dieser Aufgabe berufen. Du bist also durch uns und bei uns fest in Gottes Hand, Robert. Nur der feste Glaube an Gott kann Wunder bewirken.«

Tag 911
Robert erzählt Susanne, die heute zu Besuch da ist, von seinen Erlebnissen.
»Weißt du, jeder Mensch hatte doch schon einmal eine Halluzination. Eine Halluzination ist nur eine Sinnestäuschung, die trügerische Wahrnehmung von etwas, was nicht in der Wirklichkeit existiert. Jede Nacht halluzinieren Millionen von Menschen. Sie träumen. Solche Halluzinationen werden bei mir nur durch die Medikamente ausgelöst. Ich erzähle es aber keinem Menschen, außer dir, da wir ja jetzt wissen, dass es sich um Halluzinationen handelt. Die erste von insgesamt drei solcher Halluzinationen hatte ich vorgestern beim Aufwachen. Ich lag auf dem Rücken im Bett, schlug die Augen auf und sah eine etwa ein bis zwei Meter große Spinne direkt an der De-

cke über mir. Sie ließ sich gerade an ihrem Faden auf mich herunter. Instinktmäßig rollte ich mich blitzschnell über meine rechte Schulter aus dem Bett ab und landete auf dem Fußboden. Die Spinne sah wirklich bedrohlich aus, mit ihren langen behaarten Füßen. Ich stand auf, in der Erwartung die Spinne in meinem Bett zu sehen. Aber da war natürlich keine. Danach tauchte die Spinne nie wieder auf. Die nächste Nacht wachte ich auf und musste auf die Toilette gehen. Als ich meine Bettdecke umschlug, war ich etwas erstaunt. Ich hatte einen kurzen Schlafanzug an. Ich traute meinen Augen kaum. Ich leuchtete grün. Es sah so aus, als ob auf jedem einzelnen Haar von mir Phosphor leuchtete. Ich fand das sehr praktisch, konnte ich doch jetzt sinnvoll als Stehlampe fungieren. Irgendwann hörte ich wieder auf zu leuchten. Gestern, bei meiner letzten Halluzination, sah ich kleine Mainzelmännchen in der Nacht an der Wand von unten nach oben und umgekehrt klettern. Vielleicht hatte ich das alles auch nur geträumt. Egal, es bleiben auf jeden Fall Halluzinationen. Mit Stimmen-Halluzinationen kann ich allerdings nicht dienen, obwohl ich neulich die Frage von meinem Therapeuten, ob ich denn Stimmen hören würde, mit ›Ja‹ beantworten musste. Ich hab ihm gesagt: ›Klar höre ich Stimmen. Wenn ich mit dir rede, telefoniere, Fernsehen schaue, usw..‹ Die korrekte Frage müsste lauten: ›Hörst du Stimmen, die nicht wirklich existieren?‹ Darauf kann ich nur ein klares ›Nein‹ als Antwort geben, hab ich dem gesagt.«

»Und, was hat er darauf geantwortet?«

»Jesus Christus führt jeden auf den Weg, der sich zu ihm bekennt. Der Versuchungen zu widerstehen, die die Bilder der Dämonen bergen, ist ein langer Weg der Heilung. ›Lass uns beten‹, hat er gemeint.«

»Ich habe Angst um dich, Robert, lass nicht zu, dass solche Kräfte Macht über dich gewinnen mit diesen Bildern. Komm mit zu Pastor Tauber und lass uns dort nochmal den Befreiungsdienst versuchen.«

Tag 916
Robert hat nach den Halluzinationen nun Albträume von Dämonen und vom Teufel, die ihn heimsuchen. Er wacht auf und schlägt seine Bibel auf.

Auf der aufgeschlagenen Seite liest er laut die Worte von Paulus: »Ich will aber nicht, dass ihr Gemeinschaft habt mit den Dämonen. Ihr könnt nicht des Herrn Kelch trinken und der Dämonen Kelch.«

Dann liest er weiter: »Ihr könnt nicht am Tisch des Herrn teilnehmen und am Tisch der Dämonen.«

Robert äußert seinem Seelsorger gegenüber die Angst, dass man ihm seine Medikamente wegnimmt. Der Heilungsdienst hat bei ihm noch keine Wirkung gezeigt. Er endet heute wieder mit der Handauflegung und den Worten: »Christus hat unsere Krankheit getragen.« Dann wird Jesaja, Vers 53,4 zitiert: »Jedoch unsere Leiden, er hat sie getragen, und unsere Schmerzen, er hat sie auf sich geladen.«

Am Abend sieht er in den Nachrichten, dass Feldwebel Alexander Arndt heute in Kambodscha von Unbekannten als erster Soldat der Bundeswehr bei einem Einsatz der Vereinten Nationen getötet wurde. Er spricht darüber mit seinem Seelsorger. Er sei damals vor seiner Bekehrung zu Jesus immer gern bei der Bundeswehr gewesen und habe sich in seinem Spezialkommando bis zum Letzten verausgabt. Sie wollten ihn unbedingt behalten und er sah sich schon als Berufssoldat. Dann wäre er vielleicht nun an der Stelle dieses armen Soldaten gewesen. Irgendwie wühle ihn die Sache auf. Der Seelsorger versucht Robert zu beruhigen.

Tag 919

Robert beobachtet einen jungen Mann, wie er vorsichtig die Türe öffnet, sich aber nicht traut hereinzukommen.

»Das Gesicht kommt mir bekannt vor«, sagt er zu seinem Tischnachbarn.

»Ah, ich hab's, das ist doch der Peter Alexander.«

»Der hier? Nö, glaub ich nicht.«

Wieder geht die Tür langsam auf und ein ängstliches Gesicht erscheint kurz.

Robert geht zur Tür und öffnet sie.

»Hallo komm doch rein, ich bin der Robert. Ich war ganz verblüfft und dachte schon es wäre der ...«

Der vermeintliche Peter Alexander schleicht langsam wie eine Schnecke herein und öffnet sich gegenüber Robert.

»Dass ich der Peter Alexander bin, ja das passiert mir öfters. Nein mein Name ist Paul. Ich komme aus Wien.«

»Wegen was bist du hier? Nein sag´ nichts, weiß schon. Angstneurose?«

»Stimmt, woher weißt du? Ich habe Angst, mich oder andere zu verletzen, weißt du.«

Nicht psychisch, nein physisch. Ich öffne Türen nur ganz langsam und vorsichtig, oder gar nicht. Ich mache sie einen Spalt weit auf und schaue dann, ob dahinter niemand steht. Ich mache die Türe dann wieder zu, bis ich es irgendwann doch wage.«

»Du, vielleicht kann ich dir ja helfen. Ich kenne mich da mittler-

weile schon ganz gut aus.«
»Ja, meinst du wirklich. Da wäre toll.«

Tag 926
Heute hat Robert Paul soweit gebracht, dass er Türen bereits relativ schnell öffnet. Robert spricht nicht wie ein Therapeut mit ihm, da er sich in ihn hineinversetzen kann. So kommt er an ihn eher heran, als die Therapeuten. Paul schaut zwar immer noch hinter die Türe, geht dann aber schon zügig durch. Sogar bei Türen aus Glas, welche bisher besonders schwer für ihn waren, besonders wenn sie aus milchigen Glas sind. Auch die Angst, sich im Freien zu bewegen und sich zu verletzen ist groß. Aber auch hier zeigen sich erste Erfolge. Robert geht mit ihm fünf bis zehn Minuten lang vor der Klinik im schönen Schwarzwald spazieren. Das sind tolle Erfolge für ihn, die auch ihm wieder ein Stück Zuversicht bringen.

Tag 931
Als Robert nachmittags aus seinem Zimmer durchs Fenster schaut, beobachtet er Paul, wie dieser ganz alleine ein paar Schritte vor der Klinik tut. Robert betet erfreut für ihn.
»Super, dass du das geschafft hast, Paul!«

Tag 963
Robert spricht in der Therapie zunehmend von Schuldgefühlen, in Zusammenhang mit seinen Bitten um Gesundung und diese von Gott einzufordern oder gar zu erzwingen. Sicher habe derjenige größere Gnade empfangen, der seine körperliche Krankheit mit Gottes Hilfe tragen kann und auch darin dankbar sei, als derjenige, der eine Heilung erfahren habe. Er erzählt seinem Therapeuten vom Pastor seiner früheren Gemeinde, der auf einer Gemeindefreizeit zu seiner Gemeinde sprach: »Schaut nicht auf das, was Robert nicht mehr kann, sondern auf das, was er noch kann.«

Tag 1013
Robert sitzt im Büro von Merz. Dieser teilt ihm mit, dass die Klinik es leider versäumt habe, bei der Krankenversicherung eine weitere Verlängerung der Therapie zu beantragen. So müsse Robert damit rechnen, bei einer Verlängerung die Kosten selber tragen zu müssen. Robert entscheidet sich zum Abbruch der Therapie, da er einen weiteren Aufenthalt aus eigenen Mitteln nicht finanzieren kann. Er verabschiedet sich von den Mitpatienten und Therapeuten, die sich über den plötzlichen Abbruch sehr wundern. Dann ruft er seine Eltern an.

Diese haben ein Wochenende lang Urlaub im Schwarzwald gemacht, um ihn zu besuchen, und wollten eigentlich schon zurückfahren. Robert hat Glück, dass sie gerade noch nicht abgereist sind und ihn heute nach Augsburg mitnehmen.

Tag 1015
»Ein psychiatrischer Gutachter stellt die Behauptung auf, dass 80 Prozent aller Gutachten - hier speziell für das Gericht - mangelhaft oder sogar falsch seien!«, liest Robert Susanne aus einem Artikel vor. »Ich kann diese Aussage vollkommen nachvollziehen. 50 Prozent meiner psychiatrischen Berichte sind ebenfalls schlichtweg einfach falsch und somit gelogen, 25 Prozent sind verdreht worden und nur 25 Prozent entsprechen der Wahrheit, in erster Linie Blutbild, EKG, EEG, usw.. Das bestätigt genau den Abschlussbericht von dem Merz, Schatz. Ich lese dir mal vor, was ich dem gerade geschrieben habe:
›Sehr geehrte Damen und Herren,
Ich befand mich fast fünf Monate in Ihrer stationären Behandlung. In Ihrem Abschlussbericht ist nun leider Folgendes zu lesen: ›Die Aufarbeitung der Beziehung zu den Eltern und die Analyse des Familiensystems konnte mit Herrn Winterkorn nur unzulänglich erreicht werden. Die noch nicht ganz erfolgte Ablösung von den Eltern zeigt sich dadurch, dass er sich bei Therapieende von seinen Eltern hier in der Klinik abholen ließ. Hier ist noch eine weitere Loslösung vom Elternhaus mit entsprechender Fortführung der Individuationsbemühungen des Patienten zu bearbeiten ...‹« Susanne schaut Robert ungläubig an und unterbricht ihn.

»Was soll das denn heißen? Die können das doch nicht auf deine Eltern schieben. Warum sollen die dich denn nicht abholen? Das kapier ich nicht.« Robert schlägt mit der Faust wütend auf den Tisch.

»Aber genau das hat Dr. Merz geschrieben. Sowas muss ich mir nicht bieten lassen von denen, das ist ja wohl das Letzte! Den Bericht müssen die neu schreiben, das kann ich nicht auf mir sitzen lassen. Loslösung von den Eltern, pah! Die wollten von mir die Loslösung meines Geldes für einen weiteren Aufenthalt in ihrer Klinik. Wäre es wohl therapeutisch besser gewesen, mit meinem schweren Gepäck mit dem nächsten Bus in die Stadt zu fahren, um von dort mit der Bahn die Rückreise anzutreten, obwohl meine Eltern noch vor Ort waren? Das ist so eine Unverschämtheit von denen. Und dann steht auch noch was von Wundererwartung in dem Bericht. Werfen sie mir das jetzt auch noch vor? Was für ein Christ wäre ich, wenn ich diese Erwartung nicht hätte? Außerdem wurde die doch durch die Therapeuten und die Therapie erst richtig geschürt!«

»Reg dich nicht auf, Robert, das bringt jetzt auch nichts mehr.«

»Susanne, das kann ich nicht auf sich beruhen lassen, das steht dann alles in meiner Krankenakte, diese Lügen. Ich lese dir jetzt vor, was ich weiter geschrieben habe:

»›Es war kurz vor Weihnachten und meine Eltern kamen mich besuchen. Am 21. Dezember hatten wir den allmorgendlichen Lobpreis. Ich wurde während dieser Therapie zu Herrn Dr. Merz gerufen. Dieser teilte mir mit, dass es von der Klinik versäumt wurde, eine Verlängerung für meine weitere Therapie in der Klinik zu beantragen. Die Alternativen waren, dass ich entweder in der Klinik bleibe und damit rechnen muss, die weiteren Kosten selber zu bezahlen, oder andernfalls entlassen werde. Ich entschied mich für die Entlassung, da ich kein Geld hatte, den weiteren Aufenthalt aus eigener Tasche zu finanzieren. Da kam mir doch glatt die Idee, dass meine Eltern möglicherweise noch nicht auf der Rückfahrt nach Augsburg waren und sie mich daher mitnehmen könnten. Ich rief in der Pension an, in der sie sich für das Wochenende eingemietet hatten, und sie waren tatsächlich noch nicht abgereist. Ich teilte ihnen mit, dass ich, aus oben besagten Gründen, mit ihnen zurück nach Augsburg fahren würde. Nun stellt sich für mich natürlich die Frage: Warum sollte ich nicht mit meinen Eltern nach Augsburg zurückfahren? Wäre es therapeutisch besser gewesen, mit meinem schweren Gepäck mit dem nächsten Bus in die nächste Stadt zu fahren, um von dort mit der Bahn die Rückreise nach Augsburg anzutreten, obwohl meine Eltern noch vor Ort waren? Entschuldigung, aber jeder vernünftig denkende Mensch dürfte genauso gehandelt haben wie ich. Meine Eltern kamen ursprünglich nicht, um mich abzuholen, sondern um mich zu besuchen. Das Weitere ergab sich von selbst. Sie können mir glauben, dass eine Loslösung von meinen Eltern schon längst erfolgt war, aber eine Loslösung meines Geldes für den weiteren Aufenthalt in Ihrer Klinik wohl noch nicht. Hat die christliche Brand-Klinik es nötig, hier bewusst die Unwahrheit zu verbreiten, nur um einen Fehler ihrerseits nicht zugeben zu müssen? Diesen Sachverhalt können genügend Leute (meine Eltern, meine Frau, Mitpatienten - die sich sehr über den plötzlichen Abbruch der Therapie wunderten -, sonstige Personen) bestätigen. Ich bitte Sie hiermit, den wahren Sachverhalt in den Bericht aufzunehmen, und um eine schriftliche Benachrichtigung (für meine Krankenakte). Auch einige andere Dinge in dem Abschlussbericht entsprechen nicht der Wahrheit, oder wurden falsch wiedergegeben. Hierfür müsste fast der halbe Bericht neu geschrieben werden. Aber auch bei anderen Kliniken finden sich immer wieder sonderbare Aussagen, die man als Betroffener nicht nachvollziehen kann. Ich möchte nur noch

kurz ein Beispiel aus Ihrem Bericht anführen, ›Wundererwartung‹. Diese wurde durch die Therapeuten und die Therapie erst richtig geschürt. Was für ein Christ wäre ich, wenn ich diese nicht hätte? Ich wünsche Ihnen, der Klinik, den Ärzten und Therapeuten Gottes reichen Segen und vor allen Dingen mehr Mut zur Wahrheit.
Mit freundlichen Grüßen Robert Winterkorn‹
Was sagst du dazu?«
»Ich glaube nicht, dass die sich davon beeindrucken lassen. Aber du hast schon recht. Bin gespannt, was die antworten.«

Tag 1064
Susanne bringt die Post. Es ist ein Brief der Brand-Klinik dabei. Robert reißt ungeduldig das Kuvert auf und liest vor:
»›Sehr geehrter Herr Winterkorn,
Ich bestätige den Eingang Ihres oben genannten Schreibens. Der ganze Vorgang bezieht sich auf eine Zeit, an der ich noch nicht an der Brand-Fachklinik tätig war. Insofern kann ich inhaltlich dazu keinerlei Stellung nehmen. Ich wünsche auch Ihnen Gottes reichen Segen und verbleibe mit freundlichen Grüßen
Dr. med. R. Sichel
Leitender Arzt‹.
Ok, ich habe ehrlich gesagt keine andere Nachricht erwartet. Aus Vernunftgründen ist es wohl besser, die Angelegenheit nicht weiter zu verfolgen, da man sonst noch als Querulant abgestempelt wird, auch wenn man die Wahrheit an den Tag bringen will. Enttäuscht bin ich schon. Immerhin habe ich nach der Entlassung aus der Brand Klinik noch mehrere ambulante Termine dort wahrgenommen, obwohl ich dadurch 550 km am Tag fahren musste.«
»Willst du es nicht doch noch bei Pastor Tauber versuchen, Schatz?«
»Ach, hör mir doch mit dem endlich auf!«

Tag 1083
Robert wird vom Freistaat Bayern endlich in den endgültigen Ruhestand versetzt, nachdem der Amtsarzt das Ministerium davon überzeugen konnte, dass Robert auf Dauer dienstunfähig sei und daher nicht mehr verwendungsfähig.
Robert gibt diese Neuigkeit auf der Geburtstagsfeier zu seinem 30. bekannt. Die ganze Familie ist mit ihm.
»Dann hast du es ja endlich geschafft, Bruderherz.« Sein älterer Bruder legt ihm die Hand auf die Schulter.
»Was heißt geschafft? Glaub mir, ich würde tausendmal lieber

arbeiten und zwar gesund, als in meinem Alter schon pensioniert zu sein.«

Kurz darauf sagt er zu Susanne: »Die Feier strengt mich doch wieder sehr an, es ist gleich 22 Uhr, bring mich doch bitte nach Hause. Die Sicherheit, nun mein Dienstverhältnis durch die Pensionierung endlich abgeschlossen zu haben, beruhigt mich immerhin doch etwas. Da habe ich eine Sorge weniger.«

Tag 1085
Auf seiner langen Odyssee durch die Arztpraxen Deutschlands trifft Robert heute auf einen Arzt, dessen Frau eine neue Therapie aus den USA nach Deutschland gebracht hat. Prof. Unterweger hat ihn an den Internisten Dr. Kant überwiesen. Der Internist ist ein Freund des Heidelberger Palladium-Professors. Eilig kommt er Robert bereits im Vorzimmer entgegen und führt ihn nach kurzem Handschlag in sein Behandlungszimmer.

»Herr Winterkorn, guten Tag, nehmen Sie Platz.« Der Arzt kommt gleich zur Sache: »Ja, Sie haben Pilze im Darm. Wir haben in Ihrer Stuhlprobe ... lassen Sie mich noch mal schauen ... ja genau, Sie kommen ja von Professor Unterweger. Ich habe alle Unterlagen von ihm bekommen ... Also wir konnten Sporen von drei verschiedenen Schimmelpilzen feststellen, die dort absolut nicht hingehören. Daher sicher auch ihre Beschwerden, nicht wahr?!«

»Meine Beschwerden sind doch eher ein paar Etagen höher angesiedelt, denke ich«, entgegnet Robert.

»Alles Übel kommt vom Darm, junger Mann. Glauben Sie mir, wenn Ihr Darm erstmal gründlich saniert ist, sind Sie wieder ein neuer Mensch. Der Professor kümmert sich um Ihren Kopf und wir kümmern uns um den Darm, um das Übel an der Wurzel zu packen. Kennen Sie sich schon aus, ich meine wissen Sie schon, was Sie erwartet? Nein? OK, Sie bekommen insgesamt zwölf Anwendungen zweimal wöchentlich. Bei der von uns modifizierten Hydrokolontherapie handelt es sich um eine weiterentwickelte Darmspülung, auch bekannt als Einlauf, da haben Sie sicher schon mal was davon gehört. Bei der Behandlung leiten wir etwa zehn Liter Wasser in ihren Darm, ohne Druck, da brauchen Sie sich gar nichts zu denken, das ist wie eine Dusche von innen. Die Temperatur beträgt abwechselnd angenehme 21 und 41 Grad. Dieser Temperaturwechsel wird sich sehr positiv auf Ihre Darmtätigkeit auswirken. Zusätzlich erhalten Sie eine leichte Massage der Bauchdecke. Die Darmspülung wird in einer Stunde neben älteren Verdauungsresten alle schädlichen Bakterien und Hefepilze ausspülen. Nach der Reinigung werden wir dem Wasser noch reinen Sauerstoff zugeben, das desinfiziert zusätzlich biologisch. Alles biologisch und ohne Zusätze. Ich weise noch darauf hin, dass die Kosten von ihrer Krankenversicherung nicht voll übernommen werden, daher dürfen Sie mir hier noch eine Kostenübernahmeerklärung unterschreiben.«

»Und Sie meinen, dass das wirklich was bringt für meinen Seelenkrebs? Ich meine mit meinem Darm hab ich ja eigentlich keine größeren ...«

»Nun, das spüren Sie vielleicht nicht gleich, aber die Pilze haben Auswirkungen auf Ihren gesamten Organismus und Ihr Darm ist schon ziemlich stark von Pilzen befallen. Es sind sogar schon welche im Blut nachzuweisen.«

»Gut, dann lassen Sie es uns versuchen. Es ist nicht so leicht für mich, zweimal die Woche zu Ihnen zu kommen. Die Praxis liegt zwar nicht so weit von der U-Bahn-Station entfernt, aber für mich ist das trotzdem an der Grenze des Machbaren. Ich wohne zur Zeit bei meinen Eltern. Die können mich notfalls ja herfahren.«

»Prima, dann kommen Sie doch gleich in fünf Tagen zu meiner Assistentin, Frau Swanson. Sie ist Amerikanerin, versteht aber Deutsch. Die Haftungsausschlusserklärung hier bekommen Sie mit, die lesen Sie sich in Ruhe durch und bringen sie unterschrieben wieder, alles nur reine Formsache. Ach ja, fast hätte ich es vergessen. Sie sollten noch eine Diät einhalten ab Morgen. Meine Sprechstundenhilfe gibt ihnen einen Plan mit. Ich darf mich gleich verabschieden, muss dringend zum Golfclub, meine Geldbörse abholen, hatte ich liegenlassen. Ja, was man nicht im Kopf hat ... Schönen Tag noch und auf Wiedersehen.«

Tag 1090
Robert wird von seiner Mutter auf dem Weg zur Praxis des Darmspülers begleitet. Er muss sich alle paar Meter hinsetzen.

»Mutter, mir geht es heute noch schlechter, da ich nicht weiß, was auf mich zu kommt.«

»Ja, ich weiß schon, das ist nicht so einfach. Aber unsere Nachbarin, die Frau Bichlmaier, die hat das kürzlich auch machen lassen und jetzt geht es ihr wieder besser.«

»Ja, mir steht die ganze Scheiße schon bis zu den Ohren und ich hoffe, dass ich das damit los werde. Schlimmer kann es eh nicht werden.«

Es ist der erste sonnig-warme Tag im Frühling, was die ganze Angelegenheit für ihn noch erschwert. In der Praxis angekommen, geht er in den Behandlungsraum, wo auch schon die Assistentin auf ihn wartet.

»Hallo Frau Dr. Swanson.«

»Hello Herr Winterkorn. Only Swanson, no Doktor! Schön, dass Sie sich doch haben zu Behandlung entschlossen. Was macht das Darm? Haben Sie das Diät eingehalten?«

»Ja nun, es ist einfach schwierig, diese Diät einzuhalten, ohne jeden Zucker, Kohlenhydrate usw. Ich habe es versucht, aber ich merke, dass ich vielleicht nicht ganz durchhalten werde. Obwohl, ich fühle mich schon etwas erleichtert. Die Lage ist natürlich insgesamt noch immer beschissen. Kleiner Scherz, Frau ›Doktor‹.«

»Oh, was bedeuten beschießen? Shooting? Wir nicht schießen hier. Don't worry! Machen Sie sich schon mal untenherum frei und legen sie sich auf die Liege there. Sie kennen ja den Ablauf schon, don´t you? Oh no, I see, Sie sein ja erstes Mal da, sorry. Also Sie brauchen nicht haben Angst, es ist alles ganz harmlos.«

Robert entkleidet sich und wuchtet seine mittlerweile 95 Kilos Lebendgewicht ächzend auf die Liege, die bereits anfängt quietschende Geräusche von sich zu geben, was Robert nicht gerade zu beruhigen scheint. Die Assistentin bedeckt seine Blöße mit einem OP-Tuch. Jetzt beginnt es ernst zu werden.

»Entspannen Sie sich, Herr Winterkorn, es wird nichts passieren Schlimmes! Gleich wird sich das Darm über ein cosy-warmes Dusche freuen.« Robert schließt die Augen, um sich zu entspannen. Doch es gelingt ihm offensichtlich nicht. Der Seelenkrebs hat Vieles in ihm abgetötet, doch den Sinn für Erotik vermochte er bislang noch nicht ganz zu töten. Er blinzelt und lugt aus einem Auge zu der wasserstoffblonden Assistentin, die mit ihren prallen roten Lippen, den drallen Proportionen und dem sehr engen und sehr kurzen weißen Kittel aussieht, wie einem einschlägigen Hochglanzmagazin entsprungen. Das Beruhigungsmittel, das er vorsichtshalber in hoher Dosis genommen hat, versetzt ihn in eine leichte Trance. Gefällig beobachtet er die junge Assistentin aus den Augenwinkeln, wie sie auf einen Tritt steigt, um Desinfektionsmittel aus dem Hängeschrank zu holen. Dabei erhascht er einen kurzen Blick unter ihren Kittel und angesichts des offensichtlich fehlenden »Darunters« kommt er noch mehr ins Schwitzen, als er es bei der Hitze ohnehin schon tut. Er schickt ein Stoßgebet und bittet um die Kraft, unkeuschen Gedanken zu widerstehen. Sie steigt wieder herunter, lächelt Robert an und holt aus einer Art Waschmaschine ein langes Rohr mit einer abgerundeten Spitze hervor, das aussieht wie ...

Robert fährt aus seinen Träumen, springt hoch und ruft erschrocken: »Scheiße, jetzt kommt sie mit einem Vibrator!«

Er scheint sich einen Augenblick nicht sicher, ob es ein Traum war, oder Realität. Wiedermal ein Problem der Derealisation? Doch das Rohr ist real. Errötend fügt er hinzu: »Sorry, aber das Rohr schaut ja wirklich so aus, wie ein Vibrator, nicht wahr, Frau ›Doktor‹?«

»What you mean, Herr Winterkorn, what is ›Wie Bratrohr‹?« Die Assistentin blickt Robert ratlos an.

»Ist schon gut, Frau ›Doktor‹, schieben Sie das Ding rein und gut ist.«

Mit einen süffisanten Lächeln führt die Assistentin das Spülrohr langsam und vorsichtig in Roberts After ein. Sie schaltet das Gerät an. Jetzt wird Wasser mit Kräutern durch seinen Darm gepumpt. Durch ein Sichtfenster in der »Waschmaschine«, kann er sehen, wie der ganze »Dreck« rausgespült wird und die Pilzgeflechte abgehen. Robert stöhnt.

»Alles in Ordnung, Herr Winterkorn?«

»Ja, es tut gut, wenn der ganze Scheiß endlich raus ist. Warum gibt es so was nicht für den Kopf?«

»Wie für den Kopf? What do you mean?«

»Da könnte man die ganze Scheiße aus meinem Kopf holen. Diese Seelenkrebsscheiße.«

»Shit happens!«, meint die Assistentin lakonisch und wendet sich wieder ihrer Waschmaschine zu. Sie massiert Roberts Bauch, damit der Darminhalt leichter abgeht. Anschließend stellt sie den Timer ein und überlässt Robert kurz seinem Schicksal. Nach zehn Minuten kommt sie wieder in den Behandlungsraum mit leicht verwischtem Lippenstift und einem abgerissenen Knopf an ihrem Kittel.

»Alter Schwede, der Doc lässt es ja ganz schön krachen!«, murmelt Robert.

Frau Swanson staut nun mehrmals das Wasser in seinem Darm für einige Sekunden und lässt es wieder fließen. Nach 45 Minuten Spülung rinnen die Schweißperlen über sein Gesicht.

»Halten Sie durch, Mister Winterkorn. Noch zwanzig Sekunden und sie haben geschlagen unseren Champ!« Robert ächzt wie eine alte rostige Bettfeder. Die zwanzig Sekunden dehnen sich endlos. Dann erlöst ihn das Rasseln des Timers.

»Bravo! Good Job! Solange es hat bisher keiner ausgehalten bei erstes Mal!«, lobt die leicht derangiert erscheinende Assistentin ihren tapferen Patienten.

»Ja, nicht wahr, im End-Einlauf hab ich nochmal richtig zugelegt. Was krieg ich jetzt als Preis?«

»Ein Darm wie das eines Babies, ist das nichts, Herr Winterkorn?«

Als die ganze Prozedur vorbei ist, drückt ihm Frau Swanson einige Ausgaben der Regenbogenpresse in die Hand, und schickt ihn auf die Toilette. Da sitzt er für fast dreißig Minuten, um die Gase und das Wasser aus dem Darm wieder los zu werden. Bei der Lektüre eines Königsblattes entfleucht ihm der erste »Erfolg« der Prozedur.

»Das gibt ja ein schönes Blaskonzert!«, brummt er vor sich hin. Aus Sicherheitsgründen bleibt er noch etwas länger auf der Toilette. Er will nicht von so einem Anfall in der U-Bahn überrascht werden, nur von seiner Mutter begleitet sicher nach Hause kommen, was ihm auch gelingt. Wieder daheim verbringt er noch einige Zeit auf dem Örtchen, bevor er Susanne telefonisch berichtet, dass er sich im Leib etwas befreiter fühle. Dass ihn die zweibeinige Motivation in Blond bestärkt, die restlichen Therapiestunden noch durchzuziehen, erwähnt er besser nicht.

Kampf mit Pfunden und Befunden

Tag 1092
Robert lebt seit der Entlassung aus der Brand-Klinik wieder bei seinen Eltern, da er nicht alleine zu Hause bleiben will und kann. Als bibeltreuer Christ will er vor der Ehe nicht mit Susanne zusammenwohnen. Sie wollen ihrer Gemeinde ein gutes Beispiel geben. Die Hydrocolon-Therapie des Dr. Kant hat zwar keine Auswirkung auf seinen Seelenkrebs gezeigt, aber die Verdauung hat sich zumindest verbessert. Er öffnet den Kühlschrank und nimmt eine Handvoll Süßigkeiten heraus. Dr. Nusser hat ihm vor einer Woche Valium verordnet und drei weitere Psychopharmaka. Es war ein langer qualvoller Weg bis zu diesen »Benzos« und er hatte sich immer dagegen gesperrt, da er wusste, dass das Zeug abhängig macht. Robert will einfach nicht wie ein Zombie durch die Welt gehen. Sein derzeitiger Zustand mit den zunehmenden Derealisationsphänomenen reicht ihm.

Robert sitzt im Wohnzimmer seiner Eltern auf der Couch und starrt auf die blauen Tabletten, die vor ihm auf dem Wohnzimmertisch liegen. Er heult wie ein Schlosshund. Sein Vater steht vor ihm und weint ebenfalls, weil er Robert nicht so leiden sehen kann. Robert hat ihn bisher nur selten weinen gesehen. Zuletzt, als Roberts Oma, seine Mutter, gestorben war. Sämtliche Medikamente und Therapien haben keinen Erfolg bei Robert gezeigt.

»Ich weiß nicht mehr, was ich machen soll, Vater! Meine innere Unruhe treibt mich fast in den Wahnsinn. Ich will es nicht nehmen, dieses Teufelszeug, ich will mich nicht abhängig machen von diesem Valium! Doch Doktor Nusser meint, ich soll es weiter versuchen. Ok, dann werd ich die blauen Benzos eben schlucken, es ist eh alles egal.« Robert zittert und schwankt. Sein Vater beobachtet den inneren Kampf sorgenvoll. Er weiß, dass Roberts Verstand sich gegen die Tabletten sträubt. Doch er kann ihm nicht helfen. Lange schwankt Robert hin und her, bis der Unruhezustand doch mehr und mehr das Valium fordert. Schließlich gibt er sich geschlagen und schluckt eine 10 mg Tablette. Er wartet einige Minuten ab, aber es scheint nicht zu helfen. Zögernd nimmt er die zweite Tablette zu sich und wartet eine Stunde.

»Jetzt ist es auch schon egal. Alle guten Dinge sind drei!« Er schluckt nun auch die dritte Tablette hinunter. Eine halbe Stunde später kommt sein Vater aus der Küche und stellt den Eintopf auf den Tisch.

»Und, mein Sohn, wirkt es?«

»Es ist nicht gerade der Hit, aber so 10 Prozent sind etwas anders, nicht viel besser, aber anders. Ich bin für jedes einzelne Prozent dankbar.« Robert nimmt die Kelle und füllt sich den Teller.

»Nun hab ich fast alles an Medikamenten durch, nun auch Valium«, sagt Robert zu Susanne, die ihn am Abend besucht. »Und selbst die 30 mg Valium haben bis jetzt nur eine Dämpfung meines permanenten Angst- und Qualzustands um ein Drittel gebracht, alles andere blieb fast unverändert. Aber immerhin etwas. Vielleicht hätte ich es schon viel früher versuchen sollen. Dafür krieg ich nun täglich regelrechte Fressattacken, als Nebenwirkung der Psychopharmaka. Heute hat die Waage schon wieder 95 Kilos angezeigt. Vor zwei Jahren waren es noch 75.«

Susanne pflichtet bei: »Ein ständiger Kampf gegen die Kilos.«

»Aber nun ist es mir scheissegal!«, ruft Robert. Der Kühlschrank ist vollgepackt mit den herrlichsten Versuchungen. Dort liegen sie, die Schokoladen, Pralinen, alles, was das Herz begehrt. Robert reißt ungeduldig die Verpackungen auf und stopft die Süßigkeiten in sich hinein. Am Morgen findet er wieder Verpackungen von Pralinen auf seinem Bett, dem Schreibtisch und dem Küchentisch. Er könne sich überhaupt nicht erinnern, in der Nacht wieder eine Fressattacke gehabt zu haben, berichtet er Susanne. Robert schenkt sich ein Glas Limonade ein. Sein Mund ist wieder mal trocken, wie die Wüste Sahara. Ständige Mundtrockenheit ist auch eine Nebenwirkung der Tabletten. Robert erzählt Susanne von seinem letzten Zahnarztbesuch.

»Jedesmal sagt der Zahnarzt zu seiner Sprechstundenhilfe: ›Bei Herrn Winterkorn brauchen wir keinen Speichelabsauger. Ganz einfach: Wo nichts ist, kann auch nichts gesaugt werden.‹ Dieser ekelhafte künstliche Speichel, den er mir verschrieben hat, hat jedenfalls gar nichts gebracht.« Robert trinkt die Limonade in einem Zug leer. Er öffnet die Packung des neuen Medikaments, das ihm Susanne gerade aus der Apotheke mitgebracht hat und liest den Beipackzettel vor.

»›Nebenwirkungen: Gelegentlich ist mit dem Ableben des Patienten zu rechnen.‹ Na Bravo, dann hat sich die Sache ja so oder so erledigt.« Robert erzählt Susanne noch von einem Bekannten, der letztes Jahr starb.

»Er bekam ein neues Medikament verschrieben, nahm es ein und starb noch in der gleichen Nacht. Eine Obduktion hatte ergeben, dass er an den Nebenwirkungen dieses Arzneimittels gestorben war und es sich um keinen Suizid gehandelt hatte. Schöne Aussichten!«

Tag 1098
Ein Sportmediziner in der Nähe von Günzburg, ebenfalls Freund von Prof. Unterweger und Mitglied der »Anti-Palladium-Mafia«, verabreicht Robert heute die erste einer Serie von 14 Rinderblutinfusionen. Keiner weiß, was das bringen soll, aber Robert ist das egal. In seinem Zustand würde er selbst den Urin der Rinder trinken, wenn man ihm davon Erleichterung seines Leidens versprechen würde. Es gibt ja zahlreiche Veröffentlichungen, die eine Wirksamkeit beim Leiden Roberts versprechen.

Auf der Fahrt nach Günzburg unterhalten sich Susanne und Robert über die zu erwartende Blutinfusion. Es ist Abend. Der blutrote Sonnenball scheint durch die Windschutzscheibe und Susanne blinzelt durch die Sonnenbrille.

»Schau mal, diese rote Sonne, das ist wie ein Zeichen von Gott. Das Blut des Lammes, wird dir wieder Kraft geben, Robert!«

»Du, Susanne ist das wirklich Rinderblut, was mir der Prof. Carlov da spritzen will?«

»Ja wieso, hast du etwa Bedenken, wegen dem Rinderwahn?«

»Ja, man hört ja soviel über BSE grad. Und nicht, dass ich dann noch anfange zu Muhen.« Trotz des Ernstes der Situation müssen beide lachen.

Robert und Susanne kommen an dem schlossähnlichen Bau an und passieren das schmiedeeiserne Tor, das sich knarrend öffnet. An der petunienumsäumten Auffahrt stehen zwei originalgetreue Kühe aus Pappmaschee. Sie haben ein Schild umhängen, auf dem steht »Rinderblut tut allen gut! Prof. Dr. Sergiu Carlov.« Langsam rollen sie vor das Portal. An der Pforte werden sie bereits von einer älteren Dame mit einer schwarzen Hochsteckfrisur und einem auffallenden Pferdegebiss erwartet.

»Guten Tag Frau Winterkorn, Herr Winterkorn, mein Name ist Plücher. Ich bin die Assistentin von Professor Doktor Carlov. Willkommen im Institut Bovisanguis. Herr Prof. Carlov erwartet Sie im Kaminzimmer. Bitte folgen Sie mir.«

Robert schaut Susanne an und flüstert: »Ich hab so ein seltsames Gefühl. Aber wir sind ja hier nicht in den Südkarpaten, oder? Ist dieser Carlov nicht Rumäne, wie Dracula?« Susanne kommt nicht dazu, ihm zu antworten, da der Professor sie gerade erblickt und mit ausgestreckten Arm vom Kamin am Ende des großzügigen Zimmers auf sie zueilt. Jovial reicht der etwa 70jährige, der vom Gesicht her tatsächlich einem aus Horrorfilmen bekannten Schauspieler ähnlichen Namens gleicht, erst Susanne und dann Robert seine Hand. Mit blutunterlaufenden Augen mustert er seinen Patienten in spe.

»Wir werden Sie schon wieder hinkriegen, junger Mann. Bei den Radprofis hat das auch super geklappt mit den Infusionen. Sie kennen doch sicher den Didi, den Uli und den Marco ähm ... Panini, nicht wahr? Ich kann das nicht begründen, warum es hilft und die Krankenversicherung zahlt natürlich auch nicht, das müssen Sie wissen, Herr Winterkorn. Aber die Radprofis, die Tour de France, damals alles Sieger ohne ähm Doping, das spricht schon alles für die Wirksamkeit, der von mir bereits vor 50 Jahren in Sibiu entwickelten Therapie. Sie haben sich also dazu entschlossen, ja? Sie brauchen nichts zu befürchten, Sie kriegen ein farbloses Plasma, das natürlich vorher in einem höchst aufwendigen Verfahren abfiltriert und virologisch aufbereitet wurde.«

»Ja, da bin ich ja schon sehr gespannt, ob das wirklich was bringt. Ich hab ja schon so viel ...«

»Sie werden sehen, Herr ... ähm Winterkorn, das hilft Ihnen bestimmt!«, unterbricht ihn der Professor. »Frau Plücher, bereiten Sie Herrn Winterkorn bitte auf die Infusion vor.«

Die Assistentin mit dem blassen Teint tritt aus dem Schatten des Türsturzes hervor.

»Folgen Sie mir bitte in den Keller, dort haben wir unsere Behandlungsräume. Ihre Frau kann so lange hier warten, es dauert nicht lange. Wir haben gerade eine frische Lieferung bekommen.« Kurze Zeit später hängt Robert am Tropf und beobachtet das Versickern der farblosen Flüssigkeit in seiner Vene. Eine halbe Stunde später fließt das Kuhplasma vollständig in seinen Adern.« Er wartet noch fünf Minuten auf die Assistentin, ruft nach ihr, doch niemand erscheint. So stöpselt er sich den Katheter wieder einmal selbst ab, drückt das bereitstehende Pflaster auf die Wunde und schleicht schließlich ermattet die Treppe hoch zu seiner wartenden Freundin.

Susanne schaut ihn besorgt an.

»Wie geht es dir, Schatz?«

Robert antwortet mit einem lauten »Muuuuuaaahh!« Susanne weicht erschrocken zurück.

»Spinnst Du? Na ja, anscheinend geht es dir ja wieder besser, wenn du so drauf bist! Ich hab schon die nächsten fünf Termine für dich ausgemacht.«

»Hast du eine Milka für mich?«

»Ok, nachdem du schon wieder zu Scherzen aufgelegt bist, kann die Infusion dir ja wirklich nicht so schlecht bekommen sein!« Nachdem sie weder den Professor, noch seine Assistentin finden, verlassen sie das Anwesen ohne sich zu verabschieden und fahren zurück nach

Augsburg.

Tag 1181
Beim Institut Hairproof in Augsburg lässt Robert auf Veranlassung von Prof. Unterweger für 800 Mark eine aufwendige Haaranalyse machen. Die Haaranalystin, Evelyn Moschner, erwartet Robert im Foyer bereits ungeduldig mit der Schere in der Hand. Er ist fast eine halbe Stunde zu spät dran.

»Hallo, sind Sie Frau Moschner?« Robert will ihr die Hand geben, sieht die Schere und zieht seine Hand erschrocken zurück.

»Uh! Wollen Sie mich abstechen?«

»Ja, äh Moschner, hallo Herr Winterkorn! Nein, entschuldigen Sie, aber ich bin heute sehr in Eile. Ich beginne gleich mit der Analyse. Nehmen Sie hier auf dem Stuhl Platz. Darf ich gleich an Ihr Haupthaar?«

Robert ist etwas überrascht von dem doch sehr ungestümen Vorgehen der rothaarigen Haaranalystin, lässt sie aber gewähren.

»Ok, Frau Moschner, nur zu, bedienen Sie sich. Meine Haare stehen Ihnen zur Verfügung.«

»Danke, schon geschehen!« Evelyn Moschner hält eine Locke ihres neu gewonnen Kunden in der Hand, legt sie zwischen zwei Glasträger und schiebt sie unter ein Mikroskop.

»Mit unserer hochmodernen Analyse werden wir Informationen über den Versorgungsstatus von Mineralstoffen und mögliche Belastungen mit Umweltschadstoffen, insbesondere Schwermetalle gewinnen. Dazu sehe ich mir zunächst die Struktur Ihrer Haare an ... Gratuliere, eine sehr gute Qualität!«

Moschners quirlige Beredsamkeit lässt ihre rote Lockenpracht auf und ab wippen und Robert schaut sie fasziniert an.

»Ich mache jetzt erst einen Schnelltest und die ausführliche Haarmineralanalyse dauert dann ca. eine Woche.«

Hektisch schiebt sie den Objektträger aus dem Ständer und kann die beiden Glasplatten gerade noch auffangen, bevor sie samt der Locke auf dem Boden landen. Dann nimmt sie eine Pinzette mit der sie Haare aufnimmt und in einen länglichen Behälters steckt. Diesen schiebt sie in ein Gerät, das mit seiner Größe bereits ein Drittel des Zimmers einnimmt.

»Das ist ein Gaschromatograf, da kann man schon grob erkennen, welche Stoffe in Ihrem Haar sind.«

»Sie meinen Drogen?« Die Analystin lacht, wobei ihre blendendweissen Zähne Robert neben den blauen funkelnden Augen ihn noch mehr zu faszinieren beginnen.

»Ah, ja, das auch, aber ich dachte eher an Gifte, wie Palladium und Thallium. Wir haben ausgezeichnete Erfahrungen auf dem Gebiet des ›Human-Biomonitoring‹.« Frau Moschner hebt ihre Stimme, um das anschwellende Betriebsgeräusch des Chromatografen zu übertönen.

»Die Haarzellen bündeln sich und verhornen dann zu Keratinfasern. Dann bilden sie den Haarschaft, der sich im Follikel bis zur Hautoberfläche schiebt. Beim Haarwachstum wird ein Teil der im Blut enthaltenen körperfremden Substanzen eingelagert. Die kommen schließlich mit dem Follikel durch die Hautoberfläche nach außen. Das Kopfhaar wächst monatlich um durchschnittlich 10 mm. Über die Analyse einzelner Haarabschnitte von der Haarspitze bis zur Haarwurzel, kann eine Feststellung über die Aufnahme exogener Stoffe ...« Ein rotes Blinken an dem Analysegerät unterbricht den Redefluss.

»Oh, Mist!«

»Was ist los, irgendwas kaputt?«

»Ich habe aus Versehen gerade ihre Probe zerstört. Das Haar war doch feiner, als ich dachte. Ich brauche doch noch mal eine Probe von etwas stärkerem Haar. Dabei hab ich doch eh so wenig Zeit heute. Ok, wir versuchen es nochmal. Lassen Sie doch bitte kurz ihre Hose runter, Herr Winterhorn.«

»Was meinen Sie, meine Hose?«

»Stellen Sie sich doch nicht so an, ich brauche nur ein paar Schamhaare von Ihnen. Damit geht es sicher. Das Gerät braucht einfach dickeres Material.« Robert öffnet seine Hose und zieht die Unterhose ein wenig nach unten, so dass gerade ein Zentimeter seiner intimen Behaarung sichtbar wird.

»Ok, tun Sie, was Sie nicht lassen können, aber bitte nicht daneben schneiden, ja?« Die Analystin setzt ihre Brille auf, nimmt die Schere zur Hand und entnimmt mit einem raschen Schnitt die nächste Probe.

»Fein! Das dürfte jetzt auf jeden Fall reichen, eine vorzügliche Qualität für meinen GC-MS 0815. Danke sehr, für Ihr Vertrauen!« Flugs steckt sie die Probe erneut in den Behälter, den sie im Gaschromatografen platziert und ihn dann erneut startet. Robert zieht den Reißverschluss wieder hoch und macht den Gürtel zu.

»Das darf ich aber jetzt nicht meiner Freundin erzählen!« Robert lacht über die doch etwas skurrile Situation, in die er soeben geraten ist. Zehn Minuten später spuckt das Gerät das Analyseergebnis aus und Frau Moschner wertet es gleich an ihrem PC aus.

»Ok, Herr Winterkorn. Das schaut schon mal gar nicht so

schlecht aus. Keine hohe Giftbelastung erkennbar. Aber wir checken das noch ganz ausführlich und in einer Woche bekommen Sie dann das detaillierte Ergebnis und den Diätplan. So, nun muss ich mich aber beeilen, dass ich noch rechtzeitig zu meiner Verabredung komme. Eine Charity-Party meines Golf-Clubs. Da gibt es immer so köstlichen Hummer. Tschüss, Herr Winterkorn, bis bald!«

Tag 1185
Robert bekommt heute seinen fünfzigseitigen Diätplan von Frau Moschner zugeschickt. Er studiert ihn und sagt dann zu Susanne beim Mittagessen bei ihrem Lieblingsitaliener:
»Du, an den Plan kann ich mich überhaupt nicht halten, da die Zubereitung viel zu kompliziert und aufwändig für mich ist. Das Ergebnis war auch wieder für die Katz. Schade ums Geld!«

Tag 1228
Robert wird heute in seiner Gemeinde auf das Bekenntnis seines Glaubens getauft. Roger ist an dem Vormittag zu Besuch. Er hat seinem Freund gerade ein paar Bücher vorbeigebracht.
»Du weißt ja, dass ich Atheist bin oder eigentlich bin ich eher ein Ignostiker, da ich schon irgendwie an einen Gott glaube. Nur weiß ich halt nicht, was du mit dem Begriff ›Gott‹ meinst, und kann daher keine Aussage über dessen Existenz treffen. Mit der allmächtigen Vaterfigur kann ich nun absolut nichts anfangen. Und die Amtskirchen gehen mir so was von auf die Eier, dass kann ich dir gar nicht sagen. Bin auch schon vor dreißig Jahren aus dieser Sekte ausgetreten.«
»Ja klar, das verstehe ich gut. Ich bin ja auch aus meiner Religionsgemeinschaft ausgetreten, weil ich erstens damit nichts anfangen konnte und zweitens gar nicht getauft werden würde, wenn ich nicht vorher ausgetreten wäre. Aber bei den Baptisten fühle ich mich sehr gut aufgehoben, weil es doch etwas völlig anderes ist. Das Wort »Baptist« kommt übrigens aus dem Griechischen und bedeutet »taufen«. Hier werden ausschließlich Gläubige getauft, die sich zu Jesus Christus bekannt haben und den Sinn der Erwachsenentaufe verstehen. In der Apostelgeschichte, Kapitel 2, Vers 38 steht ja ›Tut Buße, und jeder von euch lasse sich taufen auf den Namen Jesu Christi zur Vergebung eurer Sünden.‹ Ab einem entscheidungsfähigen Alter werden bei uns auch Jugendliche getauft.«
»Ich finde das ganz toll, dass du in deinem Glauben die Kraft findest, dein schweres Schicksal zu meistern. Das bewundere ich. Ich ziehe halt meine Kraft aus anderem Glauben, meinem ganz persönlichen. Dass du und Susanne mich nicht dauernd missionarisch bekeh-

ren wollt, finde ich jedenfalls super!«

»Jeder muss selbst den Weg zu Jesus Christus finden, Roger. Jetzt muss ich aber los, sonst komme ich zu spät zu meiner Taufe. Wir sehen uns! Alles Gute und Gottes Segen!«

»Ja, das wünsche ich dir auch. Bis bald.«

Es stehen heute zwei Täuflinge zur Taufe an, Sara und Robert. Sie haben vorher Taufunterricht bekommen und sitzen nun, an diesem sehr warmen Tag, im Büro des Pastors, der passenderweise auf den Namen des biblischen Täufers Johannes hört. Die Ältesten der Gemeinde sind auch dabei. Die Täuflinge beten und bereiten sich auf den kommenden Taufgottesdienst vor. Johannes geht mit seiner ruhigen und beherrschten Art noch einmal alles durch. Keiner hat ihn jemals schreien gehört oder mit jemandem streiten.

Als er zu dem Punkt kommt, wo die Täuflinge mit »Ja« zu ihrer Taufe vor der sichtbaren und unsichtbaren Welt antworten sollen, meint Sara erschrocken: »Aber Robert und ich sind dann nicht verheiratet, oder?« Alle fangen laut an zu lachen, weil Sara das so herrlich hervorgebracht hat. Johannes beruhigt sie und sagt ihr, dass sie nur zu ihrem Taufbekenntnis gefragt wird. Da ist sie sehr froh. Die Stimmung lockert sich nun etwas. Dennoch sind alle etwas aufgeregt, da die vielen Gäste schon im Gottesdienstsaal warten. Die Täuflinge haben weiße Taufkleider bekommen und betreten nun den Saal. Erst werden ein paar Lieder gesungen, dann predigt Johannes und anschließend kommt der eigentliche Akt der Taufe. Als Robert nach Sara in das Taufbecken geht, das etwa die Größe von fünf bis sechs Badewannen hat, bläht sich sein Taufkleid auf. Er hält sich mit der rechten Hand die Nase zu, so wie sie es besprochen haben. Johannes ergreift ihn mit einer Hand am Nacken und mit der anderen am Rücken. Robert lässt sich nach hinten gleiten und von Johannes langsam in das Taufbecken eintauchen. Er hält die Augen geöffnet, und für einen kurzen Augenblick schlägt das Wasser über ihm zusammen. Aber so schnell, wie er untergetaucht ist, ist er auch schon wieder aus dem Wasser. Jeder konnte sich vorher ein Lied wünschen. Robert hat sich ein von ihm selbst geschriebenes Lied gewünscht, mit dem Titel »Wir sind die Kinder des Lichts«. Oliver, ein Bruder der ihm sehr nahe steht, begleitet die Zeremonie mit diesem Lied auf seinem Keyboard. Im Anschluss verschwindet der neu Getaufte schnell in seinem nassen Taufkleid in die Gemeinderäume im Keller in ein kleines Badezimmer. Dort trocknet er seine Haare und zieht sich um. Johannes überreicht ihm seinen Taufspruch aus der Bibel und Robert liest ihn Sara vor.

»Philipper Kapitel 2, Vers 9 bis 11: ›Darum hat Gott ihn auch

hoch erhoben und ihm den Namen verliehen, der über jeden Namen ist, damit in dem Namen Jesu jedes Knie sich beuge, der Himmlischen und Irdischen und Unterirdischen, und jede Zunge bekenne, dass Jesus Christus Herr ist, zur Ehre Gottes, des Vaters.‹«
Robert beeilt sich, damit er den Rest des Gottesdienstes noch mitbekommt. Nach der Taufe genießt die Taufgemeinde das schöne Wetter mit einem Grillfest im Gemeindegarten. Später wird noch Kaffee und Kuchen gereicht. Robert hat seine Musikkassetten mit christlicher Musik vergessen. So suchen sie im Radio einen Sender mit passender Musik. Der Nachrichtensprecher berichtet von einer Gruppe von 22 Skinheads, welche gestern die KZ-Gedenkstätte Buchenwald überfallen und geschändet hat. Die Anwesenden halten kurz betroffen inne. Nach der Meldung, dass der Spanier Miguel Indurain heute mit einem Vorsprung von 5:39 Minuten vor dem Letten Pjotr Ugrumow zum vierten Mal in Folge die Tour de France gewinnt, findet Robert auch einen Sender mit passender Musik. Die ganze Gemeinde feiert mit. Auch einige gute Bekannte und die Hälfte von Roberts Familie sind anwesend. Sie haben keinerlei Probleme mit seinem Glauben und das findet er toll.

Robert meint, dass es alles in allem ein sehr schönes und gelungenes Fest für ihn sei.

»Absoluter Schwachsinn, dass wir uns getrennt haben taufen lassen!«, sagt er zu Susanne, als sie zurück in Augsburg sind.

»Ja, jetzt wissen wir mehr vom Glauben, als vor einem Jahr und kennen die Bibel besser. Dort steht in 1. Samuel, Kapitel 16, Vers 7: ›Ein Mensch sieht, was vor Augen ist; der Herr aber sieht das Herz an.‹« Eine Bibelstelle, die Robert nicht nur sehr prägt, sondern auch lebenswichtig in seinem Kampf gegen den Seelenkrebs geworden ist. Die Freizeiten, zu denen die Gemeindemitglieder jedes Jahr fahren, sind immer sehr schön, aber auch wichtig für die Bibellehre.

Tag 1232
Heute fahren Robert und seine Freundin 150 Kilometer zur Gemeindefreizeit nach Salzbach. Als sie ankommen, kommt ihnen der Leiter der Freizeitstätte, Christian Lahm, entgegen. Er macht einen betrübten Gesichtsausdruck.

»Es tut mir leid, aber unser Referent hat mir gerade telefonisch mitgeteilt, dass er aus familiären Gründen am Kommen verhindert ist.« Robert blickt Susanne traurig an.

»Schade, dass das Seminar nun ins Wasser fällt!« Die Freizeitstätte liegt auf einer malerischen Anhöhe hoch über der Salza. Robert lässt seinen Blick über die nahen Wälder schweifen.

»Es wäre schön, wenn ich die Kraft hätte, in dieser schönen Gegend ein bisschen spazieren zu gehen?«

»Wir gehen jetzt zur Bibelstunde.«, antwortet Susanne bestimmt. »Außerdem erwartet uns Pastor Furtmeier zum Abendessen. Die Bibelstunde läuft an dem erschöpften Robert heute wieder mal etwas vorbei. Er hat wie immer Mühe, sich zu konzentrieren.

Vor dem Abendessen kommt Pastor Furtmeier erfreut auf die vor der Halle Wartenden zu und ruft: »Zwingli kommt!« Robert schreckt aus seinen Gedanken auf und schaut den Pastor erstaunt an.

»Wer kommt?«

»Erich Zwingli aus der Schweiz springt morgen als Referent ein. Wir erwarten ihn am späten Vormittag.« Die Gemeindemitglieder applaudieren hocherfreut und geben an, schon sehr gespannt zu sein. Robert wendet sich seiner Freundin Susanne zu.

»Da haben wir ja Glück gehabt. Ich werde mir dann gleich einen Termin für ein Seelsorgegespräch bei ihm geben lassen.«

Tag 1233
Robert spricht alleine mit Zwingli, der mit seinem Schweizer Dialekt zuweilen zum Schmunzeln Anlass gibt. Er klagt ihm sein Leid. Mitten im Gespräch wird Zwingli plötzlich sentimental.

»Weißt du Robert, du erinnerst mich total an meinen Sohn Willy. Der Willy ist leider vor zwei Jahren tödlich verunglückt mit dem Auto.«

»Sehe ich deinem Sohn denn so ähnlich?«

»Ja nicht nur das, auch deine Art, wie du dich bewegst und wie du sprichst, erinnert mich sehr an Willy.« Der Pastor schluchzt und Robert nimmt ihn tröstend in den Arm. Es stellt sich auch heraus, dass er Roberts Krankheit ein Stück weit verstehen kann. Als sie danach einen Gottesdienst mit dem Abendmahl feiern, bittet er Robert, ein Gebet zu sprechen und für das Abendmahl zu danken. Anschließend unterhält sich Robert mit Susanne darüber.

»Es war für mich sehr bewegend, dass ich heute quasi Seelsorger des Seelsorgers werden durfte, schon eine komische Situation, meinst du nicht auch?«

»Ja, aber das kannst du gut, Robert, du bist auch der geborene Seelsorger!«

Tag 1258
Robert wacht plötzlich auf der Coach in Susannes Wohnung auf. Verstört schaut er auf das Zifferblatt seiner Tissot. Es ist 4.34 Uhr. Müde und erschöpft setzt er sich an den Küchentisch, wo ihn Susanne drei

Stunden später vorfindet. Sie gähnt.

»Hast du wieder nicht schlafen können, Schatz? Es ist gestern ja wieder sehr spät geworden beim Bibelkreis. Das nächste Mal fahre ich dich anschließend noch zu deinen Eltern.«

»Zwei Stunden hab ich nur geschlafen, höchstens. Um halb fünf sprang mich wieder der Schmerz in meinem hoffnungslosen Seelenkrebs an, wie ein kleiner räudiger Pitbull, der sich mit den Kiefern in seinem Opfer verbeißt. Ich fühle mich wie ein Blatt im Sturm, das sinnlos durch die Gegend geschleudert wird, nur damit es seinen Platz findet in der Gosse der Sinnlosigkeit. Am liebsten würde ich eine Ladung Propofol nehmen, um endlich wieder schlafen zu können. Doch ich quäle mich erneut aus dem Bett, wie all die schlimmen Tage, Wochen, Monate, Jahre vorher. Aber da ich ja ein durchstrukturierter Mensch bin, erstelle ich auch heute wieder meinen Tagesplan. Dieser Plan sieht anders aus, als bei den normalen Menschen. Der erste Tagespunkt nach dem mühsamen Hochschleppen aus dem Bett sieht vor, zwei Kleidungsstücke zu bügeln, den Müll herauszuschaffen und das Bad zu putzen. Dinge, die man in spätestens einer Stunde erledigen kann. Ob ich nun zuhause bin oder bei meinen Eltern wohne. Doch wie du weißt gelingen mir seit Anbeginn meines Zustandes in einem Tag höchstens 50 Prozent dieser alltäglichen Verrichtungen ...« Robert stutzt plötzlich und zieht seinen Terminkalender aus der Tasche. Völlig aufgeregt ruft er:

»Oh, einen Tagespunkt hab ich glatt vergessen. Grad fällt es mir wie Schuppen aus den Augen. Den Termin bei Dr. Lochner hab ich vergessen. Er sollte sich das Ergebnis seiner Arbeit nochmal ansehen und dann muss ich noch unbedingt wegen der Abschlussrechnung mit ihm verhandeln. In zwei Stunden! Was mach ich nur, das schaff ich nie!«

»Ok, ich hab ja heut´ frei und kann dich hinfahren.«

»Das sind über 70 Kilometer, dass schaffen wir nie, ich muss noch duschen, anziehen und essen!«

»Locker schaffen wir das und essen kannst du unterwegs.« So sind sie eine halbe Stunde später auf dem Weg zum Auto.

»Du Robert, vergiss Deinen Schwerbeschädigtenausweis nicht, damit wir auf dem privaten Parkplatz vom Prof. parken können.«

»Ja, hab ich doch immer dabei. Hast du deinen Führerschein auch dabei?«

»Ja ja, jetzt komm schon.«

Robert versetzt sich in den Standby-Modus und Susanne sieht seinen tranceartigen Blick. Sie weiß, dass es jetzt besser ist, nichts mehr zu sagen. Auf das zehnminütige Stehen im Stau reagiert Robert mit Schweißausbrüchen. Alle Muskeln in seinem Körper verkrampfen. Dabei meckert er ständig die anderen Verkehrsteilnehmer an, die ihn natürlich durch die geschlossenen Fensterscheiben nicht hören können. Das Autofahren erscheint heute wieder besonders schwer für ihn. Dann kommen sie endlich bei der Praxis an. Margarete Lochner, die Frau und Assistentin des Kieferchirurgen bittet beide zu einem Gespräch. Robert flüstert Susanne zu.

»Ich bin gespannt, welche verbale Inkontinenz wir heute wieder zu hören kriegen. Ich werde jedenfalls nicht mehr bezahlen, als ich erstattet bekomme!« Sie betreten das Sprechzimmer, das von einem leichten Lavendelduft durchzogen ist. Dabei stolpert Robert über einen Karton der Pharmafirma Nostarkis. Eine Ladung Kugelschreiber und Blöcke ergießt sich auf dem Parkettboden. Robert murmelt eine Entschuldigung.

»Das macht nichts. Mein Mann lässt sich entschuldigen und kann Sie nicht weiter behandeln. Er ist gerade mit Nostarkis auf den Seychellen. Eine äh ... Tagung, Sie verstehen... Daher hat er mich gebeten, Ihnen ...« Die hagere schwarzhaarige Frau setzt ihre schmale rotgerahmte Lesebrille auf ihre ebenso schmale und knochige Nase und nimmt ein Papier vom Schreibtisch.

»Hier habe ich seinen Abschuss ... ähm Abschlussbericht.«

»Ja dann schießen Sie mal los.« Frau Lochner quittiert diese Bemerkung mit einem missbilligenden Blick.

»Ok, um Ihnen die ganzen ärztlichen Fachbegriffe zu ersparen, komme ich gleich zum Ergebnis des Berichts. Wie Sie wissen, arbeiten wir Ärzte in unserem Netzwerk alle zusammen für Ihre Gesundung und tauschen uns ständig aus, der Professor Unterweger, Professor Carlov und das Institut Hairproof. Also mein Mann ... - nein wir alle - sind gemeinsam zu dem Schluss gekommen, dass Sie für Ihren derzeitigen Zustand bedauerlicherweise die Letztverantwortung tragen, da Sie dem Gesundungsprozess offensichtlich immer wieder aktiv Widerstand entgegensetzen. Da kann man nicht, da können auch wir Ihnen leider nicht helfen, Herr Winterkorn, tut mir sehr leid. Da müssen Sie sich auch einmal aktiv selbst mit den Haaren aus dem Sumpf ziehen, ich meine gesund werden wollen und alles dafür unternehmen. Nicht dass Sie denken, wir wollen Sie loswerden. Wir alle haben gemeinsam in unserem Ärztenetzwerk alles Menschenmögliche für Ihre Gesundung getan, aber manchmal ist Hopfen und Malz halt verloren, Herr Winterkorn. Tut mir leid!« Robert ist völlig vor den Kopf geschlagen, will dies aber offensichtlich nicht zeigen und bringt daher fast tonlos einen trockenen Scherz an, auch um das eben Gehörte einigermaßen verarbeiten zu können.

»Hopfen und Malz, Gott erhalt´s.«
»Was meinen Sie?«
»Vergessen Sie es.« Die Gattin des Professors schaut auf ihre Uhr.
»Ja, ich habe noch einen wichtigen Termin, Herr Winterkorn. Ich wünsche Ihnen für den künftigen Lebensweg alles Gute und dass Sie Ihre Probleme bald in den Griff bekommen. Die Abschlussrechnung darf ich Ihnen auch gleich mitgeben, Danke! Auf Wiedersehen!«
»Ich fühle mich gerade wie von einer Pershing getroffen, gleich kippe ich um«, murmelt Robert kraftlos. Susanne schaut Robert besorgt an. Er ballt die Faust in der Tasche. Sein Magen verkrampft sich und er scheint sich gleich zu übergeben. Die Frau dreht sich nach Robert um und mustert ihn kühl.
»Ist Ihnen übel, Herr Winterkorn?«
»Ja das ist übel, sehr übel. Ich sage nicht auf Wiederschauen, Frau Lochner. Und die Rechnung können Sie vergessen, das interessiert mich nicht.«
»Ok, dann bekommen Sie sie eben per Post.«
Da finanziell von Robert offensichtlich nichts mehr zu holen ist, lassen die Ärzte Robert fallen, wie eine heiße Kartoffel. Robert sagt zu Susanne, er überlege sich eine Schadenersatzklage mit Schmerzensgeld gegen Unterweger und die anderen Mitglieder der Palladium-Mafia, habe aber keine Kraft mehr dazu. Die Rinderbluttransfusionen des Blutsaugerprofessors zeigen ohnehin keinen Erfolg. Er renne seit Jahren von Arzt zu Arzt und es gehe ihm immer noch grottenschlecht. Nun geben sie ihm nun auch noch die Schuld an seinem Zustand. Da solle man nicht völlig verzweifeln.

Tag 1266
Robert unterhält sich mit seinem Schulfreund Roger über die Pensionierung.
»Weißt du, Roger, am Anfang meines Seelenkrebses hab´ ich mich schon öfter mal gefragt, ob ich meine Pension überhaupt verdient hab. Natürlich wäre ich auch als Angestellter nicht mehr erwerbsfähig gewesen, aber Beamten unterstellt man ja leicht, dass sie ohnehin nichts arbeiten. Viele meiner Kolleginnen und Kollegen hatten tatsächlich die zehn Jahre meiner aktiven Zeit Zeitung gelesen, Brotzeit gemacht, über alles Mögliche - hauptsächlich gegen ihre eigenen Kollegen - gelästert und vielleicht fünf Jahre davon wirklich gearbeitet. Ich hörte förmlich, wie sich die Kolleginnen und Kollegen Ihre Mäuler zerrissen nach meiner Pensionierung. Aber mir wurde langsam klar, dass ich mir deshalb keine Gedanken zu machen

brauchte. Ich hatte meinem Dienstherren zehn harte Jahre lang meine volle Arbeitskraft gegeben, dann wurde ich schwer krank und er hat mich eben jetzt zu versorgen wegen der Fürsorgepflicht. Ich brauche mir also keinerlei Vorwürfe zu machen.«

»Nein, Robert, du brauchst dir da wirkliche keine Vorwürfe machen, du kannst ja nichts dafür, dass du Beamter bist, einer der sich wirklich aufgearbeitet hat und der sich ausnützen ließ. Aber der Kampf mit dieser Organisation ist ja nun auch längst vorbei. Da kommt dann von der Seite auch nichts mehr, keine Querschüsse, nur noch Frieden. Apropos Frieden: Die irische Untergrundorganisation ›Irisch Republikanische Armee‹ hat heute nach 25 Jahren ihren Verzicht auf Waffengewalt erklärt, steht heut in der Zeitung. Vielleicht wird die Menschheit ja doch noch mal etwas vernünftiger.«

Tag 1297
Bam Bam ist ein neues »Familienmitglied« bei den Winterkorns. Robert hat heute seine erste Begegnung mit der flauschigen weißen Perserkatze. Er betritt Susannes Wohnung, die ihn gleich darüber informiert, dass sie Besuch haben.

»Wer kann denn das sein?«

»Petra hat uns gebeten, Bam Bam für ein paar Tage zu nehmen, da sie geschäftlich unterwegs ist.«

»Ja gerne, doch wo ist sie denn?«

»Such sie doch mal!« Robert fängt an zu suchen, kann sie aber nicht finden. Jeder Schlupfwinkel und jede Ecke wird von ihm abgesucht. Die Suche erschöpft ihn sichtlich.

»Gib mir doch mal einen heißen Tipp, Schatz.«

»Ok. Sie ist hier in der Küche.«

»Aber hier habe ich doch schon alles abgesucht.«

»Dann musst du halt noch mal etwas besser suchen.« Also macht sich Robert wieder auf die Suche. Er kann sie einfach nirgends finden.

»Gib mir doch bitte noch mal einen Tipp.«

»Ok. Geh mal alles auf Augenhöhe durch.« Gesagt getan. Als er auf Höhe des Kühlschrankes ist, blicken ihn zwei Augen groß an. Er hat sie gefunden. Sie sitzt auf dem Kühlschrank, hinter einer kleinen Musikanlage, auf den Kabeln. Er nimmt sie herunter und kuschelt erst mal eine Runde mit ihr.

Tag 1381
Robert ist an Weihnachten mit Susanne bei ihren Eltern eingeladen.

»Vater, Mutti, kommt mal her. Setzt euch. Wir wollen euch etwas mitteilen!«, ruft Susanne. Die Eltern setzen sich erwartungsvoll unter den Weihnachtsbaum, der reich mit künstlichem Schnee in Form von Wattebäuschen drapiert ist. Es kostet den Vater jedes Jahr Tage, den Baum so kunstvoll zu schmücken.

»Willst du uns etwa ein zweites Kind unter den Christbaum legen?«, scherzt Susannes Vater.

»Nein, keine Angst, ich bin nicht schwanger.« Susanne gibt Robert einen kleinen Stoß.

»Sag doch auch mal was, Schatz!« Robert sucht nach Worten.

»Ja, also die Susanne und ich ... Wir kennen uns jetzt ... gut drei Jahre und ich weiß, dass ich momentan wohl nicht gerade der ... Bilderbuchschwiegersohn bin, aber ich möchte trotzdem bei euch um die Hand eurer Tochter Susanne anhalten. Wir wollen nicht ohne euren elterlichen Segen heiraten.« Erstaunlicherweise für Robert stimmen sie sofort zu, obwohl es sicher nicht gerade toll für sie ist, einen seelenkranken Schwiegersohn zu bekommen. Susanne ist ja auch schon einmal geschieden.

Tag 1382
Zum Familien-Weihnachtsessen beim Griechen überbringt Robert auch seiner Familie die freudige Botschaft. Nachdem alle an der Festtafel Platz genommen haben, steht er auf und klopft an sein Glas.

»Liebe Leute, ich will euch heute etwas sagen. Ich mach's kurz, keine Angst: Susanne und ich heiraten an meinem 31. Geburtstag ...« Alle klatschen begeistert Beifall.

Tag 1439
Die Vorbereitungen zur Hochzeit laufen auf vollen Touren. Robert sitzt heute mit der gemeinsamen Bekannten Chantal in Susannes Wohnung zusammen. Sie bereitet ein Ratespiel für die Hochzeitgäste mit ihm vor. Dabei sollen Sachen erraten werden, die Robert charakterisieren.

»So Robert, ich möchte gern ein Spiel vorbereiten, das deine Persönlichkeit beschreibt. Da hab ich jetzt einige Fragen an dich. Erstens: Was ist dein Lieblingslied?«

»Sultans of Swing von den Dire Straits!«, antwortet Robert wie aus der Pistole geschossen.

»Gut! Was ist dein Lieblingsfilm?«

»Ich habe eigentlich drei Lieblingsfilme. Als da wären: ›So lange es Menschen gibt‹ mit der Lana Turner, dann ›Zeit des Erwachens‹ mit Robert de Niro und Robin Williams und ›Das Buch Hiob‹ mit dem Ludwig Hirsch. Die musst du dir unbedingt anschauen. Ich kann dir die DVDs leihen.«

»Gut, super, hab ich alles notiert. Ich schau mir das auch gern mal an. Aber ich habe noch ein paar kleine Fragen an dich. Was ist dein Lieblingswort?«

»Rediskontkontingentpolitik!«, antwortet Robert mit einem Schmunzeln und wie aus der Pistole geschossen.

»Huch, das ist aber ein interessantes Wort, wie schreibt man das denn? Meine Güte, da werden die Gäste bei der Auswahl schon etwas dran zu knabbern haben. Da muss ich auf alle Fälle noch drei weitere gute Begriffe zur Auswahl finden.«

»Hoffentlich überstehe ich den Tag, die Spiele sind ja auch ziemlich anstrengend. Auf die Brautentführung wird ja zum Glück verzichtet.«

»Ja, das wird schon gehen, Robert. Das packst du schon!«

»Na ja, so einfach, wie du das sagst, ist es nicht für mich.«

»Ja, ich glaub dir das. Nimmst du eigentlich noch so viel Medikamente, wie vor einem Jahr?«

»Was meinst du, wie vor einem Jahr? Das ist doch Schnee von gestern. Seit fast einem Jahr nehme ich nun jeden Tag 30 mg Valium, eine stolze Portion, aber bei mir ist eh alles anders. Ich brauche diese hohen Dosierungen. Meine Ärzte haben keine Ahnung, was mein Körper mit den Medikamenten macht.«

»Bist du denn wahnsinnig, Robert! 30 mg! Du weißt doch, dass ich Krankenschwester bin, ich kenne mich da schon ein bisschen aus und weiß auch, was die Ärzte verschreiben, aber 30 mg, das habe ich noch nie gehört.«

»Pah, ein bisschen auskennen!« Robert schüttelt den Kopf. Doch Chantal lässt nicht locker.

»Wie kannst du nur Valium nehmen und noch dazu in so hoher Dosierung, von dem Zeug kommst du doch niemals mehr runter!«

»Manchmal behandelt ihr mich fast so wie einen Junkie! Ihr habt ja alle keine Ahnung, aber davon jede Menge! Ich bin doch der Patient, der Betroffene, und ich spüre selbst am Besten, was in meinen Körper durch die Medikamente vor sich geht. So ›just for fun‹ verschreibt mir mein Neurologiepsychiater die Tabletten ja nicht. Außerdem ist mein Blutbild trotz der Tabletten immer verhältnismäßig gut. Die Dosierung ist überhaupt nicht zu hoch, sondern der Situation genau angemessen. Morgen werd ich sogar noch 10 mg drauflegen und da kannst du den Kopf schütteln, das ist halt so. Mein Doc sieht die Notwendigkeit und ich danke Gott dafür, dass ich so einen kompetenten Arzt habe. Ich kenn da jemand, der nimmt schon seit Jahren Morphium in einer sehr hohen Dosierung gegen seine Rückenschmerzen, aber kein Mensch kommt auf die Idee, sich darüber aufzuregen. Es ist ja ›nur ein Pflaster‹ und schließlich für seine Rückenbeschwerden erforderlich. Warum wird denn immer mit zweierlei Maß gemessen?«

»Ja, bei Schmerzen ist das ja was anderes, da hilft dann manchmal nur Morphium. Aber bei dir ...«

»Was, bei mir? Ich nehme halt Valium gegen meine Seelenschmerzen, die genauso schwer sind, wenn nicht schwerer, als Rückenschmerzen. Die ganzen Tabletten bringen eh nur 20 Prozent Erleichterung, die restlichen 80 Prozent Qualen muss ich trotzdem ständig erleiden.«

Bam Bam springt auf seinen Schoß. Die schöne Perserkatze, die zunächst bei Robert, Susanne und David zur Pflege untergebracht war, ist nun fest bei ihnen eingezogen und wird von allen heiß und innig geliebt. Gerade springt sie mit einem Miauen auf Roberts Schoß, kuschelt sich ein und schnurrt.

Robert krault Bam Bam am Bauch und murmelt: »Ich glaube, dass die Tiere einen siebten Sinn haben. Bam Bam weiß genau, wie dreckig es mir geht und will mich trösten.«

»Hast du was gesagt, Robert?«

»Nein, schon gut.«

»Ok, dann werd ich die Fragen für das Quiz bis nächste Woche zusammenstellen und dir schicken.«

Robert verabschiedet Chantal und ruft Olli an, um die Zeremonie mit ihm zu besprechen. Olli ist Roberts Trauzeuge. Er lebt in den Gemeinderäumen, in einem Zimmer unter dem Dach. Auf Aufräumen und Sauberkeit legt er weniger Wert, aber das macht ihn zu keinem schlechteren Menschen, wie Robert ihm gegenüber immer betont. Da er ein Technik-Freak ist, liegen viele elektronische Teile herum. Er ernährt sich hauptsächlich von Milch, Müsli, Vitamintabletten und hin und wieder einem Fertiggericht. Olli arbeitet in einer Firma, die Gasflaschen neu befüllt und verkauft.

Die Meldung in den Abendnachrichten, dass heute in den Folgen eines Giftgasanschlags in der Tokioter U-Bahn zwölf Menschen gestorben sind und mehr als 5.000 ärztliche Hilfe in Anspruch nehmen müssen, beschäftigt Robert sehr und er findet nicht in den Schlaf.

Vor Gott verheiratet

Tag 1469
Susanne und Robert stehen vor dem Standesamt in Augsburg. Susanne schaut Robert aufgeregt an.
»Hast du auch deine Tabletten genommen?«
»Was denkst du denn? Sonst würde ich das hier wohl kaum überstehen. Hab es um 10 mg erhöht.«
»Was erhöht?«
»Na ja, das Valium halt. Trotzdem werde ich niemals mehr als 40 mg nehmen, obwohl alle sagen, dass ich mich so an das Valium gewöhnen würde, dass ich immer höhere Dosierungen brauche. Das ist bei mir eben nicht so.« Die ersten Festgäste treffen vor dem Standesamt ein. Onkel Herbert gratuliert erst Robert zu seinem 31. Geburtstag und gleich darauf Susanne und dann nochmals Robert zur standesamtlichen Trauung. Robert und Susanne sitzen im Warteraum des Standesamts in Augsburg und harren der kommenden Zeremonie gespannt. Nach einer halben Stunde geht die Tür zum Trausaal endlich langsam auf und das Brautpaar schreitet mit den zwölf Gästen im Schlepptau auf den Standesbeamten zu. Robert stutzt, hatte er doch die elegische ›Ballade pour Adeline‹ als Begleitmusik zur Zeremonie bestellt. Genervt schaut er zu der quäkenden Orgel, die fast keinen Ton des schönen Liedes trifft. Das Brautpaar setzt sich auf die festlich geschmückten Stühle und der Standesbeamte beginnt mit der feierlichen Ansprache.
»Liebes Brautpaar. Sie sind heute hier erschienen, um den ewigen Bund der Ehe einzugehen. Auch wenn es manchmal stürmisch ist auf dem Meer, fahren Sie nun sicher in den Hafen der Ehe.« Die folgenden Worte des Standesbeamten scheint Robert wie in Trance wahrzunehmen. Als er den Bräutigam fixiert und seine Stimme erhebt, reißt sich Robert ein Stück weit aus der Lethargie.
»Wollen Sie, Herr Robert Benedikt Winterkorn, die hier anwesende Susanne Helene Landmann zu Ihrem angetrauten Eheweib nehmen und sie ehren in guten und in schlechten Zeiten?«
»Ja! Ja, ich will!«
»Und nun frage ich Sie, Frau Susanne Helene Landmann. Wollen Sie den hier anwesenden ...« Mit prüfendem Blick mustert er kurz Robert, der die Augen leicht geschlossen hat, und fährt mit energischem Tonfall fort: »... anwesenden Herrn Robert Benedikt Winterkorn zu Ihrem angetrauten Ehemann nehmen, dann antworten sie mit ›Ja‹.«

»Ja!« Susanne strahlt Robert mit Engelsblick an. Der erwidert den Blick.

»Nachdem Sie beide diese Frage mit ›Ja‹ beantwortet haben, erkläre ich Sie hiermit kraft meines Amtes für Mann und Frau. Zum Zeichen Ihrer ewigen Verbundenheit bitte ich Sie nun die Ringe zu wechseln.« Robert und Susanne streifen sich gegenseitig mit etwas Mühen die Trauringe über ihre Ringfinger.

Der Standesbeamte fährt fort: »Als gemeinsamen Ehenamen haben Sie den Namen Winterkorn gewählt.« Nachdem der Beamte mit seiner Ansprache fertig ist, schaut er das Brautpaar erwartungsvoll an. Robert reagiert zunächst nicht. Die zusätzlichen 10 mg Valium machen sich nun doch etwas bemerkbar. Der Standesbeamte schmunzelt.

»Die Presse wartet auf etwas!« Robert schaut ihn ratlos an. Susanne stößt ihn sanft mit dem Ellenbogen in die Rippen. Da geht ein Ruck durch Robert. Er beugt sich zu Susanne und berührt mit dem Mund flüchtig ihre Lippen. Die Gäste zücken ihre Kameras, um diesen Moment für die Ewigkeit festzuhalten.

Tag 1477
Robert erholt sich bei seinen Eltern von den Strapazen der standesamtlichen Trauung und bereitet sich seelisch auf die kirchliche Trauung vor. Er liest Susanne aus dem letzten Gemeindebrief ihrer Baptistengemeinde vor.

»›Bekanntmachung: Am kommenden Samstag werden unsere Geschwister Robert und Susanne kirchlich heiraten. Achtung: Dies ist kein Aprilscherz! Die Gemeindemitglieder sind herzlich eingeladen zur Trauung und der anschließenden Feier im Gemeindesaal.‹ Ha, 1. April, da haben wir uns einen schönen Scherztermin ...«

Susanne unterbricht Robert: »Sei mal kurz ruhig, im Fernsehen kommt grad der Wetterbericht für übermorgen. Oh, Mist, am 1. April regnet es! So ein Pech! Was machen wir jetzt mit der Kutsche?«

»Stornieren! Ich ruf gleich den Bauern an und bestelle sie ab.«

»Aber mit was sollen wir dann fahren? Wir brauchen einen Ersatz!«

»Du, lass uns doch diesen Limosinenservice ›Rent a Limo‹ aus Grünwald ausprobieren. Das ist ja auch eine weiße Kutsche, ein Rolls Royce, halt mit ein paar mehr Pferden unter der Haube. Hier in der Abendzeitung steht doch irgendwo die Nummer, wart mal kurz ...« Robert sucht die Annonce, reißt die Seite aus der Zeitung und legt sie Susanne hin.

»Da Schatz, das wäre doch was, oder?«

»Gute Idee, ich ruf da gleich mal an.« Susanne greift zum Hörer und wählt die Nummer. Nachdem sie ein paar Worte gewechselt hat, legt sie den Hörer wieder auf und seufzt.

»Du der Rolls ist leider grad an dem Tag schon reserviert von diesem Moosi mit seiner Daisy.«

»Schade, kann man nichts machen, dann müssen wir uns eben doch den Mercedes von meinem Onkel leihen. Wir gehören halt leider nicht zur ›Haute Volee‹.«

Tag 1479
Robert und Susanne lassen sich von dem Pastor ihrer freikirchlichen Gemeinde trauen. Vorher macht die Gemeindeschwester Heidrun noch Fotos vom Brautpaar.

»Vielen Dank Heidrun, dass du die Hochzeitsfotos von uns machst. Das ist wirklich ein tolles Geschenk, da du ja vom Fach bist.« Etwa hundert Fotos und eine halbe Stunde später flüstert Robert Susanne zu:

»Ich bin schon schweißgebadet. Wenn das noch lange dauert, verweigere ich das Ja-Wort.«

»Gleich haben wir es geschafft, Robert.«

Sie gehen aus dem Gottesdienstraum, damit die Hochzeitsgäste ihre Plätze einnehmen können. Zur Trauungsmusik schreitet das Hochzeitspaar vor den Altar. Pastor Johannes wird das Paar nach der Traupredigt und dem Gesang trauen. David hält die Trauringe, doch Robert singt erst einmal ein Liebeslied an Gott und Susanne. Es kostet ihn viel Kraft, doch er bemüht sich, dass man ihm die Anstrengung nicht ansieht. Er übersteht den strapaziösen Tag mit der anschließenden Feier auch wieder nur mit seiner erhöhten Dosis Valium.

Tag 1511
Robert ist zu seiner Frau und seinem Stiefsohn in ihre Zweizimmeraltbauwohnung eingezogen. Er findet kaum noch Schlaf und nutzt die schlaflose Zeit dazu, die Bibel zu studieren. Roger besucht ihn. Aufgeschlagene Notizbücher liegen auf dem Küchentisch.

»Was schreibst du denn da, Robert? Schreibst du dein Tagebuch?«

»Nein, es ist zwar eine verrückte Idee, aber ich habe beschlossen, die Bibel vom 1. Buch Moses bis zur Offenbarung abzuschreiben.«

»Ja, aber das ist doch Wahnsinn, du spinnst doch, die ganze Bibel!« Robert ringt sich ein etwas gequältes Lächeln ab.

»Ich schreibe, da ich festgestellt habe, dass ich mir etwas leichter merken kann, wenn ich es abgeschrieben habe. Ich möchte mir einfach gerne merken, was in der Bibel steht.«

»Ja, wie weit bist du denn schon gekommen?«

»Ich bin beim fünften Buch Mose angekommen.«

»Und das ist dir noch nicht zuviel geworden?«

»Nein, obwohl das fünfte Buch Mose schon nicht so spannend ist, wie die ersten beiden Bücher. Ich lese dir mal vor, was ich gerade geschrieben habe: »5. Mose Kapitel 8 Vers 3: ›Und er demütigte dich und ließ dich hungern. Und er speist dich mit dem Manna. Und dass du nicht kanntest und dass deine Väter nicht kannten um dich erkennen zu lassen, dass der Mensch nicht von Brot alleine lebt. Sondern von Allem, was aus dem Mund des Herrn hervorgeht, lebt der Mensch.‹«

»Ja das ist ja echt krass. Tausende von Seiten mit der Hand! Das könnte ich nie!« Roger ist sichtlich beeindruckt.

»Glaub mir, das könntest du auch. Da mein Gedächtnis durch die Medikamente und die Elektroschocks gelitten hat, kann ich mir wesentlich weniger merken. Ich habe mir vierzehn Notizbücher gekauft und dann angefangen, die Bibel abzuschreiben, Wort für Wort, bis zum kleinsten Jota.«

»Jota?«

»Genau, das ist das kleinste Schriftzeichen der Hebräer. Du kennst doch dieses Sprichwort: ›Der ist um keinen Jota abgewichen.‹«

»Ah, da kommt das also her, interessant. Und wann willst du damit fertig sein, mit dem ganzen Buch?«

»Bis zum jüngsten Gericht, nein es geht nicht um das Fertigsein, ich setze mir da keine Frist.«

Tag 1523
Robert beschreibt seinem Neurologen und Psychiater, Dr. Nusser, die mittlerweile verselbständigten und chronisch gewordenen Schmerzen.

»Ich kann sie nur als fließende und ziehende Schmerzen beschreiben, in der Endphase so, als bekäme man ein glühendes Eisen durch die Brust gestoßen. Diese Schmerzzustände kommen und gehen immer wieder. Es ist ja schon schlimm genug dieses Summen und Brummen im Schädel auszuhalten, jede Sekunde, über Jahre hinweg! Schon davon geht eine Qual aus, die sich nicht beschreiben lässt! Ein Gefühl absoluter Qual und man kann es einfach nicht ausschalten. Diese Qual kann einen fast wahnsinnig machen. Dabei ist das Gefühl im Kopf manchmal so, als hätte man Salz in eine offene Wunde gestreut oder wie wenn man unter Strom steht, wobei es dann ein fließendes Summen ist! Egal was für ein Summen, es macht einen das schon fix und fertig! Und jetzt noch diese Brustschmerzen dazu!«

»Ja nun ...«, meint der Arzt, »nachdem bei Ihnen offenbar kein klassisches Schmerzmittel wirkt, können wir es noch mit einem Antiepileptikum probieren, das Carbamazepin enthält. Das wird neuerdings bei Schizophrenie eingesetzt, hat aber bei Nervenschmerzen und Neuralgien gute Wirkungen erzielt. Ich schreib es Ihnen mal auf.«

Tag 1544
Susanne und Robert fahren nach Hamburg und besuchen Annette, eine gute Bekannte, die Robert während seines Aufenthaltes in der christlichen Klinik Brand kennen gelernt hatte. Gleichzeitig befindet sich dort auch eine christliche Pfingstgemeinde, die sie besuchen. Annette bezieht eine zeitlich befristete Erwerbsunfähigkeitsrente, die hinten und vorne nicht reicht. Viele Gemeindemitglieder schauen regelmäßig bei ihr vorbei, um gemeinsam zu beten, sich zu unterhalten, oder einfach nur Kaffee zu trinken. Einige dieser Besucher bringen auch immer wieder Lebensmittel und andere Geschenke für sie und ihr Kind mit. Robert und Susanne unterstützen sie ebenfalls im Rahmen ihrer Möglichkeiten. Nach dem Abendessen sitzen sie gerade im Wohnzimmer zusammen, als sich Robert mit schmerzverzerrtem Gesicht an die Brust greift. Er geht ins Schlafzimmer und hält sich nun auch Ohren und Kiefer. Dann schluckt er zwei Tabletten Carbamazepin. Annette fragt Susanne besorgt, was sie tun könne.

»Danke, er sagt, seine Brust fühle sich an, als ob sie gleich explodieren würde. Er will euch nicht damit belasten. Lasst ihn nur alleine, es wird schon wieder besser werden.« Robert kugelt sich eine halbe Stunde lang auf dem Fußboden des Schlafzimmers, stöhnt leise vor sich hin und wartet, dass die Schmerzen wieder vergehen.

»Dafür hat mir der Arzt ja das Lorazepam verschrieben, das Carbamazepin. Und das hat nichts gewirkt!«, presst Robert schwitzend mit schmerzverzerrtem Gesicht heraus.

Tag 1555
Robert sitzt mit seiner Frau und seinem Stiefsohn David am Küchentisch. Susanne hat als Vorspeise eine Gemüsesuppe gemacht und füllt sie in die tiefen Teller, die auf dem Tisch stehen. Plötzlich fällt Robert, wie vom Blitz getroffen, mit dem Kopf in seinen Suppenteller und wird besinnungslos. Kurz darauf kommt er wieder zu sich und klagt über sehr starke Kopfschmerzen, vor allem im rechten Stirnbereich. Es ist ihm furchtbar schwindlig. Dazu kommen wenig später Sprachstörungen. Es dauert relativ lange, bis er einen einfachen Satz

mit nur fünf Worten herausbringt. Immer wieder geraten die Worte durcheinander. Er berichtet, dass er sich fühle, als würde er von einem starken Licht angestrahlt werden, das auch schmerzhaft sei. Zudem könne er kein Licht mehr vertragen. Er klagt über Schwindel sowie darüber, dass er nur noch verschwommen und Doppelbilder sehe, was ja auch Symptome eines Schlaganfalls sein können. Auf die Frage Susanne, ob es nicht besser sei einen Arzt zu rufen, meint Robert, da komme eh nichts raus. Es sei für ihn an der Zeit, seiner kleinen Familie einmal seinen Zustand genau zu schildern, da dieser alles andere als normal ist.

Es gebe Zeiten, sagt er, da empfinde er Laute und Geräusche um ein Vielfaches intensiver und sehr qualvoll. Wenn jemand mit einem Löffel an den Teller schlage, könne es vorkommen, dass er regelrecht mit jeder Faser seines Körpers zusammenzucke. Hintergrundlärm und normalen Lärm empfinde er als sehr qualvolle Geräusche. Mit der Zeit habe sein Gehirn jedoch offenbar eine Art Schutzfunktion entwickelt. Nach all den Jahren mit der Krankheit scheine sein Bewusstsein mittlerweile einiges an Lärm auszublenden. Er höre ihn zwar, aber er könne ihm nichts mehr anhaben. Wenn beispielsweise einige Kinder schreien und die Erwachsenen sagten: »Das ist ja nicht mehr auszuhalten«, werde er erst dann auf den Lärm aufmerksam und registriere ihn. Als David später beim Essen mit dem Besteck auf dem Teller klappert, bittet ihn Robert aufzuhören, da er sonst die Wände hochgehen müsse.

Tag 1570
Robert wird nach einer Stunde Wartezeit in das Behandlungszimmer seines Neurologenpsychiaters, Dr. Nusser, gerufen. Er berichtet von seinem Anfall am Küchentisch vor zwei Wochen.

»Das ist ein Migräneanfall, ohne Zweifel, Herr Winterkorn.

»Was kann man da noch machen, Herr Doktor? Ich werde wahnsinnig. Der erste Anfall dauerte Stunden. Bis gestern hatte ich drei Tage hintereinander schwere Anfälle und sie kommen immer wieder.«

»Alles klar, sehr oft wiederkehrende Migräneanfälle. Ich verschreibe Ihnen mal Sumatriptan. Davon nehmen sie dreimal drei Tabletten täglich. Gute Besserung!«

Robert nimmt die Tabletten aus der Apotheke mit und schluckt die erste Ration. Susanne fragt ihn beim Abendessen, ob die Tabletten schon gewirkt haben. Robert verneint und klagt, die Migräne habe sich eben wieder mit den gleichen typischen Symptomen angekündigt. Er könne bald nicht mehr, jetzt solle er noch zusätzlich die Migräne aushalten.

Tag 1573
Die Migräne sei immer mal wieder da, mal stärker, mal schwächer, mal öfter, mal weniger, klagt Robert den Ärzten in der Radiologie des Klinikums. Robert wird heute wieder einmal durch die »Röhre« geschoben, um einen Schlaganfall per CT ausschließen zu können. Die Ärzte sagen ihm, dass jeder Migräneanfall eine Art »kleiner Schlaganfall« sei. Deshalb würden sich in seinem Gehirn auch lauter kleine Vernarbungen finden. Eine sogenannte »Doppleruntersuchung« der Halsschlagadern wird durchgeführt und festgestellt, dass keine Verkalkung der Halsschlagadern vorliegt. Robert bekommt Imigran, neue Migränetabletten, von denen eine allein schon über 40 Mark kostet.

Tag 1593
»Die teuren Tabletten bringen keine Linderung«, klagt Robert seiner Frau. Er nimmt heute wieder das altbekannte Paracetamol in hoher Dosis und stellt fest, dass es immerhin ein wenig hilft. Bisher hat er noch kein Medikament gefunden, das ihm wirklich Linderung von seiner Migräne verschaffen kann. Er konsultiert einen angeblichen Fachmann auf dem Bereich Migräne, Professor Giesecke in München. Wieder einmal verbringt er über eine Stunde unter Qualen im Wartezimmer, bis er endlich in das Sprechzimmer gerufen wird.

Während er die Symptome seines Seelenkrebses schildert, wirft der Professor unter Kopfschütteln ständig ein: »Das gibt es gar nicht!«. Der Arzt lässt sich von den Schilderungen nicht beeindrucken und macht sich unentwegt Notizen.

Nachdem er wiederum kopfschüttelnd sagt: »Sowas gibt es überhaupt nicht!«, sieht Robert seine Frau völlig entnervt an.

»Komm lass uns gehen, ich glaube den Herrn Professor Giesecke gibt es gar nicht!« Sie stehen auf und gehen, ohne sich von dem konsterniert drein blickenden Mediziner zu verabschieden.

Am Abend hört er in den Nachrichten, dass der Spanier Miguel Indurain die Tour de France zum fünften Mal in Folge gewinnt.

»Das ist ein Vorbild, der gibt auch nie auf und schafft es.«
»Ach, der ist doch eh gedopt!«, wirft Susanne ein.

Tag 1595
Susanne öffnet das Kuvert von der Praxis Giesecke, das sie soeben aus dem Briefkasten holte.

»Schatz, das darf ja nicht wahr sein! Weißt du, was dieser unverschämte Professor verlangt für seine Ignoranz? 420 Mark! Das kann ja wohl nicht wahr sein, was bildet der sich überhaupt ein?«

»Also gibt es den Professor doch, diese Korinthe!«, antwortet Robert gequält.

Tag 1600
Robert und Susanne fahren mit befreundeten Ehepaaren aus ihrer christlichen Gemeinde und deren Kindern in die Berge auf eine Hütte, wo sie eine Woche verbringen wollen. Franz hat Beziehungen zu dem Bauern, dem die Hütte gehört. So zahlen sie nur einen geringen Betrag sowie ihre Lebensmittel und einige andere Dinge, die sie für den Aufenthalt dort benötigen. Robert und seine Frau machen die Vorhut und bringen die Vorräte, sowie einen Teil des Gepäcks, zur Hütte. Die anderen sollen am nächsten Tag zu Fuß den Berg bis zur Hütte erklimmen und zu ihnen stoßen. Für sie ist es ein Fußmarsch von ein bis zwei Stunden. Alle freuen sich sehr auf diesen Urlaub, ganz besonders die Kinder. Es ist ein sehr heißer Sommertag mit über dreißig Grad im Schatten, doch durch die Klimaanlage, die sie im Fahrzeug haben, ist es angenehm kühl. Als sie bei der Hütte ankommen, treffen sie ein Ehepaar, das sie sehr freundlich begrüßt.

»Willkommen auf der Hinterschnada Alm. Ich bin der Seppi und das ist meine Frau, die Zenzi. Wir kommen aus Berlin.«

»Wie aus Berlin?« Robert mustert die so ländlich gekleideten und bayrisch Sprechenden ungläubig.

»Ja, wir sind schon Bayern eigentlich, aber seit 15 Jahren wohnen wir halt in Berlin. Ich hoffe, ihr habt's an guten Hunger mit 'bracht.« Der Duft von Gebratenem umweht Roberts Nase.

»Ja klar haben wir Hunger.«

»Das trifft sich gut, wir haben einen großen Schweinsbraten mit Knödeln, Blau- und Sauerkraut gekocht und laden euch natürlich herzlichst zum Essen ein.« Nach dem mehr als reichlichen Mahl und einer Verschnaufpause entlädt Susanne das Fahrzeug und verstaut alles in der Hütte, bevor beide müde ins Bett fallen.

Tag 1601
Die Nachzügler treffen am Vormittag ein und beziehen ihre Zimmer. Die Hütte verfügt über zwei Schlafräume für jeweils drei Personen und über ein großes Zimmer mit etwa zehn bis fünfzehn Schlafplätzen. Susanne und Robert bewohnen einen der beiden kleinen Schlafräume. Sie nehmen das ruhigste Zimmer, falls Robert Ruhe braucht und sich zurückziehen will. So kann er, ohne die Störung irgendwelcher »Nachtgeister«, besser schlafen. Robert bekommt als Erster die Aufgabe, das Feuer im Herd am Brennen zu halten. Robert

und Franz sitzen um drei Uhr nachts als letzte in der Stube.

»Es ist doch schön da heroben, oder?«, meint Franz, während er sich die Pfeife stopft.

»Ja freilich, aber wir sollten jetzt doch langsam ins Bett gehen. Irgendwie grummelt es so komisch in meinem Bauch. Wahrscheinlich war eine der zwei Flaschen Rotwein schlecht. Gestern habe ich mich ja erfolgreich um den Besuch der sehr einladenden Örtlichkeit dieser Alm gedrückt. Aber nun geht es nicht anders.« Mit schmerzverzerrtem Gesicht, die Hand auf den Bauch gepresst, packt er die Taschenlampe und stürzt sich aus der Hüttentür zum Klohäuschen, das um die Ecke steht. Gerade noch rechtzeitig kann er die Hose vor dem »Donnerbalken« runter-, und seinem Bedürfnis freien Lauf lassen. Der eisige Nachtwind umweht grausam seine Blöße. In Anbetracht des Mahagoniklodeckels kann man nicht auf den ersten Blick vermuten, dass es sich nur um ein windiges Plumpsklo handelt. Schnell zieht er seine Hose wieder hoch und rennt zurück in die warme Hütte.

»Nachts ist es hier doch verdammt kalt, was? Alles im Lot, Robert?«

»Ja, es geht schon wieder. War knapp. Fast wären mir die Eier abgefroren. Ist ja wie in der Wüste hier, heiße Tage und arschkalte Nächte.«

Tag 1602
»Es ist wirklich eine sehr schöne Woche, vom Wetter und auch von der Gemeinschaft her«, sagt Robert zufrieden zu seiner Frau. Thorsten hat seine Gitarre mitgebracht. So musizieren sie fast die ganze Zeit, singen Lobpreis- und andere Lieder. Dabei benutzen sie alles Mögliche, was irgendwie als Musikinstrumente herhalten kann, wie Löffel, Geschirr und Werkzeug.

Tag 1606
Zum Abschluss feiert die Gruppe am letzten Tag noch ein kleines Grillfest. Da es auch an diesem Tag sehr heiß ist, schwitzen alle wieder sehr. Robert sitzt an einer sehr zugigen Stelle.

Tag 1607
»Schweiß und Wind waren doch nicht gerade die beste Kombination, Schatz. Es geht mir saudreckig heute. Die Rückfahrt war die Hölle. Ich könnte explodieren vor Hitze!« Robert liegt im Schlafzimmer der Wohnung in Augsburg. Der Schweiß läuft ihm am ganzen Körper in Sturzbächen hinunter und er klagt Susanne unentwegt, dass es ihm so

heiß sei, so unendlich heiß. Die Lunge schmerze und der Husten sei quälend. Er befindet sich schon fast in einem Delirium. Susanne misst bei ihm über vierzig Grad Fieber.

Tag 1640
Robert hat sich in den Bergen eine schwere Lungenentzündung zugezogen. Seit drei Wochen hat er nun schon Fieber. Susanne macht ihm ständig Wadenwickel, um das Fieber etwas zu senken. Sie legt ihm auch kalte Umschläge auf die Stirn, in den Nacken und auf das Gesicht. Susannes kleine Altbauwohnung mit zwei Zimmern, in der sie seit der Hochzeit zu Dritt wohnen, ist viel zu klein. Zudem befindet sich die Wohnung im dritten Stock, direkt unter dem Speicher, der sich durch das heiße Wetter sehr aufheizt, gerade in diesem Jahrhundertsommer. Es ist nicht daran zu denken, die Hitze aus der Wohnung zu bekommen. Keine idealen Bedingungen bei einer Lungenentzündung. Susanne beschließt, ihren Mann einzupacken und mit ihm an die Ostsee zu fahren, weil es dort kühler ist. Doch Robert schleppt sich am Nachmittag nochmals zu Doc Verdi, in die letzte Sprechstunde vor seinem Urlaub. Erschrocken über den schlechten Zustand Roberts, veranlasst dieser sofort eine Röntgenaufnahme und rät ihm, gleich in ein Krankenhaus zu gehen. Robert winkt müde ab. Dazu habe er wirklich keine Lust, sagt er. So übergibt ihn sein Hausarzt an seine Urlaubsvertretung, eine Allgemeinärztin, die zusätzlich noch Psychologin ist.

Tag 1642
Robert besucht die Sprechstunde der Urlaubsvertretung seines Hausarztes, Frau Dr. Bauernfeind. Die Ärztin begrüßt Robert mit einem festen Händedruck, der ihn kurz das Gesicht verziehen lässt.
»Wie geht es Ihnen, Herr Winterkorn? Was kann ich für Sie tun?«
»Ach wissen Sie, Frau Doktor, ich brauche nur schnell ein Rezept und Penicillin oder sowas gegen meine Lungenentzündung.«
Robert hustet und krümmt sich vor Schmerzen.
»Ja, ich hab´ schon gesehen, Sie können sich ja kaum auf den Beinen halten.«
»Seit vielen Jahren der Seelenkrebs, als ob das nicht schon mehr wäre, als ein Mensch vertragen könnte und nun auch noch das. Das bringt mich bald um, Frau Doktor.«
»Nun, Herr Winterkorn, Sie wissen ja vielleicht, dass Sie hier nicht nur in einer hausärztlichen, sondern sogar in einer psychotherapeutischen Praxis sind und ich Psychotherapeutin bin. Ich meine, dass

wir es einmal mit einer Kurzzeittherapie versuchen sollten. Bis zu fünf probatorische Sitzungen übernimmt ja Ihre Versicherung auf jeden Fall und dann sehen wir weiter. Ich meine, dass wir Ihre Probleme so angehen sollten. Was meinen Sie, Herr Winterkorn?«

»Das ist nicht Ihr Ernst, oder? Ich habe seit Wochen hohes Fieber, eine schwere Lungenentzündung und schleppe mich nur in Ihre Praxis, weil ich die Tabletten brauche, die mir der Doktor Verdi verschreibt und die ich dringend brauche, bevor er wieder aus dem Urlaub zurück ist. Und Sie wollen mir eine Psychotherapie andrehen? Wissen Sie überhaupt wie viele dieser Therapien ich schon hinter mir habe? Für Sie ist das ein gefundenes Fressen, was? Sie können mich mal, ich fahre jetzt mit dem Taxi heim und rufe den ärztlichen Notdienst. Das hätte ich gleich machen sollen. Unglaublich sowas!«

»Wie Sie meinen, Herr Winterkorn, dann wünsche ich Ihnen eine gute Besserung. Auf Wiederschau'n! Der Nächste bitte ...«

Beim Hinausgehen hallt es ihm noch aus dem Sprechzimmer nach: »So bekommt er seine Probleme nie in den Griff.«

Tag 1646
Sechs Wochen wird Robert nun schon von der heftigen Lungenentzündung gequält, doch heute schlägt endlich das fünfte Antibiotikum an. Die Wochen, in denen Susanne etwa dreimal beim ärztlichen Notdienst anrief und dann von dort ein Arzt oder eine Ärztin kam, fehlen ihm teilweise in seiner Erinnerung, beklagt er sich bei seiner Frau. Das hohe Fieber habe ihn zeitweise in einen Dämmerzustand versetzt. Heute liegt eine saftige Rechnung im Briefkasten.

»Ein Arzt rechnet hier ein psychiatrisches therapeutisches Gespräch ab!«, schimpft Robert.

Im Gespräch mit Susanne erinnert er sich nur daran, dass einmal ein Arzt vom ärztlichen Notdienst gekommen sei, dem er - so gut er noch konnte – mitgeteilt hätte, welche Medikamente, insbesondere Psychopharmaka, er einnehme. Er habe ihm das nur gesagt, damit es keine Wechselwirkungen mit anderen Medikamenten gibt. Sein ganzer Körper sei an einem Tag mit roten Pusteln übersät gewesen, die fürchterlich gejuckt hätten. Es habe sich so angefühlt, als habe er mit dem ganzen Körper Kontakt mit Brennnesseln gehabt.

Tag 1649
Doc Verdi präsentiert Robert das Ergebnis der letzten Röntgenkontrolle des Thorax, Roberts Brustkorb.

»Da sind Sie ja dem Tod ja quasi wieder mal von der Schippe gesprungen. Ein Drittel Ihrer Lunge ist leider funktionsunfähig geworden, Herr Winterkorn! Bei den nächsten Untersuchungen müssen wir auf jeden Fall Ihren Thorax gründlich abhören und einen Lungenfunktionstest machen.«

Tag 1675
Robert sitzt apathisch am Küchentisch.
»Was ist, Schatz, willst du gar nichts essen?«, fragt Susanne.
»Ich nehme diese Schizophrenie-Tabletten nicht mehr, die wirken Null! Heute früh hatte ich wieder eine heftige Schmerzattacke, zwei Stunden lang. Bei jedem Anfall hab ich dieses Zeug genommen, erst eine Tablette und was geschah – nichts! Auch vier davon brachten gar nichts. Deshalb nehme ich diese Tabletten jetzt auch nicht mehr ein. Wenn die Schmerzen kommen, muss ich sie halt einfach irgendwie aushalten.«
In der Nacht sieht er im TV wie Henry Maske in München den Weltmeistertitel gegen Graciano Rocchigiani verteidigt.
»Es ist ein Kampf jeden Tag für mich. Ich stehe ständig im Ring, aber ich gehe nicht nach 12 Runden raus als Weltmeister und trotzdem kämpfe ich weiter jeden Tag, jede Stunde, jede Sekunde und gebe nicht auf, Schatz. Gute Nacht!«

Tag 1719
Robert sitzt mit Susanne im Gottesdienst in der christlichen Gemeinde. Wie immer, fragen die Gemeindemitglieder auch heute wieder bei der Begrüßung, wie es Robert geht.
Robert antwortet diesmal: »Den Umständen entsprechend schlecht.« Es kommt keine Reaktion auf diese Aussage.
Nur ein Gemeindemitglied antwortet: »Das ist doch schön« und klopft Robert auf die Schulter.
»Was soll das?«, fragt Susanne irritiert. Robert zwinkert ihr zu.
»Es ist nur ein kleiner Test, nichts weiter, nur ein Test.«

Tag 1767
Susanne schaut Robert an, der am Frühstückstisch vor seiner Tasse Kaffee sitzt und mit Mühe die Augen aufhält.
»Willst du dich nicht wieder hinlegen, Schatz?«
»Nein ich will am Tag nicht schlafen, weil es mir nach dem Aufwachen nur noch schlechter geht, das weißt du doch. Am Tag könnte ich umfallen vor lauter Müdigkeit und in der Nacht kann ich kaum schlafen. Seit über einem Jahr bin ich jetzt schon beinahe schlaflos. Nur zwischen 23 Uhr und 1 Uhr, maximal 2 Uhr, finde ich Ruhe. Da soll man nicht völlig verrückt werden. Früher wurde ja der Schlafent-

zug als Foltermittel eingesetzt. Da kam so mancher an die Grenze des Wahnsinns. Und da glauben noch viele, dass man bei Seelenkrebs nur schlafen möchte und kann. Bei mir ist das halt leider nicht so. Der wenige Schlaf alleine würde mir noch nicht mal so viel ausmachen, aber in dieser Zeit muss ich ja den Seelenkrebs und die Fibromyalgie mit ihren Schmerzen wieder aushalten. Manche Menschen wissen nicht was sie reden, wenn sie davon sprechen, dass sie ›kein Auge zugemacht‹ haben. Oder wenn sie sagen, dass sie Durchfall hätten und dass sie seit drei Tagen nur noch auf der Toilette sitzen würden. Beim Seelenkrebs bekommen diese Worte eine andere Dimension, da sie für den Kranken nicht nur etwas Sprichwörtliches haben, sondern plötzlich Wirklichkeit werden, wie, ›Mir ist es so schlecht gegangen, dass ich auf allen Vieren gekrochen bin‹. Ich krieche wirklich öfters auf allen Vieren, da ich einfach zu schwach bin, um auf den eigenen Beinen zu stehen, meistens beim Aufstehen, aber auch zu anderen Zeiten.«

Tag 1785
Zwischen Robert und seiner Perserkatze Bam Bam entwickelt sich eine Beziehung, die sowohl liebevoll, aber auch durch gegenseitigen Respekt gekennzeichnet ist. Roger, der heute zum Kaffeetrinken gekommen ist, sagt zu Robert, er sei sehr berührt über das innige Verhältnis.

»Ja, die Bam Bam gehorcht mir fast auf's Wort. Viele werden nun wieder sagen, dass das bei einer Katze nicht möglich sei. Doch. Wir ›sprechen‹ sogar in ihrer ›Katzensprache‹ zusammen. Sie liebt David und kann gar nicht oft genug an seinem Hosenbein bis zur Schulter klettern. Oben angekommen, schmust sie ausgiebig und reibt immer wieder ihren Kopf an seiner Wange. Auch liebt sie die Zeit, wenn sie zusammengerollt auf Susannes Schoß sitzt, wenn diese vor dem Fernseher liegt, oder telefoniert. Bam Bam und ich haben ein besonderes Ritual. Jeden Abend, gegen 18.30 Uhr, lege ich mich auf die Couch im Wohnzimmer und schaue mir ein Magazin und dann die Nachrichten im Fernsehen an. Dies dauert etwa 30 Minuten. Ich liege also auf der Couch und die Musik des Magazins fängt an zu spielen. Schon kommt Bam Bam um die Ecke und springt zu mir auf die Couch. Sie legt sich sofort auf den Rücken, damit ich ihr mit meiner linken Hand den Bauch kraulen kann. Es ist eigentlich eine Katzenmassage. Erst bearbeite ich also ihren Bauch, um mich dann langsam an den Vorderbeinen entlangzuarbeiten, bis ich dann bei der jeweiligen Tatze angelangt bin. Sie schnurrt und miaut dabei vor lauter Wonne. An den Tatzen muss ich kurz innehalten, auf sie drücken, damit ihre Krallen einen Finger umschließen können. Wir achten beide darauf, uns nicht wehzutun, gell Bam Bam!«

Robert krault die schnurrende Katze unter dem Kinn. Dabei flippt sie vollkommen aus. Roger beobachtet sie fasziniert. Jetzt sind die Hinterpfoten dran. Danach legt sie sich auf den Bauch und macht sich ganz flach, so dass Robert zum Abschluss noch ihren Rücken kraulen kann. Kaum schließen die Nachrichten mit dem Wetterbericht ab, trottet Bam Bam zufrieden zu ihrem Fressnapf.

»Wenn sie im Wohnzimmer ist, setzt sie sich gerne auf eine der Musikboxen der Musikanlage. Dann schläft sie schon mal ein und fällt manchmal am Abend von der Box!«

»Man sieht dir an, wie stolz du auf deine Bam Bam bist. Lass uns doch noch das Finale der Australian Open schauen. Ich glaube, dass der Boris Becker heute gewinnt.«

Tag 1796
Bam Bam liegt wieder einmal auf der Fensterbrüstung der Wohnung im dritten Stock und Robert liest in einem Buch im Wohnzimmer auf der Couch. Er muss auf die Toilette gehen. Als er zurückkommt, schaut er aus den Augenwinkeln zum Fenster und stutzt. Bam Bam sitzt nicht mehr auf der Brüstung. Er sucht und sucht, findet sie aber nirgends.

»Hast du Bam Bam gesehen, Schatz?«

»Nein, sie war doch auf der Brüstung. Sie wird doch nicht etwa...?« Robert schaut von der Brüstung und tatsächlich sieht er Bam Bam unten auf der Wiese sitzen. Sie schaut ihn mit großen Augen an und miaut ganz laut. Er ruft Susanne und sie laufen nach unten, um Bam Bam wieder einzufangen. Aber einfangen brauchten sie sie gar nicht. Sie wartet schon brav auf beide. Sie untersuchen sie genau, aber ihr scheint nichts passiert zu sein. Sie scheint den Absturz gut überstanden zu haben. Auch die spitzen Äste der Sträucher haben ihr nichts getan.

Jesus heilt, wenn er will

Tag 1896
Robert sitzt gerade beim Abendessen, als das Telefon klingelt.
»Hallo Franz!«
»Servus Robert. Du, ich habe sehr starke Schmerzen in meinem Bein und liege zu Hause auf der Couch. Ich hatte doch mal vor langer Zeit einen Motorradunfall, bei dem ein Bruch genagelt wurde. Die Nägel habe ich mir nie raus machen lassen. Weiß nicht mehr ein noch aus. Du hast doch einmal erzählt, dass du für deine Mutter um Heilung ihrer starken Diabetes gebetet hast und sie dann geheilt war.«
»Ja, ich hatte bei ihr mit Handauflegung gebetet, sie hatte Unterzucker mit einem Wert von 23. Es kam zu einer Spontanheilung.«
»Das war eine Wunderheilung, nicht wahr?«
»Nicht ich habe geheilt, sondern der Herr hat es. Ich werde natürlich gleich für dich beten und im Geiste die Hand auflegen, Franz.«
»Ja, würdest du das tun? Danke und Gottes Segen. Ich lege mich wieder hin.«
Robert betet für Franz. Kurz darauf ruft Franz ihn wieder an und hüpft dabei vor Freude schreiend durch sein Wohnzimmer.
»Halleluja, gepriesen sei der Herr. Halleluja!«
»Ja, Franz was ist denn los?«
»Meine Schmerzen, meine Schmerzen sind weg. Stell dir vor, ich habe meine Füße aus dem Bett gehoben und schon in Erwartung des Schmerzes die Zähne zusammengebissen. Ich griff schon zu den Tabletten. Aber da war kein Schmerz mehr. Seitdem ist er auch nicht wiederkommen. Ich bin dir so dankbar für deine Gebete.« Robert dankt Gott, dass seine Gebete erhört wurden und es seinem Freund wieder gut geht.

Tag 1984
Heute nehmen sie als Pfadfinder an einer Vereinigungskonferenz der evangelischen Freikirchen teil. Robert schreibt einen christlichen Text auf eine bekannte Melodie, die von den Pfadfindern vorgetragen wird. Alle sind voll des Lobes über das schöne Lied. Am Abend erreicht Robert die Nachricht eines weiteren Erfolgs seiner Mannschaft, deren Anhänger er seit früher Kindheit ist. Die Fußballer des FC Bayern München erringen erstmals den UEFA-Pokal. Nach dem 2:0 im Hinspiel besiegt die Elf erneut Girondins Bordeaux, nun mit 3:1.

Tag 1995
Für Franz bringt diese Konferenz noch eine große Überraschung. Er war jahrelang als Aussteiger mit einem Pferd in Israel unterwegs. Damals hatte er ein Kind gezeugt, dass er nie kennengelernt hat, da sich die Mutter vor der Geburt von ihm getrennt hatte. Die Konferenz wurde live im christlichen Radio und Fernsehen übertragen. Auch in Israel. Die Mutter, die Franz im Fernsehen sah, ruft ihren Ex heute an und berichtet ihm von seinem Sohn Aaron, der mittlerweile schon sieben Jahre alt ist. Er hat seinen Vater auch in der Konferenz gesehen.

Tag 1997
Robert übernimmt am Vormittag mit einem anderen Bruder der Gemeinde die Gottesdienstleitung. Ein paar Leute singen vom Klavier begleitet ein paar Lobpreislieder für Gott. Robert singt ein Solo, wie er es zuletzt vor seiner Krankheit bei Veranstaltungen getan hat. Es gibt einiges vorzubereiten für den Flohmarkt der Pfadfinder morgen. Hierzu und zu anderen Gelegenheiten, wird der schöne Gemeindegarten genutzt. Franz erzählt von dem großzügigen Geschenk einer Erbengemeinschaft, das an ihn herangetragen wurde. Eine Erbengemeinschaft aus Sachsen möchte ihr Grundstück dem Bund der Pfadfinder schenken, da dessen Unterhalt nicht mehr finanziert werden kann. Auf dem Grundstück der Gemeinde Plettenberg steht eine ehemalige Weizenmühle, die vor der Wende ein Seuchenamt beherbergte. Franz und Robert beschließen, sich das Grundstück bald anzusehen.

Tag 2021
Heute ist ein frostiger Herbsttag mit dichtem Schneetreiben. Ein jahreszeitlich sehr früher Wintereinbruch. Robert ist mit Rieke, Franz und zwei jungen Pfadfindern, den Rangern, im Auto unterwegs nach Plettenberg im Osten der Republik. Im Kassettenplayer des Mazda läuft »Cotton Eye Joe« von den Rednex. Die Luft im Wageninneren ist von Rauchschwaden der Zigaretten geschwängert. Die Ranger im Fond kurbeln das Fenster trotz der Kälte runter, um nach frischer Luft zu schnappen. Rieke schleicht mit 60 Stundenkilometern auf der Autobahn dahin und Franz trommelt mit den Fingern nervös auf das Armaturenbrett. Mangels Führerschein, der seit Monaten wieder bei der Zulassungsbehörde zu Hause ist, kann er das Steuer nicht übernehmen. Er dreht sich nach Robert um, der zwischen den Rangern eingeklemmt sitzt und die verschneite Fahrbahn fixiert.

»Wenn Rieke weiter so langsam fährt, kommen wir am Sankt Nimmerleinstag an!«

Rieke ist entnervt.

»Du weißt doch, dass ich Angst habe, bei solchen Wetterverhältnissen zu fahren.«

So fährt Rieke am nächsten Rastplatz raus und übergibt das Steuer an Robert. Er sollte eigentlich wegen seiner Medikamente nicht ans Steuer, fühlt sich aber fit genug, zumal sein Zustand die Reaktionsfähigkeit zumindest subjektiv nicht einschränkt, und Franz bestärkt ihn darin. Er ist der einzige der Insassen, der außer Rieke noch einen gültigen Führerschein hat. Sie fahren etwa drei Kilometer. Wie von Geisterhand dreht sich plötzlich mitten auf der Autobahn das vor ihnen fahrende Auto im heftigen Schneeregen und kommt auf sie zu. Glücklicherweise gelingt es Robert und den nachfolgenden Verkehrsteilnehmern rechtzeitig zu bremsen. Wenige Zentimeter vor der Stoßstange des Mazdas kommt das schleudernde Fahrzeug zum Stehen. Kreidebleich und erstarrt sitzen die Insassen in ihrem unbeschädigt gebliebenen Wagen. Franz bricht das Schweigen.

»Uff, das war knapp! Gott ist mit uns.«

»Gott ist immer mit uns, besonders mit Robert!«, fügt Rieke hinzu.

Nach 13 Stunden Fahrt kommen sie völlig erschöpft am Ziel ihrer Reise in Plettenberg an. Sie checken in einer Jugendherberge ein und fallen erschöpft ins Bett.

Tag 2022
Die Pfadfinderschaft besichtigt heute die Weizenmühle, ein Besitz von mehreren Häusern, Seen und Wäldern, die ihnen von der Erbengemeinschaft als Geschenk angeboten wurde. Der erste Eindruck ist imposant. Robert pfeift anerkennend durch die Zähne.

»Gigantisch, gehört das alles dazu?«

»Ja, das ist die Mühle, das Gesindehaus und der Grund mit über 12 Hektar.«, antwortet Franz. Elsbeth Müller, die Wirtschafterin des Anwesen, erwartet sie am Eingang. Nach einer etwas distanzierten Begrüßung führt die ältere Dame die Gruppe durch die ehemalige Mühle. Die Einrichtung ist aus den 1950er Jahren. Robert macht einen Schrank auf und entdeckt darin alte verstaubte Uniformen.

»Die sind noch von der Stasi, alles original!«, sagt die Wirtschafterin.

Die beiden Ranger schauen sich an. Robert wendet sich ihnen mit Lehrerblick zu.

»Ja, da lernt ihr gleich was von der deutschen Geschichte, Jungs.

Die Stasi war der Geheimdienst der DDR, sowas wie der BND bei uns, aber halt nicht vergleichbar in den kriminellen Methoden.« Frau Müller schaut Robert streng an, setzt kurz an, etwas zu entgegnen, überlegt es sich aber offensichtlich anders und schließt den Mund wieder. Franz macht bereits Pläne.

»Da müssen wir ganz schön viel Arbeit reinstecken. Das Anwesen wirkt schon sehr baufällig.«

»Dafür ist es auch geschenkt, junger Mann!«, wirft die Wirtschafterin ein.

»Ja, das wäre für unseren Bund der Pfadfinder schon ein ideales Heim für Ferien, Erholung, Seminare und Schulungen. Momentan ist es ziemlich zugeschneit hier, obwohl es letzte Woche ja noch Sommer war. Aber im Sommer ist das sicher das reinste Paradies, nicht wahr, Frau Müller?« Die Angesprochene geht nicht auf die Frage ein und wiegt den Kopf hin und her. Sie verschwindet für eine halbe Stunde dann kommt sie unvermittelt und geschäftig auf Robert zu.

»Nun hoffe ich nur für Sie, dass die Miteigentümerin der Erbengemeinschaft, die Frau Kindlmeier, doch noch zustimmt. Sie ist die Einzige, die sich noch querstellt, da das ihr Elternhaus ist. Sie wissen vielleicht, dass sie in einem Pflegeheim an der niederländischen Grenze lebt und ihr Geisteszustand nicht mehr der Beste ist. Wir werden sehen. Nun lasse ich Sie alleine, ich muss noch ein paar Sachen des Interieurs dem Seuchenamt überbringen. Die waren nämlich vor der Wende die Besitzer dieses Anwesens und wollen noch einige Ausstellungsstücke für ein Museum haben. Guten Tag noch und gute Heimreise.« Die korpulente Wirtschafterin zwängt sich umständlich in ihren Trabant und knattert über die verschneite Wiese in den Kiefernwald, wo der Wagen im Auspuffrauch verschwindet. Auch die Gruppe tritt kurz darauf die Heimreise an, die aufgrund des nun wieder sonnigen Wetters nur acht Stunden in Anspruch nimmt.

Tag 2052
Franz sitzt gerade mit den Winterkorns beim Mittagessen, als Frau Müller aus Plettenberg bei Robert anruft. Franz hat auf seinem Anrufbeantworter Roberts Nummer hinterlassen. Robert gibt Franz den Hörer weiter.

»Hallo Frau Müller, was gibt es Neues?«

»Leider keine guten Neuigkeiten, es wird nichts mit der Schenkung. Die Frau Kindlmeier stimmt nicht zu. Wir haben alles versucht, aber leider reagiert sie nicht mehr auf Argumente. Sie ist halt total dement und altersstarrsinnig, da ist Hopfen und Malz verloren.«

»Ja, das ist wirklich schade, wir haben schon Pläne für die Reno-

vierung gemacht. Aber da kann man nichts machen. Wir beten für die alte Dame. Schönen Dank noch und auf Wiedersehen.«
Robert wirkt wenig überrascht über die Nachricht.
»Weißt du, Franz, was nicht ist, soll nicht sein. Es wäre eh zu weit weg gewesen und die ganze Arbeit mit der Renovierung. Da kommt sicher noch etwas Besseres.«

Tag 2134
Nach drei mehr oder weniger schlaflosen Jahren schreibt Robert heute den letzten Satz aus der Bibel in seinen Notizblock. Er hat nun die komplette Bibel mit der Hand abgeschrieben. Endlich findet er auch wieder etwas mehr Schlaf.

Der Tagesschausprecher erwähnt gerade, dass im Zusammenhang mit den im Dezember des vergangenen Jahres gegen Rita Süssmuth wegen der Benutzung von Bundeswehrmaschinen zu Auslandsflügen erhobenen Vorwürfen Bundeskanzler Helmut Kohl der Bundestagspräsidentin sein Vertrauen ausgesprochen habe. Den Rest der Nachrichten bekommt Robert schon nicht mehr mit. Susanne deckt ihn zu.

Tag 2139
Robert wird nach einem Widerspruch und zwei Gutachten seiner Krankenversicherung die Pflegestufe 1 zuerkannt. Doch den Schwerbehindertenausweis muss er zusätzlich beantragen. Er dankt Susanne für ihre Unterstützung.

»Die Beantragung kostet mich viel Kraft. Ohne deine Unterstützung in den Behördenkämpfen würde ich die Anerkennung der mir gesetzlich zustehenden Erleichterungen kaum durchkämpfen können. Kannst du das Schreiben wegen dem Schwerbehindertenausweis nochmal durchsehen?« Susanne liest Roberts Schriftsatz an das Versorgungsamt, den sie als Bevollmächtigte unterschreiben soll, laut vor.

»So, Robert, jetzt haben wir, glaub´ ich, alles. Also erstmal ›permanente Beschwerden: Extrem starke Kopfschmerzen, quälendes Summen und Brummen und Knacken mit starkem Druck im Kopf, extrem starke innere Unruhe, Gesichtsschmerzen, Schmerzen im ganzen Körper, Juckreiz an der Kopfhaut, starke Ohrendruckschmerzen, Nasenschmerzen, Ruhepuls 120, Derealisationserleben (wie durch Glasscheibe von Umwelt getrennt), absolute Geräuschempfindlichkeit, Ohrensausen, diffuse Angstzustände mit akuten Erregungszuständen, Müdigkeit, Muskel- und Gelenkschmerzen, Sehstörungen (verschwommenes Sehen und Doppelbilder), Kribbeln am ganzen

Körper, Mattigkeit, Brustschmerzen, Taubheitsgefühl und Lähmungserscheinungen. Dann immer wiederkehrend: Amnesistische Attacken, Schlaflosigkeit, Ein- und Durchschlafstörungen, Gleichgewichtsstörungen, Schwindel, Herzrasen, Übelkeit, extreme Schwächezustände, Durchfall, allergische Hauterscheinungen, Benommenheit, Schweißausbrüche, Zittern, Hitzewallungen, Bauchschmerzen, Atembeschwerden.

Mein Mann ist äußerst pflegebedürftig laut beiliegendem Attest von Doktor Nusser.

Beantragt wird ein Grad der Behinderung von 100 mit Merkzeichen B. Wegen immer wiederkehrender amnesistischer Attacken, infolge dieser Anfälle und Störungen der Orientierungsfähigkeit kann er nicht ohne Gefahren für sich oder Andere Wegstrecken im Ortsverkehr zurücklegen, die üblicherweise noch zu Fuß zurückgelegt werden. Dann Merkzeichen G und aG, da er sich durch permanente Schwäche und ständige Antriebslosigkeit dauernd nur mit fremder Hilfe bzw. mit großer Anstrengung außerhalb eines Kraftfahrzeugs bewegen kann. Ferner Merkzeichen H, da für die gewöhnlichen und regelmäßig wiederkehrenden Verrichtungen im Ablauf des täglichen Lebens in erheblichem Umfang fremde Hilfe erforderlich ist. Zusätzlich beantragt wird Merkzeichen RF, da er an öffentlichen Veranstaltungen ständig nicht teilnehmen kann.‹ Fällt dir noch was ein, Robert?«

»Noch was? Nein, das dürfte alles sein. Es liest sich wie ein Auszug aus einem Gesundheitslexikon und doch kann es nicht annähernd meinen Zustand beschreiben. Unter diesen Qualen leide ich und kann doch nur sagen, es ist so wie ... und trotzdem kann es sich keiner wirklich vorstellen. Ich hoffe, dass ich wenigstens diese paar Vergünstigungen behalte, die Fahrtkosten kann ich mir bei meiner geringen Pension sonst bald nicht mehr leisten.«

»Ja, Schatz, ich schick das Schreiben gleich los. Es dauert dann sowieso wieder zwei bis drei Monate, bis die den Ausweis ausstellen.«

Susanne schaltet den Fernseher an zu den Abendnachrichten. Der Nachrichtensprecher berichtet, dass der Norweger Börge Ousland als erster Mensch allein und ohne Hilfsmittel die Antarktis durchquert hat. Robert kommentiert:

»Wahnsinn, das sind noch Helden! Was der geschafft hat! Ich komme mir auch so vor, wie alleine unterwegs durch die Eiswüste. Meinen Zustand durchqueren leider nicht viele erfolgreich. Ich werde, so Gott will, dazugehören!«

»Gott wird dich durch die Wüste führen, Robert!«, pflichtet Susanne ihm bei. Der Sprecher fährt fort: »Vor über 60.000 Anhängern erklärt Palästinenserpräsident Jasir Arafat das bisher von Israel verwaltete Hebron zur ›befreiten Stadt‹.

»Du, Robert, Schatz, ich hab´ dir noch gar nicht erzählt, dass ich nach Israel fahren werde.«

»Was wirst du? Nach Israel, du spinnst wohl! Kommt gar nicht in Frage, das ist viel zu gefährlich. Mit wem willst du da denn hin?«

»Mit einer Gruppe aus der Gemeinde. Aber wann wissen wir noch nicht, müssen das noch planen. Für dich wär das eh zu anstrengend.« Robert schüttelt den Kopf und schaut wieder in den Fernsehapparat, wo gerade der Sprecher vermeldet, dass bei einem Bombenanschlag im Zentrum der algerischen Hauptstadt und einem Überfall islamischer Fundamentalisten auf ein Dorf südlich von Algier 72 Menschen getötet wurden. Robert schüttelt wieder den Kopf, diesmal über die Meldung.

»Ist das nicht furchtbar! Da siehst du was diese Fanatiker anrichten und da willst du in die Schusslinie? Ich verstehe dich nicht. Eines Tages werden diese Islamisten noch den dritten Weltkrieg anzetteln.«

»Ja Schatz, vielleicht hast du recht.« Nachdem der Sprecher erwähnt hat, das der US-Präsident Bill Clinton heute auf den Stufen des Kapitols den Eid für seine zweite Amtszeit abgelegt hat, schaltet Robert den Apparat ab und geht endlich seine Zähne putzen.

Tag 2321
Robert kehrt von der Kontrolluntersuchung bei Doc Verdi zurück und ruft schon von der aufgesperrten Wohnungstür nach seiner Frau.

»Schatz, stell dir vor, ein kleines Wunder ist geschehen! Meine Lunge ist wieder voll funktionsfähig, was eigentlich medizinisch fast unmöglich ist. Gott hat diese Heilung vollzogen! Würde er dies doch auch mit meinem Seelenkrebs tun!« Freudestrahlend begrüßt ihn seine Frau.

»Siehst du, dann haben die Gebete in unserem Hauskreis die letzten Wochen doch was gebracht, Jesus heilt!«

»Ja, so ist es! Da mein Immunsystem nicht mehr das Beste ist, bin ich doch seit Jahren viel anfälliger für Krankheiten, die dann meistens wie ein Hammer bei mir einschlagen. Immer wieder hatte ich ja seit dem vergangenen Sommer so unter meinen Lungenproblemen und den Lungenentzündungen zu leiden. Für solche Fälle habe ich auch noch immer das Antibiotikum griffbereit in der Schublade liegen, wie du ja weißt. Sollte es mal wieder losgehen, werde ich sofort darauf zurückgreifen! Aber mit Gottes Hilfe wird es nicht wieder so schlimm werden, wie damals!«

Tag 2325
»Konntest du wieder nicht schlafen, Schatz?« Robert schüttelt den Kopf.
»Nein, seit Wochen schon nicht. Nachdem ich die Bibel abgeschrieben hatte, war es zunächst besser und jetzt fängt das wieder an. Ich muss wieder schreiben, um diese Zeit besser zu nutzen, doch was? Nochmal die Bibel?«

Tag 2330
Roger ist wieder mal zu Gast bei Robert, der immer noch eifrig in sein Notizbuch schreibt.
»Immer noch die Bibel? Wie weit bist du denn schon?«
»Nein mit der Bibel bin ich doch schon längst durch. Ich schreibe gerade Gedichte und Gebete.«
»Lies doch mal vor!«
»Weißt du, es sind verschiedene Gedanken, die mir so gekommen sind und mit dem Ganzen will ich meine Dankbarkeit Gott gegenüber ausdrücken. Ich will dir mal Hebräer 11 Vers 1 vorlesen: ›Es ist aber der Glaube eine feste Zuversicht, auf das, was man hofft und ein Nichtzweifeln an dem was man nicht sieht. Ich glaube fest, dass ich gesund werde. Ich zweifle nicht daran, obwohl ich es nicht sehe.‹ Diese Bibelstelle ist die Definition für Glauben.«
Robert wirkt in seiner Gemeinde seelsorgerisch und hilft durch Gebete. Gemeindemitglieder sagen, er könne gesund beten.
Angie, eine gemeinsame Bekannte und Nichte von Franz erzählt ihnen nach dem Gottesdienst von ihrem Kinderwunsch. Sie versucht schon seit Jahren schwanger zu werden. Mehrere Ärzte haben versucht ihr den Kinderwunsch zu erfüllen, doch leider vergeblich, sagt sie. Robert betet per Handauflegung für Angie, dass sich ihr Wunsch bald erfüllen möge.

Tag 2346
Robert ist im Studio seines Freundes Thorsten und nimmt seine Gedichte und Gebete auf. Er möchte sie als CD´s und Musikkassetten verschenken. Ein Gemeindemitglied ist vermögende Erbin des Lebensmittelfabrikanten Bückle. Kurz entschlossen sponsert sie das Projekt. Marion Bückle begleitet Robert ins Studio. Robert hat dort eine Demoaufnahme eingesungen. Thorsten stellt sich vor und schaut Marion nachdenklich an.
»Marion, hättest du nicht Lust, einige Gedichte und Gebete mit Robert abwechselnd einzusprechen? Wir untermalen das mit einer In-

strumentalmusik. Ich finde nämlich, dass du eine sehr schöne Sprechstimme hast.« Robert ist begeistert.
»Das ist eine gute Idee. Was meinst du, Marion? Lasst uns doch gleich beginnen.«
Marion zögert.
»Meint ihr wirklich, dass ich eine schöne Stimme habe? Ich hab sowas doch noch nie gemacht.«
Sie nehmen Take für Take auf und hören sich die Aufnahmen gemeinsam an. Thorsten ist begeistert.
»Das ist doch schon super für das erste Mal. Du bist ein Naturtalent. Dann werden wir ja heute noch fertig.« Robert nickt.
»Ja ich finde auch, dass unsere Stimmen gut harmonieren.«
Am Abend ist es dann alles eingesprochen. Thorsten schaut auf die Uhr.
»Morgen misch' ich das Ganze noch ab.« Marion schaut Thorsten verständnislos an. Robert klärt auf.
»Was Thorsten meint, ist, dass die Aufnahmen nochmal bearbeitet werden, damit das auch gut klingt auf den Boxen.«
Thorsten pflichtet bei.
»In den nächsten drei Tagen kannst du die CDs und MCs abholen.«
»Was so schnell?« Marion ist überrascht.
»Du kennst mich doch, wenn ich an etwas arbeite hänge ich mich so rein, dass ich die Nacht zum Tage mache.«

Tag 2382
Robert und Susanne verteilen im Gemeindesaal gerade wieder einen Stapel CD's sowie MC's für ältere Menschen, die keinen CD-Player haben. Da kommt ein Gemeindemitglied aus Düsseldorf, wo Robert beim alten Pastor der Gemeinde vorher zu Besuch war, und berichtet ihnen, dass sich ein Fensterputzer, der immer die Fenster des Gemeindesaals putzte, aufgrund dieser CD tatsächlich zu Jesus Christus bekannt und ihm sein Leben übergeben habe. Robert ist beeindruckt.
»Das ist doch eine tolle Sache, dass die Schlaflosigkeit offenbar einen tieferen Sinn hatte. Alleine für diesen einen Menschen hat es sich gelohnt!«

Tag 2469
Nachdem die Pfadfinderschaft aufgrund unüberbrückbarer Differenzen zwischen Gemeindeleitung und Pfadfinderleitung aufgelöst wurde, verfällt Franz wieder mehr und mehr dem Alkohol. Er verbringt seine Tage mit Unterbrechungen auf der Couch von Susanne und Ro-

bert, der ihm heute wieder mal gut zuredet.

»Es tut mir wirklich leid, dass es mit der Pfadfinderschaft nun für uns zu Ende gegangen ist. Ich weiß, dass dein ganzes Herz an den Kinder gehangen hat. Du bist nunmal ein Naturbursche und kannst mit Kindern umgehen und die haben dich wirklich geliebt. Du kannst die nächsten Tage gern wieder mal bei uns wohnen bleiben, bis du dich wieder stark genug fühlst, nach Hause zu gehen, und du dich von deinen Leute die auf dich warten, nicht wieder zum Alkohol bringen lässt.«

Tag 2482
Robert und Susanne geben Franz Halt und versuchen ihm zu helfen, vom Alkohol wegzukommen. Das Telefon klingelt mitten in der Nacht. Franz ist am Apparat, als Robert abhebt.
»Robert, kannst du mir helfen, ich seh´ schon wieder weiße Mäuse. Will unbedingt von diesem Teufelszeug wegkommen.«
»Ganz ruhig bleiben, Franz. Susanne wird dich gleich abholen und dann sehen wir weiter. Den Alkohol hat wahrhaftig der Teufel gemacht. Wir werden dich durch diese Zeit hindurchbeten. Natürlich gilt für dich striktes Alkoholverbot, wenn du bei uns bist, das versteht sich von selbst. Bis später.« Robert legt auf und ruft Susanne.
»Das war wieder der Franz, er springt schon wieder im Dreieck in seinem Zustand, kannst du ihn bitte abholen und zu uns bringen?«
»Ja ich bin zwar nicht gerade begeistert mitten in der Nacht, aber ich werde ihn holen. Der arme Franz! Wie oft hat er schon versucht vom Alkohol wegzukommen. Aber meistens geht er nach zwei Wochen eh wieder zum Saufen und kommt nicht mehr zurück zu uns. Ich weiß gar nicht, das wievielte Mal das schon wieder ist. Wenn wir die letzten zwei Jahre zusammenrechnen, war er sicher ein viertel bis halbes Jahr bei uns. Aber wir wollen die Hoffnung nicht aufgeben, denn in seinem Inneren ist Franz ein wertvoller Mensch. Er würde für dich durch die Hölle gehen, damit du gesund wirst.«

Tag 2687
Leider sind alle die Bemühungen, Franz vom Alkohol wegzubekommen, offensichtlich vergebens. Obwohl er unterstützende Medikamente bekommen hat, schafft er es nicht. Er leiht sich wieder Geld von den Beiden und verlässt Augsburg. Susanne redet Robert ins Gewissen.
»Ich glaube, wir hätten ihm die 12.500 Mark doch nicht geben sollen. Aber du bist wieder einmal zu gutmütig gewesen.«
»Ja ich weiß, aber was hätte ich denn machen sollen, wenn ich

ihm das Geld für seine Alimente nicht geliehen hätte, wäre er in den Knast gewandert.«

»Zumal wir das ganze Geld selber nicht haben, aber du musstest ja wieder deine Mutter und deinen Bruder für den Rest anpumpen.«

»Ich hoffe, dass er sein Versprechen wahr macht und monatlich 250 Mark zurückzahlt.«

Robert schüttelt den Kopf und zieht sich in sein Zimmer zurück.

Tag 2771
Belinda ist seit der Schulzeit die beste Freundin von Susanne. Da sie durch die Welt tingelte, verloren sie sich ab da etwas aus den Augen. Heute ruft sie an, da sie langsam sesshaft werden wolle, wie sie Susanne erzählt. Sie habe keinen festen Wohnsitz derzeit und fragt Susanne, ob sie für drei Monate bei ihnen wohnen dürfe.

»Klar, wenn Robert nichts dagegen hat, gerne!«, antwortet Susanne.

Robert hat das Gespräch angehört und ruft:

»Hallo Belinda, klar kannst du bei uns wohnen, kein Problem.«

Nach dem Telefongespräch unterhält er sich noch mit Susanne über die gemeinsame Freundin. Er erinnert sich an seine erste Begegnung mit ihr. Belinda habe ihm nach der Hochzeit gesagt, dass sie nicht gedacht hätte, dass er trotz seines schweren Seelenkrebses ein ganz umgänglicher Mensch sei. Sie seien jetzt die besten Freunde. Vom Glauben wolle sie nichts wissen, sie würde sich nicht bekehren lassen, sie nicht, habe sie ihm damals gesagt. Doch es habe nicht lange gedauert, bis Belinda in den Hauskreis und in die Gemeinde ging. Sie habe ihm damals gesagt: »Robert, wenn du dir dein Leben nehmen würdest, würde ich in dein Grab spucken. Das kannst du mir nicht antun.« Das habe sich zwar etwas krass angehört, er habe aber verstanden, was sie gemeint habe. Wenn es ihm besonders schlecht ginge, sagt er mit Tränen in den Augen zu Susanne, denke er an diese Worte und sie würde ihm helfen weiterzumachen. Er habe sich sein Leben nicht gegeben, also werde er es sich auch nicht nehmen. Robert und Susanne nehmen sich in die Arme. Robert sagt zu ihr, er sei froh, dass er sie habe.

Tag 2772
Bereits um 8.00 Uhr ruft Angie bei Robert an und klingelt ihn aus dem Bett. Sie ist ganz aus dem Häuschen.

»Halleluja! Es hat geklappt.«

»Was geklappt?« Robert reibt sich den Schlaf aus den Augen und gähnt.

»Ich bin in freudiger Erwartung.« Robert steht auf dem Schlauch.
»Was für Erwartung?«
»Ja das Baby! Ich hab grad den Test gemacht. Er ist positiv.«
»Ja gratuliere!«
»Dein Beten hat geholfen.«
»Ja, aber Gott macht das, nicht ich!«
»Unser Herr wirkt durch dich. Ich danke dir, Robert.« Obwohl Robert nur zwei Stunden schlafen konnte, berichtet er Susanne beim Frühstück, dass er heute in einem minimal erträglicheren Zustand sei, da die Schmerzen seit langem wieder etwas pausieren. Vielleicht sei das ja so etwas wie eine Belohnung für sein Beten, meint er und seine Frau pflichtet ihm bei.

Tag 2812
Robert liest im Internet einen Bericht über die Bodenseeklinik. Die psychiatrische Abteilung dort wird gelobt. Wichtig ist es für Robert, dass sie dort auch EKTs durchführen. Am Bodensee gefiel es ihm immer sehr gut. Er beschließt dort anzurufen, um einen Termin zur Besichtigung zu vereinbaren. Er plant ohnehin ein paar Tage in Friedrichshafen zu verbringen. Die Sekretärin des Chefarztes reagiert auf seinen Wunsch abweisend. Sie fragt ihn, ob es denn in Augsburg keine Psychiatrie gebe, dass er ausgerechnet zu ihnen kommen wolle. Schließlich stehen die Einrichtungen in erster Linie den Ansässigen zur Verfügung. Robert antwortet, er habe die Kliniken in München bereits lange Zeit durchgemacht, bis zu EKTs und er wolle es nun wieder probieren, aber eben am schönen Bodensee, in anderem Umfeld. Das müsse doch möglich sein. Die Sekretärin verspricht, das Anliegen dem Chefarzt vorzutragen, der Robert dann gleich zurückrufen werde. Es dauert auch nicht lange, da ruft der Chefarzt Dr. Hebenstreit an und fragt Robert erneut, wie er denn darauf komme, gerade in diese Klinik zu gehen. Robert wiederholt, dass es ihm eben am Bodensee gut gefalle und er aus der Veröffentlichung im Internet einen guten Eindruck gewonnen habe. Dr. Hebenstreit meint daraufhin, er könne selbstverständlich persönlich vorbeikommen und dann werde er gründlich eruieren, warum er ausgerechnet dort hin wolle und was seine Gründe im Detail seien. Man könne dann unter Umständen über eine Aufnahme nachdenken. Im Übrigen sei es mit den EKTs etwas aufwändig, da diese in der benachbarten Anästhesie durchgeführt werden würden und das auch nur fünfmal im Jahr. Robert merkt, dass ihn der Arzt abwimmeln will und sagt:
»Vielen Dank für Ihren Rückruf, Herr Dr. Hebenstreit. Ich sehe, dass Sie Auswärtige im Allgemeinen oder Augsburger im Speziellen

nicht in ihrer hochgelobten Einrichtung aufnehmen wollen. Offenbar sind Sie auch nicht auf 100.000 Mark mehr oder weniger angewiesen, die Ihnen sicherlich durch einen mehrmonatigen Aufenthalt durch meine private Krankenversicherung und Beihilfe zugeflossen wären. Schön, dass es den Kliniken am Bodensee offensichtlich wirtschaftlich so gut geht, ich spare mir den Besuch und wünsche Ihnen noch einen schönen Tag, auf Wiederhören.«

Tag 2830
Roberts alter Schulfreund Roger ist wieder mal zu Besuch da. Er berichtet vom letzten Klassentreffen.

»Ich soll dir viele Grüße ausrichten von den alten Kameraden und sie bedauern, dass du dieses Mal auch nicht kommen konntest.«

»Ja, danke, du weißt ja, es ging letzte Woche überhaupt nicht mit meinen Angstattacken. Mir geht es wieder ganz schlecht derzeit. Ich kann gar nicht mehr rausgehen. War der Matthias auch da?«

»Ja, und er hat natürlich nach dir gefragt. Ich hab ihm gesagt, wie es dir geht, aber ich denke nicht, dass er es wirklich versteht.«

»Wie damals auch, als es anfing. Hat sich nichts geändert! Dabei waren wir mal ziemlich enge Freunde damals!«

»Er bedauert dich sehr, aber ich hab ihm auch gesagt, dass du kein Mitleid brauchst und es darum nicht geht.«

»Hat sich auch in den letzten sechs Jahren nicht mehr gemeldet bei mir. Auf solche Freunde kann ich verzichten!«

»Ja, er konnte damit wohl nicht umgehen. Jedenfalls reagierte er etwas heftig darauf, dass du, wie schon zu den letzten beiden Treffen, dieses Mal auch nicht dabei warst.«

»Wieso, was hat er gesagt?«

»Na ja, er meinte, wir sollen uns doch mit dem Robert nichts vormachen, das sei ja nun schon das dritte Mal, dass du absagst und du würdest auch in Zukunft dein Kommen immer unter Voraussetzung deines Wohlbefindens stellen, wie auch schon vor zwanzig Jahren, obwohl alle schon im Voraus wissen würden, dass du dann wieder absagen würdest, weil es dir dann in dem Moment wieder besonders schlecht gehe. Er meinte, das sei ein gravierendes psychisches Problem, denn schlecht gehen tue es dir ja eigentlich sowieso, ob bei dir zu Hause, wo du dann traurig seist, weil du wieder abgesagt hättest, oder im Lokal. Aber eigentlich würde dir das laut Matthias letztendlich helfen, weil du einen Schritt nach vorne machen würdest und froh wärst, deinen ›Schweinehund‹ überwinden zu können.«

»Spinnt der? Was bildet der sich eigentlich ein, der hat damals Null Verständnis gehabt und heute noch weniger.«

»Reg dich nicht auf, er war sich schon bewusst, dass das provokativ und sarkastisch klingt.«
»Zynisch!«
»Ja, da hast du sicher recht. Das kommt fast so rüber, als wie wenn ich zu einem Blinden sage: »Mach doch die Augen auf!« Er meinte, dein Schicksal tue ihm ja auch furchtbar leid, doch er sei ja jetzt wieder damit konfrontiert und müsse auch nach sieben Jahren feststellen, dass keine Veränderung oder Besserung stattgefunden habe, und du dich nur noch einigeln würdest, was dich in keinster Weise nochmal irgendwie in diesem Leben weiterbringen werde. Er ist der Auffassung, dass du dich nach so langer Zeit auch schon komplett aufgegeben hättest und dich nur noch irgendwie ertragen würdest, das sei nur furchtbar traurig.«
»Einigeln! Aufgegeben! So ein Schwachsinn! Wenn ich mich wirklich aufgegeben hätte, gäbe es mich längst nicht mehr!«
»Genau das hab ich ihm auch gesagt und dass das, was er gesagt hat, mir zeigt, dass er dich und deine Erkrankung nicht wirklich versteht, denn wenn du nicht täglich diesen ›Schweinehund‹ überwinden würdest, hättest du dich schon längst umgelegt. Insofern habe ich großen Respekt vor deiner Leistung und mit ›traurig‹, ›sich aufgeben‹, ›sich ertragen‹ oder ›einigeln‹ hat dein seit vielen Jahren körperlich maroder und in Folge natürlich seelisch/geistig desolater Zustand für mich in keinster Weise zu tun. Wenn er so denke, habe ich ihm gesagt, mache eine Wiederaufnahme des abgebrochenen Kontakts zwischen euch beiden wohl auch wenig Sinn.«
»Was hat er dann gesagt?«
»Nun, er meinte, ich hätte ihn vollkommen missverstanden, so hätte er es ja gar nicht gemeint. Natürlich akzeptiere er dich auch, er nehme jeden Menschen so wie er sei und habe durchaus Verständnis dafür, dass du immer wieder absagst. Er sei sich deiner Lage bewusst und natürlich sei es zum einen auch bewundernswert, dass du mit so einer aussichtslosen Sache überhaupt noch lebst. Aber zum anderen sei es einfach furchtbar traurig, dass es nach so vielen Jahren so aussehe, dass sich nichts mehr ändern könne. Er versuche sich nur reinzudenken, nachdem er ja die letzten sieben Jahre nicht mehr mitbekommen habe und schon als er dich die letzten Male gesehen hat, habe er deinen Zustand als desolat empfunden. Wenn es einem so schlecht gehe über so lange Zeit, könne er es sich auch nicht mehr anders vorstellen, als dass es so sei, dass man das Leben unter diesen Umständen eben ›ertragen‹ müsse und man versuchen müsse, sich nicht aufzugeben. Er sehe dies als logisches Verhalten in Folge deiner Krankheit und des damit zusammenhängenden Psychosyndroms an,

in dem du dich auf Dauer befinden würdest. Dann fragte er mich, ob ich mich noch an Begebenheiten zu unserer Schulzeit erinnern würde, wo es bereits mehrmals so gewesen sein, dass wir mit dir zum Ausgehen verabredet waren und als wir dann bei dir aufkreuzten, seist du von einem Moment auf den anderen nicht mehr in der Lage gewesen wegzugehen. Dann hättest du verlangt, dass wir wieder gehen und dich alleine lassen sollen.«

»Das stimmt doch gar nicht, daran kann ich mich jedenfalls gar nicht erinnern.«

»Nun, es gab damals schon Begebenheiten dieser Art. Ich erinnere mich daran, dass wir mal bei dir waren, du etwas getrunken hattest und uns dann unvermittelt hinaus warfst.«

»Daran kann ich mich nicht erinnern, das war sicher nicht so gemeint damals!«

»Ja klar, vielleicht eine Art Persönlichkeitsveränderung durch neurologische Veränderungen im Hirn. Drogen, wie auch Alkohol können ja manchmal solche Prozesse verursachen. Unsere Amsterdamfahrt vor über 15 Jahren ... Ach was, vergiss es, ist ja auch nicht wichtig.«

»Was hat das mit meinem Seelenkrebs zu tun?«

»Ich denke mal, dass das damit nichts zu tun hat und das hab ich dem Matthias auch gesagt. Jedenfalls ist es kein Beleg für eine psychische Ursache von Seelenkrebs, allenfalls für eine neurologische. Doch für ihn liegt die Ursache rein in der Psyche und das habe sich seiner Ansicht nach schon während unserer Schulzeit bemerkbar gemacht. Er habe sich damals schon gedacht, dass bereits in den 80ern Psychoanalyse und Therapien hätten versucht werden müssen. Er befasse sich seit Jahren schon mit alternativer Heilung und ich soll dich mal darauf ansprechen, ob du dich nicht mal in die Hände eines chinesischen Akupunkturmeisters begeben willst, ein Versuch sei es doch allemal wert.«

»Von dem halte ich gar nichts. Das Nadeln hat nichts gebracht und außerdem widerspricht das meinem Glauben.«

»Das habe ich Matthias auch gesagt, man muss ihm halt seine Meinung zugestehen und er ist ja ein guter Mensch. Ich hab mich ja in letzter Zeit sehr mit der Materie beschäftigt und bin zu folgender Theorie gekommen: Wenn man davon ausgeht, dass die Heilung mit einer bewussten Entscheidung, zusammenhängt, also ein geistiger Prozess ist, bedeutet das, dass eine neurologische Behinderung, die genau diese Prozesse blockiert, eine Heilung durch die eigene Psyche – also durch eigene Entscheidung - überhaupt nicht zulässt. In dieser Hinsicht bist du eben ›verrückt‹ in den Synapsen des neurologisch fehlgeschalteten Hirns und diese ›Verrückung‹ kann im besten Fall durch einen starken Impuls wieder ›geradegerückt‹ werden. Dazu stehen halt momentan in erster Linie pharmakologische, an den Meridianen des Körpers orientierte oder elektrische Impulsgeber zur Verfügung. Die Pharmakologie hast du mit allem, was es an Tabletten gibt, bereits durch und die mangelnde Wirksamkeit mag auch daran liegen, das diese die Schranke vom Blut ins Hirn bei dir nicht überwinden können. Die Akupunktur setzt an sogenannten Meridianen des Körpers an, dies sind vereinfacht gesagt Energiebahnen. Bei einer Blockade von Meridianen treten körperliche Störungen auf, zu denen auch Störungen des Stoffwechsels gehören. Die Akupunktur ist eine sanfte Möglichkeit, die Blockaden zu beseitigen und den Energiefluss wiederherzustellen. Dies kann bei einer schweren Entgleisung von den Neurotransmittern, also den Botenstoffen des Gehirns - die bei deinem Seelenkrebs zweifelsohne vorliegt - zu wenig sein. Dann kommt die Elektrokrampftherapie zum Einsatz. So wie man Herzkammerflimmern mit einem Defibrillator in Lot bringen kann, wird hier ein sehr starker Impuls an das Gehirn gesendet. Aber das funktioniert eben nicht in allen Fällen und oft auch erst nach mehreren Dutzend dieser EKTs. Mein Gott, ich rede schon wie ein Medizinprofessor.«

»Die Ärzte haben mir auch bescheinigt, dass ich eben kein Fall für die Psychodoktoren bin, sondern für die Neurologen! Bei meiner schweren Form der Erkrankung sei Psychotherapie sogar ein ärztlicher Kunstfehler!«

»So ist es! Aber da immer noch die meisten Menschen so denken wie unser lieber Freund Matthias, ist es wichtig, dass wir mal Aufklärung betreiben. Lass uns doch mal ein Buch darüber schreiben, was meinst du?«

»Ja, ich habe sowieso noch einige Notizen aus meiner Klinikzeit. Muss ich mal raussuchen.«

Tag 2854
Robert hadert mit einigen Gemeindemitgliedern der charismatischen Freikirche und spricht Susanne darauf an.

»Du Schatz, ich weiß nicht, ob ich heute mit zum Gottesdienst gehe. Ich weiß nicht, ob ich überhaupt noch mitgehe.«

»Wieso, was ist los?«

»Einige Gemeindemitglieder zweifeln an meinem festen Glauben, da ihr Beten auch nach Jahren keine Besserung gebracht habe. Ich fühle mich fallen gelassen!«

»Ja, es gibt immer welche, die sagen, du glaubst noch zu wenig.

Aber wir wissen doch, dass das nicht stimmt. Es ist eine Prüfung und wir müssen halt noch Geduld haben.«
»Geduld, Geduld! Die haben keine Ahnung, wie es mir geht und ich werde erstmal nicht mehr mitgehen, Punkt!«
»Also ich habe da wenig Verständnis für.«
»Ok, wie du meinst, dann fahr ich halt alleine. Bis heut Nachmittag dann!«

Tag 2864
»Einen schönen Gruß von Belinda!«, ruft Susanne Robert zu, während sie mir ihrer Schulfreundin telefoniert.
»Danke, ebenso.«
Nach dem Gespräch erkundigt sich Robert, wie es Belinda geht.
»Ausgezeichnet, Schatz, sonst hätte sie sich nicht kurz nachdem sie bei uns ausgezogen ist, bekehrt, sich taufen lassen und sich mit Jochen aus unserer Gemeinde verlobt. Du kannst dich ja sicher noch an die schönen Feste erinnern, nicht wahr?«
»Ja, klar! Wie die Zeit vergeht!«
David kommt rein und zeigt Robert einen Artikel in der Zeitung. Dort ist ein Bild von Franz zu sehen, zu dem der Kontakt seit Wochen wieder mal abgebrochen ist. Er wird der schweren Körperverletzung an einer Bekannten beschuldigt, beteuert aber seine Unschuld. Robert ist erschüttert und betet für seinen Freund. Die Katastrophenmeldungen in den Nachrichten, dass bei einem Erdbeben in Kolumbien mindestens 938 Menschen ums Leben gekommen sind, dabei die 350.000 Einwohner zählende Stadt Armenia zum größten Teil zerstört wurde und bei einem Angriff der US-Luftwaffe im Nord-Irak mindestens zwölf Zivilisten getötet wurden, tragen noch zusätzlich dazu bei, dass Robert keinen Schlaf mehr findet.

Tag 2933
Angie, die Nichte von Franz, ist im fünften Monat ihrer Schwangerschaft und ruft bei Robert an, es seien plötzlich Komplikationen aufgetreten.
»Du Robert, die Ärzte haben mir gerade gesagt, dass ich das Kind vielleicht verlieren kann.« Robert sagt, dass er für sie und das Kind beten werde und er frage Gott, warum er sie denn habe schwanger werden lassen, wenn er ihr das Kind nun wieder nehmen wolle. Robert nimmt die Bibel zu Hand und bittet Gott, ihm ein Wort daraus zu geben. Er schlägt das Wort Gottes auf und liest Angie vor:
»Sollte ich zum Durchbruch bringen und dann nicht gebären lassen? spricht der Herr, oder soll ich gebären lassen und dabei den

Schoss verschließen, spricht dein Gott. Jesaja, Kapitel 66, Vers 9.«
»Wow, das ist ja der Hammer. Vielen Dank. Du, ich wollte dir noch etwas sagen, was Franz betrifft. Gestern war die Hauptverhandlung und sie haben ihn vorm Augsburger Strafgericht wegen sehr schwerer Körperverletzung und einigen Altlasten aus widerrufener Bewährungsfrist zu einer Gesamtfreiheitsstrafe von sieben Jahren und zehn Monaten verurteilt. Ohne Bewährung.«
»Das trifft mich sehr! Wenn du Genaueres weißt, wo er untergebracht ist, gib mir bitte Bescheid, damit ich ihn besuchen kann.«
»Ja, er kommt nach Kaisheim, aber wie das mit den Besuchen ist .., ich glaube er darf im Monat nur zweimal für eine halbe Stunde drei Personen empfangen.«
»Die Aussagen der Zeugen sollen ja ziemlich fragwürdig gewesen sein, aber das hat den Richter anscheinend nicht interessiert, oder?«
»Der Anwalt hat gemeint Revision wäre sinnlos, aber er ist halt auch nur Pflichtverteidiger.«
Am Abend vernimmt Robert die Meldung des Tagesschausprechers, dass der CDU-Ehrenvorsitzende Helmut Kohl die Existenz schwarzer Konten der Partei während seiner Amtszeit als CDU-Chef einräumt und die politische Verantwortung für eventuelle Verstöße gegen das Parteiengesetz übernimmt.
»Den sprechen sie vor Gericht ganz sicher frei. Bei uns wird halt mit zweierlei Maß gemessen!«, sagt Robert zu Susanne beim Abendessen.

Tag 3437
Angie meldet sich telefonisch. Sie sagt, dass bei der heutigen Untersuchung keine Komplikationen mehr festzustellen waren und die Ärzte schon von einem kleinen Wunder sprechen würden. Angie dankt Robert für das Geschenk. Er fühle sich darin bestärkt, dass sein Weiterleben offensichtlich doch einen Sinn mache, sagt er daraufhin zu Roger, der ihn an dem Nachmittag besucht. Sie wollen nun ein Buch über Bibelsprüche schreiben. Robert liefert die Sprüche und Ideen für eine Geschichte dazu aus dem täglichen Leben und Roger setzt dies in literarischer Form um. Sie machen sich begeistert an die Arbeit und planen bereits das Anschreiben an die Verlage mit dem fertigen Manuskript. Robert äußert Roger gegenüber, dass sein Glaube an Jesus Christus nach wie vor unerschütterlich sei und ihm die Kraft gebe, jeden Tag trotz unverändertem Zustand zu überstehen. Dabei belaste ihn auch das dramatische Weltgeschehen. So bringen die Tagesnachrichten die Meldung, dass heute bei einem Bombenanschlag

im Stadtzentrum Moskaus zwölf Menschen getötet und fast 100 verletzt wurden. Dann wurden trotz internationaler Proteste in Texas zwei Männer wegen Mordes hingerichtet. Einer von ihnen sei geistig behindert gewesen. Der texanische Gouverneur und Präsidentschaftskandidat der Republikaner, George W. Bush, hatte eine Begnadigung abgelehnt. Robert kann nur mit dem Kopf schütteln über diese irre Menschheit. Roger sagt beim Abschied, er sei stolz auf Robert und sein Durchhalten werde eines Tages ganz sicher reich belohnt werden.

Mobil mit Einschränkung

Tag 3468
»Heute komme ich mit in die Gemeinde. Ich werde mich wieder aufraffen.« Robert versucht, wenigstens an jedem Sonntag in die christliche Gemeinde zu gehen. Leider gelingt ihm das meist nicht. Susanne jedoch geht jeden Sonntag in die Gemeinde
»Schön, dass du mitkommst, ich werd' auch heute wieder den ganzen Tag dort bleiben, um mit den Geschwistern Gemeinschaft zu haben.« Sie essen im Gemeinderaum gemeinsam zu Mittag. Danach gibt es noch Kaffee und Kuchen. Robert unterhält sich angeregt, betet mit den anderen und plant gemeinsame Unternehmungen. In den Räumlichkeiten der Gemeinde findet heute Abend um 18.00 Uhr der Gottesdienst einer brasilianischen Gemeinde statt.
»Das ist bestimmt eine schöne Abwechslung«, sagt Robert zu seiner Frau. So besuchen sie nach der Gemeinschaft den Gottesdienst. Sie werden von den brasilianischen Gemeindemitgliedern herzlich aufgenommen und nehmen ganz vorne im Gottesdienstraum ihre von der alten Gemeinde gewohnten Sitzplätze ein, die meist frei sind. Robert hat mitbekommen, dass Paulo Sergio, der brasilianische Fußballweltmeister von 1994, der derzeit beim FC Bayern München unter Vertrag steht, und der junge Spieler Cacao auch in diese Gemeinde gehen sollen. Als Jugendlicher war er zwei Jahre lang bei fast jedem Heimspiel des FCB im Olympiastadion. Aber jetzt interessiere ihn Fußball nicht mehr sehr und er könne sich auch nur schwach an Sergio erinnern, meint er zu Susanne. Es stellt sich heraus, dass der Starkicker und seine Familie direkt vor den Beiden ihren Sitzplatz haben. Aber sie sind ja nicht wegen ihm hier. Sergio begrüßt Susanne und Robert recht herzlich und stellt seine Frau und seine Kinder vor. Die ganze Familie des Brasilianers ist sehr herzlich offen und der Fußballstar hat überhaupt keine Starallüren.

Tag 3469
Da sie sich mittlerweile näher kennen, betet Sergio auch wegen Roberts Seelenkrebs. Die Brasilianer haben ihre eigene Art Gottesdienst zu feiern mit ihrem übersprühenden Temperament, da geht immer »die Post ab«. Susanne und Robert haben Spaß mit den Brasilianern. Mit einigen haben sie sich bereits angefreundet. Sie fühlen sich mit ihnen recht wohl. Robert unterhält sich mit Paulo über das letzte Bayern-Spiel.
»Was war denn das heute, mit dem Foul? Bist du verletzt?«

»Nein, iche bin blosse auf Feld ohne Fremde verschulde umknickt, aber iche nicht bin verletzt!«, radebrechtet Sergio mit einem breiten Grinsen.

Tag 3471
Der FC Bayern steht heute wieder mal im Finale der Champions League. Robert sitzt vor dem Fernseher. Es gibt Verlängerung und anschließend Elfmeterschießen. Auch Paulo schießt einen, aber leider trifft er nicht und schießt über das Tor hinaus. Alles scheint verloren zu sein. Oliver Kahn rettet dann seinen Verein doch noch, indem er zwei Elfmeter hält. Aber das ist heute alles nur sekundär für Robert, der wieder mit heftigen Schmerzen kämpft.

Tag 3672
Robert wagt einen für ihn großen Schritt und bucht seinen ersten Auslandsurlaub mit Flug seit über zehn Jahren. Es soll nach Mallorca gehen.
»Ich weiß nicht, wie ich im Flugzeug reagieren werde!«, äußert er Susanne gegenüber besorgt.
»Wie meinst du das, Schatz?«
»Na ja, ich hab zwar keine Flugangst oder Klaustrophobie, glaube ich jedenfalls, aber ich bin doch gespannt, wie ich mit meinen Symptomen in rund 10.000 Metern Höhe zurechtkommen werde.«
»Das wird schon klappen, dein Arzt hat ja auch grünes Licht gegeben.«
»Ja, ich hoffe, dass alles gutgeht. Irgendwie bin ich auch fast so was wie froh, wieder mal ins Ausland zu kommen, obwohl ich leider nicht wirklich Freude empfinden kann, bei dem Grau in Grau meines Zustands.«

Tag 3710
Heute geht es los nach Mallorca. Susanne, Roberts Eltern, sein ältester Bruder Manfred und seine Schwester Lisa kommen mit. Außer seiner Frau und ihm waren alle schon mehrfach dort und kennen das Hotel sowie die Umgebung. Beim Hinflug müssen sie sich am Flughafen an einem speziellen Schalter melden und werden dann mit einem Elektrofahrzeug zur Personenkontrolle gefahren. Es gibt einen speziellen Eingang für Crewmitglieder und VIPs. Dort steigt Robert in einen Rollstuhl um, da er offensichtlich zu schwach ist, um die langen Wege innerhalb des Flughafens zurückzulegen. Nach der Kontrolle wird er mit dem Rollstuhl wieder in ein spezielles Fahrzeug gebracht, welches dann über den Flughafen zum Flugzeug fährt. Dieses

Fahrzeug dockt an der rechten Seite des Fliegers an. Von dort aus steigt er in den Flieger und ist gleich auf seinem Platz. Es sei ihm etwas peinlich, sagt er zu Susanne, dass er als Erster einsteige und die anderen Passagiere an der Einstiegtüre warten müssen, bis er versorgt sei. Als alle Passagiere ihren Sitzplatz gefunden und ihr Handgepäck verstaut haben, geht es los und der Flieger rollt auf die Abflugbahn. Sie heben ab und haben sehr schnell die Reiseflughöhe von 10.000 Meter erreicht.

Sie haben Glück, dass sie nicht mit der Lufthansa gebucht hatten. Heute führt der erste ganztägige Streik der Lufthansa-Piloten für höhere Gehälter zu mehr als 900 Flugabsagen. Etwa 114.000 Passagiere sind bundesweit von den Arbeitskampfmaßnahmen betroffen. Die Tarifgespräche zwischen der Lufthansa und der Vereinigung Cockpit waren zuvor ergebnislos ausgesetzt worden.

»Alles ok, Robert?«, erkundigt sich Susanne.

»Ja, mach dir keine Sorgen, es geht mir gut.«

Der Flug verläuft recht gut und Robert hat sichtlich keine größeren Probleme, bis das Flugzeug in den Sinkflug auf den Flughafen von Mallorca geht. Plötzlich schnauft er und hält sich das rechte Ohr.

»Was ist los?«, fragt Susanne besorgt.

»Ich bekomme starke Schmerzen in den Ohren, besonders im rechten und in der rechten Gesichtshälfte. Auch das Atmen fällt mir schwer. Ich kann nur hoffen, dass das in den nächsten 15 Minuten wieder vorbei ist, bis wir auf dem Flughafen unsere Parkposition eingenommen haben. Was soll ich auch sonst machen?«

Wie immer kann er nur wieder abwarten, bis es besser wird. Seine Probleme werden durch den Druck in der Kabine ausgelöst, welcher bei einem Landeanflug entsteht. Als sie wieder auf dem Boden sind, fragt Susanne:

»Wie geht es jetzt? Sind die Schmerzen besser?«

»Ja, die Beschwerden gehen Gott sei Dank zurück. Ich habe genügend andere Symptome, die ich auszuhalten habe.«

Robert verlässt als Letzter das Flugzeug und wird wieder von einem speziellem Fahrzeug abgeholt, welches mit seinem Arm auf der rechten Seite des Flugzeugs andockt. Im Inneren des Flughafengebäudes wartet schon ein Elektrofahrzeug und ein Rollstuhl auf ihn. Es ist alles perfekt organisiert.

Susanne verspricht ihm, ihn im Urlaub sehr viel mit dem Rollstuhl zu schieben, so dass er auch an längeren Spaziergängen mit der Familie teilnehmen kann, ohne erschöpft aufgeben zu müssen. Er sagt ihr auch mehrmals, dass er ihr dafür sehr dankbar sei. Er werde aber immer wieder mal aus dem Rollstuhl aufstehen und kleinere Strecken auf eigenen Füßen zurückzulegen.

Tag 3717
Susanne schiebt Robert nach dem Frühstück zu den Klippen vor dem Hotel, damit er die Aussicht genießen kann. Da stolpert sie plötzlich über einen Stein und der Rollstuhl gleitet ihr aus den Fingern. Er rollt auf den Abhang zu, doch Robert gelingt es wenige Zentimeter vor dem Absturz den Rollstuhl zu bremsen. Susanne ist schockerstarrt, während Robert ganz cool reagiert.
»So schnell kriegst du die Witwenpension nicht, Schatz«, sagt er trocken und rollt sich langsam wieder zurück zum Hotel. Am Nachmittag verzichtet er sicherheitshalber auf den Rollstuhl und muss daher alle zwanzig Meter beim Spaziergang eine kurze Pause einlegen.

Tag 3731
Heute geht es nach drei Wochen Sommerurlaub wieder zurück mit dem Flieger nach Augsburg. Susanne schaut Robert beim Kofferpacken zu. Diese Tätigkeit gehört nicht gerade zu seinen Kernkompetenzen seiner Frau. So übernimmt er diese Arbeit auch heute.
»Eigentlich brauchen wir die Koffer daheim gar nicht auspacken, weil es ja übermorgen gleich weiter ins Allgäu geht zur Gemeindefreizeit«, sagt Susanne mit einem Blick auf den Wandkalender. Robert quittiert die Bemerkung lediglich mit einem Stirnrunzeln und stopft gewissenhaft die Socken in die Schuhe.

Tag 3733
Heute nehmen Robert und Susanne an einer brasilianischen Gemeindefreizeit in den Allgäuer Bergen teil. Sie feiern Paulos 32. Geburtstag im Seminarzentrum, wo sie alle für eine Woche untergebracht sind. Ein lautes Geräusch lässt Robert um 6.00 Uhr aus dem Halbschlaf hochschrecken. Das allmorgendliche Weckritual! Eine Eigenart der Brasilianer. Sie stehen mit einem übergroßen Gong vor jeder Zimmertüre und machen so lange Krach, bis jemand die Türe aufmacht. Diese Prozedur ist insbesondere für die brasilianischen Schlafmützen gedacht, aber für Robert sehr gewöhnungsbedürftig. Es ist richtiges Aprilwetter im März. Sie haben jede Art von Wetter: Sonne, Regen und Schnee. Die Brasilianer, die in ihrem ganzen Leben noch nie Schnee gesehen haben, sind förmlich aus dem Häuschen und fotografieren wie die Wilden. Da sie kein eigenes Auto und keine andere Mitfahrgelegenheit haben, fahren sie in einem Bus mit. So weit, so schön. Es hieß, dass die Brasilianer um 06.00 Uhr am Bus sein müssen und die Deutschen, die mitfahren wollen, um 08.00 Uhr. Das sei

deshalb so, erklärt der Veranstalter Robert, weil die Brasilianer von ihrer Mentalität her ohnehin erst zwei Stunden später zum Bus kommen würden. Deshalb also 06.00 Uhr, damit alle um 08.00 Uhr zur Abfahrt bereit sind. Robert und Susanne fahren mit ihrem eigenen Auto dem »Brasilianerbus« hinterher. Sie sind in einem »Freizeit- und Seminarzentrum« untergebracht. Die Zimmer sind gemütlich und das Essen sehr gut. Da darum gebeten wird, nicht zu rauchen, lässt Robert seine Kippen für ein paar Tage zu Hause und verzichtet auf den »blauen Dunst«. Er unterhält sich mit Susanne darüber. Leider müsse er feststellen, dass die Brasilianer sich nicht an das Rauchverbot halten. So sehe er immer kleine Grüppchen beim Paffen. Aber egal, ihm stehe kein Richten zu, nur er wolle sich daran halten, sagt er zu Susanne. Die brasilianische Gemeinde hat ein T-Shirt für ihre Gemeindemitglieder in der Muttergemeinde in Brasilien selbst entworfen. Das haben viele heute auf der Gemeindefreizeit an. Es gefällt Robert sehr gut. Also fragt er Paulo, ob er ihm ein solches mitbringen könne. Allerdings brauche er mindestens die Größe XXL. Paulo verspricht ihm, sich nach einem passenden T-Shirt für ihn umzuschauen.

Tag 3735
Die Freizeit geht leider viel zu schnell zu Ende, sie haben eine wirklich schöne Zeit verbracht. Susanne und Robert sind gerade mit dem Packen am Auto beschäftigt, als eine Gestalt aus dem Gebäude auf sie zukommt. Paulo hat die Kapuze seines Shirts über den Kopf gezogen und sieht wie ein Boxkämpfer aus, der auf die nächste Runde wartet. Auf den ausgestreckten Händen trägt er etwas Zusammengelegtes, das wie ein Handtuch aussieht. Als er bei ihm angekommen ist, erkennt Robert Paulo und das T-Shirt, welches er in der Freizeit getragen hat.

»Hey Paulo! Fast hätte ich dich nicht erkannt!«. Mit ernstem Ausdruck in seinem Gesicht steht er nun vor ihm und schaut ihn mit seinen warmen braunen, von der Kapuze abgedunkelten, Augen an. Dann werden seine Augen ganz groß, er streift die Kapuze in den Nacken und sein urbrasilianisches Lachen bricht durch, er kann einfach nicht ernst sein. Paulo überreicht Robert das T-Shirt feierlich.

»Für dich, Bruder!« Robert erwidert gerührt, dass er das Geschenk nicht annehmen könne. Paulo besteht aber darauf. Robert drückt seinen brasilianischen Freund Sie wünschen sich gegenseitig Gottes Segen und Susanne macht zum Abschied noch ein Foto von beiden. Das T-Shirt hat die Größe L, ist aber immerhin das eines brasilianischen Fußballweltmeisters.

Tag 3741
Es ist ein Morgen, wie jeder andere Morgen seit über zehn Jahren. Der Seelenkrebs ist präsent, wie jeden Tag und er scheint Robert heute wieder förmlich zu lähmen. Wieder einmal meldet sich ein alter Bekannter bei ihm, der eigentlich gar kein Verständnis für seinen Zustand zeigt. Normalerweise hält sich Robert zurück und schaltet seine Ohren auf Durchzug. Doch heute funktioniert dies nicht. Als ihn der Bekannte am Telefon zum wiederholten Male fragt, wie es ihm denn gehe, platzt es aus ihm heraus.

»Ich möchte dir nichts vorjammern, aber ich fühle mich absolut kaputt und hundeelend. Nicht nur der Kopf, nein der ganze Körper, schmerzt. Es summt und brummt in meinem Schädel und ich würde am liebsten laut schreien. Ich hoffe, auch heute wieder den Tag zu überstehen. Von Tag zu Tag. Weiter kann ich nicht denken, eigentlich sogar nur von morgens bis abends, wenn überhaupt. Oftmals nur von Sekunde zu Sekunde. Jeden Abend, bevor ich einschlafe, hoffe ich, dass ich morgens gesund oder andernfalls gar nicht mehr aufwache. Also frag mich bitte nicht ständig mit dem Hintergedanken, einmal eine Antwort zu bekommen, die du hören willst. Sorry!« Dass Robert von heute auf morgen gesund aufwacht, kann durchaus passieren. Das hat ihm sein Neurologe und Psychiater, Dr. Nusser, immer wieder gesagt. Viele, die selber eine Form von Seelenkrebs hatten, sagen, dass es allerdings manchmal sehr sehr lange dauern würde. Robert bedauert seinen Ausbruch und erklärt seinem Bekannten, dass er es sich gar nicht mehr vorstellen könne, dass das Summen im Kopf sowie sein gesamter Zustand, irgendwann langsam vergehen würde. In den ersten Tagen, Wochen, Monaten und Jahren habe er diese Hoffnung täglich gehabt, aber täglich sei er enttäuscht worden und so denke er mittlerweile nicht mehr daran, damit er nicht mehr enttäuscht werde, wenn es auch an diesem Tag wieder nichts werde. Er gebe die Hoffnung trotzdem nicht völlig auf und nehme weiterhin seine Tabletten, die allenfalls 15 Prozent seines Zustandes lindern. Er halte an seinem Glauben und der dazugehörigen Hoffnung fest.

Dann zitiert er aus der Bibel, Hebräer Kapitel 11, Vers 1: »Es ist aber der Glaube eine feste Zuversicht auf das, was man hofft, und in Nichtzweifeln an dem, was man nicht sieht!«. Außerdem sei bei Gott kein Ding unmöglich, das sage er sich jeden Tag. Er wisse nicht, warum ihn Gott nicht heile, doch helfe er ihm jeden Tag durch den Tag. Ohne ihn hätte er keinen einzigen Tag durchgehalten. Denn sein Gott sei nicht ein Gott der bestraft und züchtigt, nein, er sei ein liebender Gott. Er frage sich, trotz seines enormen Leidensdrucks, nicht, warum Gott ihn noch nicht heilte. Er habe sicherlich seine Gründe dafür, davon sei er absolut überzeugt. Der Bekannte entschuldigt sich für sein Unverständnis und Robert meint, es tue ihm leid, etwas überreagiert zu haben.

Robert ist müde. Mit einem Auge verfolgt er die Tagesschau. Der Sprecher berichtet, dass nach dem Scheitern der Großen Koalition in der Bundeshauptstadt PDS, Bündnisgrüne und FDP ihre Unterschriftensammlung für vorgezogene Neuwahlen starten. Um die Zulassung eines Volksbegehrens beantragen zu können, sind zunächst 50.000 Unterschriften notwendig. Der SPD-Fraktionschef Klaus Wowereit wird auf dem Sonderparteitag der Berliner SPD einstimmig zum Spitzenkandidaten für das Amt des Regierenden Bürgermeisters gewählt. Bei wenigen Enthaltungen wird zudem der Kurs der SPD-Spitze zur Auflösung der Koalition unterstützt. Wowereit bekennt sich auf dem Parteitag zu seiner Homosexualität mit den Worten: »Ich sage euch was zu meiner Person: Ich bin schwul und das ist auch gut so. Ich habe nie schwule Politik gemacht, sondern als Schwuler Politik.«

Robert murmelt: »Ich bin nicht schwul und das ist gut so! Kann damit nichts anfangen, das findet sich nicht in der Bibel! Ich will darüber nicht richten, aber in der Bibel steht: ›Gott schuf den Menschen als Mann und Frau, damit sie sich zu einem Paar vereinen und Partner füreinander und nicht zwischeneinander sind‹! Aber Gottes Gnade und Vergebung sind groß!«

Tag 3745
Nichts scheint bei Robert heute anders zu sein, als in den letzten 3744 Tagen. Wirklich? Nein, etwas ist heute doch anders! Robert stellt beim Toilettengang eine große Menge Blut im Stuhl fest. Er leidet unter starken Hämorriden, so dass Blutungen immer mal wieder vorkommen. Bisher hat er nichts dagegen unternommen. Heute jedoch muss er ein zweites Mal auf die Toilette und auch dieses Mal ist wieder eine Menge Blut dabei. Er hat seiner Frau bisher nur selten etwas darüber gesagt, aber heute erzählt er es ihr. Da die Sprechzeiten der Ärzte an dem späten Nachmittag schon vorbei sind, entschließen sie sich, zur Notaufnahme ins nahe Klinikum zu fahren, welches nur etwa vier Fahrminuten von ihnen entfernt liegt. Seine Frau fackelt nicht lange, er könne ja schließlich innerlich verbluten, meint sie besorgt. In der Notaufnahme angekommen, muss er erst mal den Papierkram erledigen und überflüssige Felder ankreuzen, wie ob er »schwanger« sei, oder »seine Tage« habe. Beides kann er nach kurzem Überlegen definitiv verneinen. Danach muss er sich in einem Behandlungsraum auf eine Liege legen. Eine Schwester prüft seinen

Blutdruck und seinen Puls. Anschließend nimmt sie ihm noch ein paar Röhrchen Blut ab.

»Ich will das Blut nur mal eben ins Labor bringen und muss Sie dann für eine Enddarmspiegelung vorbereiten, Herr Winterkorn.« Nachdem die Schwester vom Labor zurück kommt, legt sie eine Plastikflasche, ähnlich einer Infusion, im Behandlungsraum ab. Susanne und Robert warten und warten, aber nichts geschieht. Langsam aber sicher wird es immer ruhiger in der Station. Plötzlich stürmt ein Arzt wie ein Wilder in den Behandlungsraum. Jung, dynamisch. Erfolgreich?

»Wir können jetzt mit der Darmspiegelung beginnen.«

»Muss ich nicht vorher einen Einlauf bekommen und eine Darmentleerung stattfinden?«

»Ja, freilich, klar!«

»Dies ist aber noch nicht geschehen.« Der Arzt schaut ungläubig. Robert erzählt ihm von der Schwester und zeigt auf die infusionsähnliche Flasche, die noch immer einsam und verlassen auf dem Tisch liegt.

»Was ist das denn hier? Das ist ja der Einlauf, den hätte die Schwester schon längst vornehmen müssen!«, ruft er entnervt. Doch die Schwester ist nicht mehr da, sie hat Robert offensichtlich vergessen. Der Arzt kommt und drückt ihm das Klistier in die Hand.

»So, Sie gehen jetzt auf die Toilette, stecken sich dieses Plastikröhrchen hinten rein und pumpen sich, die ganze Schei ..., den Einlauf in den Ar ..., ähm After. Dann gehen Sie auf dem Gang zehn Minuten auf und ab, um anschließend den Darm zu entleeren.« Robert tut, wie ihm geheißen wurde. Es ist locker ein Liter in der Flasche.

»Ich frage mich, warum ich immer so in die Scheiße greifen muss, im wahrsten Sinne des Wortes.«

Es stellt sich als gar nicht so einfach heraus, sich den Einlauf selbst zu verabreichen. Ganz schafft Robert es auch nicht, ein Viertel der Flüssigkeit bekommt er nicht mehr rein. So geht er nun im Gang auf und ab. Plötzlich ruft der Arzt aus einem der Behandlungsräume am Ende des Ganges, wo er denn bleibe. Robert ruft ihm zu, dass er erst noch auf und ab gehe. Der Arzt ruft zurück, dass er jetzt den Darm entleeren und anschließend zu ihm ins Behandlungszimmer kommen solle. Auch diesmal tut Robert brav, wie ihm geheißen. Er setzt sich auf die Toilette und schon geht es los. Der Darm entleert sich schlagartig und es dröhnt in der Schüssel so, als würde diese von einer Kanonenkugel getroffen und gesprengt werden. Es will kein Ende nehmen. Immer wiederkehrende Krämpfe entladen den Darm. Da hört er schon wieder den Arzt.

»Das muss schneller gehen!«, ruft er. Er solle in den Behandlungsraum kommen. Obwohl sich der Darm noch weiter entleeren will, kommt er der Aufforderung des Arztes nach. Er muss sich erst mal ausziehen. Anschließend muss er ein typisches Klinik-Netzhöschen anziehen, das an der entscheidenden Stelle ein Loch hat. Er legt sich auf die Behandlungsliege, wobei er, wie eine Frau beim Frauenarzt, seine Beine spreizen muss, um diese auf die dafür vorgesehene Vorrichtung zu legen.

»Herr Winterkorn, wir müssen uns beeilen, die Brüste warten auf mich!« Der Arzt erzählt ihm, dass er sich auf plastische Chirurgie spezialisiert und gerade eine Patientin im Nachbar-OP auf dem Tisch liegen habe, die sich ihre Brüste vergrößern lassen wolle. Die Spiegelung mache er nur in Vertretung, das sei eigentlich gar nicht seine Sache. Außerdem würde sich das in seinem Golfclub nicht so gut machen, daher solle es Robert niemanden erzählen. Er drängt etwas, da bei der Patientin schon die Narkose eingeleitet worden sei. Von einer Narkose oder Betäubung kann Robert allerdings nur träumen, denn seine Untersuchung wird ohne diese durchgeführt. Sein Darm sei noch nicht vollständig entleert, gibt Robert zu bedenken. Das sei nicht sein Problem, meint der Arzt.

»Richtig!«, sagt Robert und wünscht ihm noch viel Spaß mit seinem Hinterteil. Die schmerzhafte Spiegelung ohne jede Betäubung lässt ihm die Schweißperlen auf die Stirn treiben. Der Arzt probiert einige Aufsätze seines Folterinstruments durch, bis er den Richtigen gefunden hat. Schon ist er auch bei Robert fündig geworden. Er entdeckt einige Hämorriden, aber immerhin keine Polypen oder Schlimmeres.

»Schauen Sie mal, Schwester, da sehen Sie die Übeltäter, auf 10.00 Uhr, 12.00 Uhr und 14.00 Uhr-Stellung.« Er klingt wie ein Feldherr vor einer großen Schlacht.

»Da haben wir ja hier am Anfang schon ein ganzes Nest, aber die bluten nicht mehr.« Der Arzt verschreibt ihm eine Hämorridensalbe und legt ihm einen Termin für eine ausführlichere Darmspiegelung, die noch tiefer geht, ans Herz. Anschließend geht er, um sich seinen Brüsten nebenan zu widmen.

Zu Hause angekommen, setzt sich Robert sofort wieder auf die Toilette und es will nicht aufhören. Jedesmal, wenn er aufsteht und nach dem Spülen die Örtlichkeit verlassen will, muss er wieder zurück. Es kommt jetzt nur noch hauptsächlich heiße Luft. Es ist wie auf einem Schießstand, auf dem mit richtiger Munition geschossen wird. Die ganze Aktion dauert noch bis zwei Uhr nachts. Insgesamt muss er noch zwölfmal auf die Toilette gehen. Danach fällt er erschöpft auf sein Bett und schläft bald darauf ein.

Tag 3768
Robert besucht Franz heute mit dessen Nichte Angie und einem Bekannten zum zweiten Mal in der Haftanstalt. Sie haben sich bereits sehr viele Briefe geschrieben, in denen sie sich gegenseitig Kraft und Mut zugesprochen haben. Sie können die jeweilige Lage das Anderen nachvollziehen, da beide in unterschiedlicher Weise Gefangene sind. Robert betritt die Strafvollzugsanstalt. Er kauft an der Pforte einen Gutschein für Schokolade. Nach der Durchsuchung kommt er in den Besucherraum, wo die Gefangenen mit einer etwa einen Meter hohen Glasscheibe, die sich zwischen den Tischen befindet, von den Besuchern abgetrennt sind. Franz sitzt bereits an einem der Tische. Ein Justizvollzugsangestellter trägt einen Bauchladen mit Schokolade vor sich her. Robert gibt ihm den Gutschein und Franz bekommt die Schokolade ausgehändigt. Noch wichtiger für Franz sind aber die Zigaretten. Robert gibt dem Beamten zehn Mark. Daraufhin gibt der Beamte die zehn Mark Franz, der sich an dem Zigarettenautomaten hinter sich eine Schachtel ziehen kann.

»Hallo Franz, das ist ja wie im Knast hier,« versucht Robert zu scherzen, um die angespannte Stimmung aufzulockern.

»Ja, hast du mir auch das Brot mit der Feile mitgebracht?«

Der mithörende Beamte schaltet sich ein und tadelt:

»Unterlassen Sie bitte diese Scherze, sonst muss ich die Besuchszeit für beendet erklären.« Franz nickt Robert zu. Sie wissen, dass sich der Beamte nur an seine Regeln halten muss.

»Alles klar, Herr Obervollzugssekretär, war nur ein Scherz.«

»Robert, wie geht es denn Susanne?«

»Sie konnte leider nicht mitkommen, da sie auf Seminaren unterwegs ist, wie immer. Ich soll dich von ihr grüßen.«

»Ich arbeite jetzt in der Schreinerei für acht Mark die Stunde. So kriegt man die Zeit auch rum. Das Nötigste kann ich mir dann kaufen. Danke für dein Paket übrigens. Hab einen neuen Zellennachbarn bekommen. Er ist ja ganz ok, aber ein wenig wirr in der Birne. Sitzt wegen Autodiebstahl. War bei einer Schieberbande aus dem Osten. Gut, dass grad Europameisterschaft ist. Da können wir uns die Spiele ansehen.« Franz bekommt einen Hustenanfall.

»Solltest etwas weniger rauchen.«

»Ich weiß nicht, seit Tagen quält mich dieses Kratzen im Hals.«

»Vielleicht solltest du mal zum Arzt gehen, ihr habt doch einen Doc hier, oder?«

»Du kennst mich doch, ich geh nicht wegen jeder Kleinigkeit.

Ich hasse Ärzte und sie hassen mich. Wird schon wieder, Unkraut vergeht nicht.«
»Die Besuchszeit ist vorbei«, unterbricht der Vollzugsbeamte.
»Mach´s gut, Franz, aber nicht zu oft. Wir schreiben uns wieder. Halt die Ohren steif und bück´ dich nicht nach der Seife!«
»Alles klar, Grüße alle von mir, Ciao.«

Tag 3772
Roger ist heute wieder da, um das Manuskript des geplanten Buches über Roberts Odyssee mit seiner Krankheit zu besprechen. Robert erzählt aus seinen Erinnerungen an die Psychiatrie, die er in Notizen festgehalten hat. In jeder Psychiatrie sollte er an einer Kunsttherapie teilnehmen. Das sei nichts für ihn, irgendwelche Bilder zu malen, aus Ton etwas zu formen, mit Holz zu arbeiten, oder sonst irgendetwas zu basteln, berichtet er Roger. Seine Begabung liege mehr auf einem anderen Bereich, nämlich Musiktexte zu schreiben und zu singen. Sei er doch schon als kleiner Junge im Meringer Knabenchor gewesen. Mit 15 Jahren habe er bereits seine erste Schallplatte geschrieben und besungen, die an seinem 16. Geburtstag erschienen ist. Er habe später auf einigen anderen Tonträgern gesungen, wie CD, und Texte für andere Interpreten geschrieben und ein paar Sachen in Deutschland, Österreich und der Schweiz verkauft. Die Tantiemen seien jedoch so gering gewesen, dass man dafür höchstens ein Abendessen mit ein paar Freunden in einem Fastfood-Restaurant bekommen hätte. Die hergestellten Kunststücke aus der Kunsttherapie wurden jedesmal von den behandelnden Psychologen und Therapeuten einer genauen Begutachtung unterzogen, um so Rückschlüsse auf die Künstler und ihre Probleme zu ziehen. Für ihn habe das immer so den Anschein gehabt, als würde Einem aus der Hand oder dem Kaffeesatz gelesen. Deshalb sehe er für sich weniger Sinn in einer solchen Therapie. Er habe einmal an einer Kunsttherapie teilgenommen. Allerdings habe er sich nicht an dem täglichen Thema beteiligt, welches bestimmt wird. Er habe früher ein paar Bleistiftzeichnungen gesehen und wolle stattdessen damit sein Glück versuchen. Es waren überwiegend Bergmotive mit alten Bauernhäusern, erinnert sich Robert. So habe er langsam aber sicher ein solches Motiv nachgezeichnet. Zu seinem Erstaunen sei ihm das ziemlich gut gelungen und die Mitpatienten hätten das auch bestätigt. Er habe also ein paar Bleistiftzeichnungen gefertigt und einige seien sogar in der Klinik ausgestellt worden.

Tag 3867
Schon seit Anfang des Seelenkrebses habe er rechts stechende

Schmerzen im rechten Ohr sowie starke Kopfschmerzen, die besonders ausgeprägt den Schädel und die rechte Gesichtshälfte betreffen, berichtet Robert seiner neuen Physiotherapeutin, die zu einer Lymphdrainagesitzung in die Wohnung kommt. Dieses Symptom sei zwar immer da, schwäche aber in Intervallen ab, ebenso das Knacken im Kopf. Er habe das Gefühl, als merke er den Stoffwechsel im Gehirn. Er spüre, wie seine Nervenzellen nicht mehr richtig miteinander kommunizieren, was zur Folge habe, dass es in seinem Gehirn ziemlich stark knistere. Das Knistern sei - in der Sprache des Seelenkrebskranken - so, als höre man nach dem Einschalten eines Computers, wie dieser die Festplatte absucht und dadurch dieses Knistern erzeugt, was ziemlich weh tue. Klar, bei den neuesten Festplatten höre man schon fast nichts mehr, aber Robert habe halt eine »alte Festplatte«. Dazu komme dann noch ein qualvolles Summen und Brummen im Kopf, welches auch für sein Derealisationsphänomen verantwortlich sei. Es bereite ihm Qualen, die man sich kaum vorstellen könne. Ganz selten ändere das Summen seine Tonart. Es dauere aber höchstens ein paar Sekunden und schon summe es wieder im alten Trott. Tinnitus sei ein reiner Kindergeburtstag dagegen. Er wolle jedoch nicht den Leidensdruck bei Tinnitus schmälern. Auch bevor der Seelenkrebs anfing, habe er hin und wieder mit Tinnitus zu tun gehabt und wisse daher, wovon er spreche. Doch er wolle sie nicht nerven mit seiner Leidensgeschichte, sagt er der jungen Dame, die ihn auf ihrer mitgebrachten Liege behandelt. Da sie sich sehr interessiert zeigt, fährt Robert mit seinen Schilderungen fort:
Zu dem Ganzen geselle sich eine zunehmende Vergesslichkeit. Ja, ja, er höre schon wieder die ketzerischen Worte: »Vergessen wir nicht alle hin und wieder etwas? Das passiert schon mal!« Darauf pflege er zu antworten: »Verlegen Sie auch schon mal Ihr Telefon in den Kühlschrank? Und das nicht nur einmal? Dann empfehle ich Ihnen auch einen dringenden Besuch bei Ihrem Arzt!« Nachdem er bereits drei Jahre Seelenkrebs gehabt habe, sei er mit dem Auto durch die Stadt gefahren, um etwas zu erledigen. Plötzlich habe er sich nicht mehr ausgekannt, nicht weil er Augsburg nicht kenne, sondern einfach so. Er habe verzweifelt versucht, den richtigen Weg nach Hause zu finden. Irgendwie sei es ihm dann aber doch gelungen. Als er zu Hause gewesen sei, haben schon Susanne und ein Besuch auf ihn gewartet. Er habe den Besuch erst nicht erkannt, obwohl sie einstmals die besten Freunde gewesen seien. Oft könne er auch nicht einen einfachen Satz mehr sagen, alle Worte würden durcheinander purzeln! Diese Symptome können aber auch durch die EKT verursacht worden sein. Er erkenne Menschen nicht mehr, vergesse immer noch sehr viel und

könne sich einfach nichts mehr merken. Das solle laut Aussage seiner Ärzte wieder weggehen, dies sei jedoch nicht der Fall gewesen. Immer wieder habe er auch mit Gleichgewichtsstörungen, Schwindel, Übelkeit, Durchfall, allergische Hauterscheinungen, Benommenheit, Schweißausbrüchen, Zittern, Hitzewallungen und Atembeschwerden zu kämpfen. Sicherlich könne ein Teil dieser Beschwerden auch von Nebenwirkungen der Medikamente verursacht worden sein, doch die meisten Beschwerden habe er schon gehabt, bevor seine Augen jemals eine Tablette gesehen hatten. Die einzigen Nebenwirkungen, die er auf Medikamente zurückführen könne, sei die enorme Gewichtszunahme von über 40 kg. Die Therapeutin hört sich während der Behandlung die ausführlichen Schilderungen geduldig an und nickt ab und zu zustimmend.

Tag 3893
Robert sitzt in der Küche am Tisch und macht gerade einige Arztrechnungen und Rezepte postfertig, um sie bei seiner privaten Krankenversicherung einzureichen.

Plötzlich stürzt David in die Küche und ruft: »Robert, Robert!«
»Ja, was ist denn, David?«
»Im Fernsehen haben sie gerade gezeigt, dass ein Flugzeug in ein Haus geflogen ist!«
»Ja David, das werde ich mir dann abends im Fernsehen in den Nachrichten anschauen. Ich bin gerade beschäftigt und muss diesen Antrag wieder für die Versicherung fertig machen, damit die mir mein Geld zurückerstatten.« Robert geht nun doch etwas neugierig ins Wohnzimmer und schaltet den Fernseher ein. Geschockt sinkt er auf der Couch zusammen. Es stockt ihm der Atem. Es sind apokalyptische Bilder, die weltweit durch die Fernsehanstalten übertragen werden.

Wer diese Bilder sieht, wird sie wohl niemals je vergessen können. Denn an diesem Tag verüben 19 Terroristen der islamistischen Terrororganisation Al-Qaida den grausamsten Terroranschlag, den die Welt bis dahin je gesehen hat. Sie steuern eine Boeing 767 in den nördlichen Turm des World Trade Centers in New York. Nur 18 Minuten später schlägt eine weitere Boeing 767 zielgenau in den südlichen Tower des WTC ein und explodiert. Diesen zweiten Einschlag bekommt Robert live im Fernsehen mit. Es reißt ihn bei diesem Horrorszenarium förmlich von der Couch. Dreitausend unschuldige Menschen starben an diesem Tag, berichtet der Nachrichtensprecher am Abend. Robert sieht einen Menschen, der sich aus einem Fenster im oberen liegendem Bereich stürzt. Die Kamera folgt dem Körper, der

ein paar Sekunden braucht, bis er am Boden aufschlägt.
Robert spricht mit Susanne und versucht das Gesehene zu verarbeiten:
»Man stelle sich nur die Verzweiflung vor, die einem solchen Entschluss vorausgehen muss. Man stelle sich nur mal vor, hinter einem fressen sich Flammen von einigen hundert Grad durch und vor einem liegen einige hundert Meter Tiefe! Was bleibt noch, verbrennen oder zerschmettern? Ich möchte nicht vor dieser Entscheidung stehen. Dieser Mensch im WTC entscheidet sich für den Sprung und das ›Am-Boden-zerschmettert‹ werden. Die Verzweiflung in diesem Menschen kann ich vollkommen nachvollziehen! Aber hallo, langsam mal ..., werden wieder Einige sagen oder denken. Doch ein Seelenkranker kann so etwas durchaus nachvollziehen. Ich denke wieder an dieses Bild, das meine Situation für mich so treffend beschreibt, dass man in einem Zimmer mit zwei Türen ist, mit jeweils einem Schild, auf dem steht ›kein Eingang‹ und auf der anderen Tür ›kein Ausgang‹. Ich frage mich, ob ich nicht mit einem dieser Menschen, bei solch einem Terroranschlag und Katastrophen, tauschen könnte. Der arme Mann wollte leben, ich auch, aber nicht mit dieser Krankheit!« Robert sitzt noch einige Stunden vor dem Fernseher und schaut zu, wie der Reporter eines privaten Senders stundenlang improvisiert und berichtet.
»Dies ist der Tag, der die Welt verändert!«, sagt er zu Susanne, als er im Bett das Licht löscht.

Tag 3905
Robert berichtet Roger eine Geschichte aus seiner Klinikzeit, die unbedingt im Buch erscheinen solle.
»In der Einzelsitzung mit einem Psychiater kam dieser auch mal auf meine finanzielle Verhältnisse zu sprechen. Dies wurde bei jedem gemacht, da manche Patienten leider durch die Krankheit verschuldet waren und nicht mehr damit klar kamen. Gott sei Dank, hatte ich keine finanziellen Probleme in dieser Hinsicht. Damals hatte ich noch meine Bezüge und später dann meine kleine Pension. Von der Pension her konnte ich keine großen Sprünge machen, aber ich konnte meine Miete bezahlen, Lebensmittel einkaufen und hin und wieder Klamotten. Manchmal gönnte ich mir den Luxus und ging Essen, oder bestellte mir etwas vom Italiener nach Hause. Ich hatte etwas angespart, für besondere Notfälle. Ein solcher Notfall war jetzt eingetreten, der ›Seelenkrebs‹. Da ich Privatpatient bin, musste ich für die Krankenhausaufenthalte, die Therapien und sonstigen Behandlungen manchmal tief in die Tasche greifen, um die Kosten begleichen zu

können. Solche mehrmonatigen Krankenhausaufenthalte konnten zu D-Mark-Zeiten schon mal an die 100.000-Mark-Grenze kommen. Das ist nicht verwunderlich, da ein Tagessatz in einem Krankenhaus schon mal zwischen 300 bis 400 Mark betrug. Natürlich griffen die Herren Professoren immer saftig in den Geldtopf. Einmal bekam ich, als ein neunmonatiger Aufenthalt vorbei war, eine 38seitige Rechnung eines Professors über etwa 38.000 Mark. Ja wirklich, du hast schon richtig gehört, Achtunddreißigtausend! Hierfür musste ich auch wieder eine gewisse Summe als Eigenleistung bringen. Aber dass Beste ist, dass mich der Professor gar nicht selbst behandelt hat. Ich hatte unterschreiben müssen, dass der mich behandelnde Stationsarzt dies im Auftrag des Professors macht und er mir dies somit in Rechnung stellen könne. Was dieser auch tat. So verdienen die Herren Professoren ihr Geld für ihre Autos, ihre Fincas, das Golfspielen, usw., ja sogar ihre eigenen Wälder, wo sich die Ärzte zu Weihnachten einen Tannenbaum schlagen konnten. Privatpatient sein ist gar nicht so lustig. Auch die ewigen Schreibereien mit der Versicherung können ganz schön nerven. Als Privatpatient sehe ich, welche horrenden Kosten verschlungen werden. Auf die Frage eines Psychiaters, wie es denn bei mir finanziell aussehe, antwortete ich einmal: ›Ich möchte es so formulieren: Ich habe mein monatliches Einkommen und etwas gespart. Sollte ich jedoch weiterhin so viel selbst zu den Kosten beitragen müssen, wird die Summe meines Ersparten immer weniger.‹ Später las ich in einem Bericht über diesen Punkt. Ich glaubte nicht richtig zu lesen, stand doch dort: ›Mit Herrn Winterkorn wurde über seine finanzielle Situation gesprochen und dabei festgestellt, dass er unter einem Verarmungswahn leidet.‹ Hallo ... Wenn mein erspartes Geld immer weniger wird, ist das für mich kein Verarmungswahn, sondern eine Tatsache! Das ist schon wieder so ein Beispiel für Sachen, die in einem Bericht stehen, aber gar nicht so sind. Na ja, vielleicht hatte der Therapeut noch nicht seinen notwendigen Alkoholpegel erreicht, um klar denken zu können. Ich habe es übrigens wirklich erlebt, dass Therapeuten stark nach Alkohol gerochen haben. Manchmal denke ich, dass manche Therapeuten besser bei der Regenbogenpresse arbeiten sollten, bei den Krankenberichten, die sie teilweise schreiben.«

Tag 3911
Paulo hat schon des Öfteren als Laienprediger gepredigt und dies tut er auch heute in der Gemeinde München, wo er nun zum richtigen Prediger gesalbt wird. Er liegt auf dem Boden, vor dem Altar und dem Kreuz. Einer der Gemeinde-Ältesten salbt ihn nicht nur mit ein

paar Tropfen Öl auf der Stirn, nein, er gießt die ganze Ein-Liter-Kanne über seinen Kopf.

Paulo schüttelt sich erst wie ein begossener Pudel und ruft dann hocherfreut: »Halleluja! Gepriesen sei unser Herr Jesus Christus!«

Tag 3948
Nachdem sein Vertrag bei den Bayern nun endgültig ausgelaufen ist, geht Paulo Sergio wieder in sein Heimatland Brasilien zurück, um dort als Pastor tätig zu sein. Er überlege aber noch, ein Angebot aus den Vereinigten Arabischen Emiraten anzunehmen, berichtet er Robert bei der Abschiedsfeier. Der Abschied von der Gemeinde ist sehr herzlich und tränenreich. Robert und Paulo sind Freunde geworden.

Robert fährt mit Susanne wieder zurück nach Augsburg. Im Briefkasten findet er eine Abholkarte der Post.

»Das ist sicher das Euro-Starterpaket, das ich am 17. Dezember bestellt hab. Nun ist schon Januar und wir haben den Euro schon auf der Bank. Hoffe, dass das Starterkit auch so an Wert steigt, wie meine DDR-Münzsammlung.«

Tag 4036
Robert hat wieder mal eine schlaflose Phase. Seine Frau kann auch nicht schlafen. Er meint, er überlege wie er die schlaflose Zeit sinnvoll einsetzen könne. Die Bibel habe er schon einmal komplett abgeschrieben, und sein tägliches Bibelstudium mache er auch noch nebenbei. Eine Stunde später schreit er auf und weckt damit seine gerade eingeschlafene Frau.

»Was ist los, Schatz?«

»Ich hab eine zündende Idee. Ich bin doch seit langem Uhrensammler, speziell von Armbanduhren und hab bereits an die 800 Uhren, davon etwa 600 Armbanduhren und 200 Taschenuhren.«

»Und dafür weckst du mich, um mir das zu sagen?«, gähnt Susanne. Robert berichtet ihr von seiner Idee, eine »Prominenten-Uhrensammlung« aufzubauen und den Erlös einmal zur Hälfte für einen sozialen Zweck zu spenden oder eine Ausstellung zu machen. Sie findet die Idee gut. Er könne es ja mal versuchen, sagt er. Vielleicht lassen sich die Uhren später einmal versteigern, um den Erlös daraus an eine karitative Einrichtung zu spenden. Mittlerweile hat er selbst so viele Uhren erworben, dass er fast drei Jahre lang jeden Tag eine andere aus seiner Sammlung tragen könnte. So schreibt er zögerlich an eine kleine Gruppe von Prominenten. Verlieren kann er ja nichts.

Obwohl es Robert aufwühlt, kann er nicht anders, als sich jeden Tag die Nachrichten anzusehen. Die Tagesereignisse sind heute besonders dramatisch. Gebannt folgt Robert den Ausführungen des Nachrichtensprechers. Dieser berichtet, dass der Nahostkonflikt und der Krieg in Afghanistan den Ostermärschen der Friedensbewegung neuen Auftrieb gegeben haben. An den Demonstrationen, Gottesdiensten und Fahrradkorsos in rund 70 Städten beteiligten sich Zehntausende Menschen und damit wesentlich mehr als im Vorjahr. Israel weite seine Militäroffensive auf weitere Städte im Westjordanland aus. Panzer rückten in Bethlehem ein. Hier werde die Geburtskirche Christi umstellt, in der sich etwa 150 teils bewaffnete Palästinenser verschanzt haben. Zugleich belagere die Armee weiter den Amtssitz von Palästinenserpräsident Arafat in Ramallah. In den Niederlanden trete das Gesetz zur aktiven Sterbehilfe in Kraft. Somit werde Sterbehilfe nicht mehr strafrechtlich verfolgt. Die Niederlande seien das weltweit erste Land, in dem sich unheilbar Kranke den Wunsch nach Sterbehilfe erfüllen können. Nun dürfen Ärzte - ohne sich der Gefahr einer Bestrafung auszusetzen - Sterbehilfe leisten, sofern ein Patient unerträglich leide, keine Aussicht auf Heilung bestehe und er ausdrücklich zu sterben wünsche. Ferner müssten die behandelnden Ärzte vor der Sterbehilfe den Rat unabhängiger Kollegen einholen, die ihre Diagnosen bestätigen müssten.

Tag 4075
Robert holt die Post aus dem Briefkasten und ist begeistert.
»Erst dachte ich, dass ich keine Uhren bekommen würde. Nun habe ich schon welche von Prominenten geschenkt bekommen, von Schauspielern und Schauspielerinnen, Moderatoren und Moderatorinnen, Sänger und Sängerinnen. So haben auch all diese schlaflosen Nächte für mich einen Sinn bekommen.« Als Robert den ersten von zwei Briefumschlägen öffnet, fällt ihm eine schöne schwarze Swatch und eine Autogrammkarte dazu entgegen. Die Uhr ist von Nina Ruge. Er sucht nach Adressen, von denen er vermutet, dass ein Schreiben dorthin auch direkt in die Hände der Prominenten gelangen würde.

Tag 4092
Die Promi-Uhren-Aktion ist ein voller Erfolg. Einige Anschreiben kommen zwar auch heute wieder zurück mit dem Vermerk »Unbekannt« oder »Unbekannt verzogen«, bzw. »nicht bekannt«. Es sind aber auch Schreiben dabei, in denen es heißt, dass Robert leider keine Uhr bekommen könne. Diese Prominenten haben meist nur eine Uhr, oder auch keine, oder sie lesen die Zeit vom Handy ab, der Studiouhr, oder von sonst wo. Andere hatten ihre Uhr von ihrem Partner mal als Geschenk bekommen, oder es war gar noch die Konfirmationsuhr.

An diesem Tag bringt der Postbote eine Tissot Automatik.
»Du Susanne, das ist die Uhr vom Derrick.«
»Derrick, wer ist das?«
»Na, der Horst Tappert, den kennst du doch von der Krimiserie Derrick.«
»Ach weißt du, ich schau doch keine Krimis. Ist die wertvoll?«
»Ja klar, die kostet schon ein paar Euro. Ist schon etwa vierzig Jahre alt, ein schönes Stück.«
»Das Armband sieht aus, wie Handschellen.«
»Quatsch Handschellen, du kennst dich ja aus mit Uhren. Schau weiter ›Deine kleine Farm‹ und träum´ von der heilen Welt.«

Tag 4158
Oftmals greifen die Promis mittlerweile selbst zur Feder, um Robert persönlich mitzuteilen, warum sie ihm keine Uhr schicken können. Dies begründen sie teilweise in einem längeren Brief. Viele geben dabei jedoch auch eine Option für später auf eine persönliche Uhr. Einige greifen sogar höchstpersönlich zum Telefon und rufen Robert an. So hatte er letzte Woche einen Showmaster, gestern einen Sänger, und heute eine Schauspielerin und eine Moderatorin am Telefon.
»Hallo, spreche ich mit Herrn Winterkorn?«
»Hallo, ja am Apparat.«
»Elke Vogelsang vom Mittagsmagazin. Ich möchte mich bei Ihnen persönlich melden, wegen Ihrem netten Brief. Leider trage ich keine Armbanduhr.«
»Dann sind Sie zeitlos glücklich.«
»Ja haha, das kann man wohl so sagen. Aber wir haben ja im Studio jede Menge Uhren. Ich schicke Ihnen gern eine Autogrammkarte und wünsche Ihnen viel Erfolg mit Ihrer Aktion.« Im Hintergrund ertönt eine Stimme: »Wir sind gleich auf Sendung.« Die Moderatorin verabschiedet sich: »Ich muss jetzt Schluss machen. Mein Magazin fängt an.«
Robert schaltet seinen Fernsehapparat ein. Die Moderatorin spricht von der Zeit und Robert fühlt sich angesprochen.
Er sagt zu Susanne, er freue sich sehr darüber. Mit dem Einen oder Anderen kommt es sogar zu weiteren persönlichen Kontakten. Heute erst sei ihm aufgefallen, dass er Paulo Sergio nie wegen einer Uhr für seine »Promi-Uhrensammlung« gefragt hat, sagt Robert zu Susanne. Daran sehe man, wie normal der Umgang mit ihm sei. Paulo sei ein Mensch, wie jeder andere auch.

Tag 4160
Alfreds Frau ist vor kurzer Zeit gestorben. Alfred ist einer von Roberts Nachbarn. Susanne und Robert unterstützen ihn und lernen ihn dabei näher kennen.

Susanne sagt nach dem Frühstück zu Robert: »Wenn wir dann zum Einkaufen fahren, können wir dem Alfred doch was mitbringen, was meinst du? Sollen wir ihn fragen, was er braucht?«

»Nein, lass ihn uns einfach überraschen, mit einem ›Care-Paket‹, das wir ihm mitbringen, eine Überraschung. Was man so braucht, Butter, Marmelade, Getränke.«

Sie kaufen ein und klingeln bei Alfred. Zunächst öffnet niemand. Sie hören schließlich ein Schlurfen und eine verschlafene Gestalt öffnet in einem derangierten Zustand in Unterhose die Tür.

»Was wollt ihr denn hier?«

»Wir haben uns gedacht, wir überraschen dich und haben dir ein paar Sachen vom Discounter mitgebracht.«

Alfred schaut verlegen. »Das ist aber nett von euch, in letzter Zeit hatte ich nicht viel zum Essen.«

»Du brauchst uns nicht zu danken, das ist Christenpflicht. Gehst du morgen mit zum Gottesdienst?«

»Ja, ich kann mir das ja mal anschauen, aber normal bin ich für sowas nicht empfänglich.«

»Prima, dann bis morgen, wir holen dich ab.«

»Ok, danke nochmal.«

Tag 4343
Franz ruft Robert in aller Früh an.

»Hallo Robert. Hast Du Lust, dich mit mir zu treffen?«

»Wieso treffen? Bist du nicht mehr..?«

»Nee, sie haben mich entlassen, ich bin draußen.«

»Aber du hättest doch noch?«

»Ich hab Krebs, Robert. Muss morgen ins Klinikum zur Chemo.«

»Au Mann, das ist hart. Lass uns im Gemeindecafe treffen.«

Robert fährt mit dem Bus zur Gemeinde und findet Franz gefasst vor. Sie schwelgen in Erinnerungen an früher und Robert spricht ihm Mut zu.

»Ich werd dich in der Klinik besuchen, ist ja nicht weit von mir.«

Robert ist sehr angeschlagen von der Hiobsbotschaft. Am Abend erfährt er aus den Nachrichten, dass die US-Raumfähre Columbia bei ihrem Landeanflug in 62 km Höhe mit sieben Astronauten über dem Bundesstaat Texas verglüht ist. Er findet keinen Schlaf mehr.

Tag 4370
Ein Bekannter ruft morgens an, Franz sei mit Darmverschluss operiert worden und wegen seines Krebses sei es sehr ernst. Daraufhin fährt Robert sofort in die Klinik. Dort findet er Franz in einem schlechten Zustand vor. Er erkennt ihn erst nicht, da er noch etwas unter Narkose steht. Robert verlässt ihn mit dem Versprechen, ihn in den nächsten Tagen wieder zu besuchen.

Tag 4375
Robert besucht Franz wieder in der Klinik. Er kauft ihm eine Schachtel Zigaretten und zwei Säfte für 15 Euro am Klinikkiosk. Robert sagt zum Kioskbetreiber: »Ich wollte nur zwei Säfte und nicht das ganze Klinikum kaufen.« Der Kioskbetreiber schaut ihn traurig an: »Diesen Spruch höre ich jeden Tag. Wissen Sie, was ich hier jeden Tag an Pacht zahlen muss? Ich kämpfe hier jeden Tag ums Überleben von den Stromrechnungen ganz abgesehen, die fressen einen auf. Mein Angestellter muss sein Gehalt mit Hartz IV aufstocken. Meine arme 90jährige Mutter ist blind und die Pflegerin will auch mehr Geld und dann kommen Sie und beschweren sich auch noch!« Der Kioskbesitzer fängt an hemmungslos zu weinen. »Wollen Sie die Säfte nun oder soll ich sie wieder zurückstellen?«
»Ok, was soll ich machen, es gibt ja hier nichts anderes.« Robert kauft noch zwei Säfte für sich, um den armen Mann vor dem Ruin zu retten und geht ins Foyer des 20stöckigen Krankenkauses. Robert fährt in den 18. Stock und verläuft sich kurzzeitig in den labyrinthähnlichen Gängen des Großklinikums, bis er eine Schwester trifft, die ihm den Weg weist.
Er trifft Franz in einem gefassten Zustand vor. Statt über seinen Zustand zu klagen, berichtet er Robert von der Nachrichtenmeldung über zahlreiche Lawinenunglücke in den Alpen, bei denen mindestens zehn Menschen ums Leben kamen. Zumeist hätten die Opfer die zahlreichen Lawinenwarnungen der Meteorologen und Warndienste ignoriert und die gesicherten Pisten verlassen. Dies scheint Franz mehr betroffen zu machen, als sein eigenes Schicksal, da er sich verstohlen eine Träne aus dem Auge wischt. Als die Arztvisite kommt, verabschiedet sich Robert. Klinikbesuche strengen ihn immer besonders an.

Tag 5133
Die Promi-Uhren-Sammlung wächst stetig. Es sind schon über 25 Uhren eingegangen. Darunter auch die von Dieter Thomas Heck, Andy Borg, Michaela May und Nicole. Es kam auch vor, dass eine

Uhr erst nach neun Monaten oder noch längerer Zeit bei Robert ankam. Klar, die Promis seien ja sehr im Stress und meistens unterwegs, sagt er zu Susanne. Um so schöner sei es, dass sie auch noch nach so langer Zeit an ihn denken und ihm ihre Uhr schicken. Als er am Vormittag den Briefkasten lehrt, findet er wieder eines dieser typisch gepolsterten Kuverts vor, in denen meistens eine neue Promi-Uhr steckt. Auch nimmt mittlerweile der Ideenreichtum der Promis zu. Von einem Sternekoch, der oft im Fernsehen zu sehen und Robert sehr sympathisch ist, bekommt er heute ein Kochbuch mit einer persönlichen Widmung. Er könne ihm leider keine Uhr für seine Sammlung überlassen, da er nur exklusive und teure Uhren besitze, schreibt der Koch dazu. Ein Schauspieler kopierte vor ein paar Wochen einfach seine Rolex und schickte ihm dann die Kopie. Ein Anderer bastelte eine Uhr aus Karton. Als kleines Dankeschön für seine Uhr erhält der jeweilige Promi von Robert eine Urkunde mit einer symbolischen Ernährungspatenschaft für ein Kind in Afrika für die Dauer eines Jahres. Durch eine Spende von 42 Euro ist dies möglich. Irgendwann wolle er mit der Presse Kontakt wegen der Sammlung aufnehmen, sagt er zu Susanne.

Während er seine Uhren in die Schublade legt, klingelt das Telefon. Robert hebt ab. Es meldet sich ein Mitarbeiter einer Produktionsfirma, die eine Sendung für den MDR produziert. Auf die Frage, ob er die Uhr von Hans Joachim Wolfram, einem der größten Showmaster der damaligen DDR - wie sich Robert gleich erinnert - bekommen habe, antwortet er:

»Ja, vor vierzehn Tagen ist sie bei mir eingegangen, ich bin nur leider noch nicht dazugekommen, mich zu bedanken.« Der Mann am anderen Ende der Leitung lacht.

»Wollen Sie Herrn Wolfram persönlich kennen lernen?«

»Das wäre ganz schön«, antwortet Robert begeistert.

»Gut, wir würden gerne einen kleinen Bericht für unsere Fernsehsendung »Außenseiter, Spitzenreiter« über Sie und Ihre Prominenten-Uhrensammlung drehen.« Robert sagt sofort zu.

»Ich stelle die Uhren noch in Vitrinen, die ich aber zum Teil erst bestellen muss. Darin werde ich sie dann ausstellen und die Schreiben und Autogrammkarten sortiert dazu.« Der Mitarbeiter des Senders nennt ihm den Termin des Drehtages und Robert antwortet, dass er bis dahin alles erledigt haben würde. Am Abend sitzt Robert mit Susanne beim Fernsehen. Plötzlich werden sie von einer Eil-Meldung als Untertiteleinblendung zum Spielfilm »Stirb langsam« überrascht. Papst Johannes Paul II. stirbt im Alter von 84 Jahren um 21.37 Uhr nach langer Krankheit im obersten Stock des Apostolischen Palastes in Rom. Robert sagt zu Susanne, er halte nicht viel von der katholischen Amtskirche und seinen Vertretern. Mit Zölibat und Marienverehrung könne er nichts anfangen, da diese nicht biblisch seien. Trotzdem reagiere er betroffen auf die Nachricht, da er den Papst als Mensch sehr respektiere. Er imponiere ihm, doch dass er sich als Stellvertreter Gottes auf Erden bezeichne, halte er für eine Anmaßung.

Tag 5137
Robert macht sich ans Werk mit der Vorbereitung der Uhren-Reportage. Mit dem Papierkram kommt er gut weiter. Seit Tagen ruft immer mal wieder der Redakteur an und fragt, ob er mit den Uhren bis zum Drehtag fertig werde. Er antwortet, dass er bis dahin alles locker erledigt haben dürfte. Trotzdem fragt der Redakteur heute wieder nach und Robert meint zu Susanne, er wundere sich etwas über diese »Hartnäckigkeit«.

Aus der abendlichen Tagesschau erfährt Robert, dass Fürst Rainier III. von Monaco nach schwerer Krankheit im Alter von 81 Jahren gestorben ist. Prinz Albert hatte bereits am 1. April die Regentschaft des Fürstentums übernommen.

Tag 5170
Heute ist es soweit. Hans Joachim Wolfram rückt mit einem Kamera- und einem Tonmann an. Robert beobachtet sie vom Fenster aus. Es ist sehr windig und die grauen Haare des TV-Starmoderators sind ein gefundenes Fressen für den Wind. Da klingelt es bereits an der Tür. Robert atmet noch mal kurz durch und öffnet. Er begrüßt den Moderator, führt ihn in die Wohnung und erzählt vor der Kamera alles Wissenswerte über die Sammlung. Da war vorher nichts abgesprochen, alles ist real und frisch von der Leber weg. Bereits vor dem Haus läuft die Kamera durch, bis zum Ende des Interviews. Es gibt keinen Schnitt, oder ein »Das machen wir noch mal«. Insgesamt dauern die Aufnahmen etwa drei bis vier Stunden, da jede einzelne Uhr von dem Filmteam mehrmals aufgenommen wird.

»Herr Wolfram ist wirklich ein sehr netter und angenehmer Mensch«, sagt Robert in einer Aufnahmepause zu Susanne am Telefon. Der Moderator unterhält sich mit ihm nebenbei, als der Kameramann mit den Nahaufnahmen der Uhren beschäftigt ist, die ausgebreitet auf dem Wohnzimmertisch liegen, und erzählt ihm einige Geschichten, die in seinen Sendungen schon passiert sind. Da die Uhren teilweise eine eigene Geschichte haben, erzählt Robert ihm diese auch. Das Fernsehteam überlegt, welche Musik ihr Redakteur wohl zu dem Beitrag raussuchen würde. Sie favorisieren Bill Haley mit »Rock around the clock«. Jetzt erfährt er auch den Grund, warum ihn der Redakteur so oft angerufen und gefragt hat, ob der Termin auch stehen würde. Im Leipziger Zentralstadion haben sie vorher bereits den Übergang zum Beitrag gedreht, obwohl der Beitrag mit Robert noch gar nicht stand. Nachdem die Dreharbeiten beendet sind, begleitet Robert das Team noch zum Mietwagen, mit dem sie nun zum Flughafen fahren, um gleich nach Leipzig zurückzufliegen. Er bekommt noch eine Autogrammkarte, die er in sein Gästebuch kleben will, zumal der Moderator ihm dort netterweise etwas hineingeschrieben hat. Anschließend macht der Tonmann einige Fotos von Robert und Wolfram mit den Vitrinen. Anschließend fotografieren sie noch den Wagen, der vom Tonmann gefahren wird. Es ist ein sehr schöner Mercedes, doch Hans Joachim Wolfram scheint nicht ganz zufrieden damit zu sein. Er benimmt sich wie ein kleiner Junge, der ein Auto bekommen hat, aber nicht das, welches er wollte und genauso ist es auch.

So sagt er zum Abschied zu Robert: »Wenn ich schon in Bayern bin, dann hätte ich doch gerne einen BMW und keinen Mercedes als Mietwagen gehabt, aber die hatten leider keinen mehr.«

Nachdem das Team weg ist, erzählt Robert Susanne von seiner Zeit als Nachwuchstalent in der Schlagerbranche, von den Tagen, als er mit fünfzehn eine Platte aufnahm und sein damaliger Manager ihm eine Karriere als Sänger prophezeite.

»Weißt du Susanne, eigentlich hat meine Karriere beim Meringer Knabenchor begonnen. Ich kann mich noch daran erinnern, als ich in der zweiten Klasse Grundschule war. Da kam jemand vorbei und hatte vom Meringer Knabenchor erzählt. Unsere Klassenlehrerin, Frau Otto, fragte uns, ob nicht jemand Lust hätte, dort mitzusingen, da sie Nachwuchs suchten. Da ich schon als kleines Kind immer gern gesungen hatte, dachte ich mir, da würde ich gern mitmachen. Voller Freude erzählte ich meinen Eltern von meinem Vorhaben, diese waren zunächst gar nicht begeistert, ließen sich jedoch nach einigem Quengeln überreden, mich dort anzumelden. Also wurde ich Mitglied des bekannten Knabenchores. Als ich die ersten Proben hinter mir hatte, erschien mir die ganze Sache vor allem mit den Stimmübungen doch als sehr trocken. Außerdem konnte mein Bruder immer die TV-Serie »Lassie« sehen und ich nicht, da ich immer Probe hatte. Ich entschloss mich daher in den Proben künftig zu brummen, um aus dem Chor entlassen zu werden. Dies hatte schließlich auch Erfolg. Der Leiter des Chores, Herr Müller-Gebel, hatte meinen Eltern geschrieben, dass er eine weitere Teilnahme an dem Unterricht nicht mehr verantworten könne, da das Brummen die anderen Chormitglieder störe. Mit vierzehn tingelte ich dann durch die Talentwettbewerbe der Republik. Nachdem ich dabei einige Preise erhalten hatte, lernte ich den Produzenten Kurt Geiger kennen, der mit mir eine Single aufnahm, mit dem von mir selbst getexteten Titel »ein tolles Mädchen«. Diese überreichte er mir zu meinem sechzehnten Geburtstag. Es folgten Aufnahmen für Werbespots, wie Efasit und weitere Probeaufnahmen. Sogar der bekannteste deutsche Schlager- und Musicalautor war interessiert und auch Ralph Maria Siegel, der Vater vom Grand-Prix-Komponisten sowie der Vater von Günter Margit Halmer. Siegel und Halmer sind kurz darauf gestorben. An der Auswahl für die Vorentscheidung für den Grand Prix de la Chanson nahm ich auch mehrmals teil. Der damalige Manager einer sehr bekannten Schlagersängerin brachte sich leider unmittelbar nach unserem Kennenlernen um und damit kam ich da auch nicht weiter. Leichen pflasterten sozusagen meinen musikalischen Weg.

Eine berühmte Opernsängerin und Gesangslehrerin wollte mich damals sogar kostenlos ausbilden, nachdem sie mich gehört hatte, doch leider hatte ich abgelehnt, da mir meine Freizeit damals wichtiger war. Auch einem Betrüger bin ich aufgesessen, der nur Geld kassiert hat, ohne eine Gegenleistung zu erbringen. Dann war ich noch in einer Schulband. Mit der Gesangskarriere wurde es dann leider nichts. Mit etwa zwanzig Jahren hatte ich mich dann dazu entschlossen, nur noch zu texten. Viele meiner Songtexte sind immer noch bei der GEMA gelistet und wurden auch veröffentlicht. Mehrere Verlage hatten geschrieben, es seien hochwertige Texte im Stil von Maffay, Kunze und Grönemeyer. Alle das ist nun passé. Seit meiner Krankheit singe ich nur noch für christliche Veranstaltungen alle paar Monate, und ab und zu für Geburtstage, Hochzeiten und Beerdigungen. Aber wenn ich wieder gesund bin, geht es da wieder weiter. Wie sang der Udo: ›Mit 66 Jahren ...‹ Ich freue mich schon auf die Ausstrahlung des Beitrags über die Promiuhrensammlung und programmiere gleich noch den Videorekorder.«

Mit Interesse verfolgt Robert beim Abendessen noch die Berichte zur Papstwahl im Fernsehen. Am zweiten Tag des Konklaves wählen die 115 Kardinäle heute überraschend den 78-jährigen deutschen Kurienkardinal Joseph Ratzinger bereits im vierten Wahlgang an die Spitze der römisch-katholischen Kirche. Der 265. Papst der Kirchengeschichte nimmt den Namen Benedikt XVI. an. Er ist der erste deutsche Pontifex seit Hadrian VI.

»Wir sind Papst!«, kommentiert Robert trocken das Ergebnis, schaltet den Fernseher aus und macht sich bettfertig.

Die Hoffnung stirbt zuletzt

Tag 5420
Die Ehe von Robert und Susanne ist in der Krise. Susanne geht schon seit einiger Zeit mehr oder weniger ihre eigenen Wege.
　Robert liegt im Bett und schläft. Gegen ein Uhr wacht er auf und tastet nach Susanne. Es scheint ihn nicht sonderlich zu erstaunen, sie nicht neben sich vorzufinden. So dreht er sich gleich wieder um. Sie ist wieder mal auf einem Glaubensseminar. Robert kann da nicht mithalten, weil diese Seminare bis nach 23.00 Uhr dauern und danach wird meist noch stundenlang gebetet und geredet. Aber das sei sowieso eine Spezialität von Susanne, meinte er kürzlich zu ihr. Bei ihr werde es immer später, aber er gönne es ihr. Gestern sagte sie um 22.00 Uhr, sie wolle nur mal schnell zur Vroni nebenan. Robert verstehe das, sagt er, weil er sei ja in diesem Zustand und wenn er gesund wäre, dann wäre er er mit ihr zusammen unterwegs. Er krault Bam Bam, die ausnahmsweise mit im Bett liegt. Gegen drei Uhr morgens taucht Susanne wieder auf. Sie bemüht sich, leise in das Bett zu kriechen. Es scheint, als ob er schläft, doch sein Blinzeln verrät, dass er noch wach ist.

Tag 5438
Robert bringt seine Gedanken zu Papier und zieht ein Resümee seines Zustands in den letzten Jahren. Er schreibt: »Es gibt keine spezielle Sprache, die einen Seelenkrebs und seine Symptome erklären könnte. Deshalb wird von einem Betroffenen immer die Vergleichssprache ›so als ob‹, oder ›es ist wie …‹, zur Beschreibung der Symptome verwendet. Oftmals kann jedoch auch mit dieser Vergleichssprache das Leid, welches subjektiv vom Betroffenen empfunden wird, gemessen an den tatsächlich gefühlten Symptomen nicht annähernd ausreichend beschrieben werden. Oftmals lässt die Dauer und Beständigkeit sowohl den Betroffenen, als auch die Angehörigen, Freunde und Kollegen verzweifeln. Je länger der Seelenkrebs dauert, um so mehr verabschiedet sich das soziale Umfeld. Weder der Kranke, noch sein Umfeld können mit der Dauer und Intensität dieser Krankheit umgehen, da diese Monate, Jahre oder - wie in meinem Fall - Jahrzehnte, ohne eine Besserung dauern können. Der Betroffene aber muss weiter, Sekunde für Sekunde, seinen Seelenkrebs aushalten, was ihn schier zur Verzweiflung, oder nicht selten sogar in den Suizid, treiben kann. Ein Mensch muss schon sehr verzweifelt sein, um den Freitod zu wählen. Aussagen von Außenstehenden wie, ›Jetzt reiß dich doch mal zusam-

men, morgen sieht die Welt schon wieder anders aus‹, ›Du musst nur rausgehen und Sport machen, dann wird es dir schon wieder besser gehen.‹ usw., usw., usw., helfen gar nichts. Der Kranke gibt sich alle Mühe, kann aber die Anforderungen, die an ihn durch unsere Gesellschaft gestellt werden, nicht mehr erfüllen. Jetzt ist der Seelenkrebskranke in einer Zwickmühle, mit der er oftmals nicht richtig umgehen kann. Er versucht eine Sache zu machen, schafft es aber nicht und bekommt nur wieder blöde Sprüche zu hören, so als ob er an seinem Dilemma selber schuld wäre. Das kann für den Betroffenen sehr qualvoll sein. Er wünscht sich ja nichts sehnlicher, als genau wieder diese Dinge wieder tun zu können: Spazierengehen, die Natur genießen, Sport treiben, usw.. Ja, wieder auf ›eigenen Beinen stehen‹, wenn er den Seelenkrebs überlebt. Man stelle sich den schlimmsten Tag seines Lebens vor und dass er nicht mehr endet, um nur eine entfernte Ahnung von dem unsäglichen Zustand zu bekommen. Würde es einen in dem Zustand interessieren, ob die Sonne scheint oder im Meer versinkt, die Berge majestätisch vor einem emporragen, oder sonstige Naturschönheiten, die so schön von Gesunden empfunden werden können? Nein, man wird kein anderes Interesse mehr haben, solange es dauert, den schlimmsten Tag seines Lebens hinter sich zu bringen. Auch wenn es Jahre dauert, das Interesse wird nur noch dazu dienen. Alles andere wird für einen uninteressant werden, weil die Aufmerksamkeit nur noch diesem einen Ereignis gelten wird, die Gesundheit und alte Form wieder zu erreichen. Man würde erstaunt sein, was man alles an Medikamenten nehmen und was man alles machen würden, um einen sehr schweren, chronifizierten und unbehandelbaren, Seelenkrebs ohne Besserung loszuwerden. Leider ist es heute immer noch so, dass Jemandem, der sich einen Arm oder ein Bein gebrochen hat, die Türe aufgehalten wird. Es gibt nichts Schlechtes daran. Aber einem Seelenkrebskranken werden die Türen auf die Fresse gehauen, weil man nichts von seiner Krankheit sieht und wenn man etwas sieht, dann schaut man besser weg. Es gibt noch sehr viele Baustellen in unserer Gesellschaft, die lernen muss, besser mit solchen Krankheiten umzugehen. Dies wird noch ein sehr langer und steiniger Weg. Ein weiser Spruch der Indianer lautet: ›Urteile nie über einen Menschen, bevor du nicht eine Zeit lang in seinen Mokassins gewandelt bist.‹«

Nachdem er diese Zeilen zu Papier gebracht hat, sinkt Robert erschöpft über dem Küchentisch zusammen.

Tag 5647
Susanne und Robert waren für eine Woche auf einem christlichen Se-

minar. Seine Eltern nahmen die Hauskatze Bam Bam wieder zu sich. Besonders seine Mutter tut dies immer gerne, sie liebt Tiere. Bam Bam ist immer brav und man kann sie gut in Pflege geben. Als sie von Susanne und Robert am Abend wieder abgeholt wird, spielt sie die Beleidigte, aber nicht lange, dann ist es wieder die alte Bam Bam, die sie kennen und lieben. Roberts Mutter erzählt ihm, wie die Katze jeden Morgen an ihrem Bett stand und sie aufweckte. Auch ihr Versteckspiel findet sie ganz lustig.

Tag 5869
Robert schreibt an seine Haftpflichtversicherung. Bam Bam hat die Ledercouch eines befreundeten Ehepaars zerkratzt. Seine Mutter war im Krankenhaus und stand daher nicht zum Katzenhüten zur Verfügung, als er mit Susanne wieder einmal unterwegs war. Da die Katzensitterin den ganzen Tag arbeitet, hatte Bam Bam nicht die Aufmerksamkeit, die sie gewohnt ist.

»Für was hat man Versicherungen, in die man nur einzahlt, Schatz?«

»Ja Robert, du hast ja eine gute Versicherung, die wird den Schaden ohne Probleme übernehmen. Ich hab da übrigens grad ein Angebot gelesen über zwei Wochen Antalya. Wär doch mal was anderes für den Urlaub, als Mallorca, was meinst du?«

»Hast du die Zeitung heut noch nicht gelesen?«

»Wieso?«

»Na, da geht es doch überall zu bei den Türken. Bei einem Überfall auf ein christliches Verlagshaus in Malatya haben sie drei Menschen ermordet. Laut dem Artikel waren das religiös-nationalistische Motive. Ich fahre in kein Land, in dem Christen verfolgt und ermordet werden! Da reise ich lieber in die Ukraine. Die haben grad den Zuschlag erhalten von der UEFA für die nächste Fußball-Europameisterschaft.«

»Ok, war ja nur ein Vorschlag, aber du hast schon recht, Schatz.«

Tag 5891
Bam Bam ist herz- und nierenkrank, obwohl man es ihr nicht ansieht. Heute ist es recht heiß und sie hat daher Schwierigkeiten beim Atmen. Sie bekommt eine Herz- und eine Nierentablette sowie eine Spritze zum Entwässern in eine Hautfalte. Anschließend bekommt sie eine Paste um den Mund geschmiert, die sie sich dann ableckt. Es ist auch heute das gleiche Drama, wie fast jeden Tag. Obwohl sie sonst so lieb ist, findet sie das alles gar nicht lustig.

Tag 5911
Susanne ist wieder einmal für ein paar Tage weg und Robert muss Bam Bam morgens und abends ihre Medikamente verabreichen. Es ist eine Riesenaktion, nach der erst die Perserkatze und dann auch er fix und fertig ist. Ihm läuft der Schweiß in Strömen von der Stirn. Er zieht einen Arbeitshandschuh auf die linke Hand, fasst sie und versucht ihr die Tabletten zu verabreichen. Bam Bam dreht und wendet sich. Sie will den Mund nicht aufmachen. Es gelingt ihm aber irgendwie trotzdem, ihr die Tabletten zu verabreichen. Jetzt gilt es erst noch zu überprüfen und abzuwarten, ob sie diese auch wirklich geschluckt hat. Oft gelingt es ihr sie wieder auszuspucken, so dass sie sich dann in ihrem langen weißen Fell verfangen. Er nimmt eine Hautfalte an der rechten Seite und schiebt die Spritze hinein. Allerdings etwas zu weit, denn die Kanüle durchsticht die Falte und die Nadel landet in seinem Zeigefinger. Er ignoriert das Malheur und bekommt es dann doch noch hin. So eine »Behandlung« kann schon mal 15 Minuten in Anspruch nehmen. Aber sie schaffen es jeden Tag aufs Neue.

Tag 5918
Robert steht wie immer vor Susanne auf, ist also der Erste, der Bam Bam am Morgen sieht. Sie sperren sie nun jeden Abend in der Küche ein, da sie sie sonst durch ihr Miauen und Kratzen an der Schlafzimmertüre in aller Früh aus dem Bett werfen würde. Bam Bam kratzt jedoch heute nicht wie gewohnt an der Scheibe der Küchentür. Auch das gewohnte Miauen fehlt. Als er in die Küche eintritt, liegt Bam Bam auf dem Fensterbrett, wo vorher ein Blumentopf war. Eigenartigerweise steht dieser Blumentopf so, als hätte ihn ein Mensch dort hingestellt, unter ihr auf der Essecke. Ihre hintere rechte Seite, also auch die Pfote, hängt vom Fensterbrett. Er nimmt sie auf die Arme. Die Pfote hängt schlaff herunter. Bam Bam ist in diesem Bereich offensichtlich gelähmt.
    Er geht zu Susanne und meint traurig, dass es wohl jetzt mit Bam Bam zur Ende gehe. Als er sie auf den Boden setzt, läuft sie ganz flink auf ihren drei Pfoten auf den Balkon und legt sich in die Sonne. Susanne und ihm ist klar, dass sie zum Tierarzt muss. So sagt er zu Susanne, er spüre irgendwie, dass sie eingeschläfert werden müsse und jemand müsse dann beim Tierarzt die Entscheidung über die Verkürzung des Leidens und damit des Lebens treffen. Er hasse es, über Leben und Tod entscheiden zu müssen.

Tag 5920
Leider steht die befürchtete Entscheidung über das Schicksal von

Bam Bam bereits heute in aller Früh an. Robert nimmt sie, bevor Susanne mit ihr Tierarzt fährt, noch ein letztes Mal auf die Arme und verabschiedet sich von ihr. Er merkt auch, wie sie sich durch ihr Miauen offensichtlich von ihm verabschiedet. Traurig fährt Susanne nach der Erlösung durch den Arzt mit der toten Katze zu ihrer Freundin Petra. Susanne erzählt Robert am Abend, dass sie Bam Bam mit David im Garten von Petras Eltern beerdigt hat. Er nimmt seine Frau in den Arm.

»Ach Schatz, ich bin schon sehr traurig, da ich ja doch sehr viel Zeit mit ihr verbracht habe. Klar, es war nur eine Katze. Aber über so viel Jahre wird so ein Tier schon zu einem kleinen Familienmitglied. Sie lag immer neben mir, wenn ich schlaflos in der Küche saß. Tiere sind sowieso treuer als Menschen. Und sie tun so gut, sie stellen keine blöden Fragen, geben keine unnötigen Ratschläge, sondern sind einfach nur für Einen da und einfach nur ehrlich.«

Tag 5923
Susanne und Robert fliegen heute mit den Ehepaar Gertie und Andi für zwei Wochen nach Ibiza. Sie haben sich vorher erst einmal bei der Hotelbuchung kurz gesehen und treffen sich am Flughafen. David hat den Kontakt hergestellt. Es sind die Eltern seines Schulfreundes Florian. Sie merken bald, dass sie auf einer Wellenlänge sind. Für Robert als Seelenkrebskranken ist so ein Urlaub der pure Stress. Alles ist noch anstrengender, als sonst und seine »schauspielerischen Fähigkeiten« sind noch mehr gefordert, da er den Anderen nicht zeigen will, wie es ihm wirklich geht und er ihnen nicht den Urlaub verderben will. Susanne unterhält sich mit Gertie im Liegestuhl.

»Ach, ich bin ja so froh, dass wir uns so gut verstehen. Das Ganze hätte auch ins Auge gehen können. Ich meine nicht viele Leute buchen schließlich einen Urlaub mit Leuten, die sie eigentlich noch gar nicht kennen, gell?«

»Ja, unsere Männer verstehen sich wirklich prächtig. Nur unsere Kids sind so komisch drauf heute. Die führen sich auf, das man meinen könnte, sie wären ein altes zänkisches Ehepaar.«

»Ja, ich verstehe das gar nicht, die haben sich doch immer so gut verstanden.«

»Zu Hause schon und nun wollen sie gar nichts mehr miteinander unternehmen. Sogar bei unserem kleinen Billardturnier heute Abend wollen sie nicht mehr mitmachen. Dabei haben sie das doch immer so gerne gespielt.«

»Das legt sich wieder, da mischen wir uns besser gar nicht ein, Susanne. Lass uns ins Meer gehen.«

Auch Andi macht sich schon Gedanken um die Freundschaft der beiden Jungs. Robert nimmt ihm jedoch gleich den Wind aus den Segeln.

»Das wird schon wieder werden. Du weißt doch noch wie das war, als wir in dem Alter waren, da hat man sich erst ordentlich auf die Fresse geschlagen und dann wieder zusammen ein Bier getrunken.«

»Also ich hab beides nicht gemacht in dem Alter«, lacht Andi. »Aber du hast recht, man sollte auf so was nicht allzu viel geben.«

Tag 5926
Der Sommer ist diesmal besonders heiß auf Ibiza. Über vierzig Grad sind sogar für manchen Gesunden etwas viel. Die Damen liegen am Strand und Robert macht mit Andi eine kleine Ausfahrt in der Bucht mit einem Kajak. Die meisten Menschen können einen Seelenkrebs nicht nachvollziehen und schon gar nicht seinen. Soll er also ein Spielverderber sein? Seine Devise ist »alles geht vorbei« und »bringe es schnell hinter dich«. So ist sein anfänglicher Widerstand gegen den Vorschlag von Andi schnell gebrochen, denn er hat offensichtlich auch gar keine Kraft mehr, sich zu widersetzen. Alle anderen sind einstimmig der Meinung, das würde ihm bestimmt gut tun. Nach dem Paddeln klagt er über starke Schmerzen in der rechten Schulter, die auch in den Arm ausstrahlen. Wenn er den Arm ruhig halte, sei es zu ertragen, aber sobald er den Arm bewegen müsse, steche es wie ein Messerstich in seiner Schulter, als würde ihn jemand mit einem Messer bearbeiten und dieses auch noch in der Wunde hin und her bewegen. Er bricht die Kanutour ab und Andi schaut ihn besorgt an.

»Das tut mir leid, ich wusste nicht, dass ...«

»Schon gut, du kannst nichts dafür, ich hätte gleich absagen müssen, aber ich wollte es wenigstens versuchen. Es ist schon ok.«

Tag 5927
Robert verzerrt das Gesicht vor Schmerzen.

»Schatz, ich bin total in meiner Bewegungsfreiheit eingeschränkt und erst jetzt merke ich, bei welchen leichten Bewegungen bereits die Schulter involviert ist. Es quält mich, wie die Zahnschmerzen, die wochenlang nicht weggingen. Ich habe das Gefühl, diese Schmerzen werden mich sicher auch wieder wochenlang, wenn nicht monatelang begleiten.« Susanne stellt ihm eine Packung Ibuprofen 800 auf den Tisch.

»Nimm doch eine davon, dann wird das schon weggehen.«

»Nein, ich nehme keine Schmerzmittel mehr, weil mein Psychiater gesagt hat, dass dies nicht notwendig sei. Ich solle die Schmerzen einfach nicht zulassen. Aber ich werde ihn wieder einmal aufsuchen, dann kann er wenigstens mal mit der Schulter sprechen, vielleicht hören die Schmerzen ja dann auf! Sorry, Schatz, ich weiß, ich bin wieder mal ungenießbar.« Nachts wacht Robert wieder vor Schmerz schreiend auf, weil er auf der Schulter liegt.

Tag 6031
»Spreche ich chinesisch? Die Menschen verstehen mich nicht, wenn ich ihnen etwas erklären will. Sie sprechen mich immer wieder auf mein Gewicht an«, beklagt sich Robert am Frühstückstisch bei seiner Frau. »Gut, ich wiege knapp 120 Kilos, halt so wie mich Gott geschaffen und McDonalds geformt hat, na und! Warum sich mit einem Sixpack zufrieden geben, wenn man ein ganzes Fass haben kann. Das ist alles nur Gehirn, das keinen Platz mehr im Kopf hatte. Ich solle weniger essen, heißt es immer - insbesondere Süßigkeiten - und mich mehr bewegen. Selbst wenn ich mich zuckerfrei und fettarm ernähre, nehme ich mit Mühe und Not vielleicht mal vier Kilos ab, die aber schneller wieder auf den Rippen sind, als mir lieb ist. Ich habe mit unzähligen Diät- und Ernährungsberatern in und außerhalb von Kliniken gesprochen. Sie haben mich ernährungsmäßig durchgestylt. Somit kenne ich mich auch deshalb auf diesem Gebiet etwas aus. Laut Dr. Nusser und den Ärzten, die mich behandelt haben sowie ihren Berichten, solle ich keine Diät machen, da ich dadurch nur unnötig belastet werden würde. Eine über längere Zeit umgestellte Ernährung hat bis heute auch kaum eine Auswirkung. Genauso ist es mit den Psychopharmaka. Ich nehme drei verschiedene in doppelter und dreifacher Dosierung! In den Beipackzetteln steht deutlich geschrieben, dass als Nebenwirkung Gewichtszunahme zu erwarten ist. Ich kann den Menschen die Arztberichte und die Beipackzettel unter die Nase reiben, aber sie kapieren es einfach nicht! Sie lesen es nicht mal und beharren auf ihrer Aussage. Es ist schon schlimm genug, wenn man selbst unter seinem Übergewicht leidet. Man versucht eh schon sein Möglichstes zu geben, um von dem Gewicht herunterzukommen.«

»Ja, Schatz, das liegt natürlich auch daran, dass du kaum noch Bewegung hast. Die Kalorien können ja dann gar nicht verbrennen. Ohne meinen Sport würde ich auch total in die Breite gehen.«

»Mit dem Sport ist das auch so eine Sache. Ich war früher sehr sportlich, wie du ja weißt. Manchmal sogar schon extrem. Heute kann ich kaum noch etwas machen. Durch eine geringe sportliche Belastung, wie Laufen, falle ich nach wenigen Sekunden um und man kann mich dann vom Boden kratzen. Dies war ja auch bei einem Belastungs-EKG so. Das ewige Gerede und Genörgel durch die Mitmenschen, ich solle doch mehr Sport machen, kann einen Seelenkrebskranken sehr hart treffen und ungeahnte Reaktionen in ihm bewirken. Mir geht das alles so auf den Senkel, aber ich rechtfertige mich vor keinem Menschen mehr. Ich habe mir angewöhnt, überall die Treppe zu benutzen. Ich finde, man sollte mehr auf das schauen, was geht und nicht auf das was nicht geht. He, ich mache keinen 100-Meter-Wettlauf mehr, aber ich gehe noch die Treppen rauf und runter, wenn mir auch das manchmal sehr schwer fällt! Ich habe nicht n u r vier Kilos abgenommen, nein ich habe s o g a r vier Kilos abgenommen! Ein Gesunder wird das schwerlich nachvollziehen können, soll er auch gar nicht, aber sie sollen doch bitte akzeptieren, was die Seelenkrebskranken sagen. Denn manchmal komme ich mir wirklich vor, als würde ich Chinesisch sprechen.«

»Nein, Schatz, das tust du nicht. Aber die meisten Menschen wollen halt mit Problemen Anderer nichts zu tun haben, da sie tatsächlich oder vermeintlich genügend eigene Probleme haben. Bei manchen dieser Probleme würde ich auf die Knie gehen und Gott dafür danken, dass ich nur diese Probleme habe. Oft ist es vielleicht auch eine unbewusste Angst, dass es ihnen eines Tages auch so gehen könnte und dann verdrängen sie das eben. Es ist ja schon bei offensichtlich Behinderten, wie den Rolli-Fahrern so, dass viele wegschauen und nicht wissen, wie sie mit dem Menschen umgehen sollen. Und das ist etwas, was man sieht! Dir sieht man den Seelenkrebs ja nicht an und Schmerzen empfindet jeder anders. Manchmal resignierst du da natürlich und redest nicht mehr über deine Probleme mit anderen, weil du denkst, die können dich eh nicht verstehen und meinen, dass du simulierst oder so. Aber vielleicht solltest du trotzdem den Gesunden mehr von deinem Leben zeigen und wie du es meisterst, trotz der vielen Einschränkungen mit deinem Seelenkrebs. Dann haben sie sicher auch mehr Verständnis.«

»Ja, du hast sicher recht, wie immer ... Es fängt ja schon damit an, dass man sich als Seelenkrebskranker - wenn es überhaupt möglich ist - jeden Morgen einen Tagesplan aufstellen sollte. Das verlangt mir allerdings sehr viel Selbstdisziplin ab. Es ist oft sehr schwer. Allerdings kann man sich an solch einen Plan wie ein Ertrinkender an einen Strohhalm klammern. Ich habe mir ja schon als Gesunder ziemlich viel Selbstdisziplin abverlangt, was mir in der Krankheit jetzt zugute kommt. Ich stehe jeden Tag vor dieser Herausforderung. Ich hab dir doch schon mal erzählt, dass ich bei der Bundeswehr mal bei einer kleinen Spezialeinheit war. Hier verlangte ich mir selbst immer viel mehr ab, als eigentlich von mir verlangt wurde.«

»Du verlangst immer noch zu viel von dir!«

»Mag sein. Ich schreibe mir halt alles auf, was ich erledigen muss, was ich erledigen sollte oder kann und was noch länger Zeit hat. Das können ganz banale Dinge sein, wie eine Schublade aufräumen, den Müll raus bringen, im Computer etwas raus suchen, oder auch nur das regelmäßige Duschen. Manchmal nehme ich jeweils einen Punkt aus den einzelnen Rubriken. Aber das reicht und ich kann sagen, ich habe heute wieder etwas erledigt. Leider häufen sich aber auch viele Dinge an, so dass das leicht zu einem unüberwindlichen Berg heranwachsen kann. Manchmal muss man aber auch jemanden aus der Familie, von den Nachbarn oder gute Bekannte um Hilfe bitten.«

»Du hast ja auch noch mich. Oder unterstütze ich dich vielleicht nicht schon genügend?«

»Ja klar, das habe ich ja auch nicht behauptet. Viele haben ein Problem damit, um Hilfe zu bitten. Ich hatte auch eines, aber irgendwann bin ich über meinen Schatten gesprungen und habe hin und wieder eine solche Hilfe angenommen. Sonst hätten mich meine Berge an Problemen sicherlich irgendwann erschlagen. Aber die beste Selbstdisziplin hilft Einem nichts, wenn der Seelenkrebs so stark ist, dass selbst das Atmen schwer fällt! Der Spruch ›Anderen geht es noch viel schlechter‹ mag ja in vielen Fällen stimmen, aber das nützt mir überhaupt nichts! Weißt du was ein Professor der Universität Freiburg einmal zu dem Problem Seelenkrebs gesagt hat? ›Keine Krankheit hat einen so hohen Leidensdruck, wie der Seelenkrebs.‹ Das ist so, da hat er völlig recht der Mann!«

»Robert, du solltest das alles mal in einem Buch schreiben, das ist sicher für andere Menschen lesenswert.«

»Ja, warum nicht, ich hab ja schon mal die Bibel abgeschrieben und dann das Manuskript mit den Bibelsprüchen, das ich mit Roger geschrieben hatte. Erinnerst du dich noch? Ich rufe gleich den Roger an und frag ihn, wann er Zeit hat.«

Tag 6125
Robert und Susanne besuchen nicht nur die Gottesdienste der Gemeinde, sondern auch regelmäßig Freitags ihren Hauskreis- und Bibelabend. Dort treffen sie auch immer wieder liebe Geschwister, die ihr Leben Jesus Christus übergeben haben und auch versuchen, bibeltreu zu leben, denn das sehen sie als gar nicht so einfach an in dieser Welt. Sie verbringen Urlaube, Freizeiten und Seminare mit Ortrud und Ewald. Leider leidet Ortrud auch schon jahrelang an Seelenkrebs und noch anderen Krankheiten, als wenn die eine nicht schon genug

wäre. Heute begleiten Sie Ortrud in ihrer Trauer über den frühen Drogentod ihres jüngsten und taubstummen Sohnes Arnold.

Am Ende ein neuer Anfang

Tag 6231
Susanne erscheint heute auffallend bedrückt. Etwas scheint sie stark zu beschäftigen. Robert beobachtet sie, als sie sich auf das Sofa setzt und mit ernster Miene ansetzt:
»Robert, setz dich mal her, ich möchte dir was sagen. Du weißt ja, dass es in unserer Ehe nicht gerade rund läuft. Wir haben zwar keine Riesenprobleme, aber wir haben uns doch die letzten Jahre etwas auseinandergelebt. Mit deiner Krankheit ist es natürlich auch nicht so einfach für uns beide. Langer Rede kurzer Sinn: Ich möchte dich fragen, ob du mit einer Scheidung einverstanden wärst. Ich sehe sonst keine andere Möglichkeit mehr und ich will ja auch bald hier wegziehen nach Pulheim, wo meine neue Gemeinde ist und ich einen Job in Aussicht habe. So nun ist es raus!« Susanne schnauft auf und schaut Robert mit zusammengekniffenen Lippen an.
»Du wirst es jetzt nicht glauben, aber ich wollte dir bereits den gleichen Vorschlag machen. Es wird zwar nicht einfach werden, aber keiner hat je gesagt, dass das Leben einfach ist. Wir können ..., ja wir werden auf jeden Fall Freunde bleiben. Die Scheidung ist sicher das beste für uns beide, das denke ich auch. Ich will deiner weiteren geistlichen Entwicklung nicht im Wege stehen. Ich danke dir für die an mich verschwendete Zeit.« Susanne kommt nicht umhin, zu schlucken und eine Träne aus dem Auge zu wischen.
»Ich bleibe auf jeden Fall so lange, bis du den Platz in der Klinik sicher hast.«
»Danke!«
Susanne und Robert sind seit 13 Jahren verheiratet. Sie haben sich in den letzten Monaten und Jahren, wie man so schön sagt, auseinander gelebt. Hierbei spielt sein Seelenkrebs eine große Rolle. Er kann mit ihr einfach nicht mithalten. Ein Seelenkrebs ist ein Beziehungs- und Ehekiller. Sie trennen sich nicht im Bösen, sondern beschließen, sehr gute Freunde zu bleiben.

Tag 6258
Susanne und Robert reichen die Scheidung ein. Sie nehmen sich einen gemeinsamen Rechtsanwalt, um so Kosten zu sparen. Es gibt keine streitigen regulierungsbedürftigen Angelegenheiten zwischen ihnen. Das Finanzielle, etwas Bargeld, Sparbücher und etwas Gold, teilen sie untereinander. Das ist nicht besonders viel. Susanne behält das Auto und er fast die komplette Wohnungseinrichtung. Dazu brau-

chen sie keinen Rechtsanwalt, meint Robert. Es gibt keine »schmutzige Wäsche« über ihre Ehe zu waschen. Er bedankt sich bei seiner Frau für die Zeit, in der sie ihm zur Seite stand. Robert bekommt den Platz in der Klinik heute zugesichert und Susanne bereitet schon den Auszug aus der gemeinsamen Wohnung vor. Sie wohnt dann einige hundert Kilometer entfernt von Augsburg. Robert wird nach der Rückkehr aus der Klinik seinen Alltag alleine meistern müssen.

Tag 6259
»Bei den Ärzten beim Versorgungsamt kann ich leider kein Verständnis für meine Situation erkennen«, schüttet Robert sein Herz bei Roger aus. »Sie scheinen manchmal sehr inkompetent und erwecken den Eindruck, als würden sie dort wirklich nur arbeiten, weil sie sonst draußen keine Möglichkeit hätten zu praktizieren. Es liegt mir fern die Ärzte dort zu beleidigen. Es ist nur die Wahrheit und meine Mutter hat immer zu mir gesagt: ›Was wahr ist, darf man auch sagen.‹ Andere Leute sehen dies ebenso, nicht nur ich allein. Bereits in den Anfängen meiner Krankheit habe ich einen Antrag auf Schwerbeschädigung gestellt. Dieser ging jedoch nicht durch, so dass ich nur mit Hilfe eines Anwalts einen Grad der Behinderung von 100 erreichte. Über 15 Jahre hatte ich kein Problem mit dem Versorgungsamt. Etwa alle zwei Jahre werde ich angeschrieben, mitzuteilen, ob eine Besserung bei mir erfolgt sei. Ich gab dies immer an Doc Nusser weiter. Dieser setzte dann jedesmal eine weitere Verlängerung durch. Leider hörte der Doc kürzlich auf zu praktizieren und ging in Rente. Ich soll bei seiner Frau, die Psychotherapeutin ist, weiter in Behandlung bleiben. Da sie jedoch meint, meinen Fall ganz anders zu sehen und die Fortdauer meiner Erkrankung nicht bestätigt, kommt es nun dazu, dass das Versorgungsamt letzten Monat entschied, mich zur Begutachtung und Untersuchung vorzuladen. Ich folge also jetzt notgedrungen dieser Vorladung, die – so fürchte ich - zu alles anderem als einem kompetenten, sachgerechten, Ergebnis führen wird.«

»Leider muss man sich in unserem Land alles erkämpfen, man bekommt aber auch gar nichts geschenkt«, sagt Roger.

Tag 6266
Kurz vor dem sechsmonatigen Krankenhausaufenthalt in der Eichenstrasse sitzt Robert mit Susanne beim Scheidungsanwalt. Leider besteht in einem Scheidungsverfahren Anwaltszwang und dadurch ergibt sich ein entsprechender Papierkrieg. Die üblichen Anträge werden gestellt und vorzulegende Unterlagen angefordert.

Tag 6280
Heute hilft Alfred seinem Nachbarn Robert wieder mit seinem Auto bei den wöchentlichen Einkäufen. Er und Robert sind schon seit längerem sehr gute Freunde. Er ist 15 Jahre älter, aber der Altersunterschied ist kein Problem, da er sehr gut drauf ist und sie erstaunlich oft der gleichen Ansicht sind. Sie treffen sich nun fast jeden Tag zum Kaffeetrinken. In letzter Zeit verschreibt er sich dem Modellbau und bezieht Robert dabei auch etwas mit ein.

Tag 6283
Robert war nun schon seit über fünfzehn Jahren in keiner Psychiatrie mehr. An seinem Zustand hat sich nichts geändert. Es geht ihm nicht besser, manchmal sogar noch etwas schlechter, was für ihn selbst kaum noch möglich erscheint. In dieser Zeit kann sich in der Psychiatrie eine Menge verändert haben. Es gibt neue Medikamente, aber auch andere neue Therapien. Robert sieht ein Gesundheitsmagazin im Fernsehen. Dort wird die Behandlung durch ein Gerät, das als »Nervus Vagus Stimulator« bezeichnet wird, vorgestellt. Bei dieser Behandlung wird einem Patienten im Bereich des Schlüsselbeins eine Art Schrittmacher mit einer Batterie eingesetzt. Die davon ausgehenden Kabel werden mit dem Nervus Vagus verbunden. Das ist der dicke Strang am Nacken, der ins Gehirn führt, erklärt der Experte dem Moderator. Dieser wird nun von dem Schrittmacher mit Strom gereizt und kann eine Verbesserung bei Seelenkrebs bewirken. Ursprünglich wurde dieses Verfahren gegen Epilepsie eingesetzt. Im Internet könne man sich gut über die Behandlung mittels eines Nervus Vagus Stimulators informieren, bemerkt der Experte, Professor Spatz. Robert sucht gleich nach den entsprechenden Einträgen im Internet und setzt sich anschließend per Mail mit Professor Spatz von der Universitätsklinik Hannover in Verbindung. Er braucht nicht lange zu warten. Bereits am Abend ist die Antwort da. Der Professor schreibt, dass Robert aufgrund seiner Vorgeschichte ein absoluter Kandidat für diese Therapie sei, nach einer so langen Zeit des Leidens. Am Ende ihres elektronischen Schriftwechsels verbleiben Robert und der Professor nun so, dass er es erst noch mal mit einer medikamentösen Behandlung in einer Klinik versuchen will. Es gebe neue Medikamente, aber auch die alten Tabletten könnten immer noch helfen. Obwohl er alles schon mal probiert hatte, könnten sie jetzt immer noch eine Wirkung bei ihm zeigen. Nach seinem Krankenhausaufenthalt könne er sich jederzeit mit ihm in Verbindung setzen, meint Professor Spatz zum Schluss des Mails. Als Robert in den Abendnachrichten einen Bericht verfolgt, demzufolge elf Tage nach einem schweren Erdbeben in Süd-

westchina nahe der Stadt Mianzhu ein 80-jähriger Mann lebend geborgen wurde, teilt er seiner Frau mit, dass er wieder ein wenig mehr Zuversicht fasst, auch eines Tages aus seiner Lage, seinem Zustand, gerettet zu werden. Die letzte Meldung, dass nach einer knapp zehnmonatigen und 680 Mio. km langen Reise durch das Weltall vor wenigen Stunden die US-Raumsonde »Phoenix« planmäßig auf dem Mars aufgesetzt hat, kommentiert er mit dem begeisterten Ausruf: »Phönix, das ist ein Zeichen! Ich werde aus meiner Asche auferstehen, ihr werdet es erleben! Gute Nacht, Schatz«.

Tag 6285
Robert erzählt in der christlichen Gemeinde, dass er vorhat, sich eventuell diesen Nervus Vagus Stimulator implantieren zu lassen. Nachdem er ihnen das Verfahren erklärt, schreien ein paar ein »Nein« heraus.

»Das kannst du doch nicht machen lassen. Bist du verrückt?« sagen manche. Ja, er sei v e r r ü c k t, von einem normalen, in einen Seelenkrebs-zustand, erklärt er den Skeptikern. Und in diesem Zustand wolle er nicht bleiben, er sei ihm zu nahe am Suizid.

»Das ganze Thema ist wieder typisch für eine Seelenkrebserkrankung, man muss sich den ›normalen‹ Menschen gegenüber andauernd erklären«, sagt er zu einer Glaubensschwester. »Wenige wollen wirklich etwas über den Nervus Vagus Stimulator erfahren. Für sie würde so etwas ja ›n i e in Frage kommen‹. Klar, wenn ich an ihrer Stelle wäre, könnte ich auch solche dummen Sprüche klopfen, über Dinge, von denen ich keine Ahnung habe. Die schlimmsten Menschen sind die, die in allen Dingen besser Bescheid wissen, als ein Betroffener selbst, die ihren unerschütterlichen Schwachsinn darbieten und dann auch noch selber daran glauben. Denen kann ich nur sagen: ›Sag niemals nie!‹. Ich hätte auch nie gedacht, jemals in eine solche Situation zu kommen.«

Tag 6286
Thorsten ruft an und fragt Robert, ob er ihn morgen auf sein Konzert begleiten wolle. Er suche auch noch jemand, der es auf Video aufzeichne. Robert sagt zu, dass er Roger fragen werde, da dieser ja Videofilmer sei. Er ruft gleich Roger an.

»Du Roger, der Thorsten, ein lieber Bruder aus der Gemeinde gibt morgen ein Konzert und sucht noch jemand, der es aufzeichnet. Ich weiß es ist sehr kurzfristig, aber würdest du das machen?« Roger sagt zu und sie verabreden sich für den nächsten Tag um 14.00 Uhr.

Tag 6287
Thorsten ist ein Vollblutmusiker. Neben seinem Beruf, dem Glauben und seiner Familie, ist Musik sein absolutes Hobby. Durch ihn kommt Robert auch mit der christlichen Musikszene in Kontakt. Pünktlich um 14.00 Uhr kommt Roger. Er begrüßt Robert.
»Schön, dass du Zeit hast. Du wirst von Thorsten auch begeistert sein. Bevor ich ihn kennengelernt habe, hätte ich nicht gedacht, dass es so viele Musikrichtungen auch im christlichen Bereich gibt. Thorsten ist einer der Besten von ihnen, doch bis jetzt leider ohne jeden besonderen Erfolg. Wir haben zusammen ein paar Lieder geschrieben und ich begleite ihn auf Konzerten, soweit es mir möglich ist mit meiner Krankheit. Egal wo wir sind, in den Bergen auf einer Hütte, auf einer Freizeit oder sonst wo, Thorsten hat immer seine Gitarre dabei. Er spielt und wir singen gemeinsam bis zum Abwinken. Natürlich erlebten wir tolle Geschichten in den Jahren. Einmal hatten wir einen Autounfall. Vor vielen Jahren, als ich noch selber gefahren bin, bin ich mit meinem Auto dem Thorsten hinten draufgeknallt.« Robert und Roger fahren zum Veranstaltungsort in Erding, wo Thorsten sie herzlich begrüßt. Das Konzert am Abend ist ein voller Erfolg mit Zugaben und Roger hat alles »im Kasten«. Er verspricht, die Aufnahmen noch zu schneiden und Thorsten bedankt sich.

Zurück im Reich der Weißkittelträger

Tag 6291
Robert geht nach Beratschlagung mit der Ehefrau von Dr. Nusser, der in Rente ging, nach über fünfzehn Jahren wieder in eine psychiatrische Einrichtung. Diesmal in die Psychiatrische Klinik und Poliklinik in der Eichenstrasse in Augsburg. Er begründet diesen Schritt damit, die Zeit nach der Trennung von seiner Frau dadurch leichter zu überstehen und es allen - insbesondere seinen Ärzten - zu zeigen, dass er immer noch alles versucht, nach fast zwanzig Jahren endlich aus seinem Zustand herauszukommen. Susanne fährt Robert zur Klinik und bringt ihn auf die Station. Er bezieht sein Zimmer, Susanne drückt ihm noch einen flüchtigen Kuss auf die Backe und dreht sich dann wortlos um. Sie schließt die Tür und ist im Nu auf dem Flur verschwunden. Robert geht zum Pavillon und steckt sich eine Camel an.
»Viel hat sich anscheinend nicht verändert in den letzten zwanzig Jahren. Ich bin wieder Versuchskaninchen«, sagt er zum Stationsarzt. Die Therapie startet mit der »kognitiv-psychoedukativen«, also geistig-erzieherischen Gruppe. Sie umfasst zwölf Sitzungen, zwei Stunden an zwei Tagen in der Woche und dauert somit sechs Wochen. In dieser Gruppe werden Informationen über die Erkrankung und die Behandlung vermittelt. Aber auch die Wirkungsweise der Medikamente wird dort erklärt. Es geht um den Aufbau positiver Aktivitäten und die kognitive, also verstandgesteuerte, Verhaltenstherapie. Zum Schluss wird noch über die Rückfallverhütung aufgeklärt, über das Erkennen von Frühwarnsignalen, die Erarbeitung eines Krisenplans und die Medikation. Robert machte bei solchen Gruppen in den verschiedenen Krankenhäusern schon mehrfach mit, kann aber immer noch keinen Nutzen aus dieser Therapie für sich persönlich ziehen, während es für andere durchaus etwas bringen könne, wie er immer wieder betont. Er höre dies alles so oft und kenne es so gut, dass er hin und wieder ein kleines Nickerchen während der Therapiestunden mache. Die Müdigkeit werde auch durch die nunmehr sehr hohen Dosierungen der Medikamente gefördert.

Tag 6306
Robert betritt den Raucherpavillon der Klinik. Dort sitzt die etwa 55-jährige Margit, die er bereits vor einigen Tagen dort kennengelernt hat, da sie immer an einem gemeinsamen Tisch sitzen.

»Guten Morgen Margit!«

»Hallo Robert.«

»Hast du heut wieder EKT?«

»Ja, es ist die fünfte und mir geht es gar nicht gut. Du hattest doch früher schon mal solche Elektroschocks bekommen, oder? Bei mir hat es sogar schon mal geholfen. Aber jetzt kann ich gar nicht mehr daran glauben.«

»Margit, du solltest nicht rauchen und keinen Kaffee trinken vor deiner Behandlung, du weißt schon, wegen der Narkose. Aber ich hab 's ja auch nicht anders gemacht. Ein bisschen Genuss kann nicht schaden. Manchmal hab ich mir schon gewünscht, ich würde nach der Narkose gar nicht mehr aufwachen. Dann wäre alles reibungslos beseitigt.«

»Ja, das wäre ein sauberer Abgang, weil wenn man sich den Kopf weg schießt, muss ja einer den ganzen Dreck wegmachen. Aber das mag ich meinen Kindern nicht antun. Ich war in den letzten Jahren sehr, sehr verzweifelt! Einer meiner Selbstmordversuche war besonders dramatisch. Ich sprang von einer sehr hohen Eisenbahnbrücke. Dabei landete ich jedoch nicht auf den harten Schienen, wie ich es gehofft hatte, sondern in einem Gebüsch, das neben den Schienen war. Dadurch wurde die Wucht des Sturzes etwas gedämpft. Tot war ich nun nicht, hatte aber einige Knochenbrüche und innere Verletzungen. Ich musste einige Zeit im Krankenhaus und in einem Rollstuhl verbringen. Dumm gelaufen!«

»Margit, wie schaut das denn aus bei dir, hast du mit Glauben was am Hut?«

»Was meinst du damit?«

»Ich meine, ob du eine lebendige Beziehung zu Gott hast.«

»Klar, bei uns auf dem Land sind sie alle bayrisch-katholisch, aber momentan fühle ich mich schon sehr sehr weit von Gott entfernt.«

»Margit, vor ein paar Jahren, als ich sehr verzweifelt war, lernte ich gläubige Baptisten kennen. Ich ging zum Gottesdienst mit und ziemlich bald bekehrte ich mich zu Jesus Christus. Mein Glaube ist Gott sei Dank größer, als die Verzweiflung. Für mich würde Suizid bedeuten, Gott das schönste Geschenk, das er mir gegeben hat, ins Gesicht zu werfen. Mir geht es darum, wie ich die Ewigkeit verbringen werde. Deshalb hab ich auch noch keinen Selbstmordversuch unternommen, obwohl ich zugebe, dass ich oft schon mit dem Gedanken gespielt habe. Mein Gottesbild ist durchaus positiv und dafür bin ich dankbar, denn ich hätte sonst mit Sicherheit einige Selbstmordversuche hinter mir.«

»Ja, ich bin schon gläubig, aber von Gott momentan weit entfernt, wie gesagt. Dass du dich aber nicht umgebracht hast, es nicht versucht hast, finde ich stark. Respekt!«

Tag 6332
Robert lernt heute morgen eine junge Mitpatientin kennen, die er noch nicht gesehen hat. Sie schlurft den Gang langsam und mit gesenktem Kopf entlang. Ihr mittellanges, dunkelblondes und festes, Haar passt zu ihrem etwas frechen Outfit. Es ist so geschnitten, dass selbst die Haare an ihrem Hinterkopf nach vorne in ihr Gesicht fallen, sobald sie ihren Kopf senkt. Gerade hat sie wieder die Haare vor den Augen, als sich Robert mit ihr unterhält. Das mit ihren Haaren mache sie nur noch frecher, sagt er zu ihr. Sie trägt eine moderne Jeans, Stiefeletten mit Gamaschen darüber, ein T-Shirt und eine leichte Strickjacke und darüber eine Lederjacke. Robert reicht ihr die Hand zur Begrüßung.
»Hallo, ich bin Robert.«
»Hallo ich bin Samy.«
»Bist du bei uns auf Station?«
»Ja, seit heute.«
Man kann nie davon ausgehen, dass eine Person, die in den Gängen quasi herumlungert, auch stationär auf dieser Station untergebracht ist.
»Da kann ich dich ja gleich mal durch die heiligen Hallen führen, wenn du willst, Samy. Da lernst du das ›Hotel zu lockeren Schraube‹ gleich mal richtig kennen.«
»Ja, das wäre nett von dir.«
»Gerne doch!« Robert legt los.
»Eine Führung gefällig, gnädige Frau?«
Er macht einen Diener und bietet ihr seinen linken Arm zum Einhängen an.
»Gerne, danke!«
»Gleich das erste Zimmer links ist die heilige Halle des Stationsarztes, Papa Niko.«
»Ist das sein Spitzname?«
»Ja, und du wirst sehr bald herausbekommen, warum er so genannt wird. Die nächste Türe führt direkt in die Küche.« Robert redet wie ein Museumsführer.
»Hier gibt es wahre Köstlichkeiten. Das Wichtigste ist der Kaffee, der hier immer frisch in einer Kanne bereit steht. Du kannst dir aber auch Tee machen. Hier oben hast du eine Auswahl der verschiedensten Teesorten. Dort findest du auch verschiedene Säfte und Mi-

neralwasser. Nicht schlecht, was? Dafür bittet aber der Herr Professor ordentlich zur Kasse. Das wirst du schon noch merken, wenn du die erste Rechnung bekommst, dann kommen auch noch die Krankenhauskosten und die Kosten der verschiedenen Untersuchungen hinzu. Da ist schnell ein guter Mittelklassewagen drin oder mehr. Eine alte Oma muss ganz schön lange stricken dafür. Ich finde überhaupt, man sollte so manchem Krankenkassenpatienten auch mal die Rechnungen in die Hand drücken, damit die mal sehen, was das Ganze so kostet. Ja und dann sollten sie auch mal alles selber abwickeln müssen. Das heißt, Rechnung bezahlen, bei der Kasse einreichen, eventuell eine Mahnung, weil es so lange mit der Erstattung dauert, usw.. Vor allen Dingen muss man immer ein paar tausend Euro auf dem Konto haben, damit man die monatlichen Kosten für Ärzte und Medikamente tilgen kann. Aber dafür kannst du unter drei verschiedenen Essen am Tag wählen. Nicht schlecht, oder? Das Essen ist erstaunlich gut, obwohl es geliefert wird. Ich muss hier total auf mein Gewicht aufpassen. Tja, was tut der Herr Professor nichts alles für seine Privatstation. Einen Kühlschrank gibt es hier auch, wo du Getränke, Mittagessen, oder sonst was rein tun kannst. Beschrifte es aber gut mit deinem Namen. Einen Joghurt würde ich an deiner Stelle nicht in den Kühlschrank stellen. Hier treibt nämlich ein Joghurt–Dieb sein Unwesen, der keine Grenzen kennt.« Robert führt seine Begleitung in den nächsten Raum.

»So, nun kommen wir in den Aufenthaltsraum, wo auch gegessen wird. Wenn wir gleich durchgehen, kommen wir in den Fernsehraum. Der ist zur Zeit besonders gefragt, da ja gerade die Fußballeuropameisterschaft ist. Rauchst du?«

»Ja, warum?«

»Gut, dann zeige ich dir noch unseren Raucherpavillon. Den Rest der Station kannst du dir schenken, das sind Büros für Ärzte, Therapeuten und Sozialarbeiter. So, das wäre es dann auch schon mit dem Rundgang durchs ›Hotel zur lockeren Schraube‹. Ich wünsche einen angenehmen Aufenthalt.«

Samy spendet Beifall und Robert verbeugt sich.

»Jetzt fehlt nur noch, dass sie mir einen Euro Trinkgeld gibt«, grummelt er in seinen Bart. Sie verstehen sich schon sehr gut.

Tag 6335

Robert hört bei einer Patientenvisite, wie Samy mit Gräfin »von und zu«, angesprochen wird. Keiner der Patienten hat eine Ahnung gehabt, dass sie eine Gräfin ist. Aber das ist auch vollkommen egal, hier drinnen sind alle gleich. Er setzt sich beim Mittagessen zu ihr an den

Tisch.

»Bist du eigentlich das erste Mal in einer stationären Einrichtung?«

»Nein, ich gehe immer in Abständen rein, um meine Schwermut behandeln zu lassen.«

»Ich glaube, wir werden uns gut verstehen, ›Frau Gräfin‹.«

»Ja, aber sag doch bitte weiter Samy zu mir.«

Sie vermittelt den Eindruck, es sei ihr peinlich, dass jetzt alle ihren adligen Namen kennen. Zudem wissen nun fast alle, dass sie die Cousine eines hochrangigen und gegelten Politikers der Bundesregierung ist, den sie immer als etwas exaltiert bezeichnet.

Tag 6339
Margit und Robert sitzen nach dem Mittagessen wieder im Raucherpavillon. Margit erzählt von ihren Erlebnissen.

»Gestern wurde ich zum achten Mal geschockt. Als die EKTs mir damals halfen, bin ich nach der Entlassung alle zwei Wochen zu einer ambulanten EKT in die Klinik gekommen, das hat mir immerhin kurzzeitig geholfen.«

»Ich kenne nur wenige Patienten, die nach einem längeren stationären Aufenthalt die Therapie ambulant fortgeführt haben und bei denen sie dann noch geholfen hat. Ich muss mir auch noch das Rauchen abgewöhnen. Da ich auch noch meinen Valiumentzug mache, nachdem ich fünfzehn Jahre lang zuletzt sogar vierzig Milligramm von dem Zeug täglich geschluckt habe, hoffe ich, dass ich es auch noch schaffe mit dem Rauchen aufzuhören.«

»Macht dir das dann nichts aus, wenn andere rauchen?«

»Nein, ich setze mich trotzdem noch zu den Rauchern in den Pavillon, das macht mir gar nichts aus.«

Tag 6381
Er klopft an die Türe zum Büro des Stationsarztes, Papa Niko.

»Moment!«, hört er nur. Es sind Stimmen zu hören. Der Doktor hat wieder einige Studenten in seinem Büro, das so klein ist, wie das Kinderzimmer in Roberts Wohnung. Nach drei Minuten öffnet sich die Türe und es kommen fünf bis sieben Studenten aus dem Büro. Robert murmelt ratlos, wie der Stationsarzt die wohl alle gestapelt habe. Papa Niko, der nun an der Türe zu seinem Büro steht, wirkt eher wie ein Hotelpage, der seinen Gästen die Hoteltüre offen hält.

»Ja, der Herr Winterkorn ...«

»Grüß Gott, Herr Doktor.«

»Es ist schön, dass Sie gleich gekommen sind, Robert.«

»Was gibt´s denn?«
»Nehmen Sie erst mal Platz. Darf ich Ihnen einen Kaffee oder Espresso anbieten?«
»Ja gerne, einen Espresso bitte, mit drei Stück Zucker.« Der Arzt bereitet den Espresso zu und ist sichtlich stolz auf seine neue Kaffeemaschine.
»Bitte sehr, Robert.«
Er reicht ihm die Tasse mit dem herrlich duftendem Espresso.
»Wie Sie sicherlich schon bemerkt haben, ist gestern ein hoch betagter Patient zu Ihnen ins Zimmer gelegt worden.«
»Ja klar hab ich das gemerkt, oder meinen Sie, dass ich im Delirium bin und nichts mehr spanne?«
»Nein ... natürlich nicht. Ich komme gleich zum Kern der Sache. Da Sie ein extremer Schnarcher sind, möchte ich Sie bitten, eine Nacht in unserem Notzimmer zu übernachten. Dieses Zimmer liegt direkt neben dem Schwesternzimmer und ist eigentlich ein kleines Konferenzzimmer, aber ausreichend groß, wie mir die Schwester ... Ach nein, Stopp, das geht ja gar nicht ... Da liegt ja auch ein neuer Patient, der Herr Geier, drinnen. Könnten Sie dann bitte ins Badezimmer ausweichen?«
»Gut, wenn es denn sein muss.«
»Ich hoffe aber, dass Sie bald eine andere Lösung für mich finden werden. Schnarcher nehmen ja durchaus Rücksicht auf ihre Mitpatienten, aber eben nur bis zu einem bestimmten Grad.«
»Ja sicher, wir werden bald eine andere Lösung finden.« Robert erfährt kurz darauf von der Schwester, dass der alte Mann, der nun in seinem Zimmer ist, seiner Tochter das Herz ausgeschüttet hat, dass er kein Auge zugemacht habe, weil Robert so laut schnarche. 600 Euro für die Übernachtungen im Badezimmer ist der »All-inklusive-Preis« für Roberts Zimmer.

Tag 6383
Aus der einen geplanten Nacht im Badezimmer werden heute bereits drei Nächte. Robert fragt die Schwestern, wann denn nun eine Lösung in Sicht sei. Aber die können ihm auch nichts sagen. Drei Nächte habe er jetzt schon in diesem Bad übernachtet, beklagt er sich. Das Bett passe ja gerade so rein. Das Bad sei etwa zwanzig qm groß und es seien dort auch noch andere Utensilien, wie Getränkekästen, Waschmaschine, Trockenständer und Bügelbretter, untergebracht. Außerdem tropfe es an einer Stelle von der Decke. Und das für etwa 220 Euro am Tag plus Professorenzuschlag, fügt Robert empört hinzu.

Tag 6384
Nach der vierten Nacht weigert sich Robert noch eine weitere Nacht im Badezimmer zu verbringen. Er schläft nun wieder in seinem alten Zimmer. Zur Schwester sagt er, der alte Mann tue ihm wirklich leid.

Tag 6385
Nun ist endlich eine Lösung für das Zimmerproblem gefunden. Ein anderer Patient - auch Schnarcher - kommt zu ihm ins Zimmer. Nun sägen sie nächtens gemeinsam den Wald ab. In der Psychiatrie könne man wirklich die tollsten Dinge erleben, berichtet Robert seinem Vater.

Tag 6387
»Das mit dem IQ Test ist ja so eine Sache, man fühlt sich nicht wirklich gut dabei. Es könnte schließlich ans Tageslicht kommen, dass man nicht gerade der ›Hellste‹, oder aber eine wahre IQ-Bestie ist, die vor lauter Intelligenz schon förmlich explodiert«, sagt Robert zu dem Psychiater, der heute den zweiten IQ Test innerhalb von 18 Jahren bei ihm durchführt. Auch bei diesem Test kommt wieder heraus, dass seine Intelligenz gerade an der unteren Grenze der Überdurchschnittlichkeit liegt, aber das nutzt ihm leider sehr wenig, bis gar nichts.

Tag 6421
Das Gerücht, dass der Stationsarzt seinen Job etwas übergründlich wahrnimmt, geht schon länger herum. Er hat sich dem Kampf gegen Nikotin verschrieben und schlägt dort manche Schlacht, manchmal erfolgreich und manchmal vergebens. Das ist ja durchaus löblich, kann aber auch durch Penetranz schnell mal nervig sein. Wegen seines vehementen Kampfes gegen die Glimmstängel hat der Arzt schon vor Jahren von den Patienten den Spitznamen »Papa Niko« erhalten. Das Büro von Papa Niko ist voller Broschüren und Hilfsmittel, die einem das Rauchen abgewöhnen helfen sollen. Er hält Seminare ab und hat sogar eine Notfallambulanz eingerichtet. Mancher Raucher würde bestimmt nur dort anrufen, wenn der »Super-GAU« einsetzt. Das wäre insbesondere dann der Fall, wenn man kein Feuer mehr zu Hand hat, also ein absoluter »Notfall« für einen Raucher. Doc Niko spricht jeden rauchenden Patienten auf sein »Steckenpferd« an und verspricht ihm dann einen wahren Geldsegen, der durch die Einsparung bei den Zigaretten erreicht werden könne. Vor der Gruppensitzung hat Robert noch eine Einzelsitzung bei ihm.

»Hallo Robert, haben Sie sich das noch mal durch den Kopf gehen lassen mit dem Rauchen? Sie könnten heute noch einen Herzinfarkt erleiden, einen Schlaganfall, an Schläuchen hängend, ein ewiger Pflegefall. Wollen Sie das?«

»Nö!«

»Dann sollten Sie aber schnell das Rauchen aufgeben, denn nach ein paar Stunden ohne Glimmstängel sinkt das Mortalitätsrisiko bereits signifikant.«

»Ist mir wurscht!«

»Bedenken Sie, wie viel Geld durch den blauen Dunst jeden Monat verpufft. Seien Sie mal ehrlich, wie viel rauchen Sie denn so pro Tag.«

»Zu Hause zehn, aber hier mindestens das doppelte, so eine Schachtel in etwa.« Papa Niko zieht ein Gerät aus seiner Schublade, das aussieht wie ein Promillemessgerät. »Mit diesem Gerät kann ich den CO_2-Ausstoß in Ihrer Atemluft messen und somit auch feststellen, wie viele Zigaretten Sie rauchen. Blasen Sie hier mal fest rein, hier bitte.« Der Arzt hält Robert den Schlauch hin.

»Das kann ich nicht.«, entgegnet Robert kopfschüttelnd.

»Wieso?«

»Ich habe eine Blasenschwäche.«

»Haha, witzig wie immer, der Herr Winterkorn. Sie blasen da jetzt bitte rein, bis Sie einen Pfeifton hören.«

»Ok, wenn´s sein muss.« Robert hält den Schlauch zwei Zentimeter vor den Mund und pustet los.

»Nein, nicht so, Sie müssen erst das Mundstück zwischen die Lippen stecken.«

»Ah so, ok!«

Robert bläst und bläst, bis sein Kopf hochrot ist. Eigentlich müsste das Gerät schön glühen und kurz vor der Explosion stehen. Es ist kein Pfeifton zu hören. Der Arzt schaut Robert fasziniert an. Als dieser kurz vor dem Kollaps steht, fällt Papa Niko auf, dass das Gerät nicht eingeschaltet ist.

»Oh sorry, tut mir leid, Sie können aufhören. Ich muss erst einschalten.«

»Sie machen mir Spaß!«

»Dafür bin ich doch da! Bitte pusten Sie nochmal. Diesmal wird es auch leichter gehen.« Robert nimmt erneut Anlauf und schafft es ohne Schwierigkeiten bis zum Pfeifton.

»Ja warum denn nicht gleich so?«

»Lassen Sie mal sehen, Robert. Ja da haben wir es schon: 30 Zigaretten zeigt das Gerät an.«

»Da stimmt mit Ihrem Gerät was nicht.«

»Doch, das Gerät ist geeicht. Also überlegen Sie sich das nochmal. Sie verstehen sich doch mit ihrem Zimmerkumpel Hans sehr gut. Vielleicht können Sie ja zusammen entwöhnen.«

Heute in der Gruppensitzung stellt der Arzt das »Raucherproblem« wieder einmal über den eigentlichen Therapiegrund. Das kommt bei seinen Patienten gar nicht gut an. Sie haben wirklich andere Probleme, die erst mal gelöst werden müssen. Man hat so schon mit seiner Krankheit zu kämpfen und dann auch noch aufhören zu Rauchen! Ein Ding der Unmöglichkeit für Robert. Die Zigarette ist geradezu ein »Rettungsanker« für manche Patienten und den gilt es zu verteidigen. Robert diskutiert im Raucherpavillon dieses Thema wieder einmal mit seinem Mitpatienten Hans.

»Vor unserer Gruppensitzung war ich bei Papa Niko in der Einzelsitzung. Der hat mich blasen lassen. Du kennst ihn ja selber zur Genüge, wenn der Zigaretten wittert, fängt sein Kopf gleich an zu rauchen. Er hat da so ein Gerät, wie die Bullen für die Promille.«

»Was echt?«

»Ja, aber das misst ja nicht richtig. Aber im Ernst, Hans, hast du nicht Lust, dass wir gemeinsam aufhören?«

»Meinst du, wir schaffen das?«

»Ja, zusammen sind wir stark. Außerdem gibt uns Papa Niko ja Ersatzdrogen, Pflaster, Kaugummis und so Zeugs.«

Sie machen aus, dass sie sich bei Papa Niko einen Termin geben lassen, um zu erfahren, was er ihnen über das Thema sagen kann. Robert will heute ab halb zwölf Uhr - nach dem Termin bei Papa Niko - endgültig den Zigaretten entsagen. Daher raucht er noch schnell ab acht Uhr eine komplette Schachtel. Der Nikotinentzug soll jedoch langsam ablaufen. Nun sitzt er mit seinem Zimmerkumpel Hans im Behandlungszimmer und hört sich den Vortrag von Papa Niko über das Rauchen und seine Folgen an. Er spricht wieder über das Geld, das man sparen könne und dass man so viele andere schöne Dinge mit diesem Geld machen könne, wie es zu versaufen. Wie bei einer Alkoholkontrolle bläst nun auch Hans in den Handautomaten, der die Menge des aufgenommenen CO_2 in der Atemluft messen kann und somit anzeigt, wieviel Zigaretten man am Tage raucht. Als erstes sollen beide ihren Tabakkonsum einschränken und ein Rauchertagebuch führen. Hierfür bekommen sie von Papa Niko die nötigen Formblätter, dass wo Robert Formblätter ja so »liebe«, wie er ihm gesteht. Jedesmal, wenn er eine Zigarette rauche, solle er die Uhrzeit angeben und bewerten, welchen Grund es für die Zigarette gibt oder ob es eine Genusszigarette sei, oder eine Zigarette aus einem besonderen Grund. Er kreuzt immer »ohne Grund« an, denn welche Zigarette sei nun wirklich nötig, meint er. Papa Niko verspricht, ihm noch genauere Instruktionen zu geben.

Tag 6425
Papa Niko bleibt die versprochenen Instruktionen schuldig und ist ab heute im Urlaub. Bis zum Ende des Urlaubs in zwei Wochen schwört Robert seinem Kumpel Hans, es auch ohne Papa Niko geschafft zu haben mit dem Nikotinentzug.

Tag 6442
Robert hat tatsächlich das Rauchen Schritt für Schritt soweit reduziert, dass er genau zum Dienstantritt von Papa Niko keine Zigarette mehr anrührt. Tägliches Einpflastern und Nikotin-Kaugummis aus dem Schwesternzimmer helfen ihm dabei. Eine Ärztin seiner Station erzählt ihm, dass sie auch vor zwei Jahre aufgehört habe zu rauchen, sie kaue aber immer noch fleißig die Raucherkaugummis. Robert macht ja auch gerade seinen Valiumentzug durch und dann zusätzlich mit dem Rauchen aufzuhören sei schon sehr schwer für ihn, gesteht er. Komischerweise habe er kein Problem, sich zu den Rauchern in den Raucherpavillon zu setzen. Auch habe er noch einen kleinen Vorrat an Tabakwaren, die er entsorgen solle, was er aber nicht tun werde. Es mache ihm auch nichts aus, die Tabakwaren in seiner Nähe zu wissen, sagt er zu den Mitrauchern. Damit habe er keine Probleme, eher wenn er nichts mehr haben würde. Er rühre aber nichts mehr an.

Tag 6455
Robert sitzt beim Mittagessen im Esszimmer. Ein Weißkittelträger kommt auf ihn zu und stellt sich an den Tisch. »Guten Tag, Herr Winterkorn. Mein Name ist Dr. Kiefer. Ich möchte Ihnen heute die Studie vorstellen, in die wir Sie gern einbinden möchten. Können wir uns darüber unterhalten?« Robert zuckt mit den Schultern und schneidet seinen Schweinebraten.

»Hallo Herr Dr. Kiefer, schießen Sie los, aber nicht zu scharf, bitte.«

»Fein, ich setze mich zu Ihnen, ja? Also, ich hab Ihre Krankenakte studiert, die ist ja fast so umfangreich, wie die Brockhaus Enzyklopädie, so etwas hab ich in meinen fünf Jahren hier noch nicht gesehen. Es freut mich, dass Sie es nach so vielen Jahren doch noch mal mit der stationären Therapie versuchen.« Robert stellt das Tablett mit dem halb aufgegessenen Schweinebraten auf den Nachbartisch.

»Man soll nie aufgeben.«

»Richtig, genau, man soll niemals aufgeben, da haben Sie völlig recht, Herr Winterkorn. Ich habe gesehen, dass Sie schon mal ein paar EKTs bekommen haben und dabei wohl auch einmal eine ziemlich einschneidende ... ähm ...«

»Erfahrung!«, unterbricht Robert und fährt fort: »Ja, das kann man wohl sagen, so ein Herzstillstand ist schon eine Grenzerfahrung, das steckt man nicht so einfach weg.«

»Sicher, da würde ich an Ihrer Stelle auch keine EKTs mehr machen wollen.«

»Wieso? Wissen Sie, ich würde alles versuchen, was auch nur eine minimale Chance bringt und wenn es durch so was vorbei ist mit mir, ist es eben vorbei.«

»Meinen Respekt! Ich will nicht sagen, dass EKTs ein alter Hut sind, aber wir haben mittlerweile ganz andere Verfahren, auch mit Strom, aber ohne Schmerzen und ohne Betäubung.«

»Sie wollen mich also nicht schocken?«

»Nein, nicht wirklich!«, lacht der Doktor. In unserer Studie testen wir die sogenannte transkranielle Gleichstromstimulation zur Behandlung psychischer Erkrankungen. Es ist eine placebokontrollierte Pilotstudie. Ich nehme an, Sie wissen, was das bedeutet?«

»Placebo? Klar, man weiß nicht, ob man auf dem elektrischen Stuhl sitzt oder auf dem anderen.«

»Ja, sehr gut, haha, genau, so ähnlich. Bei unserem Verfahren, der tDCs bekommen Sie im Gegensatz zur EKT nur eine Stimulation an der Kopfhaut von zwei Milliampere. Das ist in der Stromstärke vergleichbar mit einer normalen Batterie. Sie spüren also allenfalls ein leichtes Kribbeln an der stimulierten Stelle.«

»Also keine Narkose?«

»Richtig, keine Narkose.«

»Klingt gut.«

»Erste Untersuchungen sprechen von einem günstigen Effekt auf psychosomatische Symptome. Wichtig ist, dass diese Behandlung zusätzlich zu Ihrer bisherigen medikamentösen Therapie erfolgt. Wenn Sie einverstanden sind, werden wir Sie in die Gruppe aufnehmen. Die Versuchsreihe dauert vier Wochen und davon werden Sie zwei Wochen mit einer Scheinbehandlung und zwei Wochen mit einer echten Stimulation behandelt, die Sie und Ihr behandelnder Arzt nicht voneinander unterscheiden können. Die Behandlung wird an fünf Tagen in der Woche durchgeführt und dauert etwa zwanzig Minuten. Zur Stimulation werden zwei Elektroden mit einem Band an der Kopfhaut befestigt. Der Erfolg wird kontrolliert durch Blutentnahme und EEG.«

»Und keine Nebenwirkungen?«
»Nein, im Allgemeinen nicht ... Nun, eine mögliche Komplikation ist die Auslösung eines Krampfanfalls. Trotz der niedrigen Stromstärke können wir diese Komplikation natürlich nicht gänzlich ausschließen. Kopfschmerzen können auftreten, sind aber selten.«
»Ok, gebongt! Ich mache mit.«
»Super! Wir fangen heut Nachmittag schon an.«

Tag 6474
Nachdem die elektrische Stimulation des Dr. Kiefer außer einem Kribbeln der Kopfhaut keinerlei positive, aber immerhin auch keine negative, Wirkung gezeigt hat, bekommt Robert seit zwei Wochen eine Reihe von 12 EKT´s, zwei- bis dreimal in der Woche. Er kämpft heute mit den Nebenwirkungen der dritten EKT, hauptsächlich dem leichtem Gedächtnisverlust, der sich durch eine Vergesslichkeit äußert. Roger ist zu Besuch. Robert berichtet ihm von dem Erlebnis am Vormittag.

»Gott sei Dank verliefen alle EKTs hier bislang ohne besondere Vorkommnisse, zumindest sagte man mir nichts. Nur heute Mittag teilten sie mir mit, dass sie bei der heutigen Sitzung einen zweiten Krampf auslösen mussten, da der erste nur ein paar Sekunden gedauert habe, also zu kurz gewesen sei. Auf meiner Station ist eine junge Frau, mit der ich mich etwas angefreundet habe. Sie ist adelig und die Cousine eines sehr bekannten hohen Politikers. Als sie hörte, dass ich EKT´s bekommen sollte, schenkte sie mir einen Schutzengel aus Holz, mit langen struppigen Haaren.« Robert zeigt Roger den Engel.

»Ja mei, ist der lieb!«

»Ich fand das nett von ihr. Die Vorbereitungen zu den EKT´s waren im wesentlichen genauso wie vor 16 Jahren. Da hat sich nicht viel geändert. Nur werden die Patienten hier wie am Fließband geschockt.«

»Was, echt?«

»Ja das ist so, es gibt einen festen Behandlungs- und Aufwachraum. Immer die gleiche Prozedur: Ich schiebe mein Bett mit einer Krankenschwester in den Aufzug und wir fahren nach oben. Wenn gerade noch jemand vor mir behandelt wird, muss ich noch etwas warten. Im Behandlungsraum erwartet mich schon mein behandelnder Arzt. Ich begrüße alle und es ist meist eine lockere Stimmung. In dem kleinen Raum befinden sich meist drei Ärzte und ein oder zwei Schwestern. Ich hänge als Erstes meinen Schutzengel an den Infusionsständer. Sollte ich es einmal nicht sofort machen, erinnern mich die Ärzte daran. Dann läuft alles präzise wie in einem Uhrwerk ab.

Die Ärzte kennen jeden Griff schon auswendig. Ich werde an alle notwendigen Geräte angeschlossen. Mein Arzt bewundert immer die Dichte meines Haares, wenn er die Elektroden anbringt. Schließlich ist er ein paar Jahre jünger als ich, hat aber schon fast eine komplette Glatze. Einmal wollten die Ärzte schon anfangen, doch ich musste mich noch mal aufsetzen, da ich irgendeine Vereinbarung mit dem Professor vor der Narkose unterzeichnen sollte. Da war nicht mehr Zeit zur Prüfung, welchen Satz er berechnen würde. Ja, so ist das bei Privatpatienten. Dann bekam ich etwas Sauerstoff über die Maske, eine Infusion lief durch und dabei wurde mir schließlich das Narkosemittel Propofol verabreicht.«

»Propofol? Das hab ich schon mal gehört.«

»Ja, das nimmt ja angeblich auch der Michael Jackson zum Einschlafen. Beim Spritzen des Mittels sagte ein Arzt, den sie Wilfried nannten: ›Jetzt kommt der Schlaf‹. In Gedanken bat ich meinen Schöpfer noch um die Vergebung meiner Sünden und dann war ich auch schon weg. Es nutzte nichts dagegen anzukämpfen, ich war jedes Mal Verlierer. Ein paar Minuten später wachte ich im Aufwachraum auf. Eine Schwester war bei mir und ich sollte wieder husten und tief ein- und ausatmen. Einmal glaubte ich durch die Wand zu sehen, wie ein anderer Patient geschockt wurde. Zumindest sah ich das. Es war so real, ich sah, wie der Krampf an seinem Körper und im Gesicht ablief. Aber wahrscheinlich war die Narkose daran schuld und hat mich halluzinieren lassen. Als ich soweit wieder stabil war, schob mich eine Schwester auf mein Zimmer zurück. Ich lag dann noch etwa eine halbe Stunde im Bett, solange, bis die Infusion durchgelaufen war. Meistens stellte ich heimlich den Tropf auf eine etwas schnellere Geschwindigkeit ein.«

Tag 6484
Franz steht plötzlich in Roberts Zimmer im Krankenhaus. Robert ist überrascht.

»Hallo Franz, was machst du denn hier? Bist du denn schon aus der Klinik entlassen?«

»Ja, aber ich werd' wieder rein müssen, weil es mir noch nicht so gut geht. War grad in der Zahnklinik nebenan und da hab ich gedacht ich besuche dich mal.«

»Das freut mich total. Leider hab ich gleich einen wichtigen Untersuchungstermin. Lass uns demnächst wieder treffen. Ich melde mich bei dir, versprochen!«

Tag 6511
Robert beendet die Therapien in der Klinik. Nach sieben sehr harten Monaten hat Robert nun den Valiumentzug und die Raucherentwöhnung geschafft. Ansonsten ist der Zustand trotz der Elektrostimulationen seiner Kopfhaut und der EKTs unverändert, im Gegenteil, die EKTs haben ihre Spuren hinterlassen. Aus Frust darüber steckt er sich beim Verlassen der Klinik wieder eine Zigarette an, die er gerade bei einem Patienten geschnorrt hat.

Zu Hause berichtet er seinen Eltern.

»Als die Ärzte meinten, dass die EKTs bei mir auch nicht helfen würden, zog ich die Konsequenz und entließ mich heute selbst aus dem Krankenhaus. Allerdings schien es ihnen auch nicht recht zu sein, man hätte ja doch noch eine weitere Serie von zwölf EKTs machen können. Ich verstehe die Ärzte nicht. Einmal reden sie so und dann wieder anders. Es hat eben wieder nichts geholfen, außer, dass ich als Folge der EKTs, nun altbekannte Leute nicht mehr richtig erkenne und heute starke Gedächtnisstörungen und starke Konzentrationsschwierigkeiten habe. Ich weiß nur noch, dass erst zwölf EKTs vorgesehen gewesen sind. Sollte sich etwas verändern, waren zwölf weitere EKTs vorgesehen. Aber da geht es schon bei mir los, ich weiß nicht mehr wie viel ich genau bekommen habe, ich weiß nur, dass es mehr als zwölf Stück gewesen sind. Ich kann mich nicht mehr erinnern, wann die EKT abgebrochen wurde. Auch an meine Entlassung kann ich mich nicht mehr richtig erinnern.«

Tag 6519
Robert geht in die Gemeinde, in die Susanne und er vor ihrer Trennung gegangen waren. Er hat einen etwas engeren Kontakt mit ein paar Geschwistern. In der Früh ruft er einen Gemeindebruder an und fragt ihn, ob er ihn mit seinem Auto mit in die Gemeinde nehmen würde.

»Klar!«, sagt er. Sein Name ist Christoph, den kann Robert sich deshalb merken, weil sie eine Zeit oft zusammen waren. Bei der Frau des Bruders hat er schon Schwierigkeiten mit dem Namen, sie heißt Angie. Als Robert in die Gemeinde kommt, stürzen schon ein paar Leute auf ihn los, um ihn zu begrüßen. Einige davon erkennt er gar nicht sofort und bei denen, die er erkennt, sucht er vergeblich in seiner Erinnerung nach dem Namen. Offensichtlich versucht er sich so gut es geht durch das Gesichtererkennen und die Namensfindung zu schmuggeln. Aber er hat ja Christoph an seiner Seite, den er zwischendurch immer mal unauffällig fragen kann, wer das gerade ist. Er versucht sich die Namen zu merken, und sagt, in ein paar Wochen zu

Besuch in der Gemeinde wird es ihm hoffentlich besser gelingen. Auch trifft er auf der Straße Leute, die er nicht gleich erkennt, was auch an der nachlassenden Sehkraft liegt. Wenn er Gesichter sieht, die er zu erkennen glaubt, versucht er eine Begegnung zu vermeiden. Erst befragt er jemand über die Leute, damit er Informationen bekommt, wer das ist. Robert vergisst fast seine ganzen PIN-Nummern, Codes und Geheimwörter. Er muss sie sich aufschreiben und aufpassen, dass niemand damit etwas anfangen kann. Wenn er mal wieder seine Medikamente aus der Apotheke holen muss, zahlt er immer mit seiner EC-Karte, weil er soviel Bargeld nicht mit sich rumschleppen will. Die Medikamente können schon mal 1000 Euro pro Monat kosten. Leider kommt es dann vor, dass er seinen »Geheimzahlenzettel« zu Rate ziehen muss. Oftmals kommt es vor, dass er mit der Fernbedienung vor dem Fernseher sitzt und nicht mehr weiß, wie er diese bedienen muss. Mehrmals verwechselt er die Fernbedienung mit dem Telefon. Er will etwas aus der Küche holen, vergisst aber, was er holen will. Das passiert nicht nur einmal, sondern mehrmals hintereinander. Hin und wieder findet er auch etwas im Kühlschrank, was dort definitiv nicht hingehört. Wenn er das jetzt einen Psychiater erzählen würde, würde er mit Sicherheit sagen: »Das geht mir auch manchmal so, das ist ganz normal.« Aber keiner der Ärzte vergisst jemals, sein Honorar zu fordern.

Tag 6534
Robert raucht wieder morgens seine Zigarette, doch er nimmt kein Valium mehr.
»Ich hoffe, keine akuten Angstzustände zu bekommen, wenn ich unterwegs bin!«, sagt er zu seinem Nachbarn Alfred, der ihn wieder einmal besucht.
»Aber die Angstzustände kommen einfach wann sie wollen und sind durch mich nicht kontrollierbar. Es kommt einfach immer noch oft vor, dass ich mitten in der Nacht aufwache und panische Angst habe. Es kann jederzeit geschehen! Mit fällt dann nichts weiter ein, als auf die Knie zu gehen und stundenlang zu beten! Ich versuche dann auch in der Bibel zu lesen, aber meistens laufe ich wie ein Tier im Käfig in der Wohnung herum! Tranquilizer will ich einfach nicht nehmen, da ich ja erst einen Valiumentzug gemacht habe! Doc Verdi hat mir zwar Tavor verschrieben, aber ich habe noch keine genommen, was auch ein kleines Wunder ist, denn normalerweise würde ich nach jedem Strohhalm greifen, der eine Besserung verspricht! Der Angstzustand ist schon eines der schlimmsten Symptome!«

Tag 6570
Robert kommt mit Alfred vom Einkaufen zurück. Auf dem Küchentisch liegen Papiere aus der Klinik.
Alfred schaut neugierig auf das oberste Blatt und liest vor: »Klinischer Fragebogen? Gehst du wieder in die Klinik?«
»Nein, das hab´ ich noch mitgenommen von meinem letzten Aufenthalt. In jeder Psychiatrie und Psychosomatik werden jeden Morgen an die Patienten Fragebögen ausgeteilt. Ich hab sie als ›Stimmungsbarometer‹, oder ›Emotions-TÜV‹ bezeichnet. Dabei wechseln sich täglich zwei Fragebögen ab, es gibt also jeden zweiten Tag einen sich wiederholenden Fragebogen. Entweder legten die Schwestern ihn mir schon beim Aufstehen vor, oder ich kam aus dem Bad und fand ihn auf meinem Bett vor. Ich glaube, es gibt keinen Patienten, den diese Dinger nicht nerven. Für mich sind diese ›Stimmungsbarometer‹ überflüssig, es ändert sich dadurch ja nichts an meinem Zustand. So habe ich bald nur noch ein paar der Fragen beantwortet mit ›wie gestern‹, oder ›wie vor 16 Jahren, 3 Monaten, 5 Wochen, 8 Tagen, 4 Stunden, 7 Minuten und 46 Sekunden‹. Die Krankenschwester ermahnte mich einmal, doch den Fragebogen vollständig auszufüllen, was ich aber nicht tat und ihn stattdessen unausgefüllt beim Schwesternzimmer abgab. Ich lese dir mal was vor aus dem Fragebogen: ›Im folgenden finden Sie eine Reihe von Eigenschaftspaaren. Bitte entscheiden Sie, ohne lange zu überlegen, welche der beiden Eigenschaften ihrem augenblicklichen Zustand am ehesten entspricht. Machen Sie in das Kästchen hinter der eher zutreffenden Eigenschaft ein Kreuz. Nur wenn Sie sich gar nicht entscheiden können, machen Sie ein Kreuz in das Kästchen ›weder - noch‹. Lassen Sie keine Zeile aus‹. Nun folgen die zur Auswahl stehenden Kästchen. Hier nur ein paar Beispiele: ›Ich fühle mich jetzt eher frisch __, eher matt __, weder noch __; Eher gutgelaunt __, eher verstimmt __, weder noch __; Eher sündig __, eher rein __, weder noch __; Eher sicher __, eher bedroht __, weder noch __; Eher selbstsicher __, eher unsicher __, weder noch __‹. Usw., usw., usw. ... In meinem Fall war dies reine Papierverschwendung. Ich konnte diese Blätter nur als Schmierpapier gebrauchen und habe sie gar nicht mehr abgegeben. Versteh´ mich bitte nicht falsch, Alfred. Für andere Patienten konnten diese Fragebögen, durchaus einen Sinn machen. Es kommt halt immer auf das individuelle Krankheitsbild und die Diagnose an.«
Alfred schüttelt verständnislos den Kopf.

Abschiede

Tag 6582
Robert geht mit seiner Schwester Lisa zum Essen in die Stadt. Danach kaufen sie Kuchen und gehen zu den Eltern, um dort seinen 45. Geburtstag zu feiern. Außer seinen Eltern und seiner Schwester, sind noch sein schwer lungenkranker 58jähriger Bruder Manfred, den alle Manni nennen sowie Larissa, die polnische Pflegekraft der Eltern, und ein paar Bekannte da. Sie trinken Kaffee und essen Kuchen. Als es dann Abend wird, will Robert langsam nach Hause gehen.

»So, ich pack´s jetzt dann. Ich bin froh, wenn ich wieder zu Hause bin und mich hinlegen kann. Komme morgen ja sowieso wieder vorbei.« Sein Vater schaut ihn bittend an.

»Willst du nicht doch wieder ein paar Tage länger da bleiben, wo es Mutter und Manni gerade so schlecht geht?«

»Ich würde gern bei euch bleiben, aber ich kann nicht, da morgen der Pflegedienst zu mir kommt zum halbjährlichen Pflegeeinsatz. Aber ich bin ja bald wieder bei euch. Schaue noch mal zu Manni rein.«

Robert betritt das kleine Zimmer seines Bruders, der an COPD leidet, einer chronischen obstruktiven Lungenerkrankung, die im Volksmund auch als Raucherlunge bezeichnet wird. Da sitzt er nun vor Robert, gebückt und durch die Luftschläuche eines Sauerstoffgerätes atmend.

»Du Robert, ich will heute nicht Fernsehen schauen, sondern mich noch etwas mit dir unterhalten. Ich hab dann auch noch eine Bitte an dich, bevor du gehst. Was machst du denn immer so? Kann ich dir denn bei irgend etwas helfen?« Wer seinen Bruder kennt, der weiß, dass er normalerweise um diese Zeit immer Fernsehen schaut. Er verfolgt einige Sendungen und Spielfilme, die um diese Zeit eigentlich laufen. Er hat schon vor etwas längerer Zeit aufgehört zu rauchen, was für ihn ungewöhnlich ist, da er zwar erst spät mit dem Rauchen angefangen hatte, aber dann zu den Kettenrauchern gehörte. Als sein Arzt ihm jedoch sagte, dass jede Zigarette seine letzte sein und erzählt ihm davon, dass im Rahmen seiner Promi-Uhrensammel-Aktion heute Vormittags sein Handy klingelte und Roland Kaiser am anderen Ende der Leitung war, der ja die gleiche Lungenkrankheit habe.

»Du Manni, stell dir vor, der Roland Kaiser erklärte mir, dass er nur eine Uhr besäße, die er von seiner Frau geschenkt bekommen habe. Aber er gab mir eine Option auf diese Uhr, falls er diese einmal doch zur Sammlung beisteuern könnte. Ich fand es total nett, dass er

persönlich angerufen hat, und sagte es ihm auch.«
Jetzt kommt Manni auf seine angekündigte Bitte zu sprechen.
»Du kennst dich doch aus mit der Pflegeversicherung. Kannst du nicht für mich einen Antrag bei meiner Krankenkasse stellen, zur Einstufung in eine Pflegestufe?«
»Klar kann ich das!«, antwortet Robert. »Ich werde dir so gut wie möglich helfen.«
»Weißt du, ich kann schon seit einigen Wochen nicht mehr im Bett schlafen, sondern nur noch auf dem Stuhl, auf dem ich immer sitze. Wenn ich liege, bekomme ich immer Erstickungsanfälle und springe deshalb aus dem Bett. Dies kann ich jedoch nicht mehr, da ich zu schwach dazu bin. Mit meiner fortgeschrittenen Krankheit werde ich nicht mehr in einem Krankenhaus aufgenommen, auch ein Kuraufenthalt wäre für mich nicht mehr möglich. Es scheint nur noch eine Möglichkeit zu geben.« Manni schaut seinen Bruder traurig an. Robert muss schlucken.
»Ein Hospiz, Robert! Es ist die beste Lösung. Behalte es aber erstmal für dich und denke darüber in Ruhe nach, ja?«
»Ja, ich werde mich da erkundigen, ich verspreche es dir und dann helfe ich dir dabei. Sicher hast du recht, aber für die Eltern wird es sehr schwer werden. Ich sage ihnen noch nichts davon.«
Robert hilft seinem Bruder noch mit dem Sauerstoffgerät auf die Toilette und wieder zurück in sein Zimmer. Er bleibt dann doch noch fast eine Stunde im Wohnzimmer bei seinen Eltern. Als er endgültig gehen will, meint Larissa, dass er sich doch noch von Manni verabschieden solle.
»Ach Larissa, das hab ich doch schon getan.«
»Aber du können es nochmal machen!«
Robert klopft also noch mal bei seinem Bruder an und öffnet, nachdem er ein leises »Ja« vernimmt, die Türe. Da sieht er Manni auf seinem Stuhl sitzen, schwer gebückt und zusammengekauert. Er schaut Robert mit großen ängstlichen Augen an.
»Lieber Manni kann ich noch irgendetwas Gutes für dich tun, brauchst du noch etwas?«
»Nein danke, Robert. Ich möchte nur noch einmal in meinem Leben richtig durchatmen können!«
»Diesen Wunsch kann ich dir leider nicht erfüllen, aber ich werde für dich beten! Es tut mir sehr leid, dich in diesem Zustand zu sehen.« Robert verabschiedet sich noch einmal herzlich von seinem Bruder und macht sich schweren Herzens auf den Weg nach Hause.

Tag 6591
Mit Schreiben vom Amtsgericht Augsburg, wurde Robert zur heutigen Verhandlung im Scheidungsverfahren vorgeladen. Susanne wurde bereits vom zuständigen Amtsgericht ihres neuen Wohnsitzes angehört und ist daher nicht anwesend. Kurz vor der Verhandlung ruft sie noch an und teilt Robert mit, ihre Anwältin habe ihr mitgeteilt, dass er einen eigenen Rechtsanwalt für diese Verhandlung benötige, den sie ihm aber schon besorgt habe. Dieser Rechtsanwalt sei nur erforderlich, um vor Gericht das einzige kleine Wort »Nein«, wegen des Ausschlusses eines Versorgungsausgleichs zu sagen. Eine Minute vor Beginn der Verhandlung erscheint Rechtsanwalt Hampel endlich. Nach der Begrüßung teilt er Robert mit, dass er für seinen »Auftritt« 500 Euro haben will. Robert ist empört. Er sagt ihm, dass er keinesfalls mehr als 300 Euro zahlen werde. Der Anwalt stimmt nach kurzer Diskussion schließlich zu. Dann geht alles ganz schnell und um 09.30 Uhr ist die Scheidung vollzogen. Robert fährt alleine nachhause und ruft Susanne an. Er dankt ihr für alles und wünscht ihr alles Gute und Gottes Segen für ihr weiteres Leben.

Tag 6595
Robert steht nach einer mehr oder weniger schlaflosen Nacht gegen 06.00 Uhr auf. Dann frühstückt er und quält sich weiter mit der täglichen Körperpflege ab. Er hat bereits vor dem Aufstehen ein wenig in der Bibel und die Tageslosung gelesen. Jeder Tag läuft nach diesem Muster ab und Robert hält daran fest. Der Tag ist sonnig mit Temperaturen von 20 Grad. Gegen 09.15 Uhr macht er sich fertig, da er zu seinen Eltern fahren will. Da klingelt das Telefon. Robert sieht auf dem Display, dass es der Anschluss seiner Eltern ist und hebt ab. Am anderen Ende der Leitung ist Larissa.
»Hallo, Rob!«
»Guten morgen, Larissa. Ich komme gleich zu euch, bin schon fast abfahrbereit.«
Nach einer kurzen Pause sagt Larissa: »Die Manni ist tot!«
»Was?«, ruft Robert geschockt. »Das kann doch nicht wahr sein. Ich komme sofort.« Er legt auf, zieht sich an, und macht sich auf den Weg. Unterwegs telefoniert er mit seiner geschiedenen Frau, mit der er trotz der Trennung noch in Freundschaft verbunden ist. Sie kann es auch nicht glauben. Robert erzählt ihr traurig, dass er seinen Bruder jetzt eigentlich intensiver begleiten wollte, doch leider käme es nun nicht mehr dazu. Kein Mensch habe gewusst, dass es so schlimm um ihn stand. Sicher, er hatte diese Krankheit, aber alle verdrängten manchmal den Gedanken, dass sie tödlich sei, und er nur noch einige

Monate zu leben hätte. Es sei gut gewesen, dass er noch einmal zu ihm gegangen war. Er sei dankbar dafür, dass er die Möglichkeit hatte, so von ihm Abschied zu nehmen. Er glaube, es müsse schlimm sein, wenn man sich in einem Streit trenne und nicht mehr die Möglichkeit habe, sich zu versöhnen. Deshalb verabschiede er sich von seinen Lieben nun jedesmal so, als würde er sie das letzte Mal sehen. Mal soll immer in Harmonie auseinandergehen. Als er gegen 10.15 Uhr bei seinen Eltern ankommt, verabschiedet er sich von Susanne, die ihm noch viel Kraft wünscht. Ein uniformierter Polizeibeamter steht von der Eingangstüre. Robert stellt sich kurz vor und er lässt ihn in die Wohnung. Ein weiterer Beamter ist in der Wohnung und erzählt Robert, was alles los war. In der Einsatzzentrale der Polizei sei ein Anruf von Larissa eingegangen, die in ihrem gebrochenen Deutsch zu erklären versucht habe, dass »er nicht mehr atme«. Da die Polizei die Situation nicht genau habe einschätzen können, seien insgesamt vier Streifenwagen mit acht Beamten zur Wohnung beordert worden. Nach Klärung des Sachverhalts stellt sich die Situation für die Beamten nun so da, dass Manfred Winterkorn tot aufgefunden wurde. Zwei Beamte bleiben noch vor Ort und die anderen ziehen wieder ab. Robert findet, dass die beiden noch jungen Beamten sehr nett sind. Er setzt sich zu seiner Mutter ins Wohnzimmer und nimmt sie in den Arm. Seine Mutter leidet an Alzheimer-Demenz. Sie sieht einen der Beamten auf dem Flur und fragt Robert immer wieder und immer wieder, was denn die Polizei hier mache, so als erlebe sie diese Situation jedesmal aufs Neue. Robert sagt ihr, dass Manni gestorben sei. Als bekehrter Christ vermeidet er es zu lügen und irgendwelche anderen Aussagen findet er offensichtlich nicht richtig. Klar sei das schlimm für seine Mutter, sagt er zu Larissa. Aber solle er sagen, das Manni dringend verreisen musste? Seine Mutter fängt wieder an zu weinen und er tröstet sie so gut er kann. Die Situation wiederholt sich einige Male. Manchmal fängt sie von selber wieder an zu weinen und sagt, dass ihr der Manni so leid tue. Immer wieder erinnert sie sich unvermittelt daran. Es ist heute frühlingswarm und so setzt sich Robert mit seiner Mutter auf den Balkon, so dass sie den ganzen weiteren Trubel nicht erleben muss. Nun kommt eine Amtsärztin, um den natürlichen Tod festzustellen. Robert fragt sie, ob sein Bruder wegen einer Obduktion zur Feststellung der Todesart in die Gerichtsmedizin gebracht werden müsse. Sie sagt nein, sie habe den natürlichen Tod auf der Sterbeurkunde eingetragen. Robert hat schon einmal einer Obduktion beigewohnt, während des Ausbildungspraktikums im LKA. Es sei einfach keine schöne Sache. Klar merke der Betroffene nicht mehr, was mit ihm gemacht würde, aber die Vorstellung sei für einen nahen Angehörigen nicht besonders schön.

Robert sitzt mit seiner Mutter auf dem Balkon, um sie abzulenken, damit sie den Abtransport der Leiche nicht mitbekommt. Gegen 16.00 Uhr wird Manni abgeholt. Ein Mitarbeiter eines Beerdigungsinstituts kommt auch schon, um die weiteren Schritte der Beerdigung und der Trauerfeier mit der Familie zu besprechen.

Tag 6596
Vor der Beerdigung hat Robert mit seinem nun ältesten Bruder noch einen Termin beim Pfarrer, um die Beerdigungsfeier zu planen. Robert übernimmt den Anruf bei der Dienststelle seines verstorbenen Bruders. Er war Angestellter bei der Stadtverwaltung Augsburg und wegen seiner Krankheit schon sehr lange nicht mehr dort gewesen. Seine Kolleginnen und Kollegen sind sichtlich betroffen von der traurigen Nachricht.

Tag 6600
Heute ist die Beisetzung auf dem Augsburger Südfriedhof. Es kommen mehr Menschen, um von Roberts Bruder Abschied zu nehmen, als er gedacht hat. Es sind viele Kolleginnen und Kollegen, Nachbarn und Freunde des Verstorbenen erschienen. Auch Roberts Schwiegermutter und sein Stiefsohn David, den er schon längere Zeit nicht mehr gesehen hat, sind gekommen. Robert zeigt sich trotz der Trauer darüber erfreut.

»Ich hasse diese ›Schaukabinen‹ hinter Glas, in denen die Toten aufgebahrt werden.«, sagt er zu seiner Schwester. Mannis Sarg ist zu. Auf einem Schild steht der Name »Manfred Winterkorn«. Das ist für Robert schon etwas komisch, stellt doch das Schild mit dem Namen den letzten Bezug zu Manni her. Robert blickt zu seinen Eltern, wie sie in ihren Rollstühlen vor der Schaukabine sitzen und um ihren ältesten Sohn weinen.

»Ich werde das Bild nie vergessen!«, sagt er zu Susanne, die ihn zur Beerdigung begleitet. Dann findet die Aussegnung in der Aussegnungshalle statt.

»Ich kann es fast nicht glauben, dass mein großer, aber körperlich kleiner, Bruder Manni, der zuletzt bestimmt weniger als 50 kg gewogen hat, in diesem großen Sarg liegen soll!« Als Lied hat die Familie von Sarah Brightman & Andrea Bocelli »Time to say Goodbye« gewählt. Nun begleiten sie den Bruder und Sohn auf seinem letzten Weg, den jeder einmal gehen muss. Robert geht direkt hinter dem Sarg, als sich die Sohle eines seiner Schuhe zur Hälfte löst. Er fällt beinahe hin. Bei jedem Schritt rollt sich die Sohle auf. Er geht schließlich wie ein Storch, weil er das Bein mit dem Schuh hochheben muss, um nicht hinzufallen. Unauffällig geht er zur Seite und lässt sich an das Ende der Trauergemeinde zurückfallen. David und Larissa kommen zu ihm, um sich den Schaden zu besehen. Sie fragen, ob es ihm nicht gut gehe. David findet schließlich einen Draht im Mülleimer, mit dem sie den Schuh notdürftig zusammenflicken. So geht es einigermaßen, Robert muss nur vorsichtig sein. Er schmunzelt und sagt zu den beiden, er müsse gerade an Manni denken, der sicher über diese Situation gelacht hätte. Als sie an der Grabstelle ankommen, die durch einen schier unglaublichen Zufall neben der seiner Großeltern freigeworden ist, setzt er sich auf einen bereitstehenden Stuhl, da ihn das Gehen sehr angestrengt hat. Der Pastor hält seine Rede und es kommt der Zeitpunkt, an dem man Blumen und Erde ins Grab wirft. Roberts Bruder schiebt seine Mutter mit dem Rollstuhl an das offene Grab.

»Mach´s gut, mein Manni!«, ruft Roberts Mutter in das Grab und wirft eine Blume hinein, was zeigt, dass sie trotz ihrer fortgeschrittenen Demenz das traurige Ereignis doch mehr als erwartet mitbekommt. Nachdem sie Manni beerdigt haben, gehen sie noch in einen Gasthof zum Leichenschmaus bei Kaffee und Kuchen. Vor dem Zubettgehen schaut Robert sich wie jeden Tag die Abendnachrichten an. Der Sprecher berichtet von einem Blutbad im Landgericht von Landshut, wo heute ein Erbschaftsstreit verhandelt wurde. Der Kläger tötete im Gerichtsaal mit einer Pistole seine Schwägerin und nahm sich danach mit einem Kopfschuss das Leben. Bei der Schießerei wurden noch zwei weitere Personen verletzt.

»Was für eine Welt, Manni! Du hast es nun hinter dir, Friede deiner Seele.«, murmelt Robert und schaltet das Fernsehgerät aus. Ein schwerer Tag geht zuende.

Tag 6621
Am Nachmittag spricht er mit dem Arzt seines Bruders über dessen Tod. Auf jeden Fall denke er fast jeden Tag an seinen Bruder. Er habe noch keine Träne über seinen Tod geweint, aber er wisse, dass dies eines Tages noch kommen werde, Der Arzt erklärte ihm, dass bei seinem Bruder nur noch eine Herz- Lungentransplantation geholfen hätte. Dazu sei er jedoch zu schwach gewesen, was jeder habe sehen können, da er bestimmt keine fünfzig Kilos mehr gewogen habe. Robert raucht wieder, aber nur drei Zigaretten pro Tag. Doch dem Valium widersteht er eisern.

Tag 6627
Robert hat nochmals einen ambulanten Termin bei Papa Niko. Der Arzt begrüßt Robert überschwänglich.
»Was macht das Rauchen?«
»Ich habe wieder angefangen drei Zigaretten täglich zu rauchen.«
Der Grund, warum Robert eigentlich und erfolglos bei ihm in Behandlung war, der Seelenkrebs in seiner vollen Härte, interessiert den Arzt augenscheinlich weniger. Vielmehr sagt er zu Robert, dass er sich mit dem Rückfall in die Nikotinsucht offensichtlich selber dafür bestrafen wolle, dass sein Bruder gestorben ist. Das sei wieder einer der Momente, an denen er wirklich nicht mehr wisse, wer nun in Behandlung sei, er oder sein Arzt, antwortet Robert dem Rauchentwöhnungsarzt. Er habe beschlossen, nicht wieder zu ihm zu gehen, zumal er ihn auch schon ein paar Mal bei Terminen versetzt habe. Die notwendigen Medikamente würden ihm auch von Doc Verdi verschrieben werden. Im Wartezimmer trifft er seinen alten Zimmerkumpanen aus der Klinik, Hans. Er hat es nicht geschafft mit dem Rauchen aufzuhören, nicht mal einen Tag und raucht weiter, wie zuvor. Doch Robert sagt, er solle es alleine versuchen und er wisse, dass er es schaffe. Schließlich habe er es zumindest mit dem Valium auch geschafft.

Tag 6632
Roger ist wieder zu Besuch bei seinem Freund Robert. Sie reden über Roberts Erfahrungen in der stationären Therapie.
»Weißt du, Roger, in meinen mehrmonatigen Krankenhausaufenthalten habe ich sehr viele Patienten kommen und gehen sehen. Das war manchmal schwer für mich, da ich sehen musste, wie schnell andere Patienten erfolgreich behandelt wurden und ich immer noch nicht gesund wurde.«
»Das war sicher nicht leicht für dich!?«
»Ja, das schmerzte manchmal schon sehr. Aber ich sah auch manche Patienten ein zweites Mal kommen und gehen oder sogar ein drittes Mal. Ein gutes Beispiel hierfür war Gerda. Als sie in die Klinik kam, glaubte ich kaum, dass sie diese jemals wieder verlassen würde. Sie litt auch schon lange an Seelenkrebs und es ging mal bergauf und mal bergab mit ihr. Ich konnte es mir aber trotzdem nicht vorstellen, dass es ihr jemals wieder gut gehen würde. Sie war schon öfters in dieser Klinik und mir wurde gesagt, dass sie bald wieder auf den Füßen sein würde, um die Klinik zu verlassen. Tatsächlich bekam sie ein Medikament, auf das sie auf Anhieb ansprach. Nach zwei Wochen ging es ihr schon sehr gut und nach vier Wochen wurde sie entlassen. Weitere zwei Wochen später traute ich kaum meinen Augen.

Da kam sie schon wieder, fix und fertig, auf allen Vieren in die Klinik gekrochen. Wie leider sehr viele Patienten, nahm sie ihre Medikamente nach der Entlassung aus dem Krankenhaus nicht mehr, wegen den lästigen Nebenwirkungen, wie Mundtrockenheit, Gewichtszunahme, Müdigkeit, usw.. Ich hätte ein Leben lang ein Medikament genommen, wenn es mir geholfen hätte, egal was für Nebenwirkungen es auch hat. Gerda fühlte sich ja wieder gut, warum dann die Medikamente weiter nehmen? So dachten Viele. Und genau das war der springende Punkt. So wie sich der therapeutische Spiegel im Blut für ein Medikament langsam aufbaut, so baut er auch wieder langsam ab. Hätte sie die Medikamente erst mal weiter genommen, wäre alles gut gewesen. Nach einer gewissen Zeit hätte man das Medikament langsam absetzen können, um zu sehen was passiert. So sah ich sie wirklich drei Mal kommen und gehen. Sie ist nur ein Beispiel von vielen. Deshalb sagten Patienten untereinander in der Klinik auch nie ›Auf Wiedersehen‹. Erst recht nicht zu den Ärzten. Selbst nach über 15 Jahren habe ich noch eine alte Bekannte von damals getroffen. Man kennt sich halt in der ›Szene‹. Ich selbst ging noch ein paar Mal, nach meiner Entlassung zu dem Arzt, der mich behandelt hatte. Aber nicht lange. Ich zog es vor, zu keinem Psycho-Doc mehr zu gehen. Die notwendigen Medikamente bekam ich auch von meinem Hausarzt.«

Tag 6654
Roberts Mutter ist bereits schwer pflegebedürftig und sein Vater nun auch. Robert und sein Bruder kommen vom Einkaufen zu den Eltern. Sie verstauen die Getränke und setzen sich zu ihrem Vater auf die Couch.

»Du Vati, wir haben doch schon mal darüber geredet, dass in eurer Straße ein Altenheim gebaut wird, das schon in vier Wochen eröffnet werden soll. Wir waren heute spontan dort und haben den Pflegedienstleiter angetroffen. Der hat uns im Haus herumgeführt und uns ein Doppelzimmer gezeigt. Etwa 30 qm. Da könntest du mit Mutti gleich einziehen. Darüber haben wir doch schon mal gesprochen, nicht wahr?«

Vater Winterkorn schaut seine beiden Söhne mit großen Augen an und schweigt.

Roberts Bruder wirft ein: »Es geht einfach nicht mehr anders. Jede Woche kommt der Notarzt, wenn du wieder hingefallen bist oder die Mutter wegen ihres Zuckers und ihr könnt euch ja nicht mehr selber versorgen. Die Larissa vom Pflegedienst hast du auch wieder vergrault, das war die zweite in einem Jahr. Die Pflege zu Hause ist damit leider nicht mehr gesichert. Wir würden auch gern eine andere

Lösung finden, aber es ist die einzige Lösung. Es ist doch schön, dass ihr dann in der gleichen Straße wohnen bleiben könnt, was meinst du?«

Vater Winterkorn steht mühsam auf, starrt aus dem Fenster und brummt fast tonlos: »Gleiche Straße, toll! Wenn es so sein soll, dann soll es so sein.« Dabei wischt er sich eine Träne aus dem Auge und geht ins Schlafzimmer zur Mutter.

Robert sagt zu seinem Bruder: »Dann lass uns den Platz dort gleich festmachen und würdest du bitte den Umzug organisieren, du weißt ja, dass ich zu schwach dazu bin.«

Da Robert nun alleine in seiner Dreizimmerwohnung lebt, läuft oft der Fernsehapparat im Schlafzimmer. Am Abend hat er den Sleeptimer programmiert, da er regelmäßig beim Fernsehen in seinem Bett einschläft. So nimmt er nur im Halbschlaf die Abendmeldung wahr. Der Sprecher teilt mit, dass heute auf dem Flug von Rio de Janeiro nach Paris eine Maschine der Air France mit 228 Menschen an Bord in den Atlantik gestürzt sei. Unter den Opfern des über dem Atlantik verschwundenen Verkehrsflugzeuges seien auch 26 Deutsche, die einen der wenigen Linien-Direktflüge von Rio nach Europa nutzen wollten. Robert murmelt im Halbschlaf, er werde nun in kein Flugzeug mehr steigen und dreht sich um. In diesem Augenblick schaltet der Timer das Gerät aus.

Tag 6792
Heute kauft sich Robert wieder eine Schachtel Zigaretten. Er klagt Roger sein Leid:

»Ich habe wieder so heftige Schmerzen wegen meiner Fibromyalgie. So rauche ich jetzt wieder, aber nur drei Zigaretten am Tag. Ich bin halt ein Genussraucher und rauche keine Ketten. Gerade hab ich den Abschlussbericht von Papa Niko erhalten. Das war ein Kampf kann ich dir sagen. Ich brauche doch den Bericht für meine Klage gegen das Versorgungsamt. Die wollten ihn mir einfach nicht rausgeben.«

»Warum nicht?«

»Als Patient könne man da etwas herauslesen, das nicht für einen bestimmt sei, sagten sie mir.«

»So ein Schmarren, du hast doch das Recht zu wissen, was in deinem Bericht steht!«

»Nein, man ist für die ja unmündig. Aber der Oberarzt, Dr. Kowalski, hat sich dann doch für mich eingesetzt und Papa Niko offenbar den Kopf gewaschen. Der hatte es nämlich in seinem Bericht so dargestellt, als ob es sein Verdienst gewesen wäre, mir das Rauchen abzugewöhnen. Dabei war er gerade in Urlaub, als ich selbständig mit dem Rauchen aufgehört hatte, ohne seine Unterstützung. Rauchertagebuch sollte ich führen mit Begründung, ob die Zigarette denn gerechtfertigt sei. So ein Unsinn, natürlich ist keine Zigarette gerechtfertigt!«

Tag 6807
Robert bespricht mit Roger heute wieder am Küchentisch, was seiner Ansicht nach unbedingt in das Buch über seinen Seelenkrebs hinein muss, damit sich die Leser in einen wie ihn zumindest etwas hineinversetzen können.

»Als gesunder Mensch habe ich nie an Suizid gedacht. Klar, warum auch? Leider ist Selbsttötung eines der häufigsten ›Symptome‹ oder auch ›Nebenwirkung‹ jedes schwereren Seelenkrebses. Solche Gedanken spielen immer eine Rolle bei wirklich schwerem Seelenkrebs, jedoch kann dies auch bei leichteren psychischen Störungen vorkommen. Es gibt die Phase, in der man wirklich zu schwach ist, um einen Selbstmordversuch zu begehen. Dieser passiert meist dann, wenn ein Betroffener aus der Tiefe in eine für ihn ›leichtere Phase‹ kommt. Auch ich kann mich nicht von solchen Gedanken freisprechen. Jedoch half mir mein Glaube ungemein bei diesem Thema. Man sollte niemals nie sagen und das tat ich auch nicht, ich wollte leben, wirklich leben, aber nicht in diesem Zustand. Viele Seelenkrebskranke zerbrechen einfach durch den Umgang, den ihnen ihre gesunden Mitmenschen angedeihen lassen. Oftmals sind dies aber auch die Ärzte, die sie behandeln. Vergleiche wie, ›Anderen geht es noch schlechter‹, mögen ja richtig sein, helfen dem Seelenkrebserkrankten aber gar nichts. Mein damaliger Neurologe sagte mal zu mir, dass ich solche Vergleiche nicht machen solle. Der Professor einer Universitätsklinik ging sogar soweit zu sagen, dass Seelenkrebs das höchste ›Qualpotential‹ aller Krankheiten habe. Konfrontiert man einen Seelenkrebskranken mit solchen Aussagen oder dem Vorwurf ›Du musst nur wollen!‹, so kann dies schwerwiegende Folgen haben. Ein daran Erkrankter versucht verzweifelt ›zu wollen‹. Da ihm dies aber nicht gelingt, wählt er oft den Weg des Suizids. Es gibt aber auch Selbsttötungsversuche, die eigentlich nur ein Hilfeschrei sind und nicht zum Tode führen sollen, deswegen auch ›Versuch‹. Ich habe Einige kennengelernt, die es versucht haben, aber keine von Denen, die es geschafft haben. Eines aber wusste ich ganz gewiss, dass ein Selbstmord bei mir mit an Sicherheit grenzender Wahrscheinlichkeit von Erfolg gekrönt sein würde. Ich kenne da ein paar Arten, die sicherlich sofort zum gewünschten Erfolg führen würden. Wenn schon, dann richtig. Ich war - und bin - so dankbar für meinen Glauben an Gott und Jesus Christus, der für mich einfach eine ›Suizidprophylaxe‹ darstellt. Ich befand mich in einigen Situationen, in denen der Tod eine wunderbare Lösung zu sein schien, aber eben nur zu sein schien. Als bekehrter Christ ist mir Selbstmord von der Bibel her verboten und es waren jeweils kleine Wunder für mich, dass ich mir nichts antat und weiter machte, trotz der erlittenen Qualen und Schmerzen, die oft nicht nur Tage, sondern sogar Jahre, dauern oder schon chronisch sind. Hier wäre ein Selbstmord anscheinend eine willkommene Lösung gewesen. Gott ließ es zu, dass ich an meine Grenzen kam und manchmal auch gefühlt darüber hinaus. Er stärkte mich und nur so konnte ich weiterleben, durch diese Beziehung zu ihm. Ich hatte Angstzustände, hatte aber vor nichts Angst. Es sind diffuse Angstzustände, die ich keinem Menschen wünschen würde. Sie sind auch nicht zu beschreiben, deshalb versuche ich es erst gar nicht. Ich bin in meiner Wohnung hin und her gerannt und habe auf Knien gebetet, das diese Angstzustände vorbeigehen mögen. Leider hielten sie aber auch längere Zeiten an. Mein Doktor ist nun nur mein Hausarzt, weil ich zu keinem Psychiater oder Psychologen mehr ging und solche einfach nicht mehr sehen bzw. mit ihren Sprüchen hören konnte. Er hat mir für solche Angstzustände Tavor verordnet. Wie sollte es auch wohl anders sein! Da ich aber erst vor einem guten Jahr meiner langjährigen Behandlung mit Valium erfolgreich entwöhnt war, wollte ich kein Tavor einnehmen, da es von der Wirkung fast gleich wie Valium ist. Ich wunderte mich sehr, dass ich nicht davon Gebrauch machte, und mein Arzt auch. Nur etwas schlucken und es könnte etwas besser werden, war schon verlockend. Aber ich hatte Tavor schon einige Male bekommen und es zeigte wenig bis gar keine Wirkung. Ich denke, dass meine Dosierungen zu schwach waren, aber die Ärzte wollten nicht höher dosieren. Ich will mir das Tavor für den Zeitpunkt aufheben, an dem ich ganz dringend eine Unterstützung dadurch brauche. Manchmal denke ich darüber nach, dass es oftmals so aussehen hätte können, als hätte ich einen Selbstmordversuch begangen. Man hätte mir mit Sicherheit einen unterjubeln können, wenn ich nach einem Unfall bewusstlos aufgefunden worden wäre. Ich nahm versehentlich mal meine Medikamente doppelt, von 22 Tabletten waren sie dann auf 44 Tabletten erhöht, was schon eine gefährliche Dosierung sein kann. Auch gab es zahllose andere ›Unfälle‹, die so ausgesehen haben könnten, als wolle ich mir das Leben nehmen. In den ganzen Jahrzehnten habe ich fast keinen Alkohol getrunken, es ekelte mir davor. Einmal war ich jedoch auf Mallorca und hatte einiges an der Bar getrunken, trotz meiner Tabletten. Trinke bitte nie Alkohol zu

Tabletten. Es war eine Ausnahme bei mir. Als ich am nächsten Tag aufwachte, hatte ich ziemliche Kreislaufstörungen. Ich stand auf dem Balkon meines Hotelzimmers im vierten Stock. Plötzlich wurde mir so schwindlig, dass ich mich an dem Balkongeländer abstützen musste. Dies passierte jedoch so unglücklich, dass ich beinahe vom Balkon gestürzt wäre, weil die Brüstung sehr niedrig war. Mit an Sicherheit grenzender Wahrscheinlichkeit hätte man angenommen, dass ich einen Suizid begangen hatte. Tja, das wäre beinahe wirklich ›dumm gelaufen‹.«

»Sollen wir das wirklich alles so in das Buch aufnehmen, Robert? Vielleicht wird das den Lesern letztlich doch zu viel?«

»Doch, ich meine, dass Thema Suizid muss auf jeden Fall rein, das halte ich für wichtig, zumal sicher viele Selbsttötungen von psychisch Erkrankten eigentlich Unfälle sind. Später steht dann in der Zeitung, er habe sich umgebracht, der Rex, der Roy oder wie die Promis alle heißen.«

Tag 6988
Robert hat wieder Besuch von Roger, der zum Essen und wegen dem Buchprojekt vorbeigekommen ist. Er ist der einzige, der ihn anscheinend versteht, außer seinen Eltern und seiner Ex-Frau, wie er ihm immer wieder sagt. Roger ist heute gut aufgelegt.

»Du Robert, hast du das Spiel gegen Bochum gesehen? 3 zu 1! Dem FC Bayern ist die deutsche Fußball- Meisterschaft nun praktisch nicht mehr zu nehmen. Er liegt jetzt drei Punkte vor Schalke 04, das gegen Bremen mit 0 zu 2 verlor. Außerdem haben die Bayern die klar bessere Tordifferenz!«

»Das kann sein, aber ich nehme das alles nicht mehr richtig wahr. Mein Derealisationsphänomen wirkt sich total auf die Psyche und den Kopf aus.«

»Wie meinst du das?«

»Alles kommt mir vor wie im Traum oder in Trance. Alles ist so gedämpft vom Bewusstsein her, und eben nicht wirklich real. Man kennt das Gefühl, wenn man mit dem Kopf unter Wasser gerät. Dieses Gefühl ist sehr gut damit zu vergleichen. Auch kennst du das Gefühl, wenn man auf freiem Feld unter einem Starkstrommast steht. Es knistert und ist sehr unangenehm. Stell dir vor, du hast beides gleichzeitig und ständig, dann kommst du meinen Symptomen etwas näher. In den zwanzig Jahren leide ich wirklich jede Sekunde an diesem Gefühl.«

»Einfach unvorstellbar, wie du das so lang aushalten kannst!«

»Ja, ich denke noch oft an die scharfsinnige Aussage eines Psychologen: ›Sie brauchen nur wieder aus dem Wasser steigen und unter dem Starkstrommast hervor kommen. Keiner hat gesagt, das Sie darunter verweilen müssen. Das haben sie sich selber ausgesucht. Hören Sie also mit dem Summen, Brummen und Knacken in ihrem Kopf auf. Sie haben keinen Grund dafür.‹ Was meint dieser Kasper denn eigentlich, dass ich mir das alles selber ausgedacht habe?«

Tag 7023
Robert hat heute die schwierige Aufgabe seiner schwer demenzkranken Mutter die traurige Nachricht vom Tode ihres Bruders zu überbringen. Da Robert seinen Onkel sehr mochte, fällt es ihm noch schwerer. Als Robert im Heim ankommt, findet er seine Eltern im Rollstuhl sitzend vor dem Fernseher vor. Robert geht vor dem Rollstuhl seiner Mutter in die Hocke.

»Mutti, ich muss dir leider etwas sehr Trauriges mitteilen. Vorhin hat mich Tante Helma angerufen. Sie hat mir erzählt, dass sie heute vormittags mit Onkel Jobst spazieren war. Als sie auf seiner Lieblingsbank unter seinem Lieblingsbaum Rast gemachte hatte, kippte er zur Seite und war tot. Es ist ganz schnell gegangen, er hat nicht gelitten. Die Ärzte sagten, er habe einen Hinterwandinfarkt erlitten und das habe sich leider nicht vorher angekündigt.«

»Aber ich habe doch nur den einen Bruder!« Roberts Mutter weint. Eine Pflegerin schiebt sie noch ins Bad, um sie zu kämmen und anschließend in den Aufenthaltsraum zum Kaffeetrinken. Da scheint sie bereits alles vergessen zu haben und erwähnt ihren Bruder mit keinem Wort mehr, so wie sie auch ihren Sohn Manfred nie mehr erwähnte.

Tag 7121
Larissa ist gerade zu Besuch bei Robert, mit dem sie sich angefreundet hat. Er sagt ihr, er habe das Gefühl, es entstehe nun eine wirklich sehr gute und tiefe Freundschaft. Sie ist auch Christin. Er plane mit ihr ans Schwarze Meer zum Goldstrand nach Rumänien zu fliegen. Sie verbringen eine schöne Zeit miteinander. Beim Frühstück rekapituliert er die Erfahrungen mit den vielen Ärzten, Psychiater und Psychologen, die er in seiner »Patientenkarriere« kennengelernt hat. Oftmals haben die Ärzte ihm gegenüber Aussagen gemacht, die nicht mal im Wortschatz von Dieter Bohlen vorkommen, meint Robert. Ein sehr starker Druck im Kopf mache ihm heute wieder zu schaffen. Es fühle sich so an, als würde sein Kopf bald mit einem gewaltigen Knall explodieren. Er fährt fort, man müsse sich das so vorstellen, wie bei einem Dampfdrucktopf, aus dessen Ventil der überschüssige

Dampf abgeleitet werde, damit der Kochtopf nicht explodiere. Er habe ein solches Ventil leider nicht. Zwanzig Jahre lang das alles jede Sekunde auszuhalten, erfordere eine gewaltige Kraft aufzubringen, die er nur aus seinem Glauben an Jesus Christus schöpfen könne. Er warte immer noch, dass der Schalter irgendwann bei ihm umgelegt werde, sich damit eine chemische Tür für ihn öffne und er wieder ins »normale Leben« zurückfinden könne. Eines der schlimmsten, wenn nicht sogar das schlimmste Symptom - bei so vielen Symptomen sei das immer etwas schwer zu sagen -, sei ein Empfinden von absoluter Qual. Aber wie solle er die beschreiben? Diese Qual empfinde er ständig, meint er. Sie schwanke vielleicht in einem Bereich von 25 Prozent, sei aber fast nie ganz auszuhalten. Diese Qual lähme ihn. Er könne selber nicht richtig verstehen, was da vor sich gehe. Es sei nicht unbedingt eine Qual, die man beschreibe, wenn man körperlich gefoltert werde, sondern eine psychische Folter etwa vergleichbar mit einer »Wassertropfenfolter«. Bei dieser Folter werde Wasser immer auf die gleiche Stelle der Stirn getropft, über einen langen Zeitraum. Seine Qual werde auch noch durch das Summen im Kopf verstärkt. Man müsse immer etwas vorsichtig bei der Beschreibung von Symptomen gegenüber Psychiatern und Psychologen sein, denn sonst habe man in seinem nächsten Arztbericht stehen, dass man glaube, man würde »eine Spritze in den Kopf bekommen«, vermutlich auch noch von »Außerirdischen«. So etwas passiere schneller als man denke. Tatsächlich spüre er, als ob aus einem Teil des Gehirns etwas »ausgeschüttet« werde, sich im Gehirn verteile und dadurch die Qual entstehe. Es sei eine solch absolute Qual, und man möchte nichts mehr, als diesen Zustand so schnell wie möglich zu beenden. Eine Qual, die einfach nicht zu beschreiben sei, und wofür es kein Wort gebe .., doch, eines: Hölle! Durch diese Hölle gehe er jeden Tag einmal vorwärts und wieder zurück. Er hoffe so sehr, dass er bald das Ende erreichen werde, aber dies denke er nun schon bald zwanzig Jahre. Dazu komme noch eine extrem starke innere Unruhe. Wenn er an einem Ort sei, wolle er zu einem anderen Ort, ist er aber an diesem Ort, wolle er wieder zu einem anderen Ort. Er suche irgendwo seine Ruhe, finde sie aber nicht und werde nur noch verzweifelter. Manchmal laufe er Tag und Nacht nur in der Wohnung herum. Am Tag wünsche er sich, dass es Nacht werde und in der Nacht warte er auf den Tag. Es sei eine schlimme Situation, es werde ihm keinerlei Pause gegönnt. Er könne nicht stillhalten, egal ob er sitze, liege, oder stehe. Er habe starke Schmerzen in der rechten Gesichtshälfte. Es fühle sich so an, als würde jemand gleichzeitig an seiner Nase und der rechten Gesichtshälfte ziehen. Manchmal empfinde er es so, als würde diese durchgeknetet werden, was auch mit Schmerzen verbunden sei. Ein Professor der Berliner Charité habe einmal gesagt, dass keine Krankheit ein so hohes Leidenspotential habe, wie der Seelenkrebs, auch wenn er natürlich den wissenschaftlichen Begriff dafür verwendet habe. Larissa kann als gelernte Pflegekraft mit der Situation gut umgehen und fühlt sich zu Robert trotz seines Leidens, das auch verbal manchmal aus ihm herausbricht, hingezogen. Sie verstehen sich sehr gut, obwohl sie sich selten sehen.

Tag 7149
Robert unterhält sich beim Zusammenstellen der Aufzeichnungen für ihr Buchprojekt am Küchentisch mit Roger.

»Jemandem einen Seelenkrebs zu erklären wäre so, als würde eine Frau versuchen einem Mann zu erklären wie es ist, wenn man schwanger ist und ein Kind auf die Welt bringt. Einem Blinden kann man nicht die Farbe Rot erklären. Dies ist mit an Sicherheit grenzender Wahrscheinlichkeit nicht möglich. Ich bin manchmal so schwach, dass ich nicht mal mehr eine Kerze ausblasen kann! Weißt du, Roger, seelenkrebskranke Selbstmörder bringen sich nicht um, weil sie nicht mehr leben möchten, sondern weil sie den Zustand des Seelenkrebses nicht mehr ertragen können. Gerade bekomme ich nach über zwei Jahren Verfahrenszeit vom Versorgungsamt den Bescheid, dass ich nur noch einen Grad der Behinderung von 50 statt 100 zuerkannt bekomme und die Aberkennung meiner Merkzeichen erfolge, da einfach von einer Besserung ausgegangen worden sei, obwohl es in Wirklichkeit keine Besserung gab! Ich habe keine Kraft mehr, dagegen vorzugehen.«

Tag 7188
Robert besucht heute wieder seinen krebskranken Kumpel Franz in der Klinik. Er hat wahrscheinlich nicht mehr lange zu leben. Robert kommt in das Vierbettzimmer und findet das Bett, in dem Franz immer lag, leer vor. Er erschrickt und fragt eine Schwester, was mit Franz ist.

»Ist er ...?«

»Verstorben? Nein, Gott bewahre, er ist seit gestern auf Reha in Bad Grützbach.« Robert hat nur seine alte Handynummer und versucht ihn dort zu erreichen. Nach zehn Versuchen hat er Erfolg. Franz meldet sich mit matter Stimme und zeigt sich sehr erfreut über den Anruf.

»Hallo Franz, du bist auf Reha?«

»Ja und anschließend soll ich in ein betreutes Wohnen kommen.

Schaun wir mal, ob und wie es weitergeht.«

»Wird schon Franz, dann werde ich dich dort auf jeden Fall besuchen, sobald es meine Kräfte wieder zulassen. Halt die Ohren steif, alter Kamerad. Bis bald!«

Tag 7243
Robert bekommt beim Mittagessen einen Anruf von Angie. Sie teilt ihm mit, dass ihr Onkel Franz in der Nacht gestorben sei. Robert drückt ihr sein Mitgefühl aus. Er sei traurig, dass er ihn nicht mehr besuchen konnte, aber trotzdem überzeugt davon, dass Jesus auch heute noch Wunder tue und Menschen heile. Dreimal habe er es selber erlebt, als seine Mutter nach seinem Gebet von Diabetes, Angie von Schwangerschaftskomplikationen und Franz von Schmerzen in seinem Bein geheilt worden sei. Warum Gott Franz nun nicht auch vom Krebs geheilt habe, wisse er nicht. Warum Franz nun sterben musste? Gott habe sicher seine Gründe. Roberts zitiert aus der Bibel seinen Lieblingspsalm. Es ist der 23. Psalm. Ein Psalm Davids:

»Der Herr ist mein Hirte; mir wird nichts mangeln. Er lagert mich auf grünen Auen, er führt mich zu stillen Wassern. Er erquickt meine Seele; er leitet mich in Pfaden der Gerechtigkeit, um seines Namens willen. Auch wenn ich wandere im Tal des Todesschattens, fürchte ich kein Unheil; denn du bist bei mir, dein Stecken und dein Stab sie trösten mich. Du bereitest vor mir einen Tisch angesichts meiner Feinde; du hast mein Haupt mit Öl gesalbt, mein Becher fließt über. Nur Güte und Gnade werden mir folgen alle Tage meines Lebens, und ich kehre zurück ins Haus des Herrn lebenslang.«

Tag 7248
Robert ging nach seinem vom Versorgungsamt abgelehnten Widerspruch vor das Verwaltungsgericht, um seine Ansprüche auf Festsetzung des Grades der Behinderung auf 100 durchzusetzen. Das Gericht schreibt ihm heute, dass es nun noch ein weiteres Gutachten erstellen lassen will. Es liegen bereits mehrere vor. Da dieses Gutachten offensichtlich dazu dienen soll, ihm irgendetwas »anzuhängen« - wie er wiederholt äußert - beschließt er seine Klage zurückzuziehen, obwohl es nur ein paar Tage bis zur Hauptverhandlung sind. Wären erst wieder irgendwelche Lügen in diesem Gutachten festgestellt worden, würde er diese niemals mehr in seinem Leben loswerden und das könne er wirklich nicht gebrauchen, beklagt er sich am Telefon seinem Vater gegenüber. Er finde sich schweren Herzens mit 50 Prozent des Grades der Behinderung ab. Ein Nachbar, dem er auf der Straße darüber berichtet, äußert sich sehr unbedarft.

»So schön wie Sie möchte ich es auch mal haben. Sie brauchen sich um nichts mehr Sorgen zu machen und haben doch ein schönes Leben.«

»Herr vergib Ihnen, denn Sie wissen nicht was sie sagen. Ich würde liebend gerne wieder 18 Stunden arbeiten gehen, denn der Preis, den ich zahlen muss, ist viel zu hoch. Ich wünsche keinem Menschen, was ich alles durchgemacht habe und noch durchmache.«

Am Abend berichtet er seiner Freundin Larissa am Telefon darüber und fügt bitter hinzu: »Manchmal denke ich, gerade diese Menschen sollten diese Erfahrungen einmal in ihrem Leben durchmachen. Die würden keine Sekunde mit mir tauschen und meine Qualen aushalten. Was die Ärzte aber auch alles schreiben in ihren Rechnungen und Berichten! Manchmal erscheinen mir die Arztberichte wie die Artikel der Journalisten in der ›Blöd-Zeitung‹. Apropos Artikel, hast du die Zeitung heut schon gelesen? Den Artikel mit dem Dioxin-Skandal? Bald ist es soweit, da kann man gar nichts mehr essen, alles verseucht!

Hier hab ich es, ich lese es mal vor: ›Bisher wurden nur bei Proben von Eiern und bei einer Probe von Legehennenfleisch zu hohe Dioxinwerte gemessen - nicht aber bei Fleisch, das zum Verzehr bestimmt ist. Bei einem Schweinemäster im niedersächsischen Landkreis Verden ergab eine Probeschlachtung bei einem Schwein heute stark erhöhten Giftgehalt. Mehrere hundert Tiere des Hofes wurden getötet und entsorgt.‹ Darüber sollten sich die Leute Gedanken machen und nicht über Ratschläge für Krankheiten von denen sie keine Ahnung haben!«

Zwanzig Jahre Seelenkrebs

Tag 7270
Es knackt im Kopf, der Druck ist wieder so stark, dass er meint, er könne jeden Moment mit einem gewaltigen Knall explodieren. Er empfindet absolute Qual, die nicht zu erklären ist. Eine extrem starke Unruhe versucht ihn zu packen, gleichzeitig ist er aber total erschöpft und glaubt, sich nicht mehr bewegen zu können. Das Sprechen fällt ihm schwer. Die Schmerzen im Gesicht und am ganzen Körper wünschen ihm einen »schönen guten Morgen«. Die Kopfhaut juckt und die Ohrenschmerzen sind wieder so, wie es ist, wenn man einen starken Druck beim Tauchen oder Fliegen hat, aber dieser Druck löst sich nicht. Ein »neuer« Morgen ... Von einem »guten Morgen« möchte Robert nicht mehr sprechen, er hat schon lange keinen solchen mehr. In seinem Zustand gibt es den nicht mehr.

Tag 7277
»Herr Winterkorn, haben Sie eigentlich schon mal über die Implantation eines Nervenstimulators nachgedacht?«, fragt Dr. Verdi, während er das Rezept über die Monatsration Zopiclon, ›Seroquäl‹, Aponal und Lyrica unterschreibt. Robert schaut ihn fragend an.

»Heute morgen hab ich in der Ärztezeitung einen Artikel dazu gelesen. Ursprünglich wurde diese Methode nur zur Behandlung von Parkinsonkranken entwickelt, um die typischen Bewegungsstörungen zu mildern. Seit einigen Jahren probiert man es auch bei der Behandlung so schwerer psychogener Zustände, wie Ihrem ähm .., ja, wie Sie es nennen ›Seelenkrebs‹. Dabei bilden sich die Symptome bei Patienten, die, wie Sie, einen jahrelangen erfolglosen Behandlungsmarathon hinter sich haben, mitunter deutlich zurück und kommen auch nicht wieder.«

»Ja, ich erinnere mich daran, dass mir Professor Spatz vor Jahren schon von Versuchen damit erzählt hatte. Ich wollte damals auch an seiner Studie teilnehmen. Das ist so ein elektrischer Schrittmacher, der in die Brust eingesetzt wird, stimmt´s? «

»Genau, unter das Schlüsselbein, um genau zu sein. Damit können die Ärzte dauerhaft die Funktion bestimmter Hirngebiete beeinflussen. Seit Neuestem sogar ganz gezielt. Professor Dr. Eckhard Müller-Lüdenscheid von der Mainzer Klinik für Psychiatrie und Psychotherapie spricht in dem Artikel über einen Durchbruch in der Behandlung der Therapieresistenten.«

»Müller-Lüdenscheid? Wie der in der Wanne in dem Sketch von

Loriot? Sind Sie sicher, dass das kein Faschingsscherz ist?«

»Absolut! Der heißt tatsächlich so. Liest sich sehr spannend und plausibel. Die Forscher konnten quasi die ›Verkabelung‹ von drei Hirnzentren auf dem CT sichtbar machen. Dabei haben sie festgestellt, dass zumindest zwei dieser drei Gebiete - wahrscheinlich sogar alle drei - an ein und demselben ›Kabelstrang‹ hängen.«

»Kabelstrang? Also Herr Doktor, das Gehirn ist doch kein Schaltkasten.«

»Doch, hier steht: Neurobiologisch betrachtet ist unser Gehirn - vereinfacht gesagt - ein Gebilde mit Milliarden von Schaltkreisen, die uns positive Erfahrungen wahrnehmen lassen. Einer dieser Schaltkreise im Vorderhirn motiviert uns beispielsweise dazu, aktiv zu werden. Wenn er gestört ist, wie vermutlich bei Ihnen, ist die Folge unter anderem eine extreme Antriebsarmut - ein charakteristisches Symptom Ihrer Krankheit.«

»Ein gestörter Motivations-Schaltkreis also. Na ja, wenn das alles so einfach wäre ...«

»Ist es, ist es durchaus. Kennen Sie eigentlich den Film »Zeit des Erwachens« mit Robert de Niro?«

»Klar, kenn ich den. Das ist einer meiner Lieblingsfilme. Hab auch das Buch von dem ... Wie hieß er doch gleich?«

»Oliver Sacks heißt der Autor. Die Patienten haben ja in Wirklichkeit an der europäischen Schlafkrankheit gelitten und nur dieser Stoff, das L-Dopa, hat sie völlig zufällig und unerwartet wieder aus dem komaähnlichen Zustand geholt. Nichts anderes hat geholfen, nur dieser Zufall und Zack, waren sie wieder da, völlig klar und normal, als wäre nichts gewesen.«

»Ja, das wäre natürlich mein einziger Wunsch, endlich wieder aus diesem verschlossenen Zimmer der Schmerzen rauszukommen in die normale Welt. Aber das Risiko ... Ich sitze in einem dunklen schwarzen Loch, schaue nach oben, doch da ist nichts. Ich sehe nichts, was meinen Geist beflügeln könnte. Jahraus, jahrein, immer das selbe schwarze Loch. Am Anfang habe ich die Tage gezählt, dann die Wochen, die Monate, Jahre, Jahrzehnte, und kein Licht in Sicht, gibt es das Licht überhaupt noch? Es muss noch Licht geben, sonst gäbe es keine Dunkelheit. Keine Dunkelheit ohne Licht. Langsam habe ich verlernt zu leben. Was ist eigentlich Leben? 24 Stunden gepeinigt vom Seelenkrebs und Schmerzen? Das ist Vegetieren! Meine Tränen könnten ein ganzes Flussbett füllen. Zu viel geweint und doch gelacht. Meine Fassade bröckelt langsam ab, Herr Doktor. Manchmal kann ich sie einfach nicht mehr aufrecht erhalten.«

Der Arzt nickt verständnisvoll: »Nun, Müller-Lüdenscheid be-

hauptet, bei seiner neuen Methode gebe es so gut wie kein Risiko.«
Er liest aus dem Artikel vor.

»Im Gegensatz zu epilepsie-chirurgischen Eingriffen im engeren Sinne handelt es sich nicht um eine Operation am Gehirn. Die Implantation des Nervus Vagus Stimulators erfolgt in Vollnarkose, der Eingriff dauert etwa 1 bis 1,5 Stunden. Dabei werden zwei kleine Hautschnitte in der linken Achselhöhle und am Hals linksseitig vorgenommen, um den Pulsgenerator und die Elektrode in die richtige Position zu bringen. Bereits während der Operation wird der Stimulator auf seine Funktionstüchtigkeit geprüft. Nach der Operation ist ein längerer stationärer Krankenhausaufenthalt in aller Regel nicht erforderlich. Von dem Pulsgenerator werden in regelmäßigen Abständen etwa dreißig Sekunden lang elektrische Reize abgegeben, die über die Elektrode und den Nervus Vagus an das Gehirn weitergeleitet werden. Die Lebensdauer der Batterie des Pulsgenerators beträgt bis zu acht Jahren, anschließend kann sie im Rahmen eines kleinen operativen Eingriffes erneuert werden. Ich kopiere Ihnen mal den Artikel, da steht die Adresse des Instituts drin. Können sich ja dort selbst mal erkundigen. Versprechen kann Ihnen natürlich keiner etwas, aber das wissen Sie ja selbst gut genug.«

»Ja, danke, ich werd mich dort gleich morgen erkundigen.«

Tag 7306
Robert liegt nun seit zwei Tagen im Universitäts-Klinikum Stuttgart. Seinem Bruder berichtet er am Telefon, dass es nun endlich soweit sei. Der Seelenkrebs sei gerade so unerträglich, dass er kaum die Kraft habe, aufzustehen. Solle er nicht mehr aufwachen, dann sei er geborgen in Gottes Händen und wenn die OP erfolgreich verlaufe, werde sich auf jeden Fall irgendeine Änderung ergeben, wie auch immer diese aussehe. Er wisse ja nach all den Jahren nicht mal mehr, wie es sich anfühle, ohne diese Geißel Seelenkrebs zu leben, ja wie es überhaupt sei, gesund zu sein. Um sich abzulenken von den Gedanken an den unmittelbar bevorstehenden Eingriff, schaltet Robert das TV-Gerät in seinem Einbettzimmer an. Das Frühstücks-TV zeigt beunruhigende Bilder. Der Nachrichtensprecher berichtet:

»Im Reaktor Zwei des Kernkraftwerks Fukushima Eins ereignete sich heute morgen eine Explosion. Über die Frage, ob der Schutzmantel beschädigt wurde, gibt es widersprüchliche Angaben. Eine Kernschmelze wird Kreisen zufolge nicht ausgeschlossen.« Robert dreht den Ton ab und ruft seinen alten Schulfreund Roger an.

»Hallo Roger, ich wollte dir nur sagen, dass ich dir schon jetzt für alles danke, aber besonders für deine Freundschaft!«

»Ja Robert, hallo, das ist aber ... Ist alles ok bei dir? Wo bist du gerade?«

»Ja, alles in Ordnung. Bin im Klinikum und in ein, zwei Stunden liege ich auf dem OP-Tisch.«

»Ah, stimmt, ist das heut schon? Meine Güte, ich hab da neulich erst wieder dran gedacht. Dieser ›Vaginus-Stimulator‹, ja?«

»Nervus Vagus! An was du schon wieder denkst!«

»Was? Du ich hab grad schlechten Empfang hier in der S-Bahn. Steige eh die nächste aus. Ist ja der Wahnsinn, was da grad abgeht in Japan! Erdbeben, Kernschmelze, Super-GAU und der Robert lässt sich operieren, ich fasse es nicht. Bin grad völlig fertig, was in der Welt abgeht und dann der Stress im Büro. Burnout, ja das kann man fast schon sagen. Jetzt will mein Chef, dass ich ihm alles vorlege, Selbstaufschreibung, totale Kontrolle! Der dreht durch, will mich absägen! Kann bald nicht mehr. Wenn das was bringt bei dir, dann lasse ich mir auch so einen Simulator implantieren. Wir sind ja eh alle schon atomar verseucht. Weißt du noch, damals mit Tschernobyl, da waren wir grad in der Alabasterhalle beim Spider-Konzert, erinnerst du dich noch? Da haben die mitten im Konzert mit dem Beamer die Nachrichtenbilder an die Wand geworfen. Jetzt passiert das Gleiche in Japan und die Kernkraft ist ja angeblich so sicher. Aber sorry, es geht ja jetzt um dich und nicht um diese kaputte Welt. Ich drücke dir die Daumen, alter Kamerad, dass alles gut verläuft und du bald wieder der Alte wirst, der gesunde Robert. Das wünsche ich dir.«

»Danke dir, Roger! Wird schon schiefgehen. Was hab ich denn groß zu verlieren, außer einem Leben, das kein Leben mehr ist? Wenn Gott will, sehen wir uns nächste Woche. Ich wünsche dir Gottes Segen und pass auf dich auf, ja! Ich will dich nicht in der Psychiatrie treffen!«

»Ja, lieber Robert, ich werde etwas kürzer treten. Alles Gute! Ich drück dir beide Daumen, dass das letzte Kapitel deines Martyriums nun endlich zu Ende geht.«

Zwei Pfleger betreten das sonnige Zimmer und schieben Robert zum OP-Saal. Robert liegt nun in dem grünen, hell erleuchteten, Raum und schaut in drei Gesichter, die von grünem Stoff weitgehend verdeckt sind. Die Gesichter beugen sich gerade über ihn und sehen interessiert zu, wie die vierte grün vermummte Gestalt, hinter ihm stehend, mit einem türkisfarbenen dicken Filzstift Schnittmarkierungen an seiner linken Achselhöhle und am Hals linksseitig vornimmt. Sein Blick schweift umher und fällt schließlich auf die gelben LED-Ziffern der Wanduhr. Es ist 15.15 Uhr. Darunter blinkt das Datum in blauen Leuchtziffern.

Robert zuckt zusammen und ruft: »Der 15.03. ist heute!«

Aus dem Mundschutz des faltenzerfurchten Gesichts ertönt eine markante tiefe Stimme: »Genau, Herr Winterkorn, heute ist der 15. Ganz ruhig, Sie werden gleich einschlafen. Mein Name ist Alexander Elia. Ich übernehme heute die Narkose. Es ist alles in Ordnung. In etwa einer Stunde werden Sie wieder aufwachen und Sie werden nichts spüren.«

Robert verdreht die Augen nach oben und blickt in Augen, die ihn hinter einer Brille mit dicken Lupengläsern freundlich ansehen. Die Brille sitzt auf einer dicken geröteten Nase, die keck über dem Mundschutz herausragt.

»Herr Professor Müller-Lüdenscheid? Sind Sie das?« Die Situation hat etwas Skurriles in diesem grün gekachelten Raum. Es fehlt nur noch, dass sich der Assistenzarzt mit »Dr. Klöbner« vorstellt und eine gelbe Gummiente rauszieht. Robert lacht auf.

Auch der Professor lacht: »Ja natürlich bin ich es, oder haben Sie jemand anderes erwartet?«

»Sie müssen wissen: mir ist grad eingefallen, dass sich der Freitag, an dem alles begann, heute das zwanzigste Mal jährt. Das ist doch ein seltsamer Zufall, nicht wahr, Herr Elia?« Robert dreht seinen Kopf dem Anästhesisten zu, der sich gerade anschickt, ihn vor dem Eingriff in das Land der Träume zu schicken.

»In der Tat, wenn das mal kein gutes Omen ist. In sechs Wochen haben wir schon wieder Ostern. Die Zeit vergeht.«

»Ja und spätestens sechs Wochen nach der OP, sagten Sie, kann man sehen, ob das Ganze Erfolg hatte, nicht wahr? Das wird wie eine Auferstehung sein. Ich bete jeden Tag dafür, dass alles gut klappt mit dem Eingriff.«

Der Chirurg beugt sich über Robert, zieht das grüne OP-Tuch zurecht, streicht über die grünen Markierungen am Hals und beruhigt ihn:

»Wird schon schiefgehen! Die Erfahrungen zeigen, dass der Eingriff relativ risikoarm ist. Bei meinen bislang 140 Nervus-Vagus-OPs ist noch nie etwas passiert. Sie können also völlig beruhigt sein. Sind Sie soweit, Doktor Elia?«

Der Anästhesist nickt.

»Eigentlich müsste Herr Winterkorn bei meiner Dosierung schon längst ...«

Robert unterbricht ihn lachend: »Bei mir können Sie ruhig etwas mehr nehmen, ich war 15 Jahre auf Valium, da wirkt Ihr Zeugs wohl kaum mehr!« Der Anästhesist platziert die Beatmungsmaske auf seiner Nase.

Robert schließt die Augen und lallt: »Wenn ich dann wieder gesund bin, werde ich erstmal ...«

Epilog

Mein alter Schulfreund, der in diesem Buch als Protagonist den Namen Robert Winterkorn trägt, berichtete mir vor drei Jahren, dass er noch einige Aufzeichnungen über sein Leben in den letzten zwanzig Jahren habe und auch Einiges erinnere, das er noch aufschreiben wolle. Wir kamen auf die Idee, gemeinsam ein Buch darüber zu schreiben, wie es war und zum Teil auch, wie es sein könnte, das Überleben mit Seelenkrebs. Robert gefiel die Idee und er mobilisierte seine letzten Reserven, das Projekt trotz seines Zustandes erfolgreich abzuschließen. Wir wählten ein gemeinsames Pseudonym, Robert lieferte mir Geschichten, Stichworte, Gedanken, Dialoge und ich montierte all das mit ihm zu diesem Buch. Bei den Schilderungen von tatsächlich so oder so ähnlich stattgefundenen Begebenheiten änderten wir zum Schutz der Persönlichkeitsrechte fast alle Namen sowie die Orte und alles Charakteristische, das möglicherweise Rechte Dritter verletzen könnte. Es sollte schließlich ein Roman werden und keine Biografie. Auch wenn die Einrichtungen der Psychotherapie und ihre Mitarbeiter, wie auch einige Ärzte in diesem Buch sicher oft nicht in einem guten Licht erscheinen mögen, so entspricht dies lediglich der subjektiven und eigenen Erfahrung des Protagonisten, wohlgemerkt zum großen Teil bereits vor über zwanzig Jahren. Es sagt nichts aus über die anerkennenswerten und guten Leistungen der heutigen Ärzte und Einrichtungen. Vor allem soll es niemanden, der Hilfe benötigt, davon abhalten, diese Einrichtungen und Ärzte in Anspruch zu nehmen. In den meisten Fällen ist dies auch durchaus angezeigt und hilfreich. Aus dem Einzelfallschicksal dieses Buches kann sich keine Regel herleiten. Bestenfalls können die Schilderungen dazu beitragen, eine gesunde Kritik gegenüber einem unpersönlichen und schematisiertem Therapiewesen zu wahren. Vieles des Geschriebenen hat sich genauso ereignet, Einiges haben wir hinzugefügt, Robert bleibt authentisch, aber seine Erlebnisse sind teilweise ironisch karikiert. Es sollte kein trauriges Buch werden, schon gar nicht ein Buch zum Trauern, sondern eine Schilderung der menschlichen Unzulänglichkeiten von Beteiligten sowie der Absurdität der Situationen. Dies stets mit einem Augenzwinkern. Aus dieser Sichtweise heraus ist es leichter, die Tragik in den teilweise traumatischen Erfahrungen zu ertragen und Robert wird dies dadurch ermöglicht, dass er seinen Humor trotz der Krankheit nie ganz verloren hat.

Gerade in der letzten Zeit rücken Berichte über seelisch bedingte Schicksale prominenter Stars, wie Robin Williams, Enke, Deisler oder Anna Seidel, auch jüngst des Sängers Hubert Kah, eine vielfach versteckte und manchmal sogar verleugnete Volkskrankheit verstärkt in unser Bewusstsein. Diese Berichte stehen stellvertretend für die Lebensgeschichte Aller, die an einer noch weitgehend unverstandenen seelischen Erkrankung leiden, einer Erkrankung, die sich in körperlichen Qualen und Einschränkungen zeigt.

Robert Winterkorn leidet an einer Form dieser Krankheit, von der wir mehr oder weniger glauben, ein Bild im Kopf zu haben. Es handelt sich um eine Erkrankung, die letztendlich doch keiner wirklich kennt, obwohl sich auch in Roberts Fall allzubald Bezeichnungen und Therapien aus dem Repertoire der Spezialisten dafür fanden. Der bedauernswerte Zustand vermag es zwar nicht, den Körper unmittelbar zu töten, wohl aber zerfrisst er die Psyche, ja die Seele des Menschen, wie ein Geschwür. Immer wieder entledigen sich in diesem Maße zerfressene Seelen des geschundenen Körpers, wie es laut Pressemitteilungen bei dem bekannten Torwart Enke oder der Schauspielerin Anna Seidel der Fall war.

Robert nennt seine Krankheit daher auch »Seelenkrebs«. Trotz der unbeschreiblichen Qualen und zahlreichen körperlichen Einschränkungen in seinen zwanzig »Seelenkrebs-Jahren« hat er für sich einen Weg gefunden - seinen eigenen Weg -, weiterhin zu existieren, um sich und allen Menschen zu beweisen, dass dieses Leben mit einem starken Glauben trotz aller Einschränkungen immer noch überlebenswert sein kann.

Mit der Chronik vom Überleben des Robert Winterkorn haben wir aus 20 Jahren oder 7.306 Tagen des Überlebens 286 Tage mit frustrierenden, spannenden, anrührenden, tragischen, oft aber auch komischen bis skurrilen Eintragungen aus dem Tagebuch der Odyssee zwischen Therapie und Alltag geschildert. Strategien zum Bewahren der Hoffnung werden aus der Not geboren mit der Kraft einer höheren Macht, denn die Hoffnung stirbt immer zuletzt. Davon ist Robert überzeugt und diese Überzeugung lebt er mit jeder Faser seines geschundenen Körpers.

In Forscherkreisen gilt es mittlerweile als gesichert, dass bei jeder bekannten Form der Depression der Spiegel bestimmter Neurotransmitter entweder zu hoch oder zu niedrig oder die Aufnahme der Synapsen verändert ist. Unklar ist immer noch, ob die physiologische Veränderung von Transmittern und Synapsen eine Ursache oder vielmehr eine Folge der depressiven Erkrankung ist (siehe auch den nachfolgenden wissenschaftlichen Anhang hierzu). Gerade, weil es sich bei den geschilderten Symptomen nicht nur und insbesondere nicht ursächlich um Erkrankungen der Psyche, sondern vielmehr um physische, neurobiologische Prozesse handelt, steht der Begriff »Seelenkrebs« insbesondere für den persönlichkeitszerfressenden Aspekt der Erkrankung.

Ob nun geistig oder körperlich, die beispielhaften Erlebnisse von Robert Winterkorn dokumentieren, dass wir erst langsam zu verstehen beginnen, was derartige Erkrankungen auslöst und wie diese gezielter und effektiver behandelbar sind, ohne Betroffene auszugrenzen und zu stigmatisieren. Hier hat sich in den letzten Jahren schon viel getan, doch es liegt noch ein sehr weiter Weg vor uns. Es geht weiter, so wie es selbst nach dem irdischen Leben immer weitergeht, wenn man an die Unsterblichkeit der Seele glaubt. Auch die Geschichte meines Schulfreundes geht weiter, nachdem ihn der Anästhesist am Ende unserer Schilderungen in den Zustand des Nichtwahrnehmens versetzt hat. Roberts Geschichte geht weiter, so wie sie künftig erlebt sowie unsere Autorengemeinschaft sie erdenkt und schriftlich festhält. Ich wünsche meinem Mitautor von ganzem Herzen, dass er die Welt sehr bald wieder in dem Zustand vor seiner Erkrankung erlebt und bis dahin die Kraft findet, seinen Zustand weiter so tapfer zu ertragen.

Ein Euro aus dem Erlös dieses Buches geht an die Stiftung Deutsche Depressionshilfe.

Roger im 50. Lebensjahr

Wissenschaftlicher Anhang

Die Behandlung der Depression
– eine Herausforderung für die Hirnforschung

Auszüge eines Vortrags von Prof. Dr. Florian Holsboer vom Max-Planck-Institut für Psychiatrie in München, gehalten beim Übersee-Club e.V. im Amsinck-Haus, Hamburg, am 22. April 2008

»Viele Menschen neigen dazu, die Krankheit Depression nicht ernst zu nehmen, für eine Modeerscheinung zu halten, auf alle Fälle aber für etwas, das nicht zu einer positiven Weltsicht passt. Dennoch geht die Depression jeden an, sie macht vor niemandem halt. Die Liste berühmter Persönlichkeiten, die unter Depressionen litten, ist lang. Sie umfasst Maler wie Vincent von Gogh, Caspar David Friedrich und Jackson Pollock ebenso wie Schriftsteller, z.B. Ernest Hemingway, Virginia Woolf, Truman Capote und Albert Camus. Die Depression ist aber nicht nur eine Erkrankung der Künstler, auch Industrielle wie Ted Turner, Sportler, z.B. der Fußballstar Sebastian Deisler oder Staatsmänner können an einer Depression erkranken. Winston Churchill hatte seine Depression selbst als ›black eyed dog‹, manchmal nur als ›black dog‹ bezeichnet und beschrieben, wie er es vermied, in Zeiten, in denen sich diese depressiven Zustände seiner bemächtigten, nahe an Bahngleisen zu stehen, weil er Angst davor hatte, sich in einem Impuls das Leben zu nehmen. Tatsächlich wissen wir von der Depression berühmter Persönlichkeiten vor allem, weil sie sich selbst das Leben genommen haben. Dies trifft für Hemingway, Virginia Woolf und van Gogh, aber auch für viele andere zu. Depression ist eine potentiell tödliche Krankheit, jedes Jahr begehen, offiziellen Zahlen zufolge, weltweit über 1 Million Menschen Suizid. Wir müssen aber davon ausgehen, dass in Wahrheit die Zahl der Selbsttötungen mindestens doppelt so hoch ist. Die Vertuschung dieser Todesart erscheint aus vielen Gründen opportun, oft auch, weil in den meisten Ländern der Suizid die Auszahlung einer Lebensversicherung ausschließt. Auch heute noch werden offizielle Statistiken bezüglich der Todesursache manipuliert. Ein besonders wichtiger Grund, der hierzu verleitet, ist das Stigma, das der Depression und dem Suizid anhaftet.

...

Während im Jahr 2007 laut Statistik der Krankenstand gegenüber den Vorjahren deutlich abgenommen hat, stiegen als einzige Gruppe die psychischen Erkrankungen, und hier wieder vor allem die Depression. Ob wir hieraus schließen dürfen, die Depression nähme in Industrienationen generell zu, muss vorläufig offen bleiben. Natürlich sind sozialkritisch eingestellte Interpreten schnell dabei, Erklärungen zu liefern. Der große Stress, dem der Einzelne in einer leistungsorientierten Gesellschaft ausgesetzt ist, sei schuld. Diese und ähnliche Ursachendeutungen vermag ich nicht zu akzeptieren. Ich sehe nicht, wo gegenüber früheren Sozial- und Arbeitswelten heute depressionsfördernde Verschlechterungen der Situation gefährdeter Menschen entstanden sein sollten. Die meisten Menschen sind gut abgesichert, haben reichlich Urlaub, um sich von der 40 Stunden-Woche zu erholen. Wer es geschickt anstellt, kann kurz nach Überschreiten des 60. Lebensjahrs in Rente gehen. Tatsächlich weisen die Häufigkeitsstatistiken für Depression weltweit keine regionalspezifischen Besonderheiten und auch keinen Zusammenhang mit dem jeweiligen Sozialsystem auf. Die Depression ist auch keine Erkrankung, die in sozial schlechter gestellten Schichten oder besonderen Berufsgruppen vermehrt auftritt.

Meiner Meinung nach liegen die tatsächlichen Gründe für die vermeintliche Zunahme der Depression in der öffentlichen Diskussion. Wir sind heute gegenüber psychischen Erkrankungen viel aufgeschlossener, man redet darüber. Außerdem ist es längst nicht mehr anrüchig, einen Psychiater, früher sagte man bezeichnenderweise noch ›Irrenarzt‹, aufzusuchen.

Darüber hinaus liefert die Art und Weise der epidemiologischen Erhebungen reichliche Begründung für die scheinbare Zunahme der Depression. Die Diagnose stützt sich einzig auf mündliche Berichte der Patienten. Jeder Befragte äußert seine lang anhaltende Niedergeschlagenheit und Hoffnungslosigkeit, traurige Stimmung, mangelndes Selbstvertrauen, fehlenden Antrieb, seine Unfähigkeit, sich über etwas zu freuen, seine Schwierigkeiten, sich zu konzentrieren und die schlechte Schlafqualität. Sein ganzes Denken scheint auf die Depressivität eingeengt zu sein. Oft bestehen Lebensüberdruss, Gedanken an den Tod und Pläne, sich das Leben nehmen zu wollen. Man hat nun diese durchaus subjektiven Stimmungsqualitäten und lediglich auf Eigenbeobachtungen gestützte Aussagen, wie wir sie von Depressiven kennen, durch strukturierte Interviews zu objektivieren versucht. Dies ist aber nur insofern gelungen, als hinsichtlich der Symptome und ihrer Ausprägung verschiedene Patienten miteinander verglichen werden können, auch wenn sie an verschiedenen Orten von unterschiedlichen Untersuchern befragt wurden. Dies ist tatsächlich ein großer Fortschritt, vor allem für die Erforschung der Wirksamkeit von Therapieverfahren. Wir können heute bei den an verschiedenen Zentren durchgeführten Therapiestudien davon ausgehen, dass die in die Untersuchung aufgenommenen Patienten hinsichtlich der Symptome, die das Krankheitsbild prägen, gut vergleichbar sind. Dieser Fortschritt bedeutet zwar, dass sich die vorgegebenen Diagnosekriterien erfüllen. Er bedeutet aber nicht, dass bei allen Patienten mit der gleichen Diagnose auch die gleichen Krankheitsmechanismen zugrundeliegen. Mit anderen Worten, bei einer diagnostisch einheitlichen Gruppe depressiver Patienten kann eine Vielzahl ganz unterschiedlicher Mechanismen zur Krankheit geführt haben.

Damit kommen wir zum eigentlichen Problem, wann ist eine depressive Stimmung der individuellen Lebenssituation angemessen und wann beginnt die Depressivität, eine Krankheit zu sein. Der noch in der Antike als Sanguiniker bezeichnete schwungvolle, leichtlebige, immer optimistische Mensch wird sich, sollte er an einer Depression erkranken, gar nicht so sehr von dem Melancholiker unterscheiden. Dieser hat eine eher schwermütige Wesensart, ist ängstlich, in sich gekehrt und neigt zu Pessimismus. Der ursprünglich ›sanguinische‹ Mensch ist also, wenn er sich so verändert, dass er dem an sich gesunden Menschen mit einem melancholischen Temperament gleicht, psychisch krank. Durch strukturierte Interviews sind beide in der Momentaufnahme der Untersuchung gleich. Der Depression des einen liegt natürlich eine ganz andere Krankheitsursache zugrunde als dem melancholischen Temperament des anderen. Wir haben also in unserem Fach keine objektiven Kriterien, ob hier eine Krankheit vorliegt oder nicht. Wir können keine Röntgenaufnahmen, kein Elektrokardiogramm oder Blutwerte zu Hilfe nehmen, um die Depression durch Messungen zu belegen.

Wenn ich in meinen Ausführungen von Depression spreche, dann meine ich ganz dezidiert die schwere Depression, die ein erhebliches Gesundheitsrisiko darstellt und unbedingt medizinisch behandelt werden muss. Selbst wenn man sehr konservative Kriterien heranzieht, ist die Wahrscheinlichkeit jedes Einzelnen unter uns, im Leben an einer Depression zu erkranken, etwas über 10 %. Die Konsequenzen sind nicht nur das große Leid der Betroffenen, sondern sie sind auch ökonomisch gravierend. Im Jahr 2030 wird die Depression die wichtigste volkswirtschaftliche Belastung für Industrienationen sein, und über 1% des Bruttosozialprodukts an Kosten erzeugen. Bereits heute gibt jeder der 466 Millionen Europäer im Jahr durchschnittlich 254 Euro für Menschen mit Depression aus. In Deutschland ist die Zahl 470 Euro und damit die höchste in Europa. Dies erklärt sich aus der Leichtigkeit in unserem Lande, aus Krankheitsgründen vorzeitig berentet werden zu können.

Die Depression ist aber nicht nur wegen des Suizidrisikos und der krankheitsökonomischen Konsequenzen eine außerordentliche Belastung für die Gesellschaft. Die Depression ist auch ein Wegbereiter für eine Vielzahl anderer bedrohlicher Leiden. So verdoppelt eine Depression in der Lebensmitte, das Risiko, im Alter die Parkinson 'sche Erkrankung zu bekommen oder eine Demenz, wie sie der bayerische Psychiater Alois Alzheimer als Erster beschrieben hat. Auch Depression und Diabetes beeinflussen sich gegenseitig. So ist die Wirkung des Hormons Insulin, dessen Produktion bei Zuckerkranken vermindert ist, bei Patienten mit Depression abgeschwächt. Auch die Entstehung von Herzkreislauferkrankungen wird durch die Depression begünstigt. Besteht neben einer Herzinsuffizienz auch eine Depression, so ist das Risiko für einen Herzinfarkt zweifach erhöht. Nach einem Herzinfarkt kann es besonders leicht zu einer schweren Depression kommen. Diejenigen Infarktpatienten, bei denen die Depression unbehandelt bleibt, haben ein 3,7fach größeres Risiko, innerhalb eines halben Jahres einen weiteren Herzinfarkt zu erleiden. Die Depression ist also nicht etwas, das man aushalten muss, etwas, ›das schon wieder vergeht‹, sondern ein ernstzunehmender Risikofaktor für unsere Gesundheit. Die Depression nicht zu behandeln ist genauso unklug wie hohen Blutdruck oder erhöhte Blutfette und Zuckerwerte sich selbst zu überlassen.

...

Trotz der vorliegenden Evidenz für klinische Effekte der Antidepressiva können wir keinesfalls zufrieden sein. Diese Medikamente wirken immer noch bei zu wenigen Patienten, es dauert zu lange, bis sie wirken und sie haben zu viele Nebenwirkungen. Letztere beziehen sich vor allem auf innere Unruhe, Veränderungen des Appetits, oft verbunden mit Gewichtszunahme, zu Verdauungsstörungen, selten auch zu Erektionsschwäche. Früher war die Liste der Nebenwirkungen noch länger, es ist bei den Neuentwicklungen einiges verbessert, vor allem kann man sich mit den heute am weitesten verbreiteten Antidepressiva, wenn man sie in Überdosierung einnimmt, nicht mehr vergiften.

...

Trotz der unvorstellbaren Komplexität ist unser Wissen über die pharmakologischen Effekte, die Antidepressiva in unserem Gehirn auslösen, über Jahrzehnte intensiver Forschung respektabel gewachsen. Der heute immer noch wichtigste Mechanismus der Antidepressiva besteht darin, dass sie die Wirkung der Botenstoffe verstärken, durch die Signale zwischen Nervenzellen weitergeleitet werden. Dies müssen Sie sich folgendermaßen vorstellen: Wird der Botenstoff von einer Nervenendigung freigesetzt, dann befindet er sich im zuvor beschriebenen synaptischen Spalt. Hier hat der Botenstoff nun zwei Möglichkeiten. Entweder er durchquert die 10 Nanometer des Spalts und dockt an der benachbarten Zellmembran an, oder er bewegt sich in die Nervenzelle zurück, aus der er gekommen ist. Letzterer Vorgang würde die Signalweiterleitung abschwächen. Hier greifen nun die Antidepressiva ein, indem sie die Wiederaufnahme des Botenstoffs in die Nervenzelle, aus der er freigesetzt wurde, verhindern. Daher stammt auch der Name dieser Medikamente: ein Serotonin-Wiederaufnahmehemmer, wie z.B. das bekannte Prozac, blockiert die Wiederaufnahme des freigesetzten Serotonins in die Nervenzelle, aus der es stammt. Dadurch wird dessen Wirkung an der benachbarten Nervenzelle verstärkt und im weiteren Verlauf breitet sich dieser Mechanismus mit steigender Intensität über das gesamte Gehirn aus. Ein großes Fragezeichen bleibt aber: Diese Blockierung der Wiederaufnahme eines Botenstoffs erfolgt innerhalb von Minuten bis Stunden und wir müssen uns fragen, weshalb wir dann Wochen und Monate warten müssen, bis die klinische Wirkung einsetzt. Die Antwort kann nur lauten, dass wir mit dem beschriebenen Mechanismus einen Prozess innerhalb und zwischen Nervenzellen angestoßen haben, der gleich einem riesigen Dominospiel eine Kaskade komplexer biochemischer und molekularbiologischer Vorgänge nach sich zieht, an deren Ende dann die klinische Wirkung steht. Wir haben entdeckt, dass sowohl die Optimierung der Stressadaptation, aber auch die Entstehung neuer Nervenzellen in einigen Hirnregionen Effekte von Antidepressiva sind, die man erst nach einigen Wochen beobachten kann. Es wäre nun zu wünschen, über Antidepressiva verfügen zu können, die diesen Weg abkürzen, um so einen schnelleren Wirkungseintritt zu ermöglichen. Leider gibt es diese Medikamente noch nicht und nach wie vor basieren alle neuen Antidepressiva auf dem Prinzip der erläuterten Wiederaufnahmehemmung von Botenstoffen, wie etwa dem Serotonin.

Sie werden sich fragen, was denn die Hemmnisse für Innovation in der Antidepressivaforschung sein mögen. Sicher ist es gerecht zu sagen, dass die außerordentliche Komplexität von Hirnfunktionsabläufen die Entdeckerreise sehr beschwerlich macht. Es gibt aber einen weiteren Grund, und der klingt zunächst paradox: Der große wirtschaftliche Erfolg der Antidepressiva ist eine Innovationsbremse. Im Jahr 2005 war der Gesamtumsatz von Antidepressiva etwa 20 Milliarden Euro weltweit. Warum sollte die Pharmaindustrie bei einer so erfolgreichen Substanzklasse die ›Pferde wechseln‹ und das Risiko einer innovativen Neuentwicklung eingehen? Tatsächlich scheint aus wirtschaftlicher Sicht das Konzept, ›Blockbuster‹ auf den Markt bringen zu wollen, vernünftig zu sein. Einem Unternehmen, das zeigen kann, dass sein Medikament im Vergleich zu Produkten der Konkurrenz bei einer großen Patientenzahl ein paar Prozent besser wirkt und etwas weniger Nebenwirkungen besitzt, wird ein großer finanzieller Erfolg beschieden sein. Ein paar Prozent besser heißt aber, bei etwas mehr als zwei Drittel der behandelten Patienten. Was aber geschieht mit dem anderen Drittel, das eben nicht durch den ›Blockbuster‹ geheilt werden kann? Auf diese Patientengruppe, die ja Gefahr läuft, chronisch zu erkranken und in Folge auch für andere Leiden ein erhöhtes Risiko zu entwickeln, werden beide, Pharmaunternehmen und akademische Forschung, in Zukunft besonders achten müssen. Dies auch deshalb, weil die heute noch gebräuchlichen ›Blockbuster‹ in den nächsten Jahren ihren Patentschutz verlieren werden und keine grundlegenden Neuerungen mit ›Blockbuster‹-Potential in Sicht sind.

Die zukünftige Entwicklung wird sich daher in eine Richtung bewegen, für die ich mich seit bald 10 Jahren einsetze, nämlich die ›personalisierte Depressionstherapie‹. Damit meine ich, dass für jeden einzelnen Patienten die höchst individuellen Mechanismen, die zu seiner Erkrankung geführt haben, verstanden werden müssen. All diejenigen Patienten, die sich in den Kausalmechanismen ihrer Depression ähneln, werden in Gruppen zusammengefasst und für jede dieser Gruppen werden spezifische Antidepressiva entwickelt. Hier waren verständlicherweise einige Widerstände zu überwinden. Auf Seiten der Pharmaindustrie war der Gedanke, einen so lukrativen Markt wie den der Antidepressiva zu fragmentieren, nicht willkommen. Noch heute versucht man, unbefriedigende Wirkeffekte durch exzessives Marketing zu kompensieren. So gibt die Firma Pfizer für die Marktunterstützung eines nicht unproblematischen Medikaments gegen Rheumatismus in den USA mehr Geld aus als die Firma Budweiser für alle ihre Biersorten. Dies wird nicht mehr lange gut gehen.

Jeder einzelne Mensch ist in seiner gesamten Komplexität einzigartig, ein Individuum eben. Dies gilt auch im Krankheitsfalle, weshalb ich davon überzeugt bin, dass die nächste große Veränderung in der Therapie der Depression, aber auch anderer komplexer Erkrankungen, die Abkehr einer Sichtweise sein wird, wonach die Krankheit als kollektive Normabweichung verstanden wird. Mittlerweile wird die personalisierte Medizin auch in Strategieüberlegungen der Pharmaindustrie einbezogen und nachdem ich lange dafür gekämpft habe, wird auch die Europäische Union entsprechende Forschungsförderprogramme auflegen.

Ich will Ihnen an einigen Beispielen erläutern, was unter personalisierter Depressionstherapie zu verstehen ist: Wie Sie wissen, hält der Mensch eine ganze Menge aus. Dies trifft auch für extreme Stressbelastungen zu. Bei einigen Menschen jedoch kann durch fortdauernden Stress tatsächlich eine Depression ausgelöst werden. Wir vermuten aber, dass dies nur für diejenigen Menschen zutrifft, bei denen eine genetische Disposition für diese Erkrankung vorliegt. Ohne auf Einzelheiten einzugehen, nur so viel: Die Verarbeitung einer emotionalen Stressbelastung wird durch eine Vielfalt von Stresshormonen orchestriert. Das bekannteste dieser Hormone ist das Cortisol, das in Drüsen der Nebennierenrinde entsteht und bei Patienten mit Depression im Übermaß produziert wird. Die Kontrolle dieses Stresshormons erfolgt durch das Gehirn, in dem ja die Anpassung an die bedrohliche Situation organisiert werden muss. Hier spielt ein aus 41 Aminosäuren zusammengesetztes Eiweißmolekül, CRH genannt, eine Schlüsselrolle. Wir konnten zeigen, dass dieses Hormon des Gehirns ebenso wie das Cortisol im Blut bei Patienten mit Depression erhöht ist. Nun interessierte uns, ob dieses CRH auch noch andere Effekte auslöst als die Cortisolantwort bei Stressbelastung zu steuern. Dies kann man erforschen, indem man durch winzige Injektionsnadeln CRH in das Gehirn von Ratten oder Mäusen injiziert. Elegant ist dies natürlich nicht, man weiß ja nicht, wieviel gegeben werden soll und auch nicht, in welches Hirnareal die Injektion erfolgen muss. Wir haben daher einen gentechnologischen Weg gewählt. CRH ist ein Eiweißmolekül des Gehirns, oder, wie wir sagen, ein Neuropeptid, dessen Struktur, wie bei allen Eiweißen, in unserer Erbsubstanz der DNA, kodiert ist. Den genetischen Kode für CRH haben wir genutzt und ein überzähliges CRH-Gen in die Erbsubstanz einer Maus eingeschleust. Hierdurch ist eine Maus entstanden, die ausschließlich im Gehirn unter Stressbelastung viel mehr CRH produziert als eine normale Maus.

Nun mögen Sie sich zu Recht wundern, wie und weshalb wir die Depression bei einer Maus erforschen wollen oder generell, ob Mäuse überhaupt eine Depression haben können. Darauf kann ich keine Antwort geben. Aber ich hatte Ihnen ja erläutert, dass psychiatrische Diagnosen etwas Künstliches, von Menschen ohne Kenntnis zu Grunde liegender biologischer Ursachen Geschaffenes sind. Auch sind die Beschwerden, unter denen ein Patient leidet, seine Symptome und nicht die Diagnose. Wie ist es also um unsere CRH-überproduzierende Maus hinsichtlich depressions-typischer Symptome bestellt? Hier kam uns entgegen, dass wir uns sehr genaue Kenntnis über die elektrophysiologische Schlafstruktur depressiver Patienten erarbeitet hatten. Während wir schlafen, entsteht in unserem Gehirn ein charakteristisches Muster elektrischer Aktivität, das wir an der Schädeloberfläche mit Hilfe von Elektroden messen können. Einige von Ihnen haben bestimmt schon eine elektrophysiologische Untersuchung, das EEG, über sich ergehen lassen. So ähnlich mit Elektroden und Leitungsdrähten verkabelt untersuchen wir die Hirnstromkurven im Schlaf unserer Patienten. Dabei fanden wir sehr charakteristische Veränderungen, die typisch für unsere depressiven Patienten waren. Wir haben nun bei unseren Mäusen mit Hilfe einer japanischen Mitarbeiterin das Kunststück fertig gebracht, das Schlaf-EEG zu messen. Im Fall der CRH-überproduzierenden Maus beobachteten wir, dass diese ganz ähnliche EEG-Veränderungen zeigt wie Patienten mit Depression. Und weiter, wenn man durch ein Pharmakon die Wirkung von CRH im Gehirn an den Andockstellen für CRH blockiert, dann waren die Schlaf-EEG-Veränderungen nicht mehr zu sehen. Wir haben nun dieses neue pharmakologische Wirkprinzip, die Blockade von CRH an seinen Andockstellen, bei Patienten mit Depression angewandt und gefunden, dass bei unseren sehr kranken Patienten, die stationär behandelt werden müssen, dieses Medikament ebenfalls gut wirkt. Sicher werden die CRH-Wirkung im Gehirn unterdrückende Antidepressiva nicht bei allen Patienten mit Depression wirken, sondern nur bei einer Untergruppe, eben denjenigen, die im Gehirn CRH überproduzieren. Wie diese Gruppe zu identifizieren ist, wird Gegenstand künftiger klinischer Forschung sein. Ein erster Schritt in Richtung personalisierter Depressionstherapie war damit getan.

Auf dem Wege zur personalisierten Medizin geht die Hirnforschung noch einen anderen Weg, in dem sie direkt die Erbsubstanz analysiert. Diese ist aus Nukleinbasen aufgebaut und befindet sich in eng zusammengeknäulten DNA-Fäden, deren Struktur von Crick und Watson entdeckt wurde. Sie enthält die Information für etwa 25.000 Gene, die aber nur 5% des gesamten Genoms repräsentieren. Die anderen Sequenzen zwischen den Genen dienen der außerordentlich komplexen Genregulation, die nötig ist, um etwa 1 Million, vielleicht aber auch noch viel mehr Eiweiße hervorbringen zu können. Auch wenn alle Menschen die gleichen Gene besitzen, unterscheiden wir uns doch in jedem tausendsten Nukleinbasenpaar. Da das gesamte, sich über 23 Chromosomen erstreckende Genom aus etwa 3 Milliarden Basenpaaren besteht, heißt dies, dass zumindest 3 Millionen Basenpaare von Mensch zu Mensch verschieden sind. Auf diesem Unterschied basiert unsere genetische Individualität, auch das Risiko, zu erkranken. Dieses Risiko ist erblich. Während, wie gesagt, das allgemeine Risiko, an einer schweren Depression zu erkranken, 10% beträgt, ist es doppelt so hoch, wenn auch ein Verwandter ersten Grades betroffen ist. Bei eineiigen Zwillingen ist das Erkrankungsrisiko um 50% erhöht, wenn der andere Zwilling bereits eine Depression hat. Die genetische Disposition wird in Form geringfügiger Veränderungen auf 10-15 verschiedenen Genen, zumeist im Austausch einzelner Nukleinbasen, weitergegeben. Nicht alle Betroffenen haben die gleichen Genvarianten, auch dies ist eine Erklärung für die unterschiedlichen Krankheitsmechanismen, die einer Depression zugrundeliegen können.

Die Art und Weise, wie der Einzelne auf Medikamente reagiert, wird ebenfalls durch Genvarianten bestimmt. Hierzu wieder ein Beispiel aus unserer Depressionsforschung: Das komplizierteste Organ des Menschen, das Gehirn, hat einen großen Bedarf an Energie, es benötigt reichlich Sauerstoff und Glukose, das durch viele kleine Blutgefäße geliefert wird. Damit nicht auch Substanzen in das Gehirn geraten, die dort nicht hingehören, also körperfremd sind, hat die Natur einen Mechanismus entwickelt, mit Hilfe dessen Fremdstoffe immer dann, wenn sie in das Gehirn eindringen wollen, wieder in das Blutgefäß zurück transportiert werden. Man nennt dies die Bluthirnschranke. Für viele Antidepressiva kann diese Bluthirnschranke tatsächlich ein unüberwindliches Hindernis werden. Mit Hilfe von Mäusen, bei denen wir eines der Gene, die für Bluthirnschranke zuständig sind, ausgeschaltet haben, konnten wir feststellen, welche Antidepressiva von der Transportpumpe als Fremdstoff erkannt werden und deren Eintritt in das Gehirn behindert wird. Nachdem wir dies wussten, haben wir diese Transportpumpengene bei unseren Patienten analysiert. Dabei fanden wir, dass einige Patienten in diesen Genen Veränderungen hatten, die zur Schwächung der Transportfunktion führen sollten. Wenn also eine solche Genvariante vorliegt, dann sollte das Antidepressivum leichter in das Gehirn eindringen, auch wenn es eigentlich ein Fremdstoff ist. Die Folge sollte sein, dass diese Patienten, bei denen das Medikament besser in das Gehirn eindringen kann, auch bessere klinische Erfolge zeigen. Diese Hypothese hat sich in einer sehr großen Therapiestudie am Max-Planck-Institut für Psychiatrie voll bestätigt. Wir konnten anhand einer Variation innerhalb eines für die Bluthirnschranke zuständigen Gens die klinische Wirkung einer bestimmten Antidepressivagruppe voraussagen. Dies ist als erster Beweis zu werten, dass es im Prinzip möglich ist, Patientengruppen, die auf ein bestimmtes Medikament besonders gut oder besonders schlecht reagieren werden, durch einen Gentest zu charakterisieren. Hierdurch hat der Arzt erstmals einen objektiven Labortest zur Verfügung, auf den er seine Therapieentscheidung stützen kann. Ich nehme an, einige unter Ihnen fragen sich nun, ob ich nicht alles zu reduktionistisch mit der Brille des Biochemikers sehe und erfahrungsabhängigen Einflüssen zu wenig Beachtung schenke. Oder, wie es das TIME Magazin vor einigen Jahren auf den Punkt brachte: ›Is Freud dead?‹. Im Gegenteil, ich bewundere, mit welcher Entschiedenheit und Brillanz sich Freud für die Berücksichtigung von Traumata, vor allem solcher, die in der Kindheit erlebt wurden, zum Verständnis der Persönlichkeitsentwicklung eingesetzt hat. Ich halte zwar die Psychoanalyse für die Behandlung einer schweren Depression als Kunstfehler, der Gedanke aber, dass lebensgeschichtliche Ereignisse zu anhaltenden Veränderungen im Befinden und Verhalten führen können, ist aus meiner Sicht richtig. Anders als zur Zeit Freuds sind wir heute jedoch in der Lage, solche, durch äußere Faktoren ausgelösten Wirkungen auf molekularer Ebene zu verstehen: Ich habe Ihnen ja schon einiges über die Funktion der Gene in unserer Erbsubstanz erklärt. Sie wissen nun, dass ein von außen via Botenstoffen an die Zelle gelangendes Signal Gene aktivieren kann, aus denen Eiweißmoleküle entstehen. Das relative Verhältnis dieser Eiweiße zueinander – und wir sprechen hier von über einer Million solcher Moleküle – bestimmt unsere augenblickliche biologische Signatur. Durch ein frühkindliches Trauma beispielsweise, werden kleine organische Moleküle an von der Natur bereits hierfür vorgesehenen Stellen der DNA gebunden. Ja nach Art des Moleküls und Ort der Bindung wird hierdurch die Aktivität, mit der aus Genen Eiweiße entstehen, verändert. Als Konsequenz hat sich die mengenmäßige Gesamtzusammensetzung der Eiweiße durch ein Lebensereignis geändert und auf diesem Wege auch das Befinden und Verhalten in einer speziellen Situation. Solche durch Lebenserfahrungen ausgelösten Veränderungen sind oft bleibend, manchmal bilden sie sich auch wieder zurück. Nicht nur im Kindesalter, auch beim Erwachsenen, kommen solche erfahrungsabhängigen biochemischen Modifikationen des Genoms vor. Solche Veränderungen können sogar vererbt werden. Auch hierzu ein Beispiel aus unserer Forschung: Sie kennen vielleicht den Begriff der posttraumatischen Stresserkrankung. Unter dieser etwas klobigen Krankheitsbezeichnung werden all diejenigen Symptome zusammengefasst, die als Folge eines schweren Unfalls, eines körperlichen Angriffs, aber auch durch die schrecklichen Erfahrungen in Konzentrationslagern oder durch Kriegserlebnisse entstanden sind. Diese Symptome umfassen unwillkürliche und unkontrollierbare, immer wiederkehrende Erinnerungen an das Ereignis, emotionale Gleichgültigkeit, Schreckhaftigkeit, Schlafstörungen und oft auch Panikattacken. Wir vermuten, dass hier durch die Traumatisierung auf biochemischem

Wege Veränderungen auf unserem Genom, das heißt irgendwo auf den 3 Milliarden Basenpaaren, stattgefunden haben. Durch diesen Mechanismus wird die Zusammensetzung der Eiweiße im Gehirn verändert und Sie wissen jetzt auch, dass sich dies auf unser Befinden und Verhalten auswirken kann. Derzeit untersuchen wir, gemeinsam mit Kolleginnen und Kollegen der Mount Sinai School of Medicine in New York, ein großes Kollektiv von Menschen, die sich am 11. September 2001 in der Nähe des World-Trade-Centers befunden haben. Viele von ihnen haben durch die Terrorattacke eine posttraumatische Stresserkrankung erlitten und wir wollen nun herausfinden, welche biochemischen Narben diese Erfahrung auf der Erbsubstanz hinterlassen hat. Biochemische Modifikation des Genoms durch Erfahrung nennt man Epigenetik. Die übliche Genanalyse ist nicht in der Lage, diese epigenetischen Veränderungen aufzuspüren. Deshalb müssen wir zur vollständigen biologischen Charakterisierung von Patienten nicht nur auf die Genetik, sondern auch auf sogenannte Biomarker zugreifen. Diese können Ergebnisse von Eiweißanalysen sein, aber auch von klinischen Hormontests oder durch Auswertung bildgebender Verfahren zugänglich werden.

Das Ziel ist die Kombination aus Biomarkern und Genvarianten zu nutzen, um Voraussagen zu machen, ob der Einzelne ein Risiko trägt, krank zu werden. Wenn wir dies im Voraus wissen können, dann wird die zukünftige Medizin vor allem darin bestehen, den krankmachenden Prozess rechtzeitig zu stoppen und das Auftreten klinisch relevanter Symptome zu verhindern. Unsere subjektiv wahrgenommene Gesundheit ist eigentlich recht robust, und wir nehmen unsere Beschwerden erst lange nachdem der Krankheitsprozess in unserem Körper in Gang gesetzt wurde, zur Kenntnis. Früh einzugreifen, ist das Gebot der Zukunft. Wie Sie wissen, gibt es trotz intensiver Bemühungen kein Medikament, um die Alzheimer'sche Krankheit zu heilen. Es ist einfach zu spät, mit der Behandlung zu beginnen, wenn der Betroffene bereits alles vergisst, dann ist der Krankheitsprozess viel zu weit fortgeschritten, um eine Heilung oder nur einen Stillstand zu erreichen. Hätten wir ein geeignetes Frühwarnsystem, bestehend aus Gentests und Biomarkern, könnten wir mit der Vorbeugung beginnen, lange bevor die ersten Symptome spürbar werden.

Ähnlich ist es mit der Depression, sie ist eine Erkrankung mit hoher Erblichkeit, also eine Vielzahl unterschiedlicher Genvarianten können unser Risiko, depressiv zu werden, erhöhen. Da hier so viele Gene im Spiel sind und deren Aktivität, Eiweiße zu produzieren, von einer großen Zahl über das Leben hinweg angehäufter epigenetischer

Veränderungen abhängt, benötigen wir aber auch die bereits erläuterten Biomarker. Mit deren Hilfe sollte es möglich werden, Risiken zu erkennen, bevor die Depression manifest ist und es sollten dann auch entsprechende Therapien angewandt werden, damit es gar nicht erst zur Depression kommen kann.

Biomarker integrieren genetische Information und epigenetische Modifikation, die sich über das Leben hinweg ständig verändert. Biomarker sind flexibel, sie berücksichtigen, dass wir zu keinem Zeitpunkt der gleiche sind wie zuvor oder wie es der griechische Philosoph Heraklit sagen würde: ›Alles ist im Fluss‹.

...

Das Ziel, durch personalisierte Depressionstherapie unseren Patienten in Zukunft besser helfen zu können, als dies jetzt noch möglich ist, können wir nur erreichen, wenn alle, akademische Forschung, Industrie und Gesundheitspolitik grundlegend umdenken.«